商务印书馆海外汉学书系

樽本照雄

林纾冤罪事件簿

商务印书馆海外汉学书系

林纾冤案事件簿

〔日〕樽本照雄 著

李艳丽 译

2018年 · 北京

樽本照雄
林紓冤罪事件簿
清末小説研究会 2008 年 3 月 31 日
根据(日本)清末小说研究会 2008 年版译出

畏廬老人七十一歲大病新愈

林纾(琴南,1852—1924)　畏庐老人七十一岁　1922年

《人间世》第14期(1934年10月20日)刊载

目　　录

前　　言

清末民初，在中国的翻译界有一个如雷贯耳的名字——林纾。其翻译，就是著名的“林译小说”，在当时深受读者的欢迎。

林纾译著甚丰。包括未刊的单行本作品在内，他向世人输送了 200 种以上的小说。作品涉及英、美、法、俄、德、日、希腊、挪威、西班牙等国，可以毫不夸张地称其为“翻译超人”。

这样一个翻译外国文学作品的他，亦是人们熟知的 20 世纪初反对文学革命的一个人物。以《新青年》杂志为中心，被青年一代视为旧文人的代表，成为被攻击的靶子。人们说，反击而起的林纾，亮出武力以恫吓文学革命派。对其评价，一落千丈。

“他的在中国文坛上的地位已完全动摇了”，郑振铎如此评价。1928 年，鲁迅骂其为“法西斯”(Fascist)。这些都是林纾身后之负面评价，至今亦未改变。

简而言之，对于林纾在文学上的地位，很多人都抱有这样的思维定式：

晚清的时候，他打开了一扇通往外国文学的窗。却在民国以后变节，尤其以 1919 年“五四”运动为分界线，终成为一个文学革命的反对者。

那么，林纾“蒙冤”有何意味？所谓“蒙冤”，自然指的是无实之罪，莫须有之罪。

那么，我与林纾又是什么关系？是否试图为“法西斯”林纾平

6 反？希望读者不要有如此武断的猜测。我只是依据事实，对林纾及林译小说进行调查而已。因此，我在日本尽力收集能够收集到的资料。

看到《林纾冤案事件簿》这一书名，大概很多读者都会疑惑不解吧。至今尚无研究者说过类似的话。

林纾受了什么冤枉？林译小说怎么蒙冤了？

在研究界，偶尔也有人提出应当对林纾进行重新评价，但未曾有所实践。更不要说所谓林纾受冤枉的认识，丝毫未有，没有一点呈现。反之，恰恰说明了这是一个重大事件。

20 世纪初叶的中国，文学革命派的刘半农、郑振铎等人在批判林纾之际，都将林纾的翻译作为问题之一。

即，选取了很多没有翻译价值的外国的拙劣之作；将原本是戏剧的作品改成小说；误译很多；擅自添加或删减，等等。

林纾不懂外语，他是一边听着会外语的人的口译，一边用古文做笔记的，这就是林译小说。这种共同合作的翻译方法，是诞生出大量不同语种的译作的秘密。于是，执拗于这一点，林纾被称为“不懂外语的翻译家”。就此字面而言，给人印象极差。甚至会得出这样的结论：不懂外语却搞翻译，这怎么可能？翻译出来的东西，一定乱七八糟。等等。

最终，不外乎评价其为——虽然是著名的外国文学翻译家，但翻译出来的都是些毫无价值的出版物。请注意，这并非我的话语，而是学术界的普遍评价。

否定林译小说，当然不是学术界的一致意见。虽说存在着许多缺陷，但林译小说对当时的文艺界亦产生了重大影响，大大提高了从前被鄙视的“小说”的地位。因此，很多研究者认为，不能忽视林纾的功绩，而应给予很高的评价。总之，对林纾的评价时常左右摇摆。

最终是从正面还是从负面给予评价姑且不论，作为评价的前提，研究者都有一个共同的认识，这是无可争议的事实。

什么共识？ 7

林译小说的缺陷之中，最大的问题就在于将原本是戏剧的作品改写成小说。这在很大的范围内、很长的时期内被认定为事实。这就是“共识”，是定论。

研究者批判林纾将莎士比亚与易卜生的作品改译成小说，大幅删减台词，糟蹋了原本优秀的剧本，嘲笑责备他愚蠢得甚至分不清戏剧与小说的区别。有的研究者认为，林译小说中最荒唐之处就是将戏剧译成小说。

没有一个研究者否认林纾将戏剧译成小说。即便是林纾研究的专家也不例外。

然而，我首先提出结论：

作为批判林译小说所使用的根据——将戏剧译成小说，事实上根本不存在。

林纾及其合译者将原本是戏剧的作品擅自改写成小说，这是没有一点事实根据的。一直持续到今日的林纾批判、林译小说批判，都是建立在误解的基础上的。

真正的事实，现在呈现于我们面前。面对青天白日下的事实，面对事情的严重性，我竟然感觉十分疲惫。

以往那些对林译小说的批判，又是什么？中国文学研究史上、中国翻译研究史上，可曾有过比这更严重的冤案么？

我在此重申，本书中所说的林纾冤案，指的是对林纾及其翻译小说所扣上的莫须有之罪名。我将那些案例整理结集为本书。

不过,请了解,这并非针对所有的林译小说。

以往关于林纾的评价,都是文学革命派的一家之言。本书尝试调换视角,从林纾的角度来看看,那是一种什么样的文学风景。

然而,我所要探讨的问题超出了“翻译”这一范围,诚然,也是我未曾预料到的。随着翻译问题的追查,逐渐看清了林纾批判的整体结构。

为了避免误会,我事先申明:

8 为了介绍有关林纾及林译小说的评价,我引用了很多先前的研究论文。我之所以征引出这些论文,并不是出于批评的目的,只是为了客观审视,才标示出曾经发表过这样那样的论文罢了。

凡　　例 12

1. 关于书名的角书、副题，本书中仅在首次出现时标出，以下省略。

2. 旧历以汉字表示，新历以阿拉伯数字表示。

例：宣统二年九月十九日（1901 年 10 月 21 日）

不过，引文不受此限制。

3. 符号如下标示：

《　》　杂志、报刊、单行本（书名）、全集。

“　”　论文、刊载于报刊中或单行本中的个别作品、作品名、丛书名。

[　]　用于著者（樽本）的注释。

4. 汉语文献中所使用的符号，原样引用。[*]

5. 括号类，在引文中也按照原文使用。

例：“○○〈○〉○”，不改成“○○《○》○”

6. 本书中使用的用语如下：

“原作”：指诗、戏剧、小说。不论使用何种语言，都表示作品本身。

“小说化”：特指将诗或戏剧改写成小说。用英语将英语的诗或戏剧改写成小说的时候，只写为：“小说化（书）”。“英文小说化

---

* 此处省略原文：“不过，不使用简体汉字，都改成日本汉字”。——译者

书”,指的是以英语改写成小说的书。

“改作”:以原作为基础,改写成儿童版,或进行缩写、添笔等改编。有时也写为:“改作书”。

谩骂林纾的快乐 13

本文原载于《清末小说》第28—30号(2005年12月1日—2007年12月1日)。第30号是增刊(“林译莎士比亚冤案”),该篇也收入本书。“5　林纾评价的新发展”以下章节未发表,因收入本书而中止了连载。本文受笕文生先生之提示,特此感谢。

在清末民初的翻译界,林纾是压倒其他翻译者而屹立的一个存在。这种情形究竟是如何形成的呢? 突然说到“这种情形”,只有知道的人才能理解。我一一进行说明。

1　林纾的翻译

林纾(1852—1924),字琴南,号畏庐、冷红生、践卓翁等。出生于福建一贫穷人家[1]。其父创业不顺,林纾苦学,一度为在台湾经营生意的父亲做账房。十八岁结婚(年龄为虚岁。下同),患肺病,二十一岁起在村塾教书。治学之余学习绘画,三十一岁时中举人。同年的举人中有高凤岐(与张元济交好,1902年入商务印书馆。高梦旦之胞兄)与郑孝胥。不曾仕官,以著述、翻译、绘画为生。见甲午战争中国之失败,倡新政。善古文,因配合王寿昌口述,笔述小仲马
之作《巴黎茶花女遗事》(1899年福州刊行)而一举成名。这是由精 14
通外语者进行口译,林纾进行文言笔记的翻译模式的开端,其时年

四十八岁。

林纾的译作有多少？如下所示（请注意，这并不是单行本，而是翻译作品的数量）。

1899 年起，经 1912 年中华民国成立，至 1916 年共发表了 146 部译作。1917 年起，经去世（1924 年），至 1925 年共发表了 67 部作品。

以 1916 年为节点，是因为翌年 1917 年起开始倡导文学革命论。1899—1925 年间的翻译数量达 213 部。

为供参考，以下列举一些活跃于清末民初同时期的人的业绩。曾孟朴在 1905—1931 年间翻译的数量为 22 部，周作人在 1904—1920 年间发表了 42 部。

若以清末为主，周桂笙在 1903—1910 年间发表了 43 部，吴梼在 1905—1913 年间发表了 20 部。

民国前后的 1910—1925 年，周瘦鹃以发表 94 部的成绩引人注目。此外，刘半侬（刘复的字，后改为半农，除论文外一律使用半农）在 1914—1918 年间发表了 48 部，胡适在 1908—1919 年间发表了 16 部，沈雁冰（茅盾）在 1918—1919 的两年中发表了 12 部。

林纾的翻译，是一个不可比肩的数字。并且，所翻译的外国文学作品不仅限于英国一国，还涉及美国、法国、俄国、德国、挪威、日本、瑞士等很多国家。如果仅是从数字上来比较的话，包天笑在 1901—1920 年间的翻译，包括与他人的合译在内，共有 109 部，紧随林纾之后。即便如此，109 部相对于 213 部来说，仍可见林纾极其突出的工作量。

像这般将大量的多国文学翻译于世，真正可谓之超人。有此成就的原因，很简单，他是与别人合作翻译的。若是英国文学，则与精通英语者组合；若是法国文学，则与法语专家组合。翻译者口述，林纾当场以文言做记录。对于他个人来说，不必花费大量的时间去学习外语，也丝毫不受限于自己所会的语种。只要增加外语 15
专家的数量，则可应对世界各国的文学。并且，若是选择英文转译的作品，则将扩大外国文学翻译的对象。这是有效利用各人所长的翻译方法。

这就是成就林纾翻译的可能性。不过，仔细看一下汉译的协助者，主要是英语与法语专业。俄国、德国、日本等作品亦可视为经由英译本的转译。

像我这样留意到林纾翻译模式长处的简单说明，在中国几乎还没有人提及。就算有，也是不多的。对于林纾的翻译方法一般都是负面评价。

清末，商务印书馆发行了名为“说部丛书”的外国小说翻译系列，民国时期亦再版。在全部的 322 种单行本中，林纾的翻译有 147 部，占了 46%。后来又专门选出林纾翻译的 100 种，特别出版了“林译小说丛书”第一集和第二集，博得了与此相应的读者的人气[2]。这是 1914 年至 1915 年间的事情，若没有对畅销的预测，商务印书馆是不会出版的。

以上列举了几个详细的数字。我的意图是确认林纾的翻译在量上绝对超过了其他翻译者。林纾在 1919 年“五四”之前就已经是文学界的著名人士。

周氏兄弟鲁迅（周树人）及周作人在学生时代就十分喜爱林译小说。但凡新书出版，必将之收入囊中。甚至因为受了林译小说的影响，还挑了一本哈葛德（Henry Rider Haggard）的作品来翻译。另外，像郭沫若自述的那样，他尤其受到了三部林译小说的影响，这是件很有名的事情。后来的很多作家与评论家都是通过林纾的翻译才知道了外国文学。

可是,作为外国文学翻译家的林纾看似已立于光辉的顶点,却在倡导文学革命的"五四"之前就受到了新作家与评论家的谩骂。

谓之不懂外语,谓之选择作品不当,谓之将戏剧改成了小说,谓之省略、误译太多,对林纾及其翻译小说的评价,一落千丈。毫不夸大地说,这个说法至今还在延续着。

16 林纾本是外国文学翻译的旗手,究竟是如何变成了批判的对象,本文将阐明这一过程。

2 从《青年杂志》到《新青年》

《巴黎茶花女遗事》刊行后,1901 年林纾移居北京。他在金台书院、五城学堂教书,同时也继续做外国文学的翻译。有识之士认为,林纾翻译小说是为了改良社会、感动人心。这一点可以从林纾翻译小说的序跋中找到印证[3]。不管怎么说,在翻译外国文学方面,林纾的一部分才能得到了充分发挥。自古以来,小说地位低下,林译小说成为重新审视小说的一个契机。从这个意义上来说,梁启超之重视小说的主张,通过林纾的翻译获得了实践与证明。

1903 年入京师大学堂(北京大学前身)译书局,1906 年任京师大学堂预科及师范馆的经学教员。1911 年辛亥革命时,林纾已年届六十。1913 年辞去京师大学堂之职务,之后以著述、翻译、绘画度日,直至 1924 年去世。

在商务印书馆发行"林译小说丛书"的同期,上海还创办了一份启蒙杂志,名为《青年杂志》。出版商为群益书社,创刊号(1915

年 9 月 15 日)的“社告”中称该杂志是为了与青年诸君讨论修身治国之道而创办的。设置了通信栏，刊登读者来信及编辑部的回复，这也是一个新意趣，旨在启发青年人。

刊在卷首的是陈独秀的文章“敬告青年”。其内容可用六条标语来概括。

即，一“自主的而非奴隶的”、二“进步的而非保守的”、三“进取的而非退隐的”、四“世界的而非锁国的”、五“实利的而非虚文的”、六“科学的而非想像的”。

对青年的期待是前者而非后者，其主旨一目了然。将善恶、好 17
恶进行对比，从而批判否定一方，这是一个简单的理论结构，很容易理解。

更强调否定姿态、集中针对文学发言的是胡适。他最初以读者投稿的方式在通信栏登场。

胡适的情况

《青年杂志》停刊了大约半年后，于 1916 年 9 月 1 日第 2 卷第 1 号起，改名为《新青年》。在第 2 卷第 2 号(1916 年 10 月 1 日[4])的通信栏里刊登了胡适写给陈独秀的信。

胡适将文学的堕落归因于“文胜质”，即“徒有形式而无精神”。他主张文学革命必须从以下八条着手。

1 不用典

2 不用陈套语

3 不讲对仗

4 不避俗字俗语

5 须讲求文法之结构

以上是形式上的革命。

6 不做无病之呻吟

7 不摹仿古人，语语须有个我在

8 须言之有物

以上是精神上的革命。

自然是似曾相识的标语。它与后来著名的“文学改良刍议”的主张如出一辙，不过是顺序略有变动而已。可以看出，先前陈独秀提出的否定论调，被胡适充分地吸收并运用了。

18 上述“7 不摹仿古人语”一条，胡适将其归类于精神。但实际是关于语言的讨论，是否应该归类于形式呢？这么一看，八项中只有两项是关于内容的讨论。并且，究竟应该是怎样的内容，亦未做具体说明[5]。

1917 年，《新青年》的编辑部迁至北京。因为陈独秀受蔡元培邀请，去北京大学担任文科学长[6]。

其次，胡适“文学改良刍议”(第 2 卷第 5 号 1917 年 1 月 1 日)主张的是每个时代都有每个时代的文学。最终得出的结论就是，被轻视的白话小说才是现代中国文学的正统。末尾添上陈独秀的话，亦称“白话文学之为中国文学之正宗”。胡适与陈独秀二者的意见一致，所以《新青年》上刊登了他们的论文。可是，主张白话文学的这篇论文却是用文言写作的。谁也没有注意到这个矛盾。

八项宣言，与先前通信栏上所见内容相同，只是改了顺序。主张的重点不外乎文章的形式，而关于内容的讨论，比重很少。而且文章偏重于否定。大约一年后，他发表了“建设的文学革命论”（第4卷第4号1918年4月15日），将“不”字推在前面，愈发强调了否定性。他所说的“八不主义”，以下用箭头原样标记。以刊载顺序的数字来看，此处亦改动了顺序。与先前通信栏中所刊登的内容相同，让人觉得他有点执拗。不过，胡适的主张既然能够在杂志上重复三次，可见该主张当时受到了人们的重视。另外，为了对比出“八不主义”的变化，以下再次引用。

1 须言之有物

→1 不做“言之无物”的文字

2 不摹仿古人

→7 不摹仿古人

3 须讲求文法

→6 不做不合文法的文字 19

4 不做无病之呻吟

→2 不做“无病呻吟”的文字

5 务去烂调套语

→4 不用套语烂调

6 不用典

→3 不用典

7 不讲对仗

→5 不重对偶——文须废骈诗须废律

8 不避俗字俗语

→8 不避俗话俗字

“1 须言之有物”与“4 不做无病之呻吟”说的是同一件事。可是，我不得不重申，其对内涵并没有做具体说明。

那么，胡适认可的正统的文学作品是什么？他认为值得评价的文学作品是白话小说。

> 今日之文学其足与世界“第一流”文学比较而无愧色者，独有白话小说（我佛山人，南亭亭长，洪都百炼生，三人而已）。（第3—4页）

胡适列举的都是晚清作家的名字。“我佛山人”指吴趼人，“南亭亭长”指李伯元，“洪都百炼生”即刘铁云。他在别处还提到了《儒林外史》《水浒传》《石头记》等书名。这些都是1912年中华民国成立很久以前的作品。正在美国逗留的胡适，对中国正当流行的小说可能并不了解。顺带说一句，后来胡适从亚东图书馆将李伯元的《官场现形记》、刘铁云的《老残游记》等作品进行翻刻出版，可以说与此时的论文有关。

20 在这篇论文里，外国文学的翻译似乎不在胡适的考察对象之内。因为文中未有提及，所以我这样判断。不过，文中出现了一个书名《十字军英雄记》。这是林纾与魏易合译的司各特的作品（商务印书馆1907年版，Walter Scott: *The Talisman*）。胡适仅说到“林译小说”，并未对此进行评论，甚至都没举出林纾的名字。可以说，在这个时间点上，林纾的身影尚未出现。

陈独秀的情况

继强调白话文的胡适之后，第 2 卷第 6 号上刊登了陈独秀的"文学革命论"(1917 年 2 月 1 日)。

该文也采用了创刊号上所用的二选一模式，称文学革命军的三大主义。

> 推倒雕琢的阿谀的贵族文学，建设平易的抒情的国民文学；
>
> 推倒陈腐的铺张的古典文学，建设新鲜的立诚的写实文学；
>
> 推倒迂晦的艰涩的山林文学，建设明了的通俗的社会文学。

打出标语，是便于理解。可是再怎么呼叫标语，也只是标语。打倒的对象无动于衷。不过，如果是出于现实中改革与革命的困境，而以文学为突破口进行攻击的话，倒也不是不能理解。

内部的讨论

这就是著名的胡适与陈独秀的论文。此外，在《新青年》杂志上还发表了有关文学革命、文学改良、文学革新的文章。只是，这些意见都只限于该杂志，是内部的讨论。

例如，第 3 卷第 1 号(1917 年 3 月 1 日)的通信栏中刊登了几则意见。

钱玄同说自己受到胡适"文学改良刍议"的启发。他最终肯定

21 了文学进化，认可小说为近代文学的正统。谈到最近的小说，他列举了李伯元《官场现形记》、吴趼人《二十年目睹之怪现状》、曾孟朴《孽海花》，还谈到了苏曼殊。但他认为胡适列举的刘铁云《老残游记》不过是“老新党”，所以舍去了。在钱玄同的文章中，值得关注的是他认为现代文学的革新起于梁启超。不过，有一个不可忽略的地方，引用如下。

> 又如某氏与人对译欧西小说。专用《聊斋志异》文笔。一面又欲引韩柳以自重。此其价值。又在桐城派之下。然世固以大文豪目之矣。

与他人合作，并且以文言翻译外国小说的人，是谁？用一个“某氏”，模糊了名字。但是，一般来说，想到的当然是林纾的名字。此处，林纾批判的征兆，虽然只是一点，却的确出现了，这一点需要留意。并且，钱玄同一贯揶揄林纾为“文豪”，此事也留待后述。

刘半侬“我之文学改良观”(第3卷第3号1917年5月1日)论述的范围很广，文学、语言、文字、散文、韵文甚至还涉及符号。虽然在古文评价上略有异议，但就改革的必要性而言，处于胡适“八种改良”、陈独秀“三大主义”以及钱玄同等人的主张的延长线上。但是，需要注意的是，他说道，“近人某氏”翻译了外国小说，使用了莫名其妙的语句。这个某氏，指的就是林纾。刘与钱玄同说了相同的话，真是奇妙的事情。刘虽然没有明指，但把《巴黎茶花女遗事》中的词句作为批评的对象。看其后来的发展，可以说钱刘策划的林纾批判的征兆，已隐含于此中。

该号上刊载的胡适“历史的文学观念论”，主张每一个时代都有每一个时代的文学。他的意见是今日的文学当以白话文学为正统。这就是“历史的文学观念”。主张白话文学的正统性也就是否定除此之外的、今日的古文文学。这是胡适的一贯姿态。

胡适批判的是生存于“今日”时代却依旧使用不合时宜的文言 22
的“古文家”。

否定“古文家”的气氛漫溢，但并没有设定具体的攻击目标，没有出现应当批判的现有人物的名字。

刘半依“诗与小说精神上之革新”（第3卷第5号，1917年7月1日）强调诗的思想必须是“真”，他大量引用了塞缪尔·约翰逊（Samuel Johnson）的话语。小说追求两点，一是基于真理发言、建设理想世界，二是详细描绘各自所见的世界。他还引用了亨利·凡·戴克（Henry Van Dyke）。他赞扬的是中国的曹雪芹、李伯元、吴趼人，英国的狄更斯（Charles John Huffam Dickens）、萨克雷（Thackeray）、吉卜林（Rudyard Kipling）、史蒂文森（Stevenson），法国的龚古尔兄弟（Goncourt）、莫泊桑（Guyde Maupassant），美国的欧·亨利（O. Henry）、马克·吐温（Mark Twain）。排除的是威尔士（H. G. Wells）的科学小说、柯南·道尔（Arthur Ignatius Conan Doyle）的侦探小说、威廉·勒克（Le Queux William）的秘密小说、勒布朗（Maurice Leblanc）的强盗小说。

可以看出，这个时候他已经显示出排除大众小说的意识。

在上述论文中，没有出现具体的作品名。并且，也未提及中国的翻译。这是懂外语的他阅读原文之后的感想吧。可是，对于读者来说，只能通过阅读译作来检验刘半农的意见。

作为参考，以下简单看一下刘半农提到的外国作家在1917年时是否有汉译。数字表示从该年起有所翻译。汉译并不限于一种，有可能是好几个译者翻译出版的作品。

○ 刘半农褒扬的作家

23 狄更斯 林纾等,1907 年

萨克雷 周瘦鹃,1917 年

吉卜林 胡适,1915 年

史蒂文森 林纾等,1908 年

龚古尔兄弟 陈嘏,1917 年

莫泊桑 陈景韩等,1904 年

欧·亨利 铁樵,1914 年(林纾,1925 年)

马克·吐温 严通等,1905 年

× 刘半农批评的作家

威尔士 杨心一等,1915 年(林纾,1921 年)

柯南·道尔 张坤德等,1897 年(林纾,1907 年)

威廉·勒克 陈景韩等,1904 年

勒布朗 杨心一等,1912 年

就上述作品而言,不能说林纾的翻译比其他汉译更偏向于某一方面。可以看出,刘半农所褒扬的作家的作品,林纾很早就翻译了。这说明了林纾的视野广阔。

就翻译作品而言,不能批判林纾。

该号“读者论坛”中刊登了易明“改良文学之第一步”,主张文学改良必须从使用“俗语”开始,论说、书信、小说等皆适用。

第 4 卷第 1 号(1918 年 1 月 15 日)“通信”栏中刊登了胡适写给钱玄同的信、钱玄同的回复、钱玄同写给刘半农的信、刘半农的回复。另外,在“读者论坛”一栏中刊登了北京大学学生傅斯年的投稿“文学革新申义”。

不管怎样，这些只是内部的讨论。胡适所主张的白话使用，用他自己的话来说，“这种思想固然是达尔文以来进化论的影响”[7]。若从进化的法则来看，古文必然要转向白话。这是自然选择的必然命运吧。既然如此，我认为是否也不需要对那些必然淘汰的东西进行特意攻击呢。我想，实际作品的出现自然会证明进化法则的正确性。可是，胡适、陈独秀、钱玄同、刘半农等人似乎并不满足 24
于顺其自然而达到的结果，所以才有胡适的“八大主义”，希望在否定上下力气。只有强有力的敌人挡在自己的面前，才有主张革新、革命的价值。可是，那个敌人并没有出现。

郑振铎回忆当时的情形说：“从他们打起了‘文学单命’的大旗以来，始终不曾遇到过一个有力的敌人们”[8]，诚实而露骨地记述了提倡革命的青年人的焦虑。

在这紧要关头，为了打破现状，于是策划出来的，是让一个虚构的人物“王敬轩”写信的捏造事件，攻击林纾，引起冲突而演化成论争。

对此，一般都这么记述概要：不堪忍受批判的林纾，隆重登场，攻击青年，青年则加以反击。这是一场盛大的互相揭发的丑剧，是一场容易理解的新旧世代的对立。

可是，事实并非如此。在此之前出现了不可思议的情况，对此情况，至今尚未有研究者注意到。有一篇好像是林纾写的反驳又好像不是反驳、不知能否称得上批判的暧昧的文章。

3 林纾的奇妙登场

之所以用“奇妙”的字眼，是因为我看不到据说是林纾写的文章。至少在我撰写本文之前没有看到。

奇幻的林纾论文

这篇有问题的文章，是“论古文之不宜废”。仅看题目，可以推测，这是林纾否定胡适等人主张的文章。若是大胆想象，似乎是林
25 纾写了一篇强烈攻击的文章。可是，因为我没有机会看到全文，并不能下此论断。这篇文章被视为林纾拥护古文，以胡适等人的对立者姿态出现的证据，是一篇重要的文章。可是，我要反复申明，不可思议的是这篇文章根本看不到。所以我才说是“奇幻的”。有关林纾研究的资料汇编都没有收入，只写着“不详”，可真是怪事。

我曾指出，《新青年》第 3 卷第 1 号(1917 年 3 月 1 日)的通信栏中刊登了一篇钱玄同讽刺林纾的文章。林纾的“论古文之不宜废”是否由此触发的呢？情况不明。

介绍林纾这篇奇幻的论文的，是居住于纽约的胡适。

他在给陈独秀的信中(第 3 卷第 3 号，1917 年 5 月 1 日)，这么说道。

> 顷见林琴南先生新著“论古文之不当废”一文，喜而读之，以为定足供吾辈攻击古文者之研究，不意乃大失所望。林先生之言曰：知腊丁之不可废。则马班韩柳亦自有其不宜废者。吾识其理。乃不能道其所以然。此则嗜古者之痼也。(第 4 页)

因为胡适做了引用，所以这应该是林纾论文中的重要部分吧。可是，这里只是将古文比喻成拉丁语。他是安静地维护古文，他所主张的古文的命运是与日常生活无关的残存，是很软弱的。

胡适还引用了林纾文章的另一处，称其古文有误。

> 呜呼、有清往矣。论文者独数方姚。而攻掊之者麻起。而方姚卒不之踣。(第 4 页)

大意是说,清朝昔年,曾有很多人攻击方苞、姚鼐,可是方姚最 26
终也没有被击倒。方姚指的是桐城(古文)派的代表人物方苞、刘大櫆、姚鼐等人。

胡适解释说,后半句的"而方姚卒不之踣"不合文法。也就是,"踣"是不使用止词的内动词,它的否定式应该是"而方姚卒不踣"或"方姚卒不因之而踣"。胡适指出了古文大家林纾文章的错误。其结论是,如果说林纾是以古文大家的身份倡导"古文不宜废",却"乃不能道其所以然",岂非清楚地表明古文是应当废除的吗?

我要再次指出,胡适的文章说要废古文,可他却是用古文写的,这真正是矛盾。需要重视的是,林纾作为胡适攻击的对象人物,第一次明确地登场了。

胡适大失所望也不是没有理由的。因为在林纾的文章中,一点也没有痛骂白话、抹杀提倡者之类的威势。至少,这是我从胡适的引文中获得的直接印象。

虽说是作为《新青年》集团的敌对者,林纾的登场却完全没有飒爽的风姿,我是这么觉得的。这可能是因为第一我看不到全文,第二这是滞留国外的胡适的引用文的缘故吧。好像只是站在远方,飘飘悠悠地存在罢了。

即便如此,林纾的这篇论文究竟在哪里呢?我在意的是,只有胡适引用了他的文章。就目前出版的资料集来看,文章的题目都是"论古文之不当废"[9]。

直至最近,才由杨联芬阐明正确的论文名及刊载杂志[10](后述）。她指出“论古文之不宜废”才是原本的题目，刊登于《民国日报》（1917年2月8日）。题目居然可以错误到今日，这真是一件非常奇怪的事情。也就是说，一直在引用胡适的误记。可见，研究者长期以来都未曾做过考证。题名的错误一直没有被更正就是证据。

27 这是一篇被埋没了的林纾的文章。所以我用“奇幻的”一词来修饰。这是试图压制文学革命的古文家代表林纾所写的批评文章。为什么全文没有公开呢？

调查的结果令人大吃一惊。刊载这篇论文的报刊《民国日报》是在澳大利亚的悉尼发行的，是华侨于1910年创办的宣传民主主义革命的报纸[11]。

林纾为什么会向澳大利亚的报纸投稿呢？这是第一个疑问。找不到他与澳大利亚的接触点。原本，他若是反对白话运动、敌视胡适等人的话，按说是向北京或上海的刊物投稿才对。他若想发表，到处都是机会。

因为是在国外发行的报刊上刊载的文章，所以就只能看到胡适的信么？北京的《新青年》集团没有努力去追查文章么？还是胡适没有剪报、制作副本邮递给他们么？总之，我认为林纾的这篇文章大有疑问。

林纾“论古文之不宜废”

如果只看胡适引用的部分，对林纾文章的主旨只能做出不正确的把握。

为了阅读林纾的这篇文章，这一次我终于找到了。

署名林琴南的该文如下。这是一份新发现的资料，所以我将它原文录入。

论古文之不宜废

林琴南

（《民国日报》1917 年 2 月 8 日）

文无所谓古也。唯其是。顾一言是。则造者愈难。汉唐之
艺文志。及崇文总目中。文家林立。而何以马班韩柳。独有千
古。然则林立之文家。均不是。唯是此四家矣。顾寻常之牋牒
简牍。率皆行之以四家之法。不惟伊古以来无是事。则欲责之
以是。亦率天下而路耳。吾知深于文者。万不敢其设为此论也。
然而一代之兴。必有数文家撑拄于其间。是或一代之元气。盘
礴郁积。发泄而成至文。犹大城名都。必有山水之胜状。用表 28
其灵淑之所钟。文豪之发显于一代之间。亦正类此。呜呼。有
清往矣。论文者独数方姚。而攻掊之者麻起。而方姚卒不之踣。
或其文固有其是者存耶。方今新学始昌。即文如方姚。亦复何
济于用。然而天下讲艺术者。仍留古文一门。凡所谓载道者。
皆属空言。亦特如欧人之不废腊丁耳。知腊丁之不可废。则马
班韩柳亦自有其不宜废者。吾识其理。乃不能道其所以然。此
则嗜古者之痼也。民国成立。士皆剽窃新学。行文亦泽之以新
名词。夫学不新。而唯词之新。匪特不得新。且举其故者而尽
亡之。吾甚虞古系之绝也。向在杭州。日本齐藤少将谓余曰。
敝国非新。盖复古也。时中国古籍。如皕宋楼之藏书。日人则
尽括而有之。呜呼。彼人求新而惟旧之宝。吾则不得新而先殒
其旧。意者后此求文字之师。将以厚币聘东人乎。夫马班韩柳
之文。虽不协于时用。固文字之祖也。嗜者学之。用其浅者以
课人。转转相承。必有一二钜子。出肩其统。则中国之元气。
尚有存者。若弃掷践唾而不之惜。吾恐国未亡而文字已先之。
几何不为东人之所笑也。

……回。後。糊。他。且。大。說。理。等。我。嚇。在。了。借。賊。過。這。似。个。已。聽。懼。楚。人。縱。來。

雪後東杏儕

數驟[illegible]沈[illegible]山城[illegible]夜烏啼。世[illegible]一原草樹自榮枯。[illegible]戍猶東甲。絕島遺民忍裂[illegible]。四海莽[illegible]一[illegible]。且持杯酒問行廚。

詞選

南浦　春草

徐仲可

愁根欲剗。又東風吹綠到池塘。莫遣紅心灰冷。前度燒痕香。便是斜陽荒戍也。萋萋一碧媚韶光。午晚鶯啼歇。玉驄嘶倦。烟夢落瀟湘。　認取夜家春色。只蘼蕪幽徑費思量。浪蕊浮花輕薄。空自鬬明妝。誤卻踏青歸路。蝴蝶[illegible]醉獨尋芳。（唐崔護詩草色醉蜻蜓）踏綠波無語。數聲啼鴂換斜陽。

浣溪沙

王無爲

酒暈脂痕映面紅。桃花綽約玉玲瓏。多情盡在不言中。　料應有心知捲雨。祇因無力卻隨風。萬千新恨壓眉峯。

文選

論古文之不宜廢

（林琴南）

文無所謂古也。唯其是。顧一言是。則造者愈難。漢唐之藝文志。及崇文總目中。文家林立。而何以馬班韓柳獨有千古。然則林立之文家。均不是。唯是此四家矣。顧尋常之牋牘簡牘。率皆行之以四家之法。不惟伊古以來無是事。即欲賓之以是。亦率天下而騖耳。吾知深於文者。萬不敢其說。為此論也。然而一代之興。必有數文家。撐拄於其間。是或一代之元氣。盤礴鬱積。發洩而成至文。猶大城名都。必有山水之勝狀。用表其靈淑之所鍾。文家之發顯於一代之間。亦正類此。嗚呼。有清往矣。論文者獨數方姚。而攻掊之者麻起。而方姚卒不之踣。或其文固有其是者存耶。方今新學始昌。即文如方姚。亦復何濟於用。然而天下講藝術者。仍留古文一門。凡所謂載道者。皆屬空言。亦特如歐人之不廢臘丁耳。知臘丁之不可廢。則馬班韓柳亦自有其不宜廢者。吾識其理。乃不能道其所以然。此則嗜古者之痼也。民國新立。士皆剽竊新學。行文亦澤之以新名詞。夫學不新。而唯詞之新。匪特不得新。且舉其故者而盡亡之。吾甚虞古系之絕也。向在杭州。日本齋藤少將謂余曰。敝國非新。蓋復古也。時中國古籍如朱[illegible]撲之類。譽日人則競括而有之。嗚呼。彼人求新而惟舊之寶。吾則不得新而先殞其舊。意者後此求文字之師。將以厚幣聘東人乎。夫馬班韓柳之文。雖不協於時用。固文字之祖也。嗜者學之。用其淺者以課人。轉轉相承。必有一二鉅子。出肩其統。則中國之元氣。尚有存者。若棄擲踐唾而不之惜。吾恐國未亡而文字已先之。幾何不為東人之所笑也。

旗亭韻語

天問廬詩話

（舍我）

京師陶然亭。又名江亭。其地蘆葦四擁。風景絕佳。四川李大防範之。受命遊皖。一時名俊。觴道于斯。某公并[illegible]別圖以附。偈徵題詠。佳者頗多。錄其原作七律一章云。頻年屢作黃山夢。今日公然載酒行。皖國人才多故舊。江亭風物亦淒清。眼中況有滄桑客。海外愁聞蘆葦聲。如海王城塔大隊。[illegible]說歸耕。

衡山雷飛鵬字小秋。工詩能文。[illegible]知於張蓋齋張按遼東。留佐幕府。[illegible]草一卷。其述邊塞之風物人情。[illegible]肖。昔人謂子美詩可以為風土[illegible]誌。當其近是。宿山三家子屯。[illegible]車向日夕。橫眺天蒼蒼。逆旅未得[illegible]進白楊。犬聲亂蹄鐵。是火舍村[illegible]門既投止。婦子若為忙。頗訝車中[illegible]何來相將。知炕分半席。白酒傾[illegible]間生計。往事皆可傷。數口耕十[illegible]謀。嶽梁洋兵皆在郊。驅人如[illegible]得保衛。室家幸有康。但愧無[illegible]以供盤飧。[illegible]微意良厚。心愛如承[illegible]生抱痴頑。碌碌一來[illegible]。孰行亦王[illegible]豈敢辭。宵衣戒秣馬。涼風來[illegible]律警句。如破帽愁風勞。短褐補衣留[illegible]已冰堅。及出地日微。人影大於天。[illegible]馬國低。[illegible]不[illegible]及道[illegible]

《民国日报》1917年2月8日

重新来审视林纾的文章： 29

我觉得它与《新青年》第3卷第1号（1917年3月1日）上钱玄同讽刺林纾的文章之间似乎有某种关联。可是，鉴于发表的日期（1917年2月8日），可以明确林纾写作该文与钱玄同的文章无关。

其内容，主要是林纾对中华民国成立之后的文学界的一些日常的感受，他是很平静地叙述的。中心就是胡适所引用的部分。我再次引用如下。

> 知腊丁之不可废。则马班韩柳亦自有其不宜废者。吾识其理。乃不能道其所以然。此则嗜古者之痼也。

林纾不过是一味地维护古文罢了。

对于他的文章，胡适自然会流露出失望的感情。因为这里面没有一丝攻击白话运动的尖锐，亦无生机勃勃的强韧的精神，甚至都没有写不要使用白话的语句。如此一来，他便不能成为我方应当面对的敌人。胡适的感慨可想而知。

在胡适没有引用的部分中，浓郁地体现出林纾难过的心情。浮现出一个心底里充满了“悲哀”的形象。

即便日本人齐藤少将[12]批评中国是“复古”，林纾也没有生气。从他没有反驳之处可见，林纾认可了他的说法。

他只是感叹陆心源的藏书落入了日本人的手中，感叹中国在获得新东西之前失去了悠久的东西。

日本的静嘉堂文库从陆心源的长子陆树藩处购得藏书，是1907年（明治四十年）的事情。

好像是因为竞买的缘故，市场上流行起藏书的钞目。商务印

书馆的夏瑞芳也得到了，他告诉编译所的张元济购买皕宋楼藏书
的打算，他说这既可以作为编译的资料，同时也是建设图书馆的基
30 础。夏预备了8万元[13]。

张元济之所以介绍以上情况，是为了说明夏瑞芳的大胆。当时商务印书馆虽然还只是小型经营的规模，但夏瑞芳果断地预备了一笔巨款用于购书。可是，这则逸闻恰恰证明了当时商务印书馆是夏社长一人运营的。不过，当时商务印书馆里还有雨山长尾槙太郎等日本人，对于他们的反应，张元济没有提及。

张元济听说日本人也就是岩崎家的静嘉堂文库支付了25万两。张还说，他向当时的军机大臣荣庆推荐购书以作为京师图书馆的基础，可是没有被采纳。事实上，陆树藩最初提出的是50万两，后来从35万日元减至25万日元。最终以10万日元成交[14]。

为这藏书的事情，中日知识分子上演了一场大骚动。结果，藏书漂洋过海落入日本。林纾的感慨想必是很大的，维护古文及相关文化遗产是他一贯坚持的姿态。

古文是中国的生命力，林纾担心，如果毫不顾惜地将之抛弃，则国亡之前文字已死。如果真的演变成那样，岂不是被日本人耻笑？林纾借用日本人表明他对国人的危机意识。

林纾文章的主调是“悲哀”，是“感慨”，是“危机”，是“担忧”。

如此一来，便可以注意到林纾文章的后半部分中有很重要的语句。诚如明察，就是胡适故意没有引用的日本人（原文是“日人”“东人”）。

一目了然。林纾并不是为了批判日本与日本人而写的。恰恰相反。以日本及日本人为参照，率直地吐露他对中国文学界现状的失望。他只是单纯地维护古文而已。

我所关注的是，胡适忽视了林纾论述日本及日本人的那些话。他不是可以借机来批判林纾赞扬日本及日本人的么？

即便不能确认齐藤少将的那些话，皕宋楼的藏书落到了日本
人的手里，这是事实。胡适不能对这些进行批判。因为他若批判 31
日本人，转眼就会成为对没有购入或者说是没能购入的中国人的攻击。这是他之所以忽略，或者说是不得不忽略的原因吧。忍气吞声之处，胡适隐藏了内心对曝光事实的林纾的愤懑吧。

“论古文之不宜废”是林纾六十六岁时写的文章。六十六岁，足够称得上老人的年纪。不过，他可不是一般的老人。而是通过外国文学的翻译，对当时的文学界做出巨大贡献的老人。他的支持者一定很多。可是，他们都沉默着。听到的尽是朝气勃勃的文学革命、文学改良、文学革新等口号，尽管那些都是内部的讨论。站在林纾的角度，眼看着自己花费了毕生心血的古文即将被抛弃，也一定会叹息的。按照正常人的看法，这是老人的牢骚。

当时胡适二十七岁，是可以称林纾为祖父的小辈。是有着这般大的年龄差距的胡适，看到的林纾的文章。

补充

我对前论的林纾“论古文之不宜废”一文做些补充。松村茂树先生提示，这篇文章收入《民国日报》中的“文选”栏目，所以有可能是选编的。因为在林纾研究资料中没有任何说明，所以我可能从一开始就忽略了“文选”这个标记。诚然，我想这个可能性是很大的。如前所述，林纾与澳大利亚的《民国日报》没有直接的关联。如果说是选编的文章，疑问即可解消。那么，最初出现在哪里呢？目前还找不到（现已找到，附上复印版。首见于 1917 年 2 月 1 日的天津《大公报》）[15]。

32

特別記載

（內外各報有轉載本欄記載者請聲明係由本報轉錄）

△論古文之不宜廢

林琴南

文無所謂古也唯其是顧一言是則造者愈難漢唐之藝文志及崇文總目中文家林立而何以馬班韓柳獨有千古然則林立之文家均不是唯是此四家矣顧尋常之牋牒簡牘率皆行之以四家之法不惟伊古以來無是事即欲責之以是亦率天下而路耳吾知深於文者萬不敢其設爲此論也然而一代之興必有數文家撐拄於其間是或一代之元氣盤礴鬱積發洩而成至文猶大城名都必有山水之勝狀用表其靈淑之所鍾文家之發顯於一代之間亦正類此嗚呼有清往矣論文者獨數方姚而攻掊之者麻起而方姚卒不之踣或其文固有其是者存耶方今新學始昌即文如方姚亦復何濟於用然而天下講藝術者仍留古文一門凡所謂載道者皆屬空言亦特如歐人之不廢臘丁耳知臘丁之不可廢則馬班韓柳亦自有其不宜廢者吾識其理乃不能道其所以然此則嗜古者之痼也民國新立士皆剽竊新學行文亦澤之以新名詞夫學不新而唯詞之新匪特不得新且舉其故者而盡亡之吾甚虞古系之絕也向在杭州日本齊籐少將謂余曰敝國非新蓋復古也時中國古籍如皕宋樓之藏書日人則盡括而有之嗚呼彼人求新而惟舊之寶吾則不得新而先殞其舊**意者後此求文字之師將以厚幣聘東人乎**　夫馬班韓柳之文雖不協於時用固文字之祖也嗜者學之用其淺者以課人轉轉相承必有一二鉅子出肩其統則中國之元氣尚有存者若棄擲踐唾而不之惜吾恐　**國未亡而文字已先之幾何不爲東人之所笑也**

1917 年 2 月 1 日期的天津《大公报》

另附一个资料，是关于《民国日报》的。

在《中国近代报刊名录》中只刊登了澳大利亚发行的报刊，并且说明中国人民大学与上海图书馆都收藏了一部分。我得到的复印件只是这个报道的内容，大概是上海图书馆的收藏吧。

后来我发现，当时还发行其他的同名报刊：1916 年 1 月 22 日在上海创办的国民党的机关报[16]，还有 1913 年在汉口创办的报纸[17]。

可是，上海图书馆的报刊收藏目录中却没有收入理应在内的澳大利亚的《民国日报》。我不明白这是怎么一回事。收藏的是前述 1916 年创刊的《民国日报》。还收入了其他同名的报纸，但从时间上来看，只有这个是符合的。目前我所了解的就是以上这些 33
信息。

《民国日报》果真是澳大利亚的汉字报纸么？这个先打个问号。

在各种研究资料中都没有收入林纾的这篇文章，这意味着什么呢？是否说明这篇文章一般不能被人看到的意思么？除了胡适以外，再也没有一个人引用这篇文章，好像也证明了这个意思。可是，即便是不能轻易见到的文章，如果是猛烈攻击白话运动的内容，也将会成为反击的标靶吧。事实并非如此，完全被置之不理了。我甚至在想，这是否是因为他们认为林纾的文章不值得讨论的缘故。因为是被批判的人物发表的报刊文章，所以不能引起研究者的关注么？比如，最近出版的方汉奇、史媛媛主编的《中国新闻事业图史》(福州：福建人民出版社 2006 年 1 月版)中也依旧沿用了错误的题目"论古文之不当废"。只不过标注了这是上海的《民国日报》(第 129 页)。

再来看一下《新青年》杂志所处的环境。

旧文人们的反抗言论既然竟是寂寂无闻，他们便好像是仅在空中挥拳，不能不有寂寞之感(郑振铎语)。然后，飘来了胡适的通信文。林纾看起来是维护古文的，这一点钱玄同与刘半农等人没有漏看。

至此，从前没有固化成一个具体人物形象的敌人的样子，逐渐聚焦到林纾这个名字上。至于其主张是否谨慎，就算看不到全文，也不成问题。不赞成己方意见的人即敌对者。等待已久的敌人终于出现了。

在他们认定林纾为敌人并对之攻击时，不得不下点功夫。因为看不到林纾的文章，所以不能写出反驳的论文。并且，按照胡适的报告，这篇文章根本不值得反驳。如此一来，只要创作出一篇维护古文的假论文，然后对其进行反驳即可。这是一个巧妙的设计：将维护古文视为攻击，因为受到攻击所以必然要反击。这简直可以说是出人意表的方法。

34 4 林纾批判的缘起——捏造论文，挑起事端

现在回想一下，胡适从纽约投来的通讯稿，是掌握批判林纾方向的重要转折点。

在胡适公布林纾名字的大约十个月后，《新青年》上刊登了王敬轩的信，并附上刘半农的回复，成为一组。真正的林纾批判开始了。

郑振铎的导言

在说明“五四”时期的文学情况时，大多根据前述郑振铎《中国新文学大系》第二集《文学论争集》中的“导言”(1935 年)。一般认为郑振铎是当事人之一，对情况比较熟悉。

郑振铎(1898—1958)于 1917 年进入北京铁路管理学校学习。1919 年与瞿秋白等人创办了《新社会》等刊物，宣扬“五四”新文化运动，主张社会改造。并且，在 1921 年作为发起人之一，建立了文学研究会，入商务印书馆编译所[18]。他是文学革命派的一员。

这样的郑振铎编辑了《中国新文学大系》中的《文学论争集》，

撰写了导言。他当然是在近旁见证了论争的过程。可是仔细一想,事有蹊跷。蹊跷之处在于,虽说是目睹了论争,但是这是站在一方的人回想二十年前的事情,进行了记述。不外乎胜利者的记录。这样一来,自然会让人觉得很难得到公正而客观的论述吧。一定会认为郑振铎的文章是偏向于一方的,然后带着这个前提来阅读。

王敬轩登场之前的经过,我想按照郑振铎的"导言"重新进行说明。如果慎重地阅读他的文章,事实理应会浮现出来。我想这有利于把握情况,并且有可能发现胜利者记述中的破绽。

陈独秀主持的《青年杂志》改名为《新青年》,在胡适"改良文学刍议"(第2页。郑振铎记述错误。应该是"文学改良刍议")、陈独秀"文
学革命论"之后刊登了胡适"建设的文学革命论",郑振铎把这些发 35
表情况及论文内容交错着做了介绍。在这个部分中,郑没有提及奇幻的林纾论文是有原因的。阻挡于年轻人面前的屏障,必须是强有力的敌手才行,软弱的林纾对于他们根本毫无作用。可见他是故意省略了的。

当时的舆论界对文学革命派是什么样的反应呢?郑振铎是如何写的呢?我对此很有兴趣。

> 当他们(樽本注:陈独秀、胡适等)在最初的二三年间讨论着文学革命的问题的时候,同情者们固然是一天天的增多了,反对的人却也不少。不过都不是很有力量的。当时有一班类乎附和的人们在《新青年》上发表了不少的言论,却往往是趋于凡庸的折衷论。(第4页)

没有产生令人满意的反应。也就是说,文学革命论从一开始就没有获得大部分人的支持。按照郑振铎的说法,可以知道几乎没有产生反对论,也没有出现支持,是几近被忽略的。这是实际的情形。

舆论界没有反应。鲁迅对此写过一篇文章,可能很有名。当时鲁迅在北京政府的教育部工作。他在《新青年》上发表“狂人日记”的契机正是旧友钱玄同的建议。以下是鲁迅那篇有名的“自序”中的话。

> 他们(樽本注:金心异。即钱玄同)正办《新青年》,然而那时仿佛不特没有人来赞同,并且也还没有人来反对,我想他们许是感到寂寞了。[19]

鲁迅为什么叫钱玄同为“金心异”呢?这与林纾的小说有关。后文将做详细说明。

这里最重要的一点是,最初并没有反对者。鲁迅也认为当时
36 是没有反应的。无论如何都找不到林纾的身影。所以,钱玄同后来不得不假托王敬轩的名字发表捏造的论文。为其上发条,增加势力的文学革命派的支持者,就是月刊《新潮》。1919 年,北京大学的学生傅斯年、罗家伦等人创办了白话杂志以响应《新青年》。不过,北京大学负担了必要的经费。作为援兵之一的罗家伦在《新潮》上发表了一篇颇有意味的,甚至可以用“相当”(有意味的)来形容的论文,后文将做详述。

再回到郑振铎的文章。

> 这面“文学革命”的大旗的树立是完全出于旧文人们的意料之外的。他们始而漠然若无视；继而鄙夷若不屑与辩，终而却不能不愤怒诅咒着了。（第5页）

概括了旧文人的反应的变化。似乎是渐渐发生了变化。这一变化的发生，需要某种人为的操作。不言而喻，就是那篇捏造的论文挑起了事端。

> 在《新青年》的四卷三号上同时刊出了王敬轩的给青年编者的一封信，和刘复（樽本注：半农）的复王敬轩书。王敬轩原是亡是公、乌有先生一流人物。托为王敬轩写的那一封信乃是新青年社的同人钱玄同的手笔。/为什么他们要演这一出“苦肉计”呢？/从他们打起了“文学革命”的大旗以来，始终不曾遇到过一个有力的敌人们。他们“目桐城为谬种，选学为妖孽”。而所谓“桐城，选学”也者却始终置之不理。因之，有许多见解他们便不能发挥尽致。旧文人们的反抗言论既然竟是寂寂无闻，他们便好像是仅在空中挥拳，不能不有寂寞之 37
> 感。/所谓王敬轩的那一封信，便是要把旧文人们的许多见解归纳在一起，而给以痛痛快快的致命的一击的。/可是，不久，真正有力的反抗运动也便来了。（第5—6页）

这是一封假托王敬轩名字的捏造信，与郑振铎所写一致，这是为了激怒旧文人的“苦肉计”。信写得好似文学革命派被逼得走投无路一般，但实际上是因为没有得到反应而无从下手，所以他们自作主张地觉得被追逼。这是一个打开局面的极致的计策。居然坦率地承认了这一点，真是令人吃惊的天真烂漫。可以说，对此行为，他们没有一丝一毫的内疚与羞耻，所以才能够这样写出来。他们拿出的态度是做了该做的事情，并没有怀疑其正当性。为了文学革命而捏造文章，哪里有什么不对的。可以说，郑不当回事。我觉得这是自认为胜者而生产出的傲慢的记述。

关于王敬轩的不可理解的事，一个谜

在讨论王敬轩的假信究竟是什么样的内容之前，我想讲一件不可思议的事情。

王敬轩就是钱玄同，这是众所周知的事实。辞典、笔名录等资料中几乎都记述了王敬轩是钱氏的笔名（例如，徐迺翔、钦鸿编：《中国现代文学作者笔名录》，长沙：湖南文艺出版社 1988 年 12 月版，第 541 页）。说实话，我对此很有异议。人们有的时候会用笔名发表自己的想法，有的时候因为某些情况不能使用本名吧。但是，发表自己不信任甚至反对的文章时，难道也使用笔名吗？这太奇怪了。此时使用的不应该是笔名，而是假名。我是这么想的，所以在本文中我称之为假名。

还有一个不明白的问题。

就是那封著名的捏造信。每一个研究者都把它当作事实来说
38 明。写为：王敬轩是钱玄同。可是，理所当然的，在《新青年》上登载的时候不可能写上这是假名。隐藏了这是捏造信的事实，一直到很久以后才公开真相。

是谁第一个公开真相的呢？不明。

郑振铎非常了解当时的情况。所以他在《中国新文学大系》的“导言”（1935 年）中说这是捏造信。但是，这很难确定为最早公开

事实的文献。

1918 年王敬轩登场，郑振铎的指摘是 1935 年。简单地做个减法，中间经历了 17 年。在这期间难道不知道这是捏造信么？

钱玄同自己也没有在哪里写过么？我进行了调查，但可能是我精力不足，没有发现。

例如，有一封 1919 年 2 月 14 日钱写给周作人的信。

信中讲了三个问题，其中一个关于林纾的翻译。

> 又“诗人解颐语”，是否大文豪把该书（行间小注：查白士书店的短篇故事。）译出来的书名？[20]

钱玄同的提问是关于周作人的论文“论黑幕”中的问题。周这么写道：

> 将查白士书店编给小孩作文练习用得短篇故事译成了诗人解颐语，当作泰西聊斋看。这类情形虽然可笑，却还该颂扬他大度。因为满肚子圣经贤传的人，居然肯拿点外国东西来附会。在中国还算稀罕。[21]

署名仲密，刊登于“文艺时评”一栏。周作人说明的、钱玄同提问的《诗人解颐语》，不是别人，正是林纾翻译的作品。

〔英〕倩伯司戏辑，林纾、陈家麟译《诗人解颐语》（上海：商务印书 39
馆 1916 年 12 月版；1918 年 6 月再版，说部丛书 3=17）。马泰来考证可能是倩伯司公司出版的《倩伯司童话故事》（*Chambers's Complete Tales for Infants*, W. & R. Chambers, LTD.）。

周作人在论文中特意没有写明林纾的名字。钱玄同不仅写信确认,还指林纾为“大文豪”,这明显是讽刺,分明是不想写出其姓名。厌恶竟到了如此地步。

我之所以注意这封私信,是因为署名“王敬轩、黄介石同启”。可以看出,因为是针对林纾的,所以特意使用了王敬轩的名字。不言而喻,这是基于钱玄同以王敬轩的假名对林纾进行攻击的事实。我想,内部人一定都是知道的。有人指出,黄介石可能是“皇该死”的谐音[22]。若是将“皇该死”理解为“活该”及“该死”的话,那么就成为“该死”的平方了。钱在开玩笑。

可是,不管怎么说这是私信。并没有考虑公开发表。

在钱玄同的文章之后,就跳跃至 1934 年。其间关于王敬轩的论述,至今还没有发现。

刘半农有一篇回忆钱的文章。他说到十五年前(文中写十五年)的事,刘痛骂林纾、“王敬轩”、丁福保诸人时那种狂热的态度,犹历历如在目前[23]。

林纾与丁福保是真实存在的人物。将王敬轩用引号括了起来,这说明他将虚构的人物加以区别。这篇文章最初刊登于 1934 年 7 月 21 日。郑振铎的“导言”是 1935 年,所以比郑的要早。可是,钱玄同并没有说王敬轩是自己的假名。

此外,他还回想起鲁迅,描述了当时的情况。

1917 年,蔡元培就任北京大学校长。邀陈独秀任文科学长,胡适与刘半农为教授。陈胡刘等诸氏尽心于新文化运动,主张文学革命。周作人也被聘为北大教授。请周氏兄弟为《新青年》写文章,他频繁出入绍兴会馆督促鲁迅,拿到了“狂人日记”。

这是钱玄同回忆的“狂人日记”的完成经过。此处钱只说了自

己与鲁迅的交流，并没有出现王敬轩的名字。 40

通过上述情况，可以明白一件事。钱玄同在私信中开玩笑地使用了王敬轩的名字，但是在发表的文章中，他似乎没有承认这是自己的假名。

我既然说这是假名，所以对于钱玄同来说，是不会在公开的场合中，自己主动地暴露并承认这一点吧。

鲁迅在回忆刘半农的文章“忆刘半农君”(1934 年 8 月 1 日)中写道：“……答王敬轩的双鐄信……”[24]。他知道这是“双簧”。从写作的日期来看，也早于郑振铎“导言”。钱在悼念鲁迅的文章中说，鲁迅在日本留学时认识了钱玄同。后来，在 1917 年至 1926 年两人一直亲密往来。以王敬轩的名义发表捏造论文的 1918 年，正在这段时期内。鲁迅是从钱玄同那里听说了王敬轩的内幕，这一点应该不会有错(岂止是听说，我后来发现他在王敬轩事件中发挥了重要作用。请参照注释 26)。

如上引用，在《呐喊》“自序”中，钱玄同以金心异的名字登场。金心异这个名字与林纾有渊源。不过并没有提及王敬轩一事。

还有一篇鲁迅用康伯度的笔名发表的文章[25]。“古之青年，心目中有了刘半农三个字，原因并不在他擅长音韵学，或是常做打油诗，是在他跳出鸳蝴派，骂倒王敬轩，为一个‘文学革命’阵中的战斗者”。

这里仅仅出现了王敬轩的名字。鲁迅并没有解释内幕的意思。

就上述情况来说，依旧可以推测一件事。对于王敬轩的问题，钱玄同本人在公开场合下保持沉默。不仅如此，相关人物一律缄口不言。虽略有透露之意，却非大声指摘。这大概是因为他们自己有着共识，制造捏造信并不是什么值得夸耀的事情吧。

41 后来，郑振铎站出来说明了事情的真相。我再次说明，郑没有当回事。

饶有兴味的是，沈尹默回忆当时的情形，对王敬轩问题做了证词。

> 那时新旧文学双方展开了激烈的斗争，玄同、半农，最为起劲，以林琴南为放矢之的，半农（樽本注：应该是钱玄同）曾化名为“王敬轩”和玄同串演了一次轰动一时的双簧，不料触动了“胡（樽本注：适）博士”，他提出了抗议，认为这种有失士大夫身份，“不登大雅之堂”的文章，不应该发表，并且极力主张把这个杂志（樽本注：《新青年》）收归他一个人去编辑，不许半农预闻。鲁迅是支持玄同和半农的，听见了“胡博士”的话，马上斩钉截铁地告诉他：这个杂志如果归你一手包办，我们就坚决不投稿。这样一来，“胡博士”便知难而退了。[26]

对胡适使用引号，是因为当时正值批判胡适运动的缘故吧。可以看出，鲁迅对林纾是积极的批判的。这篇文章赞扬了鲁迅坚决的态度。但是今日读来，我认为胡适的反应才是正派的，鲁迅的态度是有问题的。

王敬轩的名字，在1918年的几个月后又一次出现了。胡适在张厚载的旧剧拥护的问题上提起了王敬轩（后述）。

那么，刘半农的亲属是如何看待这个问题的呢？虽然是很后来的事情了，我也介绍一下，以备参考。

我看到了刘小蕙的《父亲刘半农》（上海：上海世纪出版集团上海

人民出版社，2000 年 9 月版）。她在“附录二：刘半农大事年表”的1918 年 3 月的条目中这样写道：“在《新青年》第 4 卷第 3 号上，发表“文学革命之反响——奉答王敬轩书”，与钱玄同合作，对当时社会上的封建复古思想进行反击，表明了对文学革命的坚定态度。”
(第 156 页)王敬轩是钱玄同笔名一事，在今日已是常识。她所写的 42
“与钱玄同合作”也是基于此而说明的。仅此而已，属于常识范围之内的说明，并没有新的发现。

有关王敬轩实名揭露的经过，最终就只有上面所了解的这些情况了。

郑振铎在《中国新文学大系》第二集《文学论争集》中特意列了一项“第 2 编　从王敬轩到林琴南”，整理了相关论文。其中第一篇就是王敬轩的捏造论文。可见，郑振铎明白这是革命文学运动的转折点。就是这么重要的一篇论文。

可是，作为转折点的重要论文是捏造的，这一点我无论如何都不能释然。难道就没有更正经的方法了么？为了引起关注就肆意行为了么？就可以肆意行为么？不错，他们一定是觉得为了文学革命可以做任何事情的。其正当化举措之一就是郑振铎编辑的《中国新文学大系》第二集《文学论争集》[27]。

钱玄同(假名王敬轩)的情况

1918 年，林纾六十七岁。文学革命与当事人的年龄无关。不过，此处作为参考，标记每个人的原籍与年龄。

陈独秀(1879—1942)　安徽怀宁　四十岁
钱玄同(1887—1939)　浙江吴兴　三十二岁

刘半农(1891—1934)　江苏江阴　二十八岁
胡　适(1891—1962)　安徽绩溪　二十八岁
罗家伦(1897—1969)　浙江绍兴　二十二岁
郑振铎(1898—1958)　福建长乐　二十一岁(出生于浙江永嘉)

诚然,单从年龄来看,老人(旧人)与青年(新人)的对立图式成立。这是针对六十七岁的林纾(福建闽侯)而言的。此外,若加上鲁
43 迅(1881—1936,浙江绍兴)三十八岁、周作人(1885—1967,浙江绍兴)三十四岁,包括陈独秀在内,他们全都是年轻人。即便如此,针对林纾一个人而组建一个多人青年集团,对其进行批判的情景,实在令人觉得怪异。这或许可以反过来说,林纾一人具有对抗多数的地位与实力。

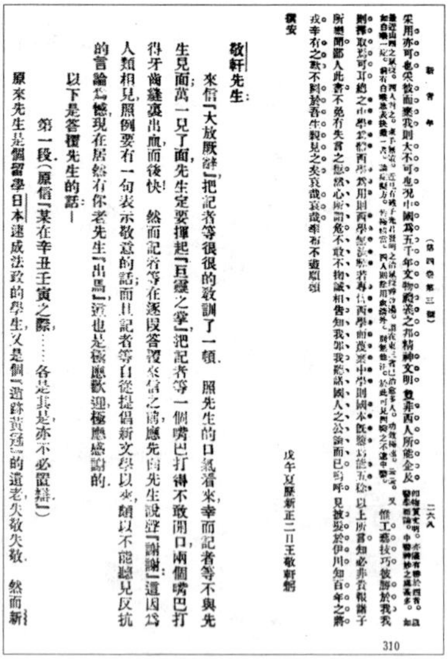
撰安
戊午夏歷新正二日王敬軒

敬軒先生:

來信「大放厥辭」,把記者等很很的教訓了一頓。照先生的口氣看來,幸而記者等不與先生見面;萬一見了面,先生定要揮起「巨靈之掌」,把記者等一個嘴巴打得不敢開口,兩個嘴巴打得牙齒縫裏出血而後快!然而記者等在逐段答覆來信之前,應先向先生說聲「謝謝」,這因為人類相見,照例要有一句表示敬意的話;而且記者等自從提倡新文學以來,頗以不能聽見反抗的言論為憾,現在居然有你老先生「出馬」,這也是很應歡迎,極應感謝的。

以下是答覆先生的話:—

第一段(原信「某在辛丑壬寅之際,……各是其是亦不必置辯」)

原來先生是個留學日本速成法政的學生,又是個「遺路黃冠」的遺老,失敬失敬。然而新

310

刘半农的反驳论文

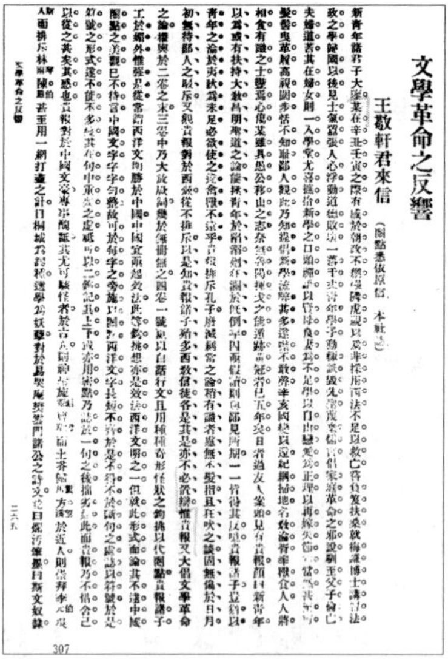
文學革命之反響
王敬軒君來信
(圖點悉依原信,本社注)

307

王敬轩名义的捏造论文

舞台是《新青年》第4卷第3号(1918年3月15日)上的"文学革命之反响"栏目。

《新青年》开设了读者来信专栏。因为是寄给编辑部的信,所以题为"王敬轩君来信"。在题目的下面加了注释:"圈点悉依原信。"这个注释也是有意思的(后述)。刘半农的反驳(此处暂题为"答覆王敬轩先生")亦同时刊登,成为一组。刘的文章,大约是王的信的三倍半长。通过绝对性的分量,表示这不是简单的回复。仅此看来,已是不公平。对立的二者以同量的字数进行讨论,这才是常
识性规则。但他们从一开始就没有遵守的念头。毕竟是"双簧 44
信",有无规则都是一样的。

刘半农按照以下八段进行了论述。据此,我概括内容做一介绍。

○　第一段

以王敬轩的自我介绍为开端。辛丑(1901年)壬寅(1902年),留学日本,跟随梅谦博士学习法政,后归国。回来后,他看见的是士气嚣张、人心浮动、道德败坏的动荡局势,倡导家庭革命之邪说。提倡新学,而流弊亦盛。《新青年》刊登了排斥孔子、废除儒教纲常之论,诸君殆多西教信徒。(第307页)

王敬轩被设定为日本留学生的身份。钱玄同于1906年留学日本,在早稻田大学学习期间认识了鲁迅等人。这么写是按照他自己的经历吧。

第一段让读者认为,王敬轩是一个有着日本留学经验的、头脑顽固的儒教信徒。虽然与外国有关联,但脑子里根本是保守的。这其实是诱导别人自然联想起林纾的事情。

对此,刘半农是如何反驳的呢?

他首先对寄来批评的文章表示感谢。即，“记者（樽本注：指刘半农）等自提倡新文学以来，颇以不能听见反抗的言论为憾”（第310页）。所谓不打自招，指的就是这个。因为没有引起反应，所以他们才不惜捏造文章的。

然后，刘半农谈起王的经历。他问王是否是留学日本的速成法政的学生。因为他知道梅谦次郎创办了法政大学，所以才这么指出的。一般来说，光凭“梅谦博士”是不能立刻判断出的。这证明了钱玄同与刘半农在暗中联系。“梅谦博士”后来在刘半农的文章中又出现了一次。

《新青年》排斥孔子是有理由的。这一点王大概没有理解吧。
45 刘半农回敬道：“狂吠之谈，固无伤于日月。”（第311页）西教比起孔教来稍好一点罢了，这只不过是个比较的问题。他还列举了陈独秀、蔡元培的名字与文章名，表示与他们的想法一致。这是斥骂的对答。

○ 第二段

王敬轩说，符号有问题。《新青年》提倡文学革命，使用奇形怪状的括号来代替圈点。这是对外国的献媚，中国文字适合的是圈点。（第307页）

刘半农反驳说，之所以使用外国的符号，是因为中国的符号不合适。（第312页）

他的意思是，王是留学日本的人，怎么会连这个也不明白。

我刚才指出，在王敬轩信的开头，题名的下面加了注释：“圈点悉依原信。”王敬轩的信中几乎全部都标上了圈点。小小的字体上到处都标上了三种类型的圈点，阅读起来非常难受。也没有分段。再加上（虽然是偶然）有些地方印刷不清，就更增加了阅读的难度。

另一方面，刘半农的论文使用了很大的字体，分了段，排版的很宽松。取代圈点的，是加了旁线，阅读起来很轻松。《新青年》的编辑为了给读者造成这样的印象，而特意设定了字体。不可不谓之周到。让人感到刘半农等人强烈的意志——一定要引起什么、无论什么样的反击。

提倡使用外国式符号的正是钱玄同。但是，在王敬轩名义的文章里，强调的是与钱自身的主张相反的、中国固有的圈点。在陈述不是自己想法的时候使用的王敬轩这个名字，因此不可能是笔名。我再次重申，这应当叫假名。

○　第三段

王说，中国的文豪被忽视了。近人中有李伯元、吴趼人、林琴南、陈伯严等人。“目桐城为谬种。选学为妖孽”。林纾那句“而方姚卒不之踣”，必须要看前文的连续。（第307—308页）

刘半农从樊增祥、易顺鼎的作品中引了“烂污”部分，进行反 46
驳。林纾的语句不是语调的问题，而是语法的问题。（第313—314页）

他摘出林纾的语句，作为第四段的预告。

○　第四段

王敬轩开篇写道：“林纾为当代文豪。”

林纾以唐代小说的神韵翻译外国小说。虽然说的是外国人的事情，却并不让人那么觉得。这不是寻常文人能够做到的。可是，贵报（樽本注：指《新青年》）却中伤其文法不通，“真出人意外”（第308页）。第4卷第1号上刊登了周君翻译的陀思的小说，那才是应当批评不通的。某（樽本注：指王敬轩）不懂外语，所以不知道陀思的原文是怎样的。但是，如果原文是这般不通顺的话，那也不值得翻译了。《吟边燕语》(Charles Lamb，Mary Lamb：*Tales from Shakespeare*)《香钩情眼》(ALEXANDRE DUMAS fils：*Antonine*)等林氏的翻译小说才是杰作。另外，刊登的那些白话诗简直令人喷饭。(第308页)

表现出对林纾的拥护与支持。不过，可以发现其败笔之处吧。《新青年》从前并没有公开对林纾进行批判，不过是讽刺、稍微触及下林纾的名字而已。尽管如此，却写得好像《新青年》杂志曾经批判过似的。因为他们知道，如果不这么做的话，拥护林纾的信就不能成立。

刘半农对林纾评价的反驳大约有五页，可以视为精心写作的部分，这正是主要地方。其后，刘又分了四个段落来写，我也据此介绍(小标题是为了便于理解，我自己设置的)。首先来听一下刘的主张。

1. 林纾的翻译小说

若将林纾翻译的小说视为“闲书”，那就没必要进行攻击。比如“哈氏丛书!”等。但是，没有半点文学性。

理由一：原作选得不好，翻译了没有价值的作品。

理由二：错误太多。与原文相对照的话，则可见删改，失去了原本的面目。不擅长外语的友人将翻译不出的部分，或者因为懒惰而没有查字典的部分胡乱搪塞了过去。林氏不懂外语，就算进行比较对照，也是不明白的吧。

47 理由三：林纾翻译的是“闲书”，并不是文学性的作品。著书与译书有着根本性的差异。译书必须忠实于原作。(第314—315页)

刘半农列举的这三条批评的理由，后来成为林纾批判的原型。

文学革命派展开的林纾批判，根底里带有对通俗小说的嫌弃与轻蔑。认为那不是文学而是闲书。他们将焦点只聚集于林纾译书中的通俗小说部分,数落着林纾等人好像只翻译闲书一般。

可是,林纾等人的翻译中不是还有莎士比亚么?对此莎士比亚,刘半农特别进行了批评。结果,竟演变成意想不到的情况。若是知道事实,恐怕没有人会不吃惊的吧。

2. 林译《吟边燕语》

王敬轩推崇了两部作品:《吟边燕语》与《香钩情眼》[28]。

《吟边燕语》具有比较重要的意义。刘半农对此进行了如下批评。

> 若《吟边燕语》本来是部英国的戏考,林先生于"诗""戏"两项,尚未辨明。(第 316 页)

原文是"诗"与"戏"。林纾说成莎士比亚的"诗",称其为"诗家",不言而喻是诗人的意思。据此,刘半农将"诗"与"戏"区分开来的吧。可是,实际上译出的并非戏剧而是散文体小说(小说化书),刘就此攻击。也就是说,他攻击林纾将莎士比亚的戏剧改译成小说,是连戏剧与小说都分不清的荒唐的翻译。为此他选了《吟边燕语》为代表。

如果说这里有什么重要的意义的话,那就是关于戏剧小说化的这一指摘,在后来被反复引用,成为林纾批评的重要根据。可以说几乎是必然列举的理由之一。

我也曾想过,如果真如刘半农所言,也就是林纾等人确实将戏
剧改译成了小说,那会是怎么样的情况呢?可是,事实并非如此。 48
如果知道《吟边燕语》的原作,问题就迎刃而解了。

该书是〔英〕莎士比著,林纾、魏易合译《(英国诗人 神怪小说)吟

边燕语》(上海:中国商务印书馆,说部丛书第一集第八编,光绪三十年(1904年)七月,光绪三十二年(1906年)四月三版)。

译书标明为莎士比亚著作。但实际上,原作是兰姆姐弟(Charles Lamb, Mary Lamb)著《莎士比亚故事》(Tales from Shake Speare)(1807)。原作是小说体,所以林纾等人只是按照文本翻译罢了。

刘半农不知道原作是兰姆姐弟的作品。因为只标示了莎士比亚著,所以认为原作必定是戏剧。他断定林纾擅自进行了小说化改写。这是误会。这是基于对《吟边燕语》的不了解与误解之上的批评,对于林纾等人来说,完全是莫须有的罪名。实在是太过分了。

刘半农自信满满地断定,并且事实上这个错误的批评对后来的学术界产生了重大影响。它成为林纾批判正当化的根据。没有一个批评者去调查《吟边燕语》的原作是哪一部。不做调查,却继承了刘半农的批评,对林纾批判附和、雷同。而且,后来郑振铎又巧妙地诱导了批判。

3."陀思之小说"

王敬轩写道:"周君翻译的陀思的小说。"单说"陀思的小说"让人摸不着边儿,我想他正是想让别人不明白怎么回事才故意这么写的。

刘半农按照事先商量的那般,咬住这一点不放。王说的"陀思之小说"是否指的是(W. B. Trites 著,周作人译)《陀思妥夫斯奇之小说》呢?陀思妥耶夫斯基,可不是"陀思"那种只写了一半的名字。那样的做法,林纾先生也不会同意的吧。如果像"梅谦博士"一样省略的话,就会变成别人的。他指出日本梅谦次郎,是姓梅,名谦

次郎。(第 317 页)

4. 胡适的白话诗

若对胡适的白话诗不以为然,能者尽可以自己修改。(第 318 页)

以上是批判林纾的核心内容。剩下的就简单介绍一下。 49

○ 第五段

王敬轩说:取西洋字句,则不知汉字之优秀。偏重于西洋文学,而且在诗与小说中又似乎重于小说,是很幼稚的。(第 308—309 页)

刘半农反驳说,文字仅仅是表示思想学术的符号。如果批判偏重小说,那么,王氏所推崇的林氏若能自省,则也会内疚的。(第 319—321 页)

林纾翻译了很多小说。所以,王敬轩贬低小说就意味着自取其辱。

○ 第六段

王敬轩主张,桐城之文、《文选》之文具有外国白话诗不可比拟的深邃。(第 309 页)

刘半农反驳说,《新青年》反对"桐城谬种,选学妖孽",已逐次披露,现不必仔细申辩。(第 321 页)

○ 第七段

今日,真正能够提倡新文学的只有严复与林纾二人而已。将伦理学翻译成名学,将理想国翻译成乌托邦之类,译词美妙。与在汉文中嵌入外国文字的《新青年》相比,其优劣自明。(第 309 页)

关于译名一事已经再三进行过讨论,这是不可解决的难题。西洋的"Logic"与中国的"名学"并非同一事物,而将"Utopia"译成

“乌托邦”也完全只是音译。王敬轩反对在汉文中嵌入英语，刘半农却在反驳中故意使用罗马字。一派挖苦。

○ 第八段

王敬轩并非反对新文学。反对的是《新青年》诸氏排斥旧文学，只一味强调新文学。（第 309—310 页）

提倡“中学为体，西学为用”，正是日本所说的“和魂洋才”。

刘半农提出反论，若没有丰富的新知识，则无研究旧学的资格。（第 325 页）

50 以上就是王敬轩（钱玄同）与刘半农的主张。

《新青年》杂志上展开的这一组问答，对于文学革命而言，具有很重要的地位。因为是运动的转折点。

我的脑海中怎么也抹不去这是内部人之间捏造的论争的想法。所以说，从一开始就是商量好的反驳与论争，商量好的刘半农的胜利。

尽管如此，就我所见，在《吟边燕语》的问题上露出了破绽。而且，关于此事至今尚没有人指摘，也是非常奇妙的。大概是因为觉得这是批判林纾的常识吧。

王敬轩的后继者出现了。《新青年》第 4 卷第 6 号（1918 年 6 月 15 日）上刊登了一篇题为“讨论学理之自由权”的文章，是王敬轩先生的崇拜者的投稿。我不知道这是真的还是说这篇也是伪造的文章。对此，陈独秀做了回复“复崇拜王敬轩者”。

刘半农的林纾批评中出现了援军。支援者受刘半农论文的启发，认为对林纾可以任意责骂。批判的程度愈加扩大，而终究得出一个令人吃惊的结论。

罗家伦的情况

林纾批判还得到了外国人的支援。不过这“支援”不是字面上的意思，而是有点绕弯子的说法。即，有人引用了外国人的文章来攻击林纾。大概他们觉得，比起中国人的直接批判，外国人的批判显得更有权威与威力吧。可以说这是高明的技术。

志希“今日中国之小说界”(《新潮》第 1 卷第 1 号，1919 年 1 月 1 日；上海：上海书店影印 1986 年 4 月版，第 106—117 页）就是这样的一篇文章。志希是罗家伦的字[29]。其特点是引用了英文著作。罗家伦从前就擅长英语，在之后的 1920 年，他去了美国留学。

罗家伦的这篇论文并没有特别稀奇之处。与奇幻的林纾论文相反，一般都可以查阅到。《中国新文学大系》第二集《文学论争 51

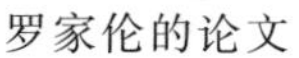

新潮　（第一卷第一號）　一〇六

今日中國之小說界　志希

中國人之中國人做中國小說觀
外國人之中國人譯外國小說觀

我是中國人，以我的眼光來看現在中國人所做的中國小說，所以叫做「中國人之中國人做中國小說觀。」芮恩施博士是（一）外國人，以他的眼光來看現在中國人所譯的外國小說，所以叫做「外國人之中國人譯外國小說觀。」

中國近年來小說界，似乎異常發達。報紙上的廣告，牆壁上的招貼，無處不是新出小說的名稱。我以爲現在社會上做小說的如此之多，看小說的如此之盛，那一定有很多好小說出現了。那知道我留心許久，眞是失望得很呢！現在我以分析的法子，把現在中國新出的小說分做三派，待我說來！（近來彈詞小說的出品很少，僅散見於新聞報及小說月報中，可以不論。）

第一派是罪惡最深的黑幕派。這一種風氣，在前清末年已經有一點萌孽。待民國四年上海時事新報徵求中國黑幕之後，此風遂以大開。現在變本加厲，幾乎瀰漫全國小說界的統治區域了！推求近來黑幕小說派發達的原因，有最重要的兩個。第一是因爲近十幾年以來政局不好，官僚異常腐敗。一般恨他們的人，故意把他們的生活，他們的家庭，描寫得淋漓盡致，以舒作者心中的憤悶。當年的孽海花一類的小說，是這類的代表；不過還略好一點，不同近日的黑幕小說的胡鬧罷了！第二個原因是爲了近來時勢不定，高下二等游民太多。那高等多占出身寒素，一旦得志，恣意荒淫。等到一下台，想起從前從

罗家伦的论文

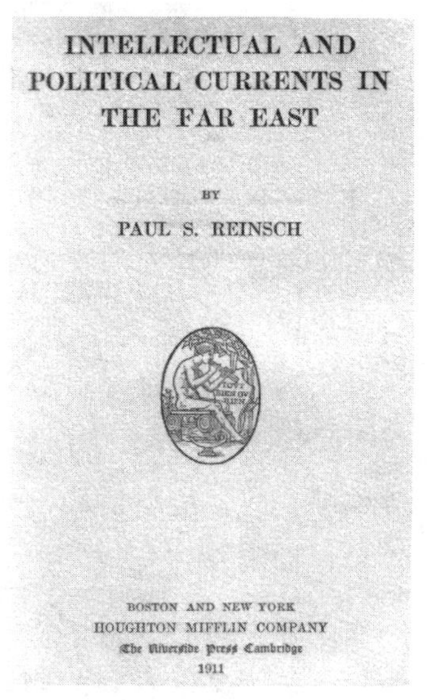

芮恩施(Reinsch)的著作

集》(1935 年)[30]中收录了这篇文章。所以,可以说是广为人知的论文。

罗的论文呈现出典型的林纾批判方式。这也是我之所以关注的原因。

罗的论文分为三个部分。

其一,所谓"中国人之中国人做中国小说观"。即,罗家伦代表了中国人,对当下流行的小说进行分析。其二,"外国人之中国人译外国小说观"。这个外国人是芮恩施。

芮恩施(Paul S. Reinsch,1869—1923),外交官,1913 年起任美国驻华公使六年[31]。

罗的论文中引用了他的著作《远东思想政治潮流》(*Intellectual and Political Currents in the Far East*, HOUGHTON MIFFLIN COMPA-
52 NY, 1911.11)中的一部分,后文将作详述。

最后一个部分是罗家伦对小说家及外国小说翻译家提出的建议。

罗家伦将当下的小说分为三种。即,暴露官僚腐败的"黑幕派"、千篇一律轻浮的言情小说"滥调四六派"、(对他而言)无用的无思想小说"笔记派"。

罗对这三类都标示了固有名词,让人容易理解。黑幕小说延续了民国以前的《官场现形记》《孽海花》的脉络,比如《留东外史》等作品。而言情小说家则列举了徐振亚、李定夷的名字。无思想小说根据内容分为"言情""神怪""技击""轶事"四类。杂志则列举了商务印书馆发行的《小说月报》。

这是罗家伦看到的当时中国小说界的现状。我注意到他写的:"这种遣[遗]误青年的书籍,这种陷害学子的机关,教育部能不从速取缔吗?”[32]这是很重要的部分,后面还将会讨论。

芮恩施眼中的中国人所译的外国小说怎样?

罗家伦在引用翻译芮恩施的文章之前说了下面的话,定了论文的方向。

> 中国人译外国小说的,首推林琴南先生。林先生是我们前辈,我不便攻击他。而且林先生自己承认他不懂西文,往往上当;并且劝别人学西文,免蹈他的覆辙;(四)所以按照“恕”字的道理,我也不愿意攻击他。但是美国芮恩施博士,却抱定“责备贤者”之义,对于林先生稍有微词。(第110页)

文中的(四)是罗的注释,我来解释一下。原文是这样的:“(四)见林译《撒克逊劫后英雄传略》自序。”稍微详细一点地说,意思是
指〔英〕司各德著,林纾、魏易合译的《(国民小说)撒克逊劫后英雄 53
略》上下册(上海:商务印书馆1905年10月版;1914年4月再版,说部丛书第一集第二七编。原作是沃尔特·司各特《艾凡赫》(Walter Scott:Ivanhoe)(1820))林纾“序”中所写的内容。

林纾的这篇序从伍昭扆来访写起。因为司各德的作品很好,两人意气相投。对此,罗家伦介绍的部分如下。

> 纾不懂西文,然每听述者叙传中事,往往于伏线、接笋、变调、过脉处,以为大类吾古文家言。(第1页)

众所周知,林纾不懂外语。他听着翻译者的口述,用文言做笔记。他这里只说了翻译的方法。可罗家伦是从哪里挑出了“往往

上当”的意见呢？不可思议。如果林纾看到自己被罗家伦这么写，他一定不明白是怎么一回事吧。继而，我查看了罗的记述中的相关部分，这下跳到了林纾序的结尾。

> 惜余年已五十有四，不能抱书从学生之后，请业于西师之门。凡诸译著，均恃耳而屏目，则真吾生之大不幸矣。西国文章大老，在法，吾知仲马父子；在英，吾知司各德、哈葛德两先生。而司氏之书，涂术尤别。顾以中西文异，虽欲私淑，亦莫得所从。嗟夫！青年学生，安可不以余老悖为鉴哉！（第4页）

此处写着林纾将不懂外语一事感叹为“吾生之大不幸”。说的是，要想品味外国小说，不懂外语是不行的。我知道林纾是有着这
54 样的认识的。没有外语学习环境的他，谦虚地向年轻人建议学习外语。仅此而已。正因为对自己所从事的翻译工作充满了自信，所以才有余裕向年轻人说明自己没做到的事情。从这里读出林纾自责自苦的说法，我认为是过分的反应。

也就是说，罗家伦解释说林纾因为不懂外语而感到羞耻，是曲解。试想，对于自己的著作，谁会毫无遮掩地说明自己不足之处，一般都是对自己出色的作品表现出自负之心。

写着没有“攻击”林纾的打算，罗家伦却在一开头就明白地摆出一副打架的姿态。他表现出否定的姿态——作为晚辈的自己不会攻击。但这却是伪装的否定。然后，就是特殊的外国人的登场了。芮恩施批评林纾。也就是说，特意在前面设置一个“斥责贤者”的外国人。意思是，他是不受前辈晚辈身份羁绊的外国人，所以能够较好地把握中国的现状。至于这个外国人是如何批评林纾

的，罗引用了很多文字，仔细地介绍。虽然原文比较长，我还是希望在此揭示。把这些情况归拢在一起，有助于理解罗家伦批判林纾所采用的方式。

> 芮恩施博士所著的《远东思想政治潮流》一书中说：“中国
> 人中有一位严复的同乡，名叫林琴南，他译了许多西洋的小说
> 如 Scott，Dumas，Hugo 诸人的著作却是最多的……（原文省
> 略）中国虽自维新以来，对于文学一项，尚无确实有效的新动
> 机，新标准。旧文学的遗传，还丝毫没有打破；故新文学的潮
> 流也无从发生。现在西洋文学在中国虽然很有势力，但是观
> 察中国人所翻译的西洋小说，中国人还没有领略西洋文学的
> 真价值呢。中国近来一班文人所译的都是 Harriet Beecher
> Stowe，Rider Haggard，Dumes（原文如此），Hugo，Scott，Bul-
> wer Lytton，Canan（原文如此）Doyle，Julds（原文如此）Verne， 55
> Gaboriau 诸人的小说。多半是冒险的故事，及‘荒诞主义’
> （五）矫揉造作品。东方读者能领略 Thai keray（原文如此）同
> Antole（原文如此）France 等派的著作却还慢呢”。（第 110 页）

上文中出现的欧美作家的名字是原文所用，里面有一些错字。罗家伦是《新潮》的创办者之一，同时也是编辑，他理应尽量避免错误的。可是却出现了上面的结果。我顺带指出，他还将文中两次出现的“荒诞主义”，都误写成“Romanism”。

罗家伦开笔即写芮恩施批评林纾。所以，他接着引用芮恩施的话，读者自然会沿着批评林纾的思路。罗也确实为了达到这个效果而组织了文章，诱导读者。可实际上，芮恩施只不过写了林琴

南翻译了很多西方小说而已。

请注意，为了让读者以为芮恩施是批判林纾的，罗掌握了文章的方向。

我在这里附上芮恩施的原文，罗家伦所做的小动作便一目了然。“第四章 中国革新运动中的思想倾向”（“Chapter Ⅳ. Intellectctual Tendencies in the Chinese Reform Movement”）。

> Credit is also due Sin（原文如此）Chin-nan, a fellow provincial of Yen Fu, for his admirable rendering into Chinese of the novels of Scott, Dickens, Dumas, Hugo, and other Western writers.（p. 158）
>
> 荣誉，当然也应该授予与严复同乡的林琴南。为什么呢？因为他将司各特、狄更斯、仲马、雨果等西方作家的小说精彩地翻译成中文。*

不知为什么，芮恩施将林琴南的林字误写成 Sin。我想这是
56 单纯的误记，不再多说。他在文章的前半段，称赞了严复、梁启超等人优秀的翻译。在此文脉中，毋庸置疑的是，林纾的翻译同样受到了芮恩施的高度评价。可是，罗家伦将文章最开头的“荣誉”一句给删除了。这是因为，这样的表述对于把原本芮恩施论文中不存在的林纾批判制作成好像是批判的样子来说，是一种障碍。我不得不说这是混淆黑白的小伎俩。此外，他将芮恩施列举的外国作家中的狄更斯也省略了，这是别有用心的（后述）。

---

* 此处根据樽本的日语译文进行中文翻译，非从英文直接翻译。——译者

在不知道的人看来，罗家伦的作文技术是非常精致的。我之所以这么说，是因为他使用符号“……”把远在后面的文章搞得好似与前文是一脉相承的意思。这简直就是魔术。

符号“……”意味着六页的原文。跳过这六页，继续引用以下原文。

The definitive effect of the new movement on literary standards and production has therefore not yet declared itself. There has, however, been a great deal of indiscriminate borrowing from all kinds of sources. The fondness for literature inspired by the old traditions of China has not abated, but it cannot be said that any distinct tendencies of modern literature have emerged. European letters have thus far had but a superficial influence in China. It is always interesting to note what books will be first translated. Chinese editors and translators have judged that the following would best respond to the curiosity and intellectual wants of their public: Harriet Beecher Stowe, Rider Haggard, Dumas, Hugo, Scott, Bulwer-Lytton, Conan Doyle, Jules Verne, Gaboriau, and Zola. That being so, we must needs submit to having our literary tastes and standards judged for a while according to the impression made by these writers. It seems to be quite generally true that the books first translated are tales of adventure or the artificial products of romanticism. It is only slowly that Oriental readers learn to care for or come to understand a Thackeray or an Anatole France. (pp. 164—165)

从文学的标准来看,新运动的决定性结果及作品暂时还
57 未明现。可是,所有种类的资源都被大量地、不加分辨地借用了过来。受中国旧传统的刺激,对文学的嗜好并无衰减,可是近代文学的明确的潮流亦尚未出现。欧洲文学被大量引进,但对中国产生的影响却只不过是表面的。什么样的书籍最早被翻译的,那些记录总是非常有趣。中国的编辑与翻译家们认为以下这些是最能引起普通大众的好奇心与求知欲的作品。即,比彻·斯托夫人、哈葛德、仲马、雨果、司各特、笠顿、柯南·道尔、凡尔纳、加波留,还有左拉。因此,我们心甘情愿地接受这样的事实。也就是说,我们的文学趣味及标准,在一段时间内都是依据了对那些作家的印象。最早翻译的书籍是冒险小说或者技巧性较强的浪漫主义作品,这几乎被视为事实。东方的读者要喜欢上萨克雷或法朗士的作品,或者说能理解他们的作品,还需要一段时间。*

这个部分只说明了中国当时的翻译作品的一般情况。的确,并非与林纾无关。可是,翻译西方文学的不只林纾一人。芮恩施所举的作家的翻译中,很多都是别人翻译的。就整体而言,林纾的贡献自然是最大的。尽管如此,也不能将所有的责任都推到林纾一个人的身上。这是理所当然的事情。

罗家伦将这个一般性的解说与林纾的说明直接挂钩。这么一

---

* 此处根据樽本的日语译文进行中文翻译。——译者

来，芮恩施的记述就好像只针对林纾一人而言。这就是罗下的功夫。

还有一段关于日本文学的介绍。

罗引用芮恩施的文章，简要说明了日本的创作与翻译都是用东京话写作的，列举了作家的名字，作了简要说明。那些人名中，比如有 Toson Shimazaki、Mori Ogwai、Homeci（原文如此）Iwano、
Nazume、Kwatai Tayama、Tafu（原文如此）Nagai、Tunikida（原文如 58
此）、Hasagawa（原文如此）之类。

原著既是英文，用原文来列举西方作家情有可原。不过，看到这些英文作家的名字而能明白的，只有很少量的读者。这表明了他的态度——只有懂英语的人才是对象吧。可是，日本作家的名字，怎么能够按照芮恩施的记述，原样提出呢？而且，还应当责备罗写错了名字（Hasagawa 是芮恩施的记述错误）。不是有汉字这样简便的表示方法吗？岛崎藤村、森鸥外、岩野泡鸣、夏目（漱石）、田山花袋、永井荷风、国木田（独步）、长谷川（辰之助，即二叶亭四迷），使用这样的汉字可以表现其知识与好意，但罗家伦都没有去做。尤其是，该论文的主旨跟追求学术上正确与否并没有关系。所以，他认为这样做是无所谓的。

连同原文，我把罗家伦翻译的介绍日本部分的最后一段附上。

> Among English novelists, none is more widely read in Japan than Dickens. (p. 328)
>
> 在日本，狄更斯是英国小说家中最受欢迎的作家。*

---

* 此处根据樽本的日语译文进行中文翻译。——译者

> 但是译出最多,为社会最崇拜的是狄更斯呢!(第111页)

罗家伦想强调狄更斯在日本广受欢迎。所以,他故意把芮恩施赞扬林纾时说到的狄更斯给删除了。因为广受欢迎的狄更斯的作品,如果被林纾翻译了几部的话是不行的。这是应急手段。

介绍完芮恩施的论文后,是如何结尾的呢?

> 芮恩施博士的话如此。我希望林先生及一般译小说的人想一想。(第111页)

这样的结尾,如果芮恩施本人看了一定也会非常吃惊而不知所措的吧。他一定会说,我没有写过那样的东西。对于芮恩施来
59 说,自己的著作被擅自利用为背离自己宗旨的东西,一定非常不满。

我简单地介绍下最后的建议部分。

罗家伦反复强调的一点是,小说是为了社会改良。所以他建议,要理解这一点之后再进行创作与翻译。可以看出,梁启超的主张被罗继承了下来。

继而,他举了魏易、马君武的翻译,批评他们随意删减内容。他这么写是一种巧妙的误导读者的方式。因为罗说的是,翻译家不能随意删减,这样一来,任谁都不会想到罗在自己的论文中竟会随意删减。

令人无语的事实。他把自己对芮恩施论文进行的删减置之不论。这是他所允许的,为了批判林纾的需要。可是,别人若做了类

似的动作,那他一定会批评而不能原谅。这样的行为通常叫做双重标准,或者叫作只顾自己的方便。

下面来看看罗家伦流露出来的关于查禁的事情。

欢迎并主张政府自上而下的压制

罗家伦说,论文里写到教育部没有理由不查禁当时的言情小说与教唆写作的组织。其实,他在论文的前面也有同样的表述。

即,他介绍了 1916 年范静生担任教育总长时,曾经与内务部一同查禁了黑幕小说及刊载这类小说的数十种杂志[33]。不仅如此,他还说:“我盼望现在各位当局留意点才是”,露骨地表明他希望当局取缔的态度。

罗明确地记载,范静生是在 1916 年查禁的[34]。确实,当时有过言论镇压。

例如,宋原放“近代出版大事记”中写道:“1916 年 内务部于民国 2 年 11 月起至 5 年 3 月,共查禁中外报刊杂志印刷物 60 种。”[35]需要注意的是,查禁的时间是 1913 年 11 月至 1916 年 3 月。 60
1913 年是二次革命时期,继辛亥革命(第一次革命)之后,针对袁世凯镇压国民党举行的倒袁起义,但没有成功。于是,新闻出版界里镇压之风大作。据资料显示,1913 年 5 月至 1916 年 2 月中,有 93 种报刊杂志被禁止发行。这其中不仅包括中国国内的刊物,还有在海外据点发行的刊物。

查禁的理由是:妨害治安、言论激烈、攻击政府、诽谤政府、主张革命、反对帝制、鼓吹革命等[36]。查禁所依据的大概是袁世凯颁发的《出版法》(1914 年 12 月 4 日公布)、《报纸条例》(1914 年 4 月 2 日公布)[37]等条例吧。

后者的第十条中，明确地记载了报刊上不能刊登混乱政体、妨害治安、败坏风俗等八项内容。无论哪一项，都没有明确定义内容。凡是不利于政府的东西，都能够随意禁止，这就是法律。这对于当局者来说，是无比方便的东西；对于言论界来说，则是最糟糕的坏法律。所以，当 1916 年 6 月 6 日袁世凯死去一个月后，北京政府内务部通知，对从前禁止发行的这些报刊进行解禁，并废除了《报纸条例》[38]。

以上我只是简单地说明了事情的原委，但也可以看出罗家伦解释中的异样。就是说，罗发表这篇论文的时间是在《报纸条例》废除之后，他却将以前的压制旧事重提了，好似他对废除一事心怀不满，甚至，他还主张要压制。这一点让我很难相信，文学革命派的罗家伦，竟是期待压制的。

罗家伦批评文艺界没有出现自己理想的小说，这是可以理解的。但是，无论多么盛行自己不喜欢的小说，而期望政府去取缔、去打压，这是什么样的思维啊！至少他对自由表现缺乏认识。等于说，罗家伦个人有表现的自由，但别人就没有这个权利。

文学革命派的人期待当时的权力机构、教育部的出动及取缔
61 的奇妙事实，让我百思不得其解。不过，如果说为了进行文学革命，捏造论文也罢其他事情也罢，都可以不择手段地去做，我倒可以理解。

罗家伦捏造了芮恩施原本没有写过的林纾批判，就此而言，这篇论文的水准极其低下。期待当局实行言论镇压等内容，也恶劣之至。并且，他所说的希望进行言论镇压，很可能会成为后来各种流言蜚语产生的源头。我断定，罗家伦的论文是无计可施的非常愚劣的东西。

以上就是被称为“五四运动学生领袖之一”的罗家伦开展的林纾批判的实质。

5 林纾评价的新发展

在本文撰写过程之中，围绕林纾的情况发生了重大变化。

其原因是，发现了林译小说的新的事实。经过调查，好容易达成了以下结果。

契机是刘半农的林译批判。这成为解决问题的线索。这是怎么一回事呢？

刘半农举出林纾与魏易合译的《吟边燕语》，批评林纾将莎士比亚的戏剧改译成小说。他指摘林纾没有搞清剧本与小说的区别，并以之为证据。本文已经阐明这个说法是错误的。以兰姆姐弟的《莎士比亚故事》为底本进行汉译，当然会成为小说体的，不是么？对这点不明了的刘半农错了。

问题并没有就此结束。一调查，发现还有下文。是现在讨论的林纾批判开始之后的事情。跳到1924年林纾逝世之后。

我说明一下要点。

郑振铎在《小说月报》上发表了“林琴南先生”。一般认为，这是林纾过世后，对其工作重新进行公正评价的先行宣传[39]。在重新评价的过程中重复提到的，就是先前所讲的戏剧小说化问题。

他在这篇文章中再次批判了林纾将莎士比亚原作的戏剧改成 62
了小说。表面上是延续了刘半农的说法。不过他并没有说到《吟边燕语》，而是新举出莎士比亚的历史剧与易卜生的戏剧，作为小说化的证据。这正是郑振铎做的巧妙的修正。郑的这一指摘现在已经过去了八十多年。其间，后来的研究者们无一不赞同郑振铎的意见，继续认定林译戏剧小说化是事实。

奇妙至极。将莎士比亚的历史剧《凯彻遗事》(*Julius Caesar*)等作品，或者易卜生的《群鬼》(*Ghosts*)与林译进行对照，我常常会想：把戏剧翻译过来后，会变成林译的这个模样吗？简单地说，是改写成小说了。可是，如果你看到这两者的巨大差别的话，你会觉得二者根本不是一个东西。所以，郑振铎说："他(樽本注：林纾)译得变成了另外一部书了。"断定林纾把戏剧改成了小说。

可是，我想到了另外一种可能。《吟边燕语》之前不是有一部斯宾塞(Edmund Spencer)著，麦里郝斯(Sophia H. Maclehose)译，林纾与曾宗贡翻译的《荒唐言》(*Faerie Queene*，1908年)[40]么。与莎士比亚的历史剧、易卜生的《群鬼》一样，也可能存在着戏剧小说版的情况。我对此开始了调查[41]。

可以说出现了崭新的情况。事实上，这才回到了原本的模样。

我已经证明了郑振铎对林译小说的批评是错误的。林纾在翻译的时候，并没有将戏剧改写成小说。他们只是在翻译莎士比亚的历史剧时使用了奎勒·库奇(Quiller-Couch)的小说版书籍，在翻译易卜生的《群鬼》时使用了德尔(Draycot M. Dell)的英译小说版书籍而已。底本既然是小说版，那么林译成为小说体也是不奇怪的。道理很简单。这个情况与以兰姆姐弟的小说版为底本的案例是相同的。

林纾等人并没有将原本的戏剧改成小说。这是冤枉，不得不说是莫须有的罪名，明明白白，这是中国翻译研究史上罕见的冤案。

63 林纾将戏剧改成小说的定论瓦解了。

于是，我开始怀疑有关林纾的其他定论。林纾敦促军阀，“促进了以武力对北京大学进行打压”是很有名的事情。甚至还挑明了军人徐树铮的名字。

这是真的吗？

6 林蔡问题

林纾与蔡元培的往来信函引出了一个大问题。并且，与林纾发表的小说有关。到现在为止，我所讨论的文学革命都仅仅是文学上的问题。是在这个脉络中考虑的所谓对立、冲突而已，不管怎样说都是言论上的问题。可是到这里，突然出现了武力出现了打压北京大学的政治运动的话语。而且，这件事与陈独秀等人相关，可以说出现复杂的情况了，我将这一连串的动向称为“林蔡问题”。（为便于理解，文末附上“五四时期的林纾略年表”）

在这混乱的局面中，林纾处于中心位置。称其在北京策划了武力镇压。

这是真的吗？我不由得反复追问。这个问题实在是太重大了。林纾好像单枪匹马地扮演了“五四”时期的反派角色，而且“异常活跃”，简直就是孤军奋战。我的意思是，批评都集中在林纾一人身上。

林纾的压制策划说

我在上面使用引号说，林纾“促进了以武力压制北京大学”，这是因为有文章是这么解释的。丸山松幸这么说道。

> “致《公言报》函，并答林琴南函”是最能表现他（樽本注：蔡
> 64 元培）战斗的自由主义者面目的文章。自一九一七年文学革命提倡以后，保守派对北京大学的攻击逐渐加强。对校长蔡元培明里暗里施加压力，要求罢免陈独秀与胡适。据说被便衣警察跟踪是家常便饭之事。当时，北京完全被北洋军阀所控制，政界里段祺瑞的私党、安福俱乐部占据了绝大多数，文化界里也是旧派占有绝对性地位。与上海、南方不同，在这里，新派孤立于四面包围之中，林琴南的书信绝不是单纯的一个保守主义者的发言，而是出于对政府等保守势力的反感之上的发言。实际上，大家都说林敦促了段祺瑞的幕僚徐树铮以武力压制北京大学。（下划线为樽本所划）于是，作为北大校长，宣称“循思想自由原则，取兼容并包主义”，批判儒教，拥护文学革命。如果他没有与压倒性的“舆论”作对抗、坚决捍卫大学自由的决意，是做不到的。他并没有直截了当地否定孔子与古文，而是从正面揭示思想的自由，展开斗争，都是因为有着这样的背景。新文化运动的成功，很大程度上依赖了蔡元培的这一存在。[42]

他解释了蔡元培与林纾的往来书信。显然，丸山松幸将林纾写给蔡元培的书信视为“守旧派的攻击”之一。

蔡元培主张“思想自由”。如果只认可新派思想，是不能成为“思想自由”的。自然，也认可旧派的思想。“兼容并包主义”说的就是这个意思。这是蔡元培著名的主义主张。这一点在他写给林纾的信中反映出来，所以被视为重要的文件。丸山松幸高度评价了蔡元培所表明的“捍卫大学自由的决意”，这一解释在研究界也

得到了广泛认同。同时，林纾以卑劣行为批判了堂堂正正的蔡元培也成为广泛的共识。特意采用了相同的措辞。

一般认为，“捍卫大学自由的决意”中也包括捍卫北大教职员
与学生的意思。这大概是没有错的吧。一般认为，蔡元培对中国 65
社会表明了态度；可是，实际上并非如此。蔡将自己聘请来的陈独
秀从文科学长的职位上解任，对北大的一个学生实行了退学处分。
蔡元培说的话跟实际的行为相悖了。我将在后文作详细说明。

“北京完全处于北洋军阀的控制之下”，这究竟是怎样的一种状态呢？我再介绍一个报道，同样也是在北京发行杂志的藤原镰兄的报告。时间稍微往前一点，是1916年的情况。

> 中国军队曾经在北京大肆掠夺。其后，各地也相继发生类似的事件。即便在今日，如果当局支付薪水稍微晚了一点，人民马上就会遭遇被掠夺的惨祸。现在，根据中国报纸所见各省军队的情况，或是强制兑换、或是执行征用、或是命令出兵、或是抢劫掠夺、或是强奸，各地人民畏惧军队甚于老虎。即，中国国民不是依靠军队获得生命财产的保障而高枕无忧。而是因为军队，其生命财产受到威胁，战战兢兢不得安稳。[43]

可以看出，人民在日常生活中受到军队的压迫。甚至可以说，对人民而言，这是一个苦闷的时代。我只是引用了一部分，所以说明的很简单。但是，这是同时代人所写的文章，令人印象深刻。

另一方面，本文所讨论的林蔡问题指的是，围绕古文与孔孟之教（三纲五常、儒教、礼教、名教等）的言论或思想。

我在引用丸山松幸论文时划了线，这个部分是有问题的。非

常重要，所以我再重复一下。

> 实际上，大家都说林敦促了段祺瑞的幕僚徐树铮以武力压制北京大学。

如果这是事实，那是非常严重的事情。等于说，林纾声称要对
66 言论实行武力。这究竟是真的吗？不过，这里还铺了一条退路，写着“大家都说”，好像表示这是传闻；但是文章的开头却用了“实际上”。根据上下文，似乎说明林纾敦促徐树铮对北京大学进行压制是事实。毕竟丸山松幸写着“新文化运动的成功”，明确表示自己的立场是站在新文化运动一方的。对他而言，林纾应当处于被批判的位置，这一点毋庸置疑。

可是，仔细考虑一下，这段简短的说明好像说明白了，却又完全不能让人理解。

难以理解的原因是，他是与别的事情连在一起论述的，不是么？白话与古文的语言问题，再加上对礼教的认识，确实是新旧的思想问题。但是，怎么可以将之直接与政治相联系呢？他在这一部分的说明不足，让我很费解。对于丸山松幸来说，这是理所当然的事，所以就没有说明吧。

他说有“压力，要求罢免陈独秀与胡适”。反对派对人事施加压力，将成为政治问题，因为超过了讨论的层次。

另外，“文化界里也是旧派占有绝对性地位”，这是怎么一回事呢？

时间稍微往前推一点，在另外一本书里，同一著者说明了1915年夏季以后的情况。

> 到了袁世凯加速复辟活动的一九一五年夏季之后，言论限制愈发严峻。利用胁迫、诱惑、镇压等各种手段来封锁批判帝制的言论，最终严厉禁止对国体问题的一切讨论。违反者若是国内发行的刊物，则立即被查禁、关闭，若是租界发行的刊物，则停止邮政运输，国外发行的刊物则禁止输入。[44]

这里说明的是“封锁批判帝制的言论”一事。对于当权者不利
的政治性言论将被严重取缔，这在独裁统治中经常可见。本文也
曾提及，袁世凯时代新闻出版界受到了取缔。那么，就在“五四”之 67
前，北京大学是这样的情况吗？此处的林蔡问题，是白话或古文的
语言问题，或者孔孟之教的思想问题，不是“批判帝制”。将其与政
治相联系，就变得复杂了。

“旧派占有绝对性地位”，意思是保守的论调压制了文化界吗？

事实并非如此。热闹讨论这些问题的是陈独秀等人的《新青年》、陈与李大钊等人的《每周评论》(1918 年 12 月 22 日创刊)、北大学生罗家伦、傅斯年、徐彦之等人的《新潮》(1919 年 1 月 1 日创刊。得到了北大陈独秀、胡适等人的支持，大学[即蔡元培认可]给予经济上的资助[2 千元]，并且由大学出版部发行[封面上标记]，担负盈亏[45]。等同于北大出版物)等文学革命派杂志上发言与主张的一方。不过，其中《每周评论》的性质与《新青年》不同。《新青年》是以理论斗争为主的杂志，而不能进行政治斗争。为弥补这一点，创办了《每周评论》[46]。

即便倡导文学革命，也依旧没有引起旧派的任何反应。从这无反应的状态反过来说，“旧派占有绝对性地位”的说法是可以理解的。可是，如果将这个意思理解为旧派向新派施加压力的话，那

么，就语言文学的领域来看，则与事实相背。1918 年，钱玄同与刘半农二人，出于旧派无反应的无奈，捏造了“双簧信”。这是事实。被无视的他们为了引起注意，将攻击的目标锁定林纾，指名其为旧派的代表。实际操作的正是《新青年》集团。假设，旧派中出现了一个反对声，那么钱玄同与刘半农一定也不会放过、不会沉默的吧。因为无反应，所以才捏造了“双簧信”，这一点不用再重复说了。郑振铎对当时的情况做了详细的证词，这一点前文也已经说明过了。

还是说，除了语言问题以外的发言，是否对陈独秀等人施加了压力呢？如果是那样的话，我想也是有可能的。这是“双簧信”发表之后，1919 年的事了。特别是二月，林纾创作的短篇小说《荆生》发表，然后，大约在三月的时候，传言将对北京大学进行压制。

68 所谓言论镇压，正如丸山松幸说明的那样，禁止刊物发行是最为有效的方式。如果是“批判帝制”，那可能性就更大了，事实上很多刊物都被查禁了。那么，文学革命派的情况如何？《新青年》没有遭到查禁。“五四”时期以后，由于内部的问题曾一度中止，后来成为中国共产党的纯理论机关杂志，发行一直延续至 1926 年。《新潮》的最后一期发行于 1922 年。二者都是在经历了“五四”事件之后照常发行的。一般都认为，二者不是直接评论政治的刊物。

可是，《每周评论》被查禁了。被北洋军阀政府查封是 1919 年 8 月发行第 37 期的时候。虽然是在“五四”事件之后，但确实遭遇了查封。这表明了它与《新青年》《新潮》不同，具有浓厚的政治色彩。

《新青年》第 6 卷第 1 号（1919 年 1 月 15 日）上刊登了编辑委员会的成员，值得注意。

题目是"本杂志六卷分期编辑表"。记录了从该年第1号起始的主编名字,但无对应的说明,只列举了名字。陈独秀、钱玄同、高一涵、胡适、李大钊、沈尹默六人。

陈独秀是北大文科学长,其他人也全都是北京大学的教授或相关者[47]。另外,文学革命派的论客刘半农、周作人也都是北大教授[48]。

文学革命派的主要成员是北京大学的教授与学生。对于这一情况,丸山升曾这么评价过:"北京大学呈现了文学革命的圣地之景象"[49]。位于北京大学顶点的就是校长蔡元培。而且,改革教授阵营,将陈独秀等主要成员聘请来的也是蔡本人。从外部来看,可能会认为蔡元培统帅了一切。

所以,不得不在《新青年》的下一期,第6卷第2号(1919年2月15日)上特别刊登了"新青年编辑部启事",并做说明。

> 近来外面的人往往把《新青年》和北京大学混为一谈,因
> 此发生种种无谓的谣言。现在我们特别声明:《新青年》编辑 69
> 和做文章的人虽然有几个在大学做教员,但这个杂志完全是私人的组织,我们的议论完全归我们自己负责。和北京大学毫不相干。

这份声明如何?陈独秀他们真的认为,做了这般声明之后,流言蜚语就会消失吗?我觉得不可思议。一边说着自己与北大无关,一边不正在宣扬有关联的么?要杜绝流言蜚语,除了自己向北大提出辞职之外,别无他法吧。这是一般人的想法,可是声明发表之后,就无下文了。

其次，丸山松幸所说的“以武力压制北京大学”，具体指的是什么情况呢？按照字面的意思，一般会认为军队占领了北大，将蔡元培及下属教职员一律罢免，解散大学。这是由这句话想象出来的状态。即便如此，也必须有法律上的程序吧。比如实施戒严令之类。另外，如果在大学内发生暴力事件，普通警力若不能解决的话，则可能出动军队。如果变成那样，那事件该有多么严重啊。可是，当时并没有出现那些情况。

即便退一步来考虑，也还是停留于流言的阶段。从表面上来看，没有实现的事件不能称为真正的事件。不过是传言罢了。

本文所讨论的以林蔡问题为中心的北京大学相关的一系列事件，是“五四”事件爆发前夕的事情。我认为，如果忽略这一点的话，那么讨论只会变得混乱。

确实，当时中国的政治形势很不稳定。

1917 年蔡元培就任北京大学校长之后发生的主要政治事件，仅仅列举项目，也发生了目不暇接的变化。虽然归拢项目并不能
70 成为说明，姑且罗列如下。

日本西原借款开始、俄国二月革命、张勋复辟事件、黎元洪大总统去日本公使馆避难、段祺瑞被任命为国务总理、起义讨伐张勋、冯国璋就任大总统、俄国十月革命等。1918 年，段祺瑞派的王揖唐等人建立安福俱乐部、段祺瑞被任命为国务总理、北京学生游行抗议《中日共同防敌军事协定》、第二次西原借款、徐世昌就任大总统、11 月第一次世界大战结束、北京第一次世界大战战胜庆祝大会等。大总统如走马灯般轮换，还牵涉到日本借款。与第一次世界大战亦相关，关于这一点，亦不能忽略日本的存在。

1919 年 1 月起巴黎和谈开始。在 4 月末的讲和会议上，决定

了将胶州湾租界及原德国在山东省的权益转让于日本[50]。愤怒的北京学生于5月4日举行了示威游行,一部分学生引发了火攻暴力事件,30余人被逮捕。众所周知,这是"五四"运动的起点。它的历史背景中有着中国自身的外交问题。

可是,我认为,上述政治情况与林蔡问题需要区别考虑。因为 71
扩大"五四"事件之后的政治范围,将林蔡问题牵涉进来,会使问题变得非常复杂。

林纾与蔡元培之间的往来信函及林纾发表的小说,与北京大学的谣言并非没有关联。事实上一些更大的政治问题,比如国内军阀间的争论对言论界产生了影响。可以说,背后各种大小问题都微妙地联系在一起。

林纾与蔡元培之间的论争很有名,但只有一次,而且好像有所误会,所谓论争的性质其实是一点也没有的。其后的动向,主要是文学革命派单方面的、大量的发表主张罢了。另外,"以武力压制北京大学"这句话到底是从哪里出来的呢?当时并不是需要出动军队、实施武力的形势,所以这句话很令人费解。冷静地看,关于北京大学的问题,只停留于言论的层次,所以才称为流言蜚语。并且,我认为当时也是很容易产生谣言的时期。林纾凭借了军阀徐树铮的武力,也是"据说",这是否也只是谣言呢?而且,二者究竟是怎样联系在一起的,也没有人说明。没有详细的说明,让人觉得蹊跷。

林蔡问题,是在"五四"运动发生前夕,在北京大学及其周边这一特定场所内发生的事件,可以说是无关大局的论争。我是这么看待的。作为证据,从北京开始爆发的"五四"运动,获得了巨大的势力,当扩展至全国范围后,林纾的事情便再也没有人提了。可以用“急转直下”来形容。一度闹得沸沸扬扬，而最后竟可以无视、置之不理么？我看到这个，实话实说，很无语。

丸山松幸的说明当然是有证据的，日本的研究者不会写没有证据的话，我认为他依据了这么说明的中国的文献。

既然历史研究者都这么写了，那么也就有人做同样的记述。宫尾正树对林纾做了如下说明。

72 当1917年文学革命开始后，他从正面进行了反对，在《新申报》等刊物上发表了“妖梦”、“荆生”等攻击新文化运动的文章与小说。特别是1919年写给北大校长蔡元培的公开信函非常有名，期待当时段祺瑞的助手徐树铮以武力破坏新文化运动[51]。

也许是因为字数的限制，此处写着林纾“从正面进行了反对”。但是，将林纾作为批评的标靶的，首先是文学革命派一方。宫尾断定，林纾“期待徐树铮以武力破坏新文化运动”。他是指林纾所写的短篇小说吧。我想，正因为出现了徐树铮的名字，这个说法被很多人相信。“期待”的用语，让人觉得林纾与徐树铮好像在背地里策划着什么阴谋似的。“如果是林纾，那么是有可能的”——有这样在根底里臆测的人一点也不奇怪。因为是（他们眼中）将莎士比亚、易卜生的戏剧改译成小说的荒唐的林纾，因为是发表“荆生”“妖梦”这种短篇小说来诽谤中伤文学革命派的林纾。他们思考的线路，大概是这样的吧。既然写着“从正面进行了反对”，那么林纾应该是积极地行动的，可是这与我所见到的过程相异。再次重申。林纾被捏造信硬制作成攻击的靶子。可以明确的是，林纾才是被害者。

以下稍微回溯一下，看看日本人研究者的说明。

尾坂德司的说明

以下几段都摘自尾坂德司《中国新文学运动史》（东京：法政大学出版局 1957 年 11 月 5 日版）。

> 段祺瑞的御用党安福俱乐部的机关报《公言报》，立刻向被视为新文学运动领袖的胡适、陈独秀、钱玄同等人射出了攻击之箭。本是文学上思想上的问题，发展成为政治上的问题。（第 87 页）

因为是御用党安福俱乐部的《公言报》，所以其报道就成了政 73
治问题吧。我觉得，报刊上的报道，无论如何，也只是思想范围内的问题。要说政治问题，那得是军队进驻北大、命令大学解散的事态吧。通过机关报进行攻击，是绕弯道、效果不佳的方法，没有必要这么费事吧。我想，还是由军队实施武力来得更有效果。如果解释这是利用报纸进行恐吓的话，那么是否说明了对于信息发源地的北京大学虎视眈眈的态度呢？威胁之后，可能进行什么交易。即便如此，我重申，这是很含糊的做法。

> 最近，《公言报》对陈独秀、胡适、钱玄同等人的恶骂越来越激烈，世间纷纷扬扬地传言，安福派的军人政客动用教育部来干涉北京大学，陈、胡、钱三人将被北京大学免职等等。北京大学内部的反新文学派推出了《国故》《国民》等杂志，煽动

了这一气焰。(第 88 页)

陈独秀、胡适、钱玄同三人将被北大免职,军人跑出来干涉。这就是“恶骂越来越激烈”的内容吗?说是攻击,可究竟是什么内容并不清楚。关于这个传言,我在后文中再作讨论。

这段文章说明了军部对新文学运动的敌对态度。其主要舞台是《公言报》。不过,在日本看不到这份报纸,我稍作说明。

关于《公言报》的记述有所分歧。辞典一类中没有收入[52]。日本更没有发现收藏该报的地方。但是,在中国的图书馆里似乎有收藏,所以,中国的研究者是能够看到的吧。在研究书中,有的书直接引用了《公言报》。可是,在日本一般容易看到的(中国)目录中却没有显示收藏。这在中国并不是什么特别的现象。根据时代
74 的风潮,有的被选入目录,有的没有被选入。凡是收藏的资料应该全部都写进目录中,这样的想法对于中国来说还操之过急。《公言报》似乎属于虽有收藏却没有写进目录的那一类。也就是,因为它是“段祺瑞的御用党安福俱乐部的机关报”的缘故吧。可见,他们认为这是不能公开的报刊。即便是藏书的目录,也可以肆意取舍资料,这在中国是很普遍的事情。可是,如果按照世界标准来说,这是非常奇妙的一个学术习惯。(2007 年 2 月,为了慎重起见,我在网上检索了上海图书馆藏书,出现了《公言报》。不过,那是 1970 年代发行的外国报纸。)

《公言报》的创始者是林白水。曾经留学日本,编辑过《杭州白话报》,后来又担任过《中国白话报》《俄事警闻》《警钟日报》等革命派报刊的主编或编辑。因为他参加过爱国学社,所以可知与蔡元培相识。就是这个林白水创办了安福俱乐部的机关报《公言

报》[53]。

> 正巧那时(1919 年 3 月),林纾给北大校长蔡元培写了一封信(《致蔡鹤卿太史书》)。在此之前,林纾在上海发行的《新申报》上发表了小说“妖梦”、“荆生”,斥骂陈、胡、钱三人。现在,他向这三人的上司、蔡元培提出整顿大学、对新文学派教授进行妥善处置的希望。(第 88 页)

在林纾写给蔡元培的信中,出现了那句著名的“引车卖浆之徒”。关于这封信与“荆生”“妖梦”的发表,必须按照日期来考虑。但是,尾坂的这本书是概论,所以没有讲到这么细致。尽管如此,林纾的信中到底什么地方写着“对新文学派教授进行妥善处置的希望”?林纾只说了“不能全废古文矣”,“愿公(樽本注:蔡元培)记住保持五常(仁、义、礼、智、信)之重要”。没有提及教授的人事。或许,他将刊登林纾书信的《公言报》的报道与之混淆了。

> 在这封信的往复之后,安福派政客向国会提出弹劾教育 75
> 总长傅增湘一案,不仅是陈、胡,连蔡元培也要被赶出北大。蔡元培无奈之下,只好将文科科长陈独秀降职为普通教授,渡过危机,但陈独秀不堪受辱而辞职。这是 1919 年 3 月的事情,也称北京大学事件。(第 89 页)

我之所以觉得奇妙,是因为这段记述将林蔡二人的书信往复写的好似与安福派政客连动一般。就算著者没有此意,但从文脉上来看,却只能看成这样。

以上记述的说明，应该说是很不充分的。或者说作者是故意省略了的么？在另外一部人名辞典中，对陈独秀是这么说明的："1919 年的五四运动中，因在街头散发传单而被捕，北大辞职后逃往上海。"[54]这里的解释比较容易理解，陈独秀辞去了北大职务。但是，陈被逮捕是在五四事件之后的 6 月 11 日，所以与尾坂记录的 1919 年 3 月在时间上有出入。作为五四以前的事件，具有很重要的意义。

安福派政客想要把蔡元培赶出北大，这是可以理解的。意思是，将目标对准那些批判安福派的北大人(尤其是陈独秀)的最高负责人蔡元培。那么，蔡元培为什么要将陈独秀从文科学长的位置降职为普通教授呢？根据尾坂的解释，不外乎是蔡元培为了逃避危机而优先保全自己的手段吧。被这样理解也是没办法的。而且，理应优先保护北大自由的蔡元培，对自己亲自聘请来的陈独秀实施处分，这样的举动让人很难理解。首先没有明确原因。如果说陈独秀平日里的主张主义成为降职处分的理由的话，那么这根本不像是主张思想自由的蔡元培的行为。而且，称陈独秀"不堪受辱而辞职"。陈独秀因为被降职为普通教授而感到侮辱，这样的描述这是真的吗？

还有一点难以理解的，是降职为普通教授。

76 陈独秀被蔡元培邀请来担任文科学长，但不是教授。也就是说，不担任讲课，学长是行政职务。顺带说的是，北大校长蔡元培、理科学长夏浮筠(元瑮)也都是职员，不是教员[55]。陈独秀在北大的职务是文科学长、编译会评议员、成美学会会员、评议会评议员、校刊编辑、大学附设国史编纂股主任、大学入学考试委员会副会长、法文协会代表[56]等，再加上进德会评议员。只是简单地说降职为普通教授，可是成为教授也需要经过审查与认定吧。没有写明对此所采取的手续[57]（后述）。

1919 年 3 月，不正是五四事件前夕么。

山根幸夫的说明

我对尾坂的记述产生了疑问。与他的说明相似，但叙述更为详细的是山根幸夫。题目是“五四运动与蔡元培”。其中的相关部分引用如下，略长。

> 《晨报》上这样记述了对北大的政治干涉[(52)]。/参议员张元奇拜谒傅增湘[教育总长]，请求对北京大学的新潮运动进行干涉。否则，参议院将提出弹劾案，云云。/张元奇与傅增湘会面，要求以教育部的权力来打压北京大学的新思想运动。这绝对不是张一人的要求，而是安福派的一致要求，张只不过是代言而已。张的要求，具体而言就是将新思想的旗手陈、胡二人免职[(53)]。张恐吓傅总长说，如果不接受这个要求，不采取适当措施的话，陈、胡的免职自不必说，就连蔡校长也要命他引咎辞职，甚至不惜“解散”北大。/傅接受了张的抗议，立刻将蔡校长叫来，商量善后对策。此前，一贯主张大学“独立于政治”的蔡也陷入了困境，他采用了将文理科合并、改编为本科 College of Liberal Arts and Science，废除文科学长与理科学长职位的苦肉计。保守派（安福派）最痛恨的是陈独秀，所以把他从文科学长的位置上降职为普通教授。如此，一方
> 面避开保守派攻击的矛头，另一方面得以保全陈的教授地位。77
> 理科学长秦汾受此牵连，调职于教育部。通过这一掩饰办法，

> 蔡暂时摆脱了困境，但这毕竟是妥协之策，最终还是向保守派让步了。陈对这般解决方式非常不满，对北大前途也断了念头，辞去了教授职位。[58]

根据山根的说明，事件起因于安福派，安福派的阴谋就是将陈独秀从北大驱逐出去。安福派向参议员张元奇施加压力，张元奇再向教育总长傅增湘提出压制北大的要求，内容就是对陈、胡的免职。恐吓还波及蔡校长，透露出“解散”北大的味道。傅增湘叫来蔡，商量对策，其结果是将文理科合并，于是，将陈从文科学长的位置上降职为普通教授。

如果对“降职为普通教授”没有疑问的话，那么，山根的说明就奇妙地说通了。他的记述与尾坂相同，所以这样的看法大概从开始就一直都在重复着。

我对山根论文存疑的是，使用的资料不正确。他对资料没有进行仔细的分析。

例如，注 52 指的是《每周评论》第 17 号上刊登的渊泉“警告守旧党”。渊泉的文章，正如山根所记，出自《晨报》。但《每周评论》在转载的时候，并没有标明原先刊登的日期。陈独秀在《每周评论》上分两次开设了传闻特辑，虽然写上了原来刊载的报纸名，却没有记录重要的刊登日期。而且，必须注意的是，这是陈独秀自己编辑的资料集。总会让人觉得他有所偏向。在使用这种文章作为资料的时候，应该有相应的处理方式。

山根的说明事项如下：

> 1. 张元奇要求教育总长傅增湘对北京大学进行压制。

2. 傅叫来蔡校长，商量对策。废除文科学长与理科学长的职位。

3. 陈亦辞去教授职务。

以下，按顺序讨论。 78

讨论 1：张元奇与傅增湘

《申报》(1919 年 4 月 1 日)上刊登了“傅教育弹劾说之由来”，大意如下。

北京大学的教员与学生发行的刊物上刊登了新思潮的主张。旧思想者表示反对。前几日，张元奇前往教育部，要求教育总长取缔这些出版物。如不制裁，将向国会提出教育总长弹劾案。继而，对校长蔡元培及文科学长陈独秀进行了抨击。大学里虽然流传说陈辞职了，但全国最高学府并不受外部的干涉，所以陈也没有辞职。另外，在新国会提出弹劾案，需要获得多数议员的同意，这是很困难的事情。事实上，张元奇对傅总长的警告不过是恐吓罢了。(概要结束)

这与山根引用的《晨报》内容相同。据说张元奇胁迫傅增湘取缔北大的出版物，但结果并没有向新国会提出弹劾案，所以新闻报道上也写着这只是恐吓。请注意这是 4 月 1 日的报道。

讨论 2：废除文理科学长的职位

决定废除文理科学长职位的日期是 3 月 1 日，就是北京大学评议会上通过的《文理科教务处组织法》。在此之前，2 月召开会议，决定了废除该职位的方针。再往前，1918 年 10 月末公布了北京大学改组计划。

所以，山根所说的 1 与 2 是颠倒了。并不是因为张元奇的恐吓，才废除了文理科学长的职位，才将陈独秀解除学长职务的。而是早有计划将北京大学进行改组。

讨论3：陈独秀辞去教授职务

陈独秀正式被罢免北京大学大学文科学长是4月8日。但是，他原本并非教授，所以就不存在辞去教授职务的说法。陈独秀在北大继续担任其他职务。

79 通过上面的讨论，可见山根的说明不能成立。

出现了新的人名，我稍微解释一下。

这里面涉及参议院议员张元奇与当时的教育总长傅增湘的名字。

关于张元奇的情况，引用人名录："张元奇(Chang Yan-cki)，福建省闽侯县人。光绪己丑进士。曾因弹劾振贝子冶游而获硬骨之名。后任湖南省乐州府知府，民国成立后，任奉天巡按使。四年九月十八日被任命为署理内务部次长，辞退。后任参政院参政。洪宪元年二月，任肃政厅肃政使，时年五十余"[59]。

1916年时任肃政厅肃政使，这一官职于1916年5月26日被废除。张元奇从1918年8月12日起成为新国会(安福国会)参议院议员(福建)[60]。张是闽侯县人，与林纾同乡。据说林纾曾赠诗给张元奇[61]。因为这样的关系，所以后来有传言说林纾是推动张元奇的幕后人。

但是，传言毕竟是传言，没有能够证明与林纾有关的证据。

关于傅增湘的情况，以下摘录桥川时雄《中国文化界人物总鉴》中的相关内容(第539页)。"傅增湘，一八七二——　，字沅叔，四川江安人。前清光绪二十四年戊戌科进士、前清乡试考官翰林院编修。历任袁世凯秘书、直隶提学使、北京景山官学教习、北洋女子师范学堂总办、宪政编查馆咨议官、中央教育会副会长。民国成立后，历任约法会议议员、肃政厅肃政使等职务，民国六年成为王士珍内阁教育总长，历届内阁留任至八年五月（后略）。”

傅增湘与张元奇一样，都曾担任过肃政厅肃政使，仅此而已，好像有所关联又似乎没有。最终，威吓的弹劾等等并没有执行。这依旧是谣言。

流言蜚语不再是中伤，谣言也不再是谣言，而被认为是事实。谣言重复百遍，不就变成这样的结果么。

不过，尾坂与山根的说明非常相似，二者的文章相隔了二十年，字句上自然会有所差异，但梗概原封未动，这提示了二者所使用的资料是相同的。于是，我发现了波多野乾一《现代支那》（1921年）。

波多野乾一的说明 80

波多野说明了“北京大学事件”，引用如下。

> 于是，北京城中的青年都在倡导文学革命的评论，改造的烽火逐渐发展成冲天之气势。守旧派惊愕不已，其机关报《公言报》极力攻击孔教的破坏者陈胡二人。在野的旧学者林纾（琴南）致信给蔡元培，不但攻击了陈胡，还向大学校长蔡氏问责。这件事还牵涉到政治。军阀政治家、特别是徐树铮与安福俱乐部派出新国会议员张元奇，提出教育总长傅增湘弹劾案，不仅要求陈胡免职，还要求蔡引咎辞职，试图一举将新思想派驱逐出北京。蔡立于中间，立场颇为窘困。最后他发表声明，缓解了守旧派的意见。即，废除学长，将理科学长秦汾

> 调职于教育部，将文科学长陈独秀降为普通教员。可是，陈不堪忍受教育部的压迫，辞职而去。[62]

对于我所讨论的1919年3月的情况，波多野的说明如上。原文是“[注一]北京大学事件”中的一部分，也没有做特别的注释，我不知道他是依据了什么资料。“自序”中记1920年执笔，其记述基本概括了该时代的所有事件。如此说来，他之所以能够这么处理，说明了这些情况已经是没有必要标示依据的常识吧。在波多野论文的骨架的基础上，山根又添加了各种资料，但我已经阐明他的说法是不成立的。再往前追溯到波多野论文，也是如此。

在1920年的同一时代里，日本人做了上述记录。可见，亲日派林纾攻击文学革命派这样的看法，很早就被广泛认识了。

1919年3月26日，蔡元培受舆论逼迫，解除了陈独秀的北大文科学长职位[63]。3月1日，决议废除学长职位。其后，26日做出了上述处置。为什么偏偏是3月26日呢？

81

7　陈独秀的问题

前文主要对林纾与蔡元培的书信往来进行了讨论。因为是书信对答，所以容易理解，也容易被注意到。因此，可以说研究者都被这个吸去了注意力。但是，隐藏于表面对答之后的，是陈独秀的问题。这是让蔡元培头疼的重大问题。而且，事实上，陈独秀的问题正是解开林纾批判之谜的关键所在。

当时的政治情况，尤其是对北大施加的压力，是流言蜚语产生的背景。

周作人被北京大学聘请是1917年的时候。他回想了当时的情况。

> 当时袁世凯死了，换了一个全无能力的黎元洪当大总统，一切实权还在北洋派军阀手里，而国务总理是段祺瑞，正是袁世凯的头号伙计，因此府（总统府）院（国务院）两方面的冲突，是无法避免的。[64]

周作人的这些信息，主要是从报纸上获得的。他看的是《公言报》与《顺天时报》，前者是安福俱乐部的机关报，后者是日本人发行的中文报纸。

段祺瑞率领的是安徽派（亦称段派、皖系）军队，巩固了在中央政界的地位。其政客集团就是安福俱乐部。在段祺瑞之下的正是徐树铮，也就是安福俱乐部的幕后，安徽派接受了日本的援助。与其相对立的是接受英美援助的大总统冯国璋的直隶派（直系），不言而喻，是为了对抗日本。段祺瑞与冯国璋从前都是袁世凯北洋陆军的干部[65]。

张勋复辟后，周作人收到了北京大学的文科教授兼国史编纂
处纂辑员的任命书。他在北大工作，看到了当时的情况。所以我 82
才倾听周作人的说明。

关于蔡元培就任北大校长后实行改革的情形，周作人如下叙述。

> 蔡子民（樽本注：元培）在民国元年（1912）南京临时政府任教育总长的时候，首先即停止祭孔，其次是北京大学废去经

> 科，正式定名为文科，这两件事在中国的影响极大，是绝不可估计得太低的。中国的封建旧势力依靠孔子圣道的空名，横行了多少年，现在一股脑儿的推倒在地上，便失了威信，虽然它几次想卷土重来，但这有如废帝的复辟，却终于不能成功了。蔡孑民虽然是科举出身，但他能够毅然决然冲破这重樊篱，不可不说是难能可贵。（中略）蔡孑民办的大学，主张学术平等，设立英法德俄日各国文学系，俾得多了解各国文化，他又主张男女平等，大学开放，使女生得以入学。[66]

蔡元培在北大实施的改革，简直颠覆了中国的传统。林纾担心在中国最高教育机构里是否能充分地进行古典教育，从某种意义上来说，是自然的。林纾身处大学外部，难以了解内部的实际情况。所以，他所熟悉的北大学生张厚载的说法，就成为他了解情况的信息源。

蔡通过了科举中最难一关，成为进士，是翰林院编修。但是，他在清末决意加入革命工作，创办爱国女校、爱国学社，曾被牵连于因言论过激而引起的“苏报事件”。被推举为革命团体光复会的会长。中华民国成立后，作为教育总长致力于教育改革，所以蔡对北大实施改革也是理所当然。在旧派旧文人看来，他必然是叛逆者，即便引发强烈的反驳，也并非意外。

这样的蔡元培提名聘请的文科学长正是《新青年》的编辑陈独
83 秀。究竟陈独秀发生了什么事情呢？

陈独秀本是反对段祺瑞的急先锋。即，批判安徽派、安福俱乐部，在《每周评论》上连续发表报道痛骂与之相勾结的日本[67]。他也是《新青年》的编辑，另外，在北大还发行了以学生为主体的杂志

《新潮》。安福俱乐部将北京大学视为眼中钉，其中最被讨厌的人就是陈独秀，安福俱乐部的幕后是徐树铮，御用报纸是《公言报》。

用图表显示的话，一方的中心人物与媒体是陈独秀与《每周评论》；与其相对立的是徐树铮与《公言报》。陈独秀的背后是以蔡元培校长为首的北京大学新派团体。蔡元培以前就是革命党，被安徽派视为与敌方南方政府气脉相通[68]。

《每周评论》编辑部之所以经常受警察造访，就是因为这一政治背景[69]。

北京大学内部也产生了摩擦。请看有亲身经历的周作人的说明。

> 学校里边先有人表示不满，新的一边还没有表示排斥旧的意思，旧的方面却首先表示出来了。最初是造谣言，因为北大最初开讲元曲，便说在教室里唱起戏文来了，又因提倡白话文的缘故，说用《金瓶梅》当教科书了。其次是旧教员在教室中谩骂，别的人还隐藏一点，黄季刚最大胆，往往昌言不讳。他骂一般新的教员附和蔡孑民，说他们"曲学阿世"，所以后来滑稽的人便给蔡孑民取乐一个绰号叫做"世"，如去校长室一趟，自称去"阿世"去。知道这个名称，而且常常使用的，有马幼渔钱玄同刘半农诸人，鲁迅也是其中之一，往往见诸书简中，成为一个典故。[70]

可见，虽然北京大学的旧派攻击蔡元培，但也只限于校内的批 84
评。可是，尽管是校内批评，流露到校外成为流言也是自然。可以很容易地推测，安福俱乐部的《公言报》将这一消息取为题材。我在日本看不到《公言报》，所以是根据各种文献上的引文来推测的。关于谣言的问题，留待后述。

在这样的氛围中，林纾写给蔡元培的信登场了。为了说明周作人对这件事的理解，继续引用。

> 报纸上也有反响，上海研究系的《时事新报》开始攻击，北京安福系的《公言报》更加猛攻，由林琴南来出头，写公开信给蔡子民，说学校里提倡非孝，要求斥逐陈胡诸人。蔡答信说，《新青年》并未非孝，即使有此主张也是私人的意见，只要在大学里不来宣传，也无法干涉。林氏老羞成怒，大有借当时实力派徐树铮的势力来加压迫之势，在这时期五四风潮勃发，政府忙于应付大事，学校的新旧冲突总算幸而免了。[71]

以上这段话，是现在一般公认的大致的事情经过。排斥陈独秀与胡适，还出现了徐树铮的名字，这是只有当时亲历的周作人才能写出的记述。通常大家都是这么看待的。可是，"要求斥逐陈胡"的说法是周作人的误解，记忆错误。一旦被印入记忆，即便是当事人也无法订正，周作人的例子就是如此。

主要内容是陈独秀与安福俱乐部的对立。不仅如此，还加上了胡适，再卷入了蔡元培与林纾，问题变得复杂起来。

陈独秀文科学长的罢免

85 （下面讲）陈独秀的问题。

在蔡元培写给林纾那封宣称思想自由与包容主义的信的大约一周后，3 月 26 日，在蔡元培的判断之后，决定解除陈独秀的北京大学文科学长的职务。不过，正式的决定是在日后。可是，为什么突然要罢免他呢？

本文讨论的是林纾的问题，可是我认为，如果不搞清楚背景的动向，就不能正确把握林纾的位置。

我大致讲述一下表面上的过程。

首先，在上海，林纾发表了“荆生”（《新申报》，2月17—18日）。北京的《每周评论》第12号（1919年3月9日）进行了转载。在文学革命派看来，林纾的这篇短篇小说诽谤中伤他人，卑鄙而令人讨厌。自此引起了很大的骚动。同时还刊登了林纾与蔡元培的书信。

文学革命派对林纾的小说、林纾写给蔡元培的信大做文章。据我所见，这是文学革命派攻击（不是反击）的绝好机会。钱玄同与刘半农捏造了“双簧信”，想引诱林纾上钩。大约过了一年，这个计划终于实现了。文学革命派焦急地等待了良久，绝对不会错过这个机会。

对于安福俱乐部来说，敌对的陈独秀与北京大学出现了骚动，这是攻击他们的绝好机会。《公言报》放出了虚无缥缈的谣传，加以挑衅与威胁。好像真有那么回事似的，北京大学学生张厚载被卷入其中。

已经形成了大喧哗。《每周评论》《北京大学日刊》《公言报》，再加上《新潮》，论争一直持续到“五四”爆发之前。都是在短短的两个月中发生的，这是一个特点。

安福俱乐部通过《公言报》对陈独秀进行攻击，这似乎是问题的开端。我暂且写上“似乎”，因为我不能看到这份报纸以确认。

表面上呈现出一片大混乱的局面。可是，在这下面，还有着别的动向。就是前面所说的，陈独秀与安福俱乐部的对立。

1919 年 3 月 26 日夜，汤尔和的家中到访了蔡元培与相关人士。就大学的事情进行了商谈，直到十二点才归去[72]。

86 汤尔和毕业于日本金泽医学专门学校，是国立北京医科专门学校的校长。作为蔡元培事前商谈北大事情的人物，出现于蔡的回忆中。他曾建议蔡，文科预科的情况可问沈尹默[73]，理工科可问夏浮筠[74]。如果文科学长没有决定的话，可以考虑陈独秀，当初向蔡推荐的正是汤[75]。

陈独秀最终还是被罢免了文科学长。但是，说明这一经过的文章并不多。

胡适对陈独秀被罢免文科学长一事，一直耿耿于怀。很多年后，胡好像看到了汤尔和的日记。由此，知道了 1919 年 3 月 26 日的简单记述，也就是蔡元培来访直至深夜的商谈。为了确认该内容，他给汤尔和写了三次信。以下引文是他第二次写给汤尔和的信（日期是 1935 年 12 月 28 日）。

> 三月廿六夜之会上，蔡先生颇不愿于那时去独秀，先生（樽本注：汤尔和）力言其私德太坏，彼时蔡先生还是进德会的倡导者，故颇为尊议所动。我（樽本注：胡适）当时所诧怪者，当时小报所记，道路所传，都是无稽之谈，而学界领袖乃视为事实，视为铁证，岂不可怪？嫖妓是独秀与浮筠都干的事，而“伤及某妓之下体”是谁见来？及今思之，岂值一噱？当时外人借私行为攻击独秀，明明是攻击北大的新思潮的几个领袖的一种手段，而先生们亦不能把私行为与公行为分开，适堕奸人术中了。[76]

胡适的这封信本是对汤尔和来信的回复。事情发生的当夜的会议，胡适没有参加。胡适后来问汤尔和当时的情况，汤写信做了说明。

“去独秀”的“去”，也就是“使他去”“丢掉”的意思。 87

胡的说明是，蔡元培支持陈独秀（蔡亲自聘请了陈，支持他是自然），可是汤尔和等人以个人品德的理由决定罢免陈。我认为胡适的记忆有误。因为关于陈独秀的罢免，早在3月1日的时候就已经以废除文理科学长的形式决定了。本来也是蔡元培的主导，计划对陈独秀等人进行罢免。胡适好像不知道这件事情。或者说这是以前的事情，他忘记了？

即便如此，他说陈独秀伤了妓女。这件事情我不能马上相信。也有人说是三角关系的结果。

还有一封胡适写给汤尔和的信。

> 我并不主张大学教授不妨嫖妓，我也不主张政治领袖不妨嫖妓，——我觉得一切在社会上有领袖地位的人都是西洋人所谓“公人”(Public man)，都应该注意他们自己的行为，因为他们的私行为也许可以发生公众的影响。但我也不赞成任何人利用某人的私行为来做攻击他的武器。当日尹默诸人，正犯此病。以近年的事实证之，当日攻击独秀之人，后来都变成了“老摩登”，这也是时代的影响，所谓历史的“幽默”是也。[77]

如果说，只有胡适的信中说到陈独秀嫖妓的事情，那并非如此，周作人早就说过。现在，很多文献中都有所引用，众所周知[78]。

“五四”运动之后，因散发传单“北京市民宣言”而被逮捕拘留，
88 因为那是政治行为。这样的他，因为妓女的事情引出了问题。

三角关系的结果，如果是动手受伤的话，那不就是男女事件么（称为陈独秀事件）。如果只去了一次妓院，也不至于发生伤害事件的。三角关系的产生，应该是经过了很长一段时间。所以，这也就证明了陈独秀长期以来嫖妓的事情。我这么写着，强烈感觉到这完全不是学术论文的话题。本文不是小说，也不是故事，可是如果不把这件事情说清楚，就不能从陈独秀的问题过渡到林蔡问题。而且，陈独秀还有其他的问题（后述）。

陈独秀事件之谜

陈虽然去妓院嫖妓，但这在当时并不是什么特别的事情。不至于要特意在报刊上报道吧。对于一般人来说是这样的。可是如果换做是北京大学的文科学长、理科学长，情况会变成怎样呢？胡适也指出了这一点。而且，还是攻击安福俱乐部的前锋陈独秀。

北京《晨报》《顺天时报》，天津《大公报》《时报》上都没有陈独秀事件的报道。我想这大概是因为它们都不是刊登此类话题的报刊吧。

如果是伤人事件，应该由警察出面。还是说，这在妓院是家常便饭的事情，根本没必要出动警察？或者并不是什么严重的伤害也未必可知。这类事件理应在妓院内部处理，一般不会公开的吧。因为如果成为评论的话题，会影响生意的。可是，这是瞄准陈独秀的安福俱乐部，所以我想如果陈发生了什么丑闻，他们一定不会错

过的。具体情况不明。如果调查一下当时的其他报刊,应该会有对事件的报道。中国的研究者虽然进行了调查,可是没有引用报道的正文,也许他们对现在将这些消息刊印成文有所顾忌。

尽管如此,对陈独秀的这个问题谈论的非常少,这很奇怪。文学革命支持派或者批判林纾的人,为什么不提出陈独秀的妓女事件呢?这难道不是证明反动派充满恶意的中伤的绝好证据么?捏造没有根据的事件,对陈独秀进行人身攻击,真是卑劣的安福俱乐部的同伙。我认为这是证明此事的绝好例子。可是,不可思议的是,他们没有这么做。而且,为什么连蔡元培都不向报社提出抗议 89
文章呢?在他的全集中甚至都收录了他写给学生的书信,却找不到与此事相关的文章。这是一个谜。

胡适的信中出现了夏浮筠的名字。沈尹默说,夏在德国的时候与蔡元培同级,与汤尔和是同乡,其父即著名的夏曾佑。胡适证实了这个夏浮筠也嫖妓。

蔡元培就任北大校长之后设立了“进德会”。这是意图清扫以往不良校风的改革之一。活动的重心置于道德方面。

进德会由吴稚晖、李石曾、汪精卫等人于1912年在上海发起。蔡元培继承并带入北京大学。其主旨在于看清政界、实业界的极度腐败,在大学里推进提高“私德”运动。会则的根本是不嫖、不赌、不娶妾。这是甲种会员的资格。乙种会员在甲的三条戒规之上,加上不当官、不当议员(但是大学里有法科。这两条规定将封住专业学生毕业后的去向,所以法科学生除外)。丙种会员继续追加不吸烟、不饮酒、不吃肉的规定[79]。单单看这些以“不”字统一之处,与胡适倡导的文学“八不主义”如出一辙。

陈独秀加入了进德会(甲种会员。2月27日《北京大学日刊》)。汤尔和批评陈时特意说了“私德太坏”，就是基于蔡元培在进德会设立说明中加入的“私德”。

我在这里再次请出周作人。

> 此外还有一个人，这人便是陈仲甫（樽本注：独秀），他是北
> 京大学的文科学长，也是在改革时期的重要角色。但是仲甫
> 的行为不大检点，有时涉足于花柳场中，这在旧派的教员是常
> 有的，人家认为当然的事，可是在新派便不通了，报上时常揭
> 90 发，载陈老二（樽本注：独秀是次子）抓伤妓女等事，这在高调进
> 德会的蔡子民，实在是很伤脑筋的事。[80]

可以看出周作人下笔非常谨慎。因为他写的“有时”似乎说陈只是偶尔去妓院，可是这与报纸上报道的“时常”相矛盾。

周作人的说明告诉我们一个意味深长的事实。蔡元培知道陈独秀嫖妓的事情，平素为此深感头疼。蔡是北京大学进德会的创办者。他一直禁止嫖妓，所以无法宽恕陈独秀的行为吧。独秀不仅是会员，还被选为评议员[81]。身处负责人之位置，这成什么体统？必然受到批评。

陈独秀伤妓女事件虽然是偶然发生的，但是发生的条件早已具备。周作人尽管写得很委婉，但陈独秀嫖妓已经日常化，而且是众所周知的事情。所以才会经常被报刊披露的吧。

如果这是谣传，那么以蔡元培来说，一定会马上向报纸提出抗议文，申明这是没有根据的事情。可是，在陈独秀事件上，没有记录显示蔡进行过抗议。请原谅我反复说明这一点。

胡适的信中出现了夏浮筠的名字。夏氏其人，不正是北京大

学理科学长么?[82]

如果说,蔡元培虽然了解陈独秀及夏浮筠的日常私人行为而不采取任何对策,那么,难免会招致大学行政部门无能之责难。可是,作为能干的改革者蔡元培事先就想好了对策,那就是对陈独秀与夏浮筠二人,分别撤除了文科学长与理科学长的负责人地位。

回溯至1918年10月30日,蔡元培代表北京大学,在专门学校以上的各学校校长会上提出了应当讨论的问题,即大学的改革草案。其中包括了对文科理科学长制度的重新考虑[83]。

可见,蔡元培为文理科学长的待遇做了精心的安排。

1919年2月21日,蔡元培发出了会议召集的通知。致各科 91
学长、教授会主任、研究所主任,议题为“本校扩张计划及其他各种重要问题”[84]。

议题的内容是关于北京大学改组的具体实行。上述通知书里没有写上会议的内容。而我之所以认为这是改组问题,是关于陈独秀的人事问题,是因为有报纸的报道。

北京大学法科政治门的学生张厚载写的报道,又引出了问题。

张厚载的登场

张厚载(1895—1955),江苏青浦(今上海市)人。别号缪子等。1953年任上海文史馆馆员。著有《京剧发展略史》《歌舞春秋》等书(两书均未见)[85]。

他中学的时候是林纾的学生[86]。在北京大学读书时兼任了报社的通讯员,定期给《晨报》写旧戏评论。另外还在《北京大学日刊》的“文艺”栏目中发表论文,是北大校内有名的学生[87]。

张厚载出名还有其他两个原因。其一,在《新青年》杂志上拥护中国旧戏，摆开辩论的阵势[88]。

我简单介绍一下《新青年》上刊登的张的文章。

张厚载“新文学及中国旧戏”(《新青年》第 4 卷第 6 号，1918 年 6 月 15 日)刊登于“通信”栏。一个题名，却有两个署名，原本是两篇投稿。

阅读了《新青年》的张的想法是，文学改良是自然进化，而大部分情况下，一件事情的改革都应该是缓慢的，不能操之过急。还有一点，中国的戏曲虽然有很多弊病，但原本拥有真正的精神。“固欲改良，亦必以近事实而远理想为是。否则理论甚高，最高亦不过如柏拉图之‘乌托邦’，完全不能成为事实耳。”

92 张厚载主张的缓慢改革、前进、变化，没有被《新青年》接受。

胡适说将另作专篇论之；钱玄同则骂还；刘半农说，每个人的看法虽然不同，但他一看旧剧就觉得讨厌。最后陈独秀出场了，他说，“‘打脸’‘打把子’二法，尤为完全暴露我国人野蛮暴戾之真相，而与美感的技术立于绝对相反之地位”。

这给我的印象是，张厚载受到了《新青年》成员的群殴。就算胡适没有攻击，但因为钱玄同、刘半农、陈独秀都是否定旧剧的，所以与张厚载讨论戏剧的事情根本就不能成立。

尽管如此，张厚载继续写了“我的中国旧戏观”(《新青年》第 5 卷第 4 号，1918 年 10 月 15 日)，这是受了胡适的建议而写的。据张的记述，胡给他写了一封信，希望他可以详细论述中国旧剧的优点。张的另一篇“《脸谱》——《打把子》”也刊登于这一期的通信栏。

在张厚载论文刊登的同期上，还刊登了傅斯年“再论戏剧改良”。同时刊登长篇反论的做法，可以说与捏造王敬轩书信的情况相同。

这里面有着意味深长的事实。

《新青年》上刊登了两篇张厚载拥护旧剧的论文，引起了钱玄同的极大不满。他给胡适写了一封信。

> 至于张厚载，则吾期期以为他的文章实在不足以污我《新青年》(如其通信，却是可以)；并且我还要奉劝老兄一句话：老兄对于中国旧戏，很可以拿他和林琴南的文章、南社的诗一样看待。老兄的思想，我原是很佩服的，然而我却有一点不以为然之处：即对于千年积腐的旧社会，未免太同他周旋了。平日对外的议论，很该旗帜鲜明，不必和那些腐臭的人去周旋。[89]

胡适对此做了如下回复。 93

> 我请他(樽本注：张厚载)做文章，也不过是替我自己找做文的材料。我以为这种材料，无论如何，总比凭空闭户造出一个王敬轩的材料要值得辩论些。老兄肯造王敬轩，却不许我找张缪子做文章，未免太不公平了。老兄请想想我这话对不对。[90]

张厚载的存在对于胡适而言，与王敬轩相同。胡适的这一说法意味着什么？

王敬轩是钱玄同伪装身份，捏造出来的人物，只是出于批判林纾的需要。所以说，主要目的在于反驳。也就是说，胡适利用张厚载，只是出于表述自己的主张的目的，并没有真正讨论的打算。张的意见如何，从一开始就是无所谓的，只是装作讨论而已。这是

《新青年》的方式。在那之前，完全没有任何反应，不能形成讨论。可以理解，当真实存在的活人张厚载出现之后，胡适是多么的高兴。

张厚载出名的另一个原因是，他在报刊上报道了北京大学的校内情况，受到了蔡元培、陈独秀的叱责。而且，这也成为他受到北京大学退学处分的理由。张厚载做了什么呢?

以下，对几篇文章中出现的事情，以日期较为明确的为主，按时间顺序排列并做论述。这些都是 1919 年五四事件之前发生的事情。

2 月 22 日，蔡元培在北京大学召开会议，决定了重要问题：废除文理科学长的职位。

2 月 26 日，《神州日报》上刊登了张厚载(半谷通信)* 的报道。略长，如下抄引。

94 近来北京学界忽盛传一种风说，谓北京大学文科学长陈独秀即将卸任，因有人在东海(樽本注：徐世昌)面前报告文科学长教员等言论思想多有过于激烈浮躁者，于学界前途大有影响，东海即面谕教育总长傅沅叔令其核办，傅氏遂讽令陈学长辞职，陈亦不安于位，故即将引退。又一说闻，谓东海近据某方面之呈告，对于陈独秀及大学文科各教授如陶履恭胡适之刘半农等均极不满意，拟令一律辞职云云。然陶胡两君品学优异，何至牵连在内，彼主张废弃汉文之钱玄同反得逃避于外，当局有此种意思诚不能不谓其失察也。……凡此种种风

* “半谷通信”指张厚载，也指张厚载写的通讯。——译者

> 说果系属实，北京学界自不免有一番大变动也。颇闻陈独秀将卸文科学长职之说最为可靠，昨大学校曾开一极重大讨论会，讨论大学改组问题，欲请某科某门改为某系，如是即可以不用学长，此种讨论亦必与陈学长辞职之说大有关系，可断言也。（王枫《五四前后的林纾》第 239—240 页）

这篇报道被视为张厚载散布的胡说八道之语。我因为不能直接看到这份报纸（在日本没有收藏原件），所以间接引用了王枫的记述。一贯以来，很多研究论文无一例外地都认定这是张自己散布的谣言。可是，我希望他们好好读一读。张厚载不是在文章的开头写着“风说”么？他不过是介绍而已。这篇报道的重点并不在于此。尽管后文才是重点，可是谁也不想指出。

也就是说，重点在于北京大学的改组问题。张厚载的报道中耐人寻味的是，他介绍了蔡元培在北京大学召开重要会议。张厚载透露了这是关于陈独秀解任的改组问题。正是这一点惹怒了蔡 95
元培。因为这是事实。

3 月 1 日，“文理科教务处组织法”在北京大学评议会上通过。是文理科合并的改组（《蔡元培年谱长编》中册第 187 页）。实施的时间似乎有所通融，并非是 1 日通过后立即实施的。

3 月 3 日，《神州日报》上刊登了张厚载（半谷通信）“学海要闻”。

> 前次通信报告北京大学文科学长、教授将有更动消息。兹闻文科学长陈独秀已决计自行辞职，并闻已往天津，态度亦颇消极。大约文科学长一席在势必将易人，而陈独秀之即将卸任，已无疑义，不过时间迟早之问题。（王枫《五四前后的林纾》

240 页）

这篇报道中的部分内容不属实，陈独秀没有去天津，这是多余的报道。所以，张厚载被批评散布谣言。

3 月 4 日，“文理科教务处组织法”在《北京大学日刊》上刊登。不过，这篇报道里没有写明文理科合并及废除学长职位。北京大学校方即蔡元培，在这个阶段并不想公布事实。我只能这么判断。

3 月 9 日，张厚载（半谷通信）“学海要闻”刊登于《神州日报》。也就是说，有关北京大学的报道这是第三次了。

> 北京大学文科学长陈独秀近有辞职之说，日前记者往
> 访该校校长蔡孑民先生，询以此事。蔡校长对于陈学长辞
> 职，并无否认之表示。且谓该校评议会议决，文科自下学期
> 或暑假后与理科合并，设一教授会主任，统辖文理两科，教
> 96 务学长一席即当裁去云云。则记者前函报告，信而有征矣。
> （王枫《五四前后的林纾》第 241 页。《蔡元培全集》第 3 卷，第 279 页，记“四日”）

张厚载是在拜访蔡元培，向他提问之后才写的这篇报道。这的确是 3 月 1 日大学评议会之后的事。

张厚载的报道现在依旧被认为是散布谣言。但我认为不是。请再阅读一下上面的报道，张厚载清楚地写明大学评议会的决议内容，就是文理科合并。虽然后来蔡元培校长指出了一些细小的错误，但我认为他的报道抓住了会议的主要内容。这就是蔡元培对陈独秀所采取的处置：废除学长职位。无须重复，也就是，解除

陈独秀（与夏浮筠）的学长职务。是因为无论怎样避开报刊对陈（与夏）嫖妓的批评，继续担任文科学长（与理科学长）是不合适的。

可是，事情发生了意外。胡适对写报道的张厚载提出了抗议。

胡适对张厚载的批判

就是3月10日《北京大学日刊》上刊登的“胡适教授致本日刊函”。

胡适谈了这两周出现的谣言。其中包括文科陈学长及胡适等四人受政府之干预，被驱逐出大学、被逮捕的事情。从北京一直传到了上海。胡适将他写给通讯员张厚载的信及张的回信都寄给了日刊，希望可以解除疑惑。日刊上同时刊登了胡适与张厚载的信函。

在胡适写给张厚载（半谷）的信中，主要是问他从哪里得知大学文科学长与教员的调动消息，而且还加上了教员被逮捕的事情。张的报道中写了辞职的谣言，但并没有写逮捕的内容。这是不是胡适的臆测？张厚载对此做了回答。这是同班同学陈达才告诉他的，而且，在法政专门学校里很多人都这么说。张说，他没有向老师进行确认就写了通讯，这是自己的过失，并为此道歉。

张厚载称之为“我们无聊的通信”，谦虚地表示是没必要写的 97
东西。可以说他是毫无防备的。后来，他被陈独秀批判了。尽管如此，张对胡适的回答非常诡异。根据报纸的报道，张不是在拜访了蔡元培之后才写的报道吗？

翌日，3月11日，《北京大学日刊》又刊登了“胡适教授致本日刊函”续篇。胡适说，他向陈达才进行了确认，但其实没有那件事。

他给日刊寄去张厚载的声明书，建议刊登。

张厚载在该报上发表了声明："本校教员胡适陈独秀被政府干涉之谣传，本属无稽之谈。"他全面承认这是自己的错误。

继而，3 月 16 日《神州日报》以报社的名义刊登了订正报道。"据闻前此北京通信中所载北京大学陈独秀辞职，胡适、钱玄同等受教育不干涉等不确，特此更正。"[91]

很多研究者都认为，张厚载自己承认了这是谣言。因为这不正是张自己发表的声明么。谣言的发报者是北京大学法学科的学生，是坏学生。

过于明了，反而有些不自然。

简单地说，张厚载抓住北京改组即陈独秀文科学长罢免一事在报刊上发表了报道。所以这部分是正确的。可是，他写的受到政府干预是不正确的，他也承认了这部分的错误。这两点必须区别考虑。可是，一般都认为张厚载的报道全部错误。

这是快到三月中旬的时候。对于四年级的学生来说，面临着重要的毕业。如果向著名教授胡适先生反抗，坚持主张自己的报道是真实的话，那不知会演变成什么后果。如果当成自己的过错而能解决事情的话，那么承认自己不对也罢。就算有这种心理，也一点都不奇怪。我看着报道的内容和全面承认是自己错误的张厚载的文章，感到其中的隔阂，所以做了上面的推测。可是，张所考虑的这个解决方法，不料竟让他付出了巨大的代价。

98 张厚载的报道，大约在一周后又一次被回炉。北京大学校长蔡元培登场了。

化爲白話耶則亦以豪俠之文雜之白話之中是引漢唐之環燕與村婦談心陳商周之俎豆爲野老聚飲類乎不類弟閩人也南蠻鴃舌亦願習中原之語言脫授我者以中原之語言仍令我爲鴃舌之閩語可乎蓋存國粹而授說文可也以說文爲客以白話爲主不可也乃近來尤有所謂新道德者斥父母爲自感情慾于己無恩此語曾一見之隨園文中僕方以爲擬於不倫斥袁枚爲狂謬不圖竟有用爲講學者人頭畜鳴辯不屑辯置之可也彼又云武曌爲聖王卓文君爲名媛此亦拾李卓吾之餘唾卓吾有禽獸行故發是言李穆堂又拾其餘唾尊嚴嵩爲忠臣今試問二李之名學生能舉之否同爲埃滅何苦增茲口舌可悲也大凡爲士林表率須圓通廣大據中而立方能率由無弊若憑位分勢力而施趨怪走奇之教育則惟穆罕默德左執刀而右傳教始可如其願望今全國父老以子弟託公願公留意以守常爲是況天下溺矣藩鎮之禍邇在眉睫而又成爲南北美之爭我公爲南士所推宜痛哭流涕助成和局使民生有所蘇息乃以淸風亮節之躬而使議者紛集其射我公惜之此書上後可以不必示覆唯靜盼好音爲國民端其趨向故人老悖甚有幸焉愚直之言萬死萬死林紓頓首

（二）蔡校長復張謬子君書

謬子兄鑒：得書、知林琴南君攻擊本校教員之小說、均由兄轉寄新申報。在兄與林君有師生之誼、宜愛護林君。兄爲本校學生、宜愛護母校。林君作此等小說、意在毀壞本校名譽、兄徇林君之意而發布之、於兄愛護母校之心安乎？否乎？僕生平不喜作謾罵語、輕薄語、以爲受者無傷、而施者實爲失德。林君詈僕、僕將哀矜之不暇、而又何憾焉？惟兄反諸愛護本師之心、安乎？否乎？往者不可追、望此後注意此復並候學祺。

蔡元培白

▲附錄張謬子君函

子民校長先生大鑒新申報所登林琴南先生小說稿悉由鄙處轉寄鄙意更有妖夢一篇攻擊陳胡兩先生並有涉及先生之處稿發後而林先生來函謂先生已乞彼爲劉應秋文集作序妖夢一篇可勿登但稿已寄至上海殊難中止不日即可登出倘有瀆犯先生之語務乞歸罪於生先生大度包容對於林先生之游戲筆墨當亦不甚介意也又林先生致先生一函先生對之有若何感想曾作復函否生以爲此實研究思潮變遷最有趣味之材料務懇先生將對於此事之態度與意見賜示不勝企禱專肅敬頌教祺

學生張厚載拜啓

再林先生係生在中學校時之教師與生有師生之誼合併附聞

《北京大学日刊》1919 年 3 月 19 日

蔡元培对张厚载的批判

3 月 19 日，蔡元培在《北京大学日刊》上发表“蔡元培致函”，对张厚载进行了反驳（《蔡元培全集》第 3 卷第 279—280 页中亦有收录）。以写给《神州日报》编辑部的方式。

蔡元培指出了张厚载报道中的几处错误。

原文是一条条的列举，我概括要点并陈述我的感想。

1. 陈学长绝对不会辞职。如果有人问起此事，我会绝对否定。所以，之前没有表示否定是我错了。

蔡元培特意写上“所谓并无否定之表示者，误也”，实际上承认 99
了张厚载与他会面并向他提问的事实。对于张厚载的提问，蔡元培没有回答。不让别人抓住话把是行政负责人通常使用的方法。

张厚载没有注意到这一点，是因为他太年轻，只有 25 岁。而对方蔡元培是 53 岁的强者。所以对这样的事情，他处理得很冷静。

> 2. 文理合并，不设学长，设教务长统辖教务。由学长、教授会、主任会议定（陈学长亦出席），评议会通过后，将在暑期结束之后实行。先前报告中的下学期为误。

蔡元培指出的错误只不过是实施时期。报上的报道说“下学期或暑假后”，别有意味。另外，没有提到改组的事情，所以蔡承认这一点是正确的。他写的是暑期后实施，但实际上提前到四月初。这么做是有原因的（后述）。

2 还有后文。

> 另外，本校现有 11 个教授会，各会都有一个主任，一共 11 人。将来，教务长将从这些主任中挑选一位来任命，所以“设一教授会主任”的说法是第二个错误。陈学长之所以赞同不设学长的议案，纯粹是站在教务开展的立场，与个人辞职与否无关。

只指出张厚载使用的词语错误，不是教务主任而是教务长。但是，“改组”的意思并没有改变。蔡元培特别举出陈独秀学长的名字，强调他赞成废除学长职位，这是很不自然的。此时，在他的潜意识中，无意识地流露出罢免陈独秀的意思吧。因为就是为了他才实行的改组。

100 我觉得这个部分非常奇怪。陈独秀参加罢免自己文科学长职位的会议，而且，蔡校长还说他是赞同的。按照以往的说法，不应该是陈独秀对降为普通教授深感屈辱，愤然辞去教授职务的么？更何况，陈独秀原本不是教授，怎么能辞去还不是教授的职务。这一点，我已经论述过了。不可思议的是，陈独秀后来依旧保留了他在北京大学的位子（我不知道这样的说法是否正确），继续在北京编辑《每周评论》，开展政治活动。所以，研究者用了陈独秀何时“离开北京大学”等说法，加以区别[92]。

> 3. 贵报在上个月两次刊登了半谷通信，说明陈学长及胡适、陶履恭（孟和）、刘复（半农）等四人因为思想激烈而受到政府的干预。并称陈学长已经到了天津，态度消极。而陶胡等三人，则由校长以去就力争，终于没被辞退云云。都是胡说。在报道中虚构陈学长辞职的证据，说“则记者前函报告，信而有征矣”。报刊的读者请将这两次通信与我的信合起来看，究竟哪个才是能够信任的证据呢？

很多研究者在看了蔡元培的这篇反驳后，似乎都认为张厚载所散布的谣言被蔡驳倒了。但我无法相信情况如此简单。张厚载的报道中写的是北京大学的机构改革，是陈独秀被罢免学长职务。在这一重要问题上，蔡元培不能说报道是错误的。因为这是事实。蔡元培坚持说陈独秀不会辞职，是因为他想强调这是机构的改革吧。但是，因为改革而废除学长制，实质的结果就是撤除学长职务。这不就是公布了 3 月 1 日的会议决定么？

3 月 19 日，蔡元培向《神州日报》编辑部抗议的内容就是上面这些。

101 北京大学改组即陈独秀的学长罢免，预定在暑期后实施。这是蔡元培的计划。可是，3 月 26 日在汤尔和的家中一直商谈到深夜十二点的结论却是罢免陈独秀学长。蔡虽然不肯，但汤尔和极力强调“私德太坏”，最终这么决定了。

19 日《北京大学日刊》上，蔡元培断言陈独秀学长不会辞职。并且声明，改组的时间定于“暑期结束之后实行”。结果，推翻了这个说法，一下子罢免了陈，究竟发生了什么呢？

我看到这样的急转直下，想到的就只有一件事。陈独秀在妓院发生的伤人事件。

陈独秀抓伤妓女事件，推断发生于 20 日至 25 日之间。虽然驳斥了罢免的谣言，但因为后来发生了这件事而不得不将计划提前，实行了罢免。我想，3 月 26 日召开紧急会议并提前实施大学改组，能够说明其原因的就只有这个了。

最终，文理科合并。也就是，合并的结果是罢免了陈独秀学长。陈独秀等人被逮捕的叙述虽然是添油加醋的谣言，不过主要的部分同张厚载写的一样。

北京大学的改组，决定提前到 4 月 8 日实施。

4 月 10 日《北京大学日刊》上刊登了“大学本科教务处成立纪事”，说明了经过。

> 理科学长秦汾君因已被任为教育部司长，故辞去代理学长之职。适文科学长陈独秀君亦因事请假南归。校长特于本月八日召集文理两科各教授会主任及政治经济门主任会议。是日到会者为秦汾、俞同奎、沈尹默、陈启修、陈大齐、贺之才、何育杰、胡适八人。当由与会诸君议决将三月四

日所发表之文理科教务处组织法提前实行，并决议施行细则如下。（后略）

这是北京大学公布的有关大学改组的官方见解。表面上，用秦汾与陈独秀的人事调动进行粉饰。所以必须召开特别会议的理由，是这样吗？而且，也没有说明陈独秀为什么要休假。知 102
情人看了一定明白，大学方面想把事情掩饰过去。换言之，关于陈独秀的事情，大学方面显然发表了虚假说明。他们说陈独秀已经南归，但事实上，陈留在北京继续他的写作活动，这个事实大家都知道。

秦汾就任教育部专门教育司长是在 4 月 4 日[93]。秦参加了 8 日的北京大学的会议，所以到此时为止，他兼任了两个职务吧。

对于被罢免文科学长之后的陈独秀，有人做了追加说明。就是胡适。

在胡适口述、唐德刚注释《胡适口述自传》中，证实了因散发传单而被捕的陈独秀的事情。即，“这时陈独秀已不做北大的‘文科学长’了。校方给假一年，好让他于下学年开一堂宋史新课”（第 214 页）。

石钟扬《文人陈独秀——启蒙的智慧》中收入了胡适的这番证言。“免除陈独秀的文科学长职务，但仍聘为教授，给假一年备课，于下学年开一门宋史新课”（279 页）。而且注释“4 月 10 日，蔡元培主持教授会议宣布这一决定，陈独秀在京但未参加会议”（教授会的日期是否搞错了?）。很多论文都叙述了同样的内容。但是，在《蔡元培年谱长编》中没有收入蔡元培的相关发言与资料。《北京大学日刊》也没有刊登相关的报道。胡适虽然说明了被罢免后的陈独秀的情况，但没有发现可以证实的资料。

胡适的说明让人费解。第一，被罢免文科学长的陈独秀，是否马上就被聘为教授，情况不明。学长是专门的行政职位，如果要转任教授，是否需要办理相应的手续？更让人难以理解的是，突然冒出了宋史课程。因为胡适没有说明，所以不明白陈独秀与宋史之间有什么关联。但是，这是出席当时教授会的胡适说的话，所以不能忽视。可是，我必须指出上述不明之处。假设胡适所说的是真实的情况，那么不管是什么方式，是怎样的一门新开课程，为了准备这一课程而需要一年的休假，这件事无论在谁看来，都明白其实是掩饰处罚之举。

103 北京大学改组提前实施的报刊报道

上海也报道了改组的新闻。

“大学改组案提前实行”(《申报》1919 年 4 月 12 日)的内容大致如下。

北京大学去年 10 月决定了将要合并文理科。此次，得到了教育部的批准，今年 2[3]月，在大学评议会上通过了决议。决定废除学长制，预定今年暑假后实施。理科学长秦汾新任教育部司长，文科陈学长也提出了休假申请，南归。所以蔡校长提前实施了计划。马寅初博士任教务长。

可见，以上新闻原封不动地报道了北京大学的正式发表。我重申下，大学改组的原因没有写陈独秀的私生活等问题。但是，明眼人一看，都会觉得奇怪，陈独秀为什么会请假？《申报》还有后续报道。

“北京大学之消息　陈独秀辞职”(《申报》1919 年 4 月 13 日)是一

篇短文。

> 联合通信社得北京九日快电云，北京大学文科学长陈独秀因所办《新青年》杂志提倡新文学，且于孔子之道认为阻碍文化，遂为旧派所不容。校长蔡孑民不堪教育部之扰，陈氏不愿使蔡孑民处于困难之境，遂于本日(九日)具书辞职，自明日(十日)起即不到校，其与陈氏素称同调之胡适之钱玄同、刘丰[半]农诸人现时尚无变动云。

陈独秀申请休假，这是一个暧昧的理由。这篇报道好像解答了这个问题。它解释道，陈独秀因为思想的问题而辞职。而且写道，陈表明了自己主动不到校的意志。但事实是大学罢免了陈，所以在此处主客体的位置颠倒了。这是站在陈独秀立场上的报道。

我不好容易才明白当时的这一见解对后来的研究产生了重要
影响。不堪忍受旧派的攻击，也为了解除蔡元培的困境，陈独秀自 104
己向大学提出了辞职，变成这样的一个经过。可是，那么一来，蔡元培岂不是牺牲了陈独秀而守护了北京大学呢？蔡主张思想自由与包容主义，称教员在校外的活动与大学无关。这样看来，他没能保全陈独秀。结果变成蔡元培的主张是没有实行能力的，也就是虚伪的主张。

陈独秀的辞职有内幕。即，因为思想的问题而波及大学的人事，成为政治问题。报道写得煞有其事。然而，这正是陈独秀意图的方向。自己的私生活才是被罢免学长的真正理由。其目的是让人们转移对这件事的视线，并且成为那样的结果。

6月11日，陈独秀因在北京新世界散发传单而被捕，这是在他休假中发生的事。北京的藤原镰兄报道了这件事，以下介绍。

(45)燕尘〔陈独秀散发传单〕

▲前北京大学文科大学长陈独秀君，从新世界的三楼向下散发传单而被捕。这是多么轻率的举动啊。

▲陈君原本与传单有渊源。君安徽出身，曾经将家中十数万之财富送与革命派，在横滨开办印刷厂，为革命派的兴盛印刷了大量檄文。如此，先生将财产糟蹋殆尽。

▲因为做了这些事情而被南方人所重视，革命后慢慢升迁至大学学长的职位。可是，就这次的骚乱来看，他没能保持忍耐而旧病复发了。

▲特别是被认识他的字的人看到传单，一定能认出这是先生自己写的。

▲虽然军阀对他极为厌恶，但在安徽出身的安徽派中，也有支持他的人。目前，他们正在积极地实施保释。(原载于《新支那》一九一九年六月十九日，首次刊载未见)[94]

105 报道中出现了横滨，那是因为陈独秀自1901年起数次自费留学日本。

《大阪朝日新闻》(1919年6月15日)报道了6月12日陈独秀被捕的消息。“前文科大学长逮捕(北京特电十三日发)北京大学前文科学长陈独秀以鼓吹过激思想之嫌疑，于十二日被捕。”

关于陈独秀的问题，出现了上述这些情况。与此平行的是发生了林蔡问题。

以往的讨论都是以林蔡问题为中心，而几乎没有触及陈独秀问题。以林纾研究来说，这是不得已的。不过就我所见，陈独秀问题才是主要的。以蔡元培为主导的北京大学内部的新派，长期以来为陈独秀问题所困扰，这成为安福俱乐部及《公言报》将陈作为一个绝佳的目标进行攻击的理由之一。而北大的对策就是废除文理科学长制度。做好了计划，并切实准备着。从这个角度来看，林纾与蔡元培的书信往来处于支流的位置。

8　林纾书信

林纾写给蔡元培的书信，公开发表了两封。

《公言报》上的报道

在介绍书信内容之前需要做一点说明。必须明白，关于北大的流言蜚语是以前就有的事情。了解当时的北京大学处于一种什么样的氛围，就可以理解林纾书信成立的背景。

通过转载，我们可以看到一篇报道，题为“请看北京学界思潮变迁之近状”。

《公言报》上刊载的这篇报道，被《北京大学日刊》、《新潮》进行了转载。通过转载，广为人知。以下作一概要(指开头标示了○的部 106
分，或者从作者名字开始到“概要终”的部分。下同)。

○未署名：“请看北京学术界思潮变迁之近状”，《公言报》1919年3月18日；《北京大学日刊》1919年3月21日转载；《新潮》第1卷第4号1919年4月1日转载。

北京大学自蔡孑民担任校长之后，情况全然改变。文科学长陈独秀是新派的首领，教员中有胡适、钱玄同、刘半农、沈尹默等人。打倒贵族文学、山林文学，改建国民文学、写实文学、社会文学，这就是文学革命。胡适在《新青年》上发表文章，他教授的哲学讲义也改成了白话。学生编辑的《新潮》也宣扬他的学说。另外，《每周评论》反对旧派文学与旧思想。同时，作为对立的一方，还有旧文学一派，以刘师培为首，有黄侃、马叙伦。创办了《国故》杂志以抗衡。国史馆的屠敬山、张相文等一派也对他们寄予了同情。以往，大学的讲坛被桐城派古文大家所占据，民国以后，章太炎学派兴起。姚叔节、林琴南之辈视刘黄等人，不免感叹文艺式微。处于中间的是章太炎的高足朱希祖，他提倡的是，新东西并非脱离旧范围，其手段非破坏而是改良。前些日子，世间宣扬说教育部向大学发出训令，罢免陈钱胡三氏之职务。据记者的详细调查，澄清并无此事。陈胡等人提倡新文学，不仅要抹杀旧文学，还主张要坚决抛弃旧道德、排斥伦常、斥骂孔孟，甚至讨论要废除国语，将法语（樽本注：此乃世界语之误）做成国语。其粗暴不合逻辑之处，实在过分。林琴南在写给蔡孑民的信中，表现了他对学界前途深切的悲哀。（概要终）

标题中使用的是“北京学界”，但文章的内容是指向北京大学的。擅自从静观“北京大学新旧之暗潮”（《申报》1919年3月6日）中进行了大幅引用。

这篇报道把校内的思想对立分为新旧及中间三类。从外界来看，能够理解这样的势力关系。即便现在读来，我也不认为有特别的异议[95]。它只是说明了陈独秀在《新青年》上发表主张，新旧各自的想法不同而已。

一般认为,《公言报》凭借这篇报道向北京大学进行攻击,果真如此?报道的最后部分,确实反对了陈独秀等人的想法。但若说是攻击,能称得上吗?可是,报道并没有写无根据的事实。只是介绍了陈独秀等人的主张,表示了反对意思。报刊的论调应该不偏不倚,《公言报》或许有点偏颇。不过,当时中国的刊物不中立也没有什么可奇怪的。所以,会有《新青年》《每周评论》《新潮》。可是,陈独秀将报道视为攻击。或者说,他强调这是攻击。 107

《公言报》的报道成为林纾书信的前兆。得知北京大学的变化后,林纾非常担忧,于是给蔡元培写了信。是这样的一个顺序。

一开始林纾书信受到了同时代的文学革命派的批判,至今依旧被研究者批评,这是很有名的事情。

书信原本没有题目,但林纾自己取了题名"答大学堂校长蔡鹤卿太史书"。这封信的名字有好几种。在收入各种文献时,题名略有差异[96]。

揭开谜案的线索,就在这题名当中。

很多人为了批判林纾有所引用或提及。另外,有时作为反动派、旧文人的资料而收入。林纾后来在收入自己的文集时标上了前述题名,所以按照他的叫法比较合适吧。不过,题名比较长,所以本文中称为林纾书信一。后面还有林纾书信二。

题名中为什么有"答"字呢?这是因为以前蔡元培给林纾写过信。根据蔡元培的说法,是这样的:刊行明人刘应秋文集时,蔡元培受托请梁启超、章太炎、林纾写题词。于是,蔡就给三人写了信。林纾接到信后,给蔡元培做了回复。所以写上"答"字。

林纾书信一,原刊于 1919 年 3 月 18 日《公言报》(首次刊载未见)。既然是私信,那么直接寄给蔡元培即可,为什么要刊登在报

108

(第四版) 中華民國八年三月二十一日 (星期五)

所求；或以學校爲書院、暖暖姝姝、守一先生之言、而排斥其他。於是治文學者、恆蔑視科學、而不知近世文學、全以科學爲基礎；治一國文學者、恆不肯兼涉他國。不知文學之進步、亦有資於比較；治自然科學者、局守一門、而不肯稍涉哲學、而不知哲學即科學之歸宿、其中如自然哲學一部、尤爲科學家所需要；治哲學者、以能讀古書爲足用、不耐煩於科學之實驗、而不知哲學之基礎不外科學、即最超然之玄學、亦不能與科學全無關係。有月刊以網羅各方面之學說、庶學者讀之、而於專精之餘、旁涉種種有關係之學理。庶有以祛其褊狹之意見、而且對於同校之教員及學生、皆有交換知識之機會、而不至於隔閡矣。

三曰：釋校外學者之懷疑。大學者、囊括大典網羅衆家之學府也。禮記中庸曰：「萬物並育而不相害；道並行而不相悖」；足以形容之。如人身然官體之有左右也；呼吸之有出入也；骨肉之有剛柔也；若相反而實相成。各國大學哲學之惟心論與惟物論、文學美術之理想派與寫實派、計學之干涉論與放任論、倫理學之動機論與功利論、宇宙論之樂天觀與厭世觀、常樊然並峙於其中。此思想自由之通則、而大學之所以爲大也。吾國承數千年學術專制之積習、常好以見聞所及、持一孔之論。聞吾校有近世文學一科、兼治宋元以後之小說曲本、則以爲排斥舊文學、而不知周秦兩漢文學、六朝文學、唐宋文學、其講座固在也；聞吾校之倫理學用歐美學說、則以爲廢棄國粹、而不知哲學門中於周秦諸子、宋元道學、固亦爲專精之研究也；聞吾校延聘講師、講佛學相宗、則以爲提倡佛教、而不知此不過印度哲學之一支、藉以資心理學論理學之印證、而初無與於宗教、並不破思想自由之原則也。論者知其一而不知其二、則深以爲怪。今有月刊以宣布各方面之意見、則校外讀者、當亦能知吾校兼容並收之主義、而不至以一道同風之舊見相繩矣。

以上三者、皆吾校所以發行月刊之本意也。至月刊之內容、是否能副此希望、則在吾校同人之自勉、而靜俟讀者之批判而已。

中華民國七年、十二月十日、北京大學校長蔡元培

(二)對於教員、以學詣爲主。在校講授、以無背於第一種之主張爲界限。其在校外之言動、悉聽自由。本校從不過問、亦不能代負責任。例如復辟主義、民國所排斥也、本校教員中、有拖長辮而持復辟論者、以其所授爲英國文學、與政治無涉、則聽之。籌安會之發起人、淸議所指爲罪人者也、本校教員中有其人、以其所授爲古代文學、與政治無涉、則聽之。嫖賭娶妾等事、本校進德會所戒也、教員中間有喜作側豔之詩詞、以納妾狎妓爲韻事、以賭爲消遣者、苟其功課不荒、並不誘學生而與之墮落、則姑聽之。夫人才至爲難得、若求全責備、則學校殆難成立。且公私之間、自有天然界限。譬如　公曾譯有茶花女、迦因小傳、紅礁畫槳錄等小說、而亦曾在各學校講授古文及倫理學、使有人詆　公爲以此等小說體裁講文學、以狎妓姦通爭有夫之婦講倫理者、寧值一笑歟？然則革新一派、即偶有過激之論、苟於校課無涉、亦何必強以其責任歸之於學校耶？此復並候

著祺

八年三月十八日蔡元培敬啟

▲附錄本月十八日公言報原文

○請看北京學界思潮變遷之近狀

▲北京大學之新舊學派

……兩種雜誌之對抗……

……第三者之調停派學說……

▲三者以外之學者議論……

……林琴南致蔡鶴卿書……

北京近日教育雖不甚發達、而大學教師各人所鼓吹之各式學說、則五花八門、頗有足紀者。國立北京大學自蔡孑民氏任校長後、氣象爲之一變、尤以文科爲甚。文科學長陳獨秀氏、以新派首領自居、平昔主張新文學甚力。教員中與陳氏沆瀣一氣者、有胡適、錢玄同、劉半農、沈尹默等、學生聞風興起、服膺師說、張大其辭者、亦不乏人。其主張以爲文學須應世界思潮之趨勢、若吾中國歷代相傳者、乃爲雕琢的阿諛的貴族文學、陳腐的鋪張的古典文學、迂晦的艱澀的山林文學、應根本推翻、代以平民的抒情的國民文學、新鮮的立誠的寫實文學、明瞭的通俗的社會文學。此其

●日刊投稿簡章

◉國史徵集股啟事

109

（星期五） 中華民國八年三月二十一日 （第一版）

北京大學日刊

第三百三十八號

編輯部 經理部 北京後門國立北京大學內 電話東局一千零七十二號

報資及告白費 每份銅元二枚每月自取三角派送三角五分外省四角五分郵票不收廣告用四號字七日以內每字八厘一月以內五厘長期面訂五十字起算封面中縫加倍

本校布告

法科教務處告白

馬寅初先生因丁憂回里所授銀行論貨幣論保險學各課均暫行停講俟回京後再行補授此白

英文學研究所啓事

敬啟者今日（即星期五）下午小說由胡適之先生講演特此通知

體格檢查處啟事

(1)凡本屆應受檢查而在檢查期間內未來本處者茲特延長一日（今日下午四時起六時止）務乞諸君按時來此補行檢查為禱

(2)去年已檢查體格諸君中關於眼科一部分須再覆驗者共四十二人請於今日下午四時到檢查體格處第四部重行檢查姓名列后（先到第五部領取原檢查單）

法本科 曲宗邦 張鳳岐

法預科 王耀宗

文本科 徐彥之 江紹原 周澍

楊文冕 蔡屺賢 蔣希曾

蕭瓛 雷永祜 陳登恪

文預科 李秀龍 薛華倫 洪維晟

郭智石 李蘭昌 魏延齡

張華 臧玉淦 邢壽彭

曾青雲 班興文

理本科 張驪舉 宋毓璞

理預科 唐文愷 饒泰護 張席禔

石光彥 張彥升 盧允生

張上金 張競擇 紀紹綱

楊兆熊 劉呂壽 盧啟宗

徐有聲 唐紹宗 席啟駉

熊天祉 范濬

(3)本屆已檢查體格諸君中關於眼科一部分須再詳驗者共十一人請於今日下午四時到檢查體格處第四部重行檢查其姓名列后（先到第五部領取原檢查單）

法本科 何培心 何啟禮 段班紱

王毓琦 金長祉 譚審祺

常宗起 王文燦 馮嗣賢

法預科 李興焯 杜光垠

(4)一部或全部須覆驗者茲特開列姓名於後乞於今日下午四時到本處為禱（先到第五部取原檢查單）

華以慎 楊濟華 韓萇如 茹和

晁俊昌 任乃訥 許耕良 楊樹南

鄭秉三

通信

(一)蔡校長致公言報函並附答林琴南君函

公言報記者足下：讀本月十八日貴報，有「請看北京學界思潮變遷之近狀」一則，其中有林琴南君致鄙人一函，雖原函稱「不必示覆」，而鄙人為表示北京大學真相起見，不能不有所辨正。謹以答林君函抄奉，請為照載。又貴報稱「陳、胡等絕對的菲棄舊道德，毀斥倫常，詆排孔孟，」大約即以林君之函為據，鄙人已於致林君函辨明之。惟所云「主張廢國語而以法蘭西文字為國語之議，」何所據而云然？請示復。

▲答林君琴南函如左

琴南先生左右：於本月十八日公言報中，得讀惠書，索劉應秋先生事略。憶第一次奉函時，曾抄奉趙君原函，恐未達覽，特再抄一通奉上。如荷題詞，甚幸。

▲附錄趙體孟君來函

敬懇者敝郡明遺老劉應秋先生遺箸

▲中華郵政特准掛號認為新聞紙類

110 纸上呢，没有人做过解释。还偏偏是安福俱乐部的《公言报》。其中的情况不明，暂且不追究这个问题。看到报刊上发表的林纾书信后，蔡元培立刻回了信，所以这封回信也公开发表了。就是3月21日《北京大学日刊》上刊登的蔡元培“答林君琴南函”（日期是3月18日）。林纾书信一作为参考资料也收入在内。

以往对林纾书信一的评价

事先介绍一些有关林纾书信一的评论，也许会让读者产生预先判断。我勉强先做引用。不过，请了解这并不是全部的内容。

○ 胡适：“五十年来中国之文学”，《最近之五十年》，上海：申报社1923年2月初版[97]，第21页。

> 八年（1919）三月间，林纾作书给蔡元培，攻击新文学的运动；蔡元培也作长书答他。这两书很可以代表当日“新旧之争”的两方面。（引用省略）但蔡书的最重要之点并不在驳论，——因为原书本不值一驳。

林纾书信一虽然是“攻击新文学的运动”的文章，但不具有反驳的价值。按照胡适的说法，论据薄弱，不足以成为攻击文。

继承胡适这一判定的是郑振铎“导言”（1935年）。他引用了林纾书信一的一部分，然后这么结论。

> 彼（注：林纾）的论点是很错乱的。蔡元培的覆信，辞正义严，分剖事理，至为明白。他是没有话可以反驳的。[98]

按照世间的说法是，林纾给蔡元培写了批评的信，可是对蔡的
反驳，甚至连一声也没吭就被驳倒而败北。对于林纾蔡元培之间 111
的往来书信，一般都是这么评价的。因为是文学革命派的胡适与郑振铎，所以结果必定是这样的。所以，可以说，后来的记述基本上都沿着胡适与郑振铎的方向。我再介绍一些日本方面的说明，因为也是在中国研究基础之上的记述。

〇　松枝茂夫：《中国的小说》，东京：白日书院 1948 年 4 月 15 日版，第 292—293 页。

> 白话运动反对者　在白话运动逐渐趋于兴盛的同时，旧文学者方面也出现了反对的声音。在北京大学的内部也有利用《国故》《国民》的古文学拥护派，在校外则是以桐城派古文大家林纾为中心，利用安福派军阀的支持，实施新运动压制之策。林纾是外国名著的翻译家，对清末民初的文坛做出了巨大贡献。从对后辈给予的影响来说，毫不亚于严复与梁启超二人。可是，他根本上是一个头脑古旧的人，现在已成为时代的落伍者。他写了小说《妖梦》《荆生》，对蔡元培、陈、胡、钱等新人进行了谩骂。并且给蔡校长写信（八年三月），攻击新文学运动，要求停止白话运动。盖以“引车卖浆之徒所操之语”作为文字的话，他担心人们终将不能读古书，中国的圣贤之道在不久之后将荡然无存。刚愎的蔡校长堂堂正正地驳斥了他，倡导大学自由，并声明自己也是白话的拥护者。

林纾被认为是“利用安福派军阀的支持，实施新运动压制之策”，“攻击新文学运动，要求停止白话运动”。果真如此？

○　刘麟生著，鱼返善雄译：《中国文学入门》，东京：东京大学出版会1951年10月20日版；1967年2月25日第七次印刷，第114—115页。

> 古文派的人们发出了极大反对的呼声，林纾、章士钊（字行严）、梅光迪（字觐庄）及其他学者文人，多年来都强烈反对新文学。所谓“使用引车卖物之俗语，能写出有风格的文章吗！”正是这一派的主张。

112　引号所括起来的著名的“引车卖物”，正是林纾写给蔡元培的信中使用的语句。原文是“引车卖浆之徒”。关于这一点，我将在后文中进行说明，林纾的文章中只写了“行用土语为文字”的话，那么引车卖豆浆之辈也能成为大学教授。讽刺意味不言而喻。可是，将这句话加上“！”，写成“能写出……吗！”，则偏离了林纾的意思。刘麟生就是这么理解的。而且，这也是现在一般的解释。

○　仓石武四郎：《中国文学史》，东京：中央公论社1956年10月25日版；1968年3月9日第十三版，第181页。

> 那年秋天，胡适学成归国。翌年1918年，他以28岁之年轻，立于北京大学教坛，集全校学生人气于一身。林纾见此激愤，逼迫北京大学校长蔡元培禁止白话，但蔡元培提出思想自由的原则，将其驳回。

此处写着，林纾因为胡适的人气旺而激愤，而“逼迫禁止白话”，这是真的吗？

○ 小野忍:《现代中国文学》,东京:每日新闻社 1958 年 5 月 1 日版,第 28 页。

> 《新青年》在 1918 年以后,将所有的文章都改成口语。翌年 1919 年,林纾对言文一致提出了反对。林纾写了一篇致蔡元培的公开信,要求校内禁止言文一致。蔡元培称大学里"循'思想自由'之原则,没有同意。

林纾"要求校内禁止言文一致"。这是真的吗?

○ 增田涉:"关于蔡元培",《中国文学史研究》,东京:岩波书店 1967 年 7 月 25 日版,第 310 页。

> 不过,《新青年》阵营中的很多人都是北京大学的教授,所以,校外保守势力的反感都集中于蔡元培,尤其是古文名家林纾,在报刊上发表了对蔡元培的公开质问信。批评北京大学的教授们推翻孔孟,损毁伦理。还说,如果"引车卖浆"之徒所操语言(指口语)成为文学用语的话,那么,北京、天津的扁担商 113
> 贩们都能成为教授。可是,蔡元培在同份报纸上回答了林纾,声明"循思想自由原则,取兼容并包主义",并且反问:"小仲马、狄更斯、哈代[99]等所著小说,皆白话也,而公译为文言。公能谓公及严君之所译,高出于原本乎?"击败了保守派的抗议。表现出一步也不肯让的强硬态度。

"林纾在报刊上发表了对蔡元培的公开质问信"。真的是"质问信"吗?

○ 仓石武四郎:《中国文学讲话》,东京:岩波书店 1968 年 11 月 20 日版,岩波新书(青版)696,第 216 页。

> 最初,非常意外的是,(对于文学革命)没有出现反对的论调。那样的话,实在是太无聊了,于是钱玄同等人假扮成托儿,在《新青年》上用假名发表了反对的论文。于是,立刻就出现了赞同的文章,变得非常热闹。特别是清代率先翻译西洋文学的林纾,极力反对。此人当时也是北京大学教授,所以他向北大校长蔡元培抗议,说要禁止使用这种车夫马夫所用语言去写文章。可是,不愧是蔡元培,他以思想自由的原则驳斥了这一要求。林纾怒不可遏,甚至亲自创作了一篇小说:在胡适、陈独秀、钱玄同三人大吹大擂之时,冒出了一个身材魁梧的男子,对三人进行了讨伐。林纾好像是在介绍西洋文学,但他完全使用文言文;说是介绍,但他自己并不能阅读原文,而是让懂英语或法语的人在身边进行口译,自己再将其改成文言。所以,内容改动很大,还有很多误译。就是这样的一个不彻底的改革者,不久变得反动化起来,成为有趣的实例。

林纾当时并没有在北京大学里执教。“当时是北京大学教授”的说法是误解吧。可以看出,仓石对林译小说的评价非常低。

“没有出现反对的论调。那样的话,实在是太无聊了”,成为文学革命派攻击的标靶的林纾,实在是微不足道的,所以他似乎认为
114 林纾受到批判也是理所当然的。因为太无聊了所以要消遣,被视为敌对者的林纾正是一个很好的麻烦。

林纾“抗议说要禁止使用这种车夫马夫所用语言去写文章”。林纾对蔡元培“抗议说要禁止”。这是真的吗?

我反复地说明,显得有点执拗。

上面指出林纾表达了禁止白话运动、禁止言文一致、禁止用口语写作等意思。虽然表达方式有所差异,但在禁止的一点上大多一致。说明的方向一致,是根据对象而言的。可是,关于林纾的批判一致,这不免有些奇怪。林纾将原著的戏剧改写成小说的定论,因为是定论,所以研究者全部、无一例外地达成一致。不少研究者在将近九十年的这么一个长时期之中都是这么认为的。我已经看到这样的例子。在林纾的书信问题上,也都一致使用了“禁止”一词,对此,我有一些怀疑。

○ 高田昭二:《中国近代文学论争史》,东京:风间书房1990年1月15日版,第69—70页。

该书对林纾书信一的引用做了详细说明。我省略一部分做一介绍。

> 旧派文人中,当时著名的作家林纾(琴南)给友人蔡元培(北京大学学长时代,聘陈独秀为文科科长)写了一封谴责“文学革命”运动的长信,这是很有名的一件事。文中,他评论了白话文运动。(引用“引车卖浆之徒”部分。省略)似乎打算对陈独秀教授及其同伴进行猛烈的讽刺,总之不过是歇斯底里的谩骂。

解释为“猛烈的讽刺”,我觉得尚可,但是高田进一步断言为“歇斯底里的谩骂”,林纾难道是顽固的老人么?还有一个小错误,陈独秀是文科学长，不是教授。

> 另外，关于"文学革命"运动的另一个方面"反礼教"，（引
> 115 用书信"必覆孔孟，铲伦常为快"前后部分。省略）这终究不合情理，我深深地感受到旧文人对于清末以来的时代剧变所怀有的困惑。确实，这对于他们而言，是应当死守到底的堡垒，是关系到他们世界观的根本问题。不顾身份的林纾的这封信，很好地说明了这件事。

"深深感受到旧文人的困惑"还不足够吧。此处，同样也进一步评论林纾"不顾身份"。这是真的吗？

通过上面的说明获得的林纾印象非常糟糕。是老而无耻、丑恶、恶魔化身的林纾。旧文人、守旧派的代表者林纾，不顾身份，冲动地要求在北京大学内禁止言文一致、停止白话运动。那般大量翻译外国文学的人物，却在"五四"前夕压迫年轻人，竟然还教唆军阀威胁北京大学，干预教授人事。非常恶劣。也许可以这么说，鲁迅骂其为"法西斯"（"我的态度气量和年纪"，1928 年）是理所当然的。于是，在这样的看法上构建了林纾肖像。我想指出，不言而喻，它与钱玄同、刘半农、陈独秀、郑振铎等文学革命派所期待刻画的林纾肖像一致。

本书此前介绍了林纾写作的一篇"奇幻的"文章。在本书执笔之际，因为没能看到原文，所以使用了一个形容词"奇幻的"。资料集中也没有收入。然后，我找到了报刊上的转载而进行了介绍。后来我获得了最初刊登于天津《大公报》上的文章。正如本书所附复印件。这是 1917 年林纾发表的"论古文之不宜废"。

在这篇文章中，林纾只是安静地维护古文。这样的他，现在怎么会突然暴露出厌恶的情绪，去攻击蔡元培呢？这一点我怎么也不能理解。

请再看一下林纾自己写的书信的题名“答大学堂校长蔡鹤卿太史书”。林纾这么写是有意识将这封信留于后世的。他在自己的文集《畏庐三集》(1924 年)中收入了这一题名，应该是有其意义的。

以北京大学的旧称(京师)大学堂校长来称呼蔡鹤卿(蔡的字)是没有问题的。可是，“太史”是什么意思呢？蔡元培曾在科举中考上进士，是翰林院编修。其官名即太史。对于举人林纾来 116
说，虽然年龄上小自己十五岁，但以科举的地位来说，蔡在其之上。所以，他使用了官名表示敬意。林纾虽生活于中华民国，但在观念上还是清朝子民。在时代的转折期，偶尔会出现这样的人物。

即便说题名是后来加上的，但信的开头是“鹤卿先生太史足下”。对蔡元培使用敬语“太史”写作的信，而且也有意识要作为记录保留的文章中，是不会出现露骨的斥骂、批评蔡的言辞吧。当然如果是蔡元培以外的人，那是另一回事。而且，不用说，这也不是小说。

我在上面引用了一些文章，标注了论者的名字，但并不是说我批评他们。请注意这一点。自文学革命派提出以来，现在已完全成为定论，其坚固性、固有观念的不可动摇性、事情的意外性重大性，令我目瞪口呆。

林纾书信一的内容

林纾书信一中所讲的主题只有两个。即，大学教育应当遵循孔孟之教及拥护古文。

首先，引用关于五常的论述。

> 尤有望于公（樽本注：蔡元培）者，大学为全国师表，五常之所系属。近者，外间谣诼纷集，我公必有所闻，即弟亦不无疑信。[100]

首先，林纾声明这封信将对大学教育提出请求。

他写明大学是全国的楷模。认为应当以五常为中心。

流言蜚语的中伤，在事情发生之前一般都是原形不明的。所
117 以，林纾半信半疑。

他先陈述了听到北京大学的流言。然后以西洋为例，解释了五常。

> 外国不知孔孟，然崇仁，仗义，矢信，尚智，守礼，五常之道，未尝悖也，而又济之以勇。弟不解西文，积十九年之笔述，成译著一百二十三种，都一千二百万言，实未见中有违忤五常之语，何时贤乃有此叛亲蔑伦之论，此其得诸西人乎？抑别有所授耶！（第 165 页）

林纾有很多翻译外国文学的经验，他是从翻译的体会来说的。译书之中，没有见过违背诸如中国五常的事例。也就是说，五常是

普世的基本思想。可是，最近的论调是废除这普遍思想的五常，自己无论如何也不能理解。在此，我们看不出林纾批判他人的强烈语气。我读出的，只是面对自己信奉的五常思想正在被轻易地抛弃，或者说被大声主张抛弃的现状的林纾的悲哀。

其次是古文问题。

> 若云死文字有碍生学术，则科学不用古文，古文亦无碍科学。英之迭更，累斥希腊腊丁罗马之文为死物，而至今仍存者，跌更虽躬负盛名，固不能用私心以蔑古。矧吾国人，尚有何人如跌更者耶！（第165页）

对于科学的记述，可以使用白话。请注意这一点，林纾并不是 118
反对白话。据此字面，应该可以明白[101]。

出现了拉丁语。很多人一定会觉得似曾相识。在“论古文之不宜废”中林纾写了同样的事情。重复一下，就是“如欧人之不废腊丁耳，知腊丁之不可废。则马班韩柳亦自有其不宜废者。吾识其理乃不能道其所以然。此则嗜古者之痼也”。

我只能再次说明，林纾只是拥护古文罢了。

接下来是古文与白话文之间的关系。

他例举《水浒传》《红楼梦》为白话文的最高峰，然后这么论述道。

> 总之，非读破万卷，不能为古文，亦并不能为白话。若化古子之言为白话，演说亦未尝不是。（第166页）

林纾认为必须以古文为基础。所以,作为应用而使用白话文的话,没有任何问题。此处也可以看出,他并没有否定白话文。

这里有两个短句,我引用一下:“若读原书,则又不能全废古文矣”(第 166 页),“盖存国粹而授《说文》可也。以《说文》为客,以白话为主,不可也”(第 167 页)。

119 始终以古文为主,其次再是白话。反之不可。这是关系的问题,没有古文则白话不可能存在,林纾只说了这个。如果遵从主客顺序,那么林纾也认可白话。不仅如此,林纾自己还发表了白话作品[102]。

最后,他总结道:“今全国父老,以子弟托公,愿公留意以守常为是。”(第 167 页)

林纾整封信中流露出的情绪十分清晰。“弟年垂七十,富贵功名,前三十年视若弃灰,今笃老尚抱守残缺,至死不易其操。”这是固执的老人的絮叨,却也是安静地表明了决心。我感到林纾深深的悲哀与忧虑。

1919 年,林纾年已六十八岁,可以说是很老的年纪了。上海的商务印书馆大量发行了林译小说,稿费也是最高级别的。经济优越,过着可以将很多时间都花在绘画上的生活。他有什么必要特意给蔡元培写信,质问北京大学的教育方针呢?林纾的意识是活在清朝的,所以如果对民国社会漠不关心也是很自然的事。可是,林纾做不到。

读者中大概有人会问,林纾写的“引车卖浆之徒”难道不是讥讽蔡元培的父亲,对他的批判么?鲁迅曾那么写过:林纾是连蔡元培父亲的职业都可以抬出来批判的卑劣之辈。必定是攻击。

我们来看下林纾信中这段著名的话吧。

若尽废古书，行用土语为文字，则都下引车卖浆之徒，所操之语，按之皆有文法，不类闽广人为无文法之啁啾，据此则反京津之稗贩，均可用为教授矣。（第 166 页）

这段话中哪里跟蔡元培的父亲有关呢？连不懂古文的小商人，只要能说北京天津的口语，就能当大学教授。林纾是这么看待白话文的，仅此而已。轻微的嘲讽，从来没有批判蔡元培父亲的意图。

首先，蔡元培的父亲是钱庄的总管，不是卖东西的小商人。是 120
鲁迅将它理解为讥讽的。林纾之后，另有他人斥骂蔡元培的父亲是卖豆浆的[103]，这与林纾无关。可是，鲁迅明明知道，却委罪于林纾。

所谓林纾斥骂蔡元培，是意想不到的冤枉。请仔细看一下原信，对蔡元培使用了“太史”的敬语。把不可能的事情写得好像真的发生过一样，然后重复林纾是反面人物的说法。

那么，林纾是否提及了北京大学的人事呢？也没有。要求将陈独秀、胡适等人罢免的语句，一句也找不到。

我在前文中介绍了周作人关于林纾的书信里写道，“要求斥逐陈（独秀）胡（适）”。这是当事人的记忆错误。后来，尾坂德司写道：“现在，他向这三人的上司蔡元培提出整顿大学、对新文学派教授进行妥善处置的希望。”我们再次看一下这段话，要求蔡元培“整顿大学”或许是真的，但是后面那句，“对新文学派教授进行妥善处置的希望”是错误的，因为林纾没有触及大学的人事问题。我特意重复周作人与尾坂的文章，是为了说明这样的看法是普遍认识，我并不是在批评他们。

希望大学里贯彻教授古文，遵循自古以来的伦理五常的教育方针。这是林纾对蔡元培安静地、温和地提出的要求。

林纾书信一中，深切的表现了林纾对国家未来的担忧之情。只有在国家最高教育机构北京大学里，以古文教育为基础，遵守孔孟之道，才能培育出担负祖国未来的人才。林纾坚定地抱着这一信念。他从北京大学的学生张厚载处听到了一些话，感到大学的基础部分出现了疏忽。这么做不要紧吗？大学的教育如果往不好的方向上发展，那么国家的未来将变得危险。林纾写给蔡元培的信中充满了忧国心情，也可以说，其中伴随着自己未曾料到被文学
121 革命派视为旧文人、守旧派代表的林纾深深的悲哀。可是，就算被文学革命派或《新青年》集团批评为保守思想、旧思想，林纾的信念也不会动摇。

林纾写给蔡元培的信（林纾书信一）只限于语言思想的问题。这封信被安福俱乐部的《公言报》、陈独秀的《每周评论》进行了转载。可以说被两个阵营所利用。因为他们认为，这封信具有足够的价值。

蔡元培的回信

蔡元培对林纾的信做了长篇回复。众所周知，蔡元培再次声明思想自由及包容主义二项。

蔡元培在信的开头是这么谈论林纾的信的。

> 公（樽本注：林纾）书语长心重，深以外间谣诼纷集，为北京大学惜，甚感。惟谣诼必非实录，公爱大学，为之辨正可

> 也。今据此纷集之谣诼，而加以责备，将使耳食之徒，益信谣诼为实录，岂公爱大学之本意乎？原公之所责备者，不外两点：一曰，“覆孔孟，铲伦常”，二曰，“尽废古书，行用土语为文字”。[104]

蔡元培准确地领会了林纾对大学教育的担忧。并指出，林纾书信一的要旨有二，即五常与古文的问题。确实如此。林纾讨论的就是这两个问题，这是自然。北京大学的人事问题等等，根本就没有写过。所以，蔡元培没有理由做答。

关于孔孟之道，他回答，大学里并没有教授教育学生要否定这个。不过，请别忘记，他还加了一句：“若大学教员，于学校以外，自 122
由发表意见，与学校无涉，本可置之不论。”(第 268 页)

在语言问题上，他回答，北京大学的讲课中没有废除古文。

蔡元培引用了林纾写的“引车卖浆之徒”的语句，他的意思是，不论是白话还是文言，都必须要有实质的内容。蔡只是一般使用，并没有其他的意思。他还引用了林纾写的：“总之，非读破万卷，不能为古文，亦并不能为白话”，并表示了赞同：“诚然，诚然。”至此都没有什么问题，问题在后面。蔡元培按照自己的意思进行了改写并加以反驳：“(胡适之、钱玄同、周启孟[作人]等)公何以证知为非博极群书，非能作古文，而仅以白话文藏拙者？”[105]

“非能作古文，而仅以白话文藏拙者。”请注意这句话，林纾并不是这样写的。在林的信中没有出现胡钱周的名字，蔡元培根据自己的判断标上了他们的名字，根据自己的判断改写了林纾的语句。可是，蔡元培所写的这句话后来被偷换成林纾等旧派使用的斥骂之话。

蔡元培对大学持有两个主张。即，循“思想自由”原则，取兼容并包主义。所以，校内有旧派亦有新派。他说明，如果教员在北京大学内能够好好讲课的话，那么在校外的言行则是他们的自由，大学不会干涉。而且，大学对此也不负有责任。

关于思想自由与兼容并包主义，在给林纾回信之前，蔡元培就已经发表过。《北京大学月刊》第1卷第1号(1919年1月)的发刊词中写道：“不破思想自由之原则”、“兼容并收之主义”[106]。蔡元培又重复了这一点。

123 林纾的信只是质问大学内的教育。蔡元培明白他的意思，也对此回答了校内的情况。这是一般的交流，并没有林纾谩骂、蔡元培轻易驳斥[107]的性质。

为了强调校内的讲课与外部的言论活动是两码事，蔡元培以林纾的翻译为例进行了说明。

> 譬如公曾译有《茶花女》，《迦茵小传》，《红礁画桨录》等小说，而亦曾在各学校讲授古文及伦理学。使有人诋公为以此等小说体裁讲文学，以挟妓奸通争有夫之妇讲伦理者，宁值一笑欤？[108]

请注意。这段话真正的意思是，翻译小说与学校的授课是两回事。蔡元培的确是这么写的。用我的话来说，就是小说的虚构性与授课的现实性是不同的。在批判张厚载之处，将再次触及这一问题。蔡元培对林纾说的话，原封不动地还了回来。

以下，我引用蔡元培的回信，介绍一些不太被关注的地方。蔡元培在信中两次提到了进德会。整理如下。

> 近年于教科以外，组织一进德会。其中基本戒约：有不嫖，不娶妾两条。（第 269 页）
>
> 嫖赌娶妾等事，本校进德会所戒也，教员中间有喜作侧艳之诗词，以纳妾挟妓为韵事，以赌为消遣者，苟其功课不荒，并不诱学生而与之堕落，则姑听之。（第 271 页）

主张教员个人的私生活的道德品行与大学内的授课要区分开来。所以，大而言之，就是思想自由与兼容并包主义。 124

陈独秀一直嫖妓，蔡元培知道此事。作为对策而进行大学改组的计划，在这封信之前不久已经决定了。从计划的阶段来说，是从 1918 年 10 月末开始的。可以看出，蔡之所以在信中特意提及进德会，就是因为与陈独秀的品行有关。

就蔡元培而言，他在回复林纾的信中一个劲地高调宣扬了思想自由与兼并包容主义。去妓院只要不影响大学的授课，就可以宽容放任。就算是进德会的创建者，也让步于宽泛意义上的思想自由。可是，在发表这个宣言即给林纾回信之后不久，大概就发生了陈独秀伤及妓女事件。汤尔和也提出此事，蔡不得已只能认可提前实施文科学长的罢免。为了掩饰，不得不将改组的时间提前。

所以，蔡与林纾的书信往复（并非是批评、攻击、反驳、反击、论争等），并不仅仅是与蔡元培两个人的问题。蔡元培给林纾的回信，迂回之结果，可以说是导致陈独秀被罢免文科学长的原因之一。陈独秀在校外的行为与北京大学的人事问题相挂钩，蔡元培所说的广义上的思想自由，通俗地说，与陈独秀的下半身问题并非完全无关。

林纾写给蔡元培的信中只谈了语言(古文)和思想(五常)。如果能冷静地阅读林纾的信,自然只会这么理解。并且,如前说明,蔡元培的回信也只限于这两件事。

我再次重申,林纾书信一中没有写要求辞退北京大学教授陈独秀、胡适等人的话。

尽管如此,当时流传的关于林纾书信一与北京大学的谣言,很多评论与记述都轻易地、不负责任地将之归在林纾头上。为什么会变成这样呢?回答很简单,因为文学革命派希望制作成那样的林纾肖像。因为将其认定为守旧派、旧文人的代表,所以就算将攻
125 击北京大学的谣言全部说成是林纾策划的阴谋,也没有什么奇怪的。

当时日本也报道了蔡元培的回信。

> “支那新旧思想的冲突”(北京特电十六日发)　《大阪每日新闻》1919年4月18日
>
> 以北京大学文科学长陈独秀,理科学长秦汾(皆为日本留学生)为倡导者之集团,以杂志《新青年》及《每周评论》为阵地,鼓吹新思想、倡导言文一体的文章运动,触及了守旧派的忌讳。守旧派批评新锐派攻击中国道德之根本的孔教、破坏古文,展开了新旧思想的激烈论战。此次,北京大学校长蔡元培发表声明,《新青年》及《每周评论》与北京大学无任何关系、大学内攻击孔教或倡导过激思想都无确证、文科大学的讲课同时使用文言文及白话文,无废除古文之意思。最后以新派
> 126 的屈服为告终。结果,秦汾调任于教育部,陈独秀称病告假,后当辞职。

125

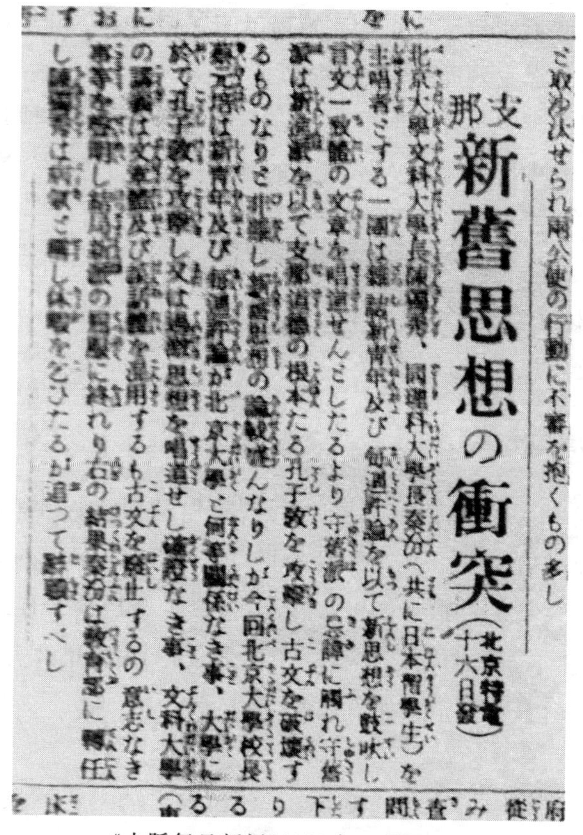
と取沙汰せられ兩公使の行動に不審を抱くもの多し

支那新舊思想の衝突（北京特電十六日發）

北京大學文科大學長陳獨秀、同理科大學長秦汾（共に日本留學生）を主唱者とする一團は雜誌新青年及び每週評論を以て新思想を鼓吹し言文一致體の文章を唱道せんとしたるより守舊派の忌諱に觸れ守舊派は新派を以て支那道德の根本たる孔子教を攻擊し古文を破壞するものなりと非難し新舊思想の論戰盛んなりしが今回北京大學校長蔡元培は新青年及び每週評論が北京大學と何等關係なき事、大學に於て孔子教を攻擊し又は過激思想を唱道せし事實なき事、文科大學の講義は文言體及び白話體を兼用するも古文を廢止するの意志なき事等を聲明し結局新派の敗北に終れり右の結果秦汾は教育部に轉任し陳獨秀は病氣と稱し休暇を乞ひたるが追つて辭職すべし

《大阪每日新闻》1919 年 4 月 18 日

根据这篇报道，蔡元培写给林纾的回信，结局是新派败北。如 126
果说最终陈独秀辞职，那么这一评论是成立的吧。与中国的学术界的看法正相反。

即便如此，林纾期待文学革命派遵循五常，从一开始就是错误的，这二者在根本上是绝不相容的。为什么是特意写信并公开发表呢？林纾对《新青年》上展开的钱玄同与刘半农捏造的“双簧信”采取了无视的态度，这次他要是采取相同的态度就好了。也许因为这个时候他碰巧接受了蔡元培提出的题词请求。可是,应该说,林纾在这一点上判断极大错误。

我很难理解林纾当时的心理。不过,硬要说的话,他是无法放弃对肩负着中国未来的大学教育的期待吧。我只能说,关于北京大学的谣言严重得让林纾不知所措。

还有一封"林纾书信二"。针对《北京大学日刊》刊载的蔡元培的回信,林纾发表了第二封信。这封信可以证明林纾书信一只是就语言及思想所言。

林纾书信二

就我所见,虽然范围不是那么广泛,但没有发现哪部资料集收入了林纾书信二[109]。据说当时的报纸如《公言报》(1919年3月24日)[110]、《新申报》(1919年3月26日)都刊载了这封信。现在我获得的是1919年3月25日的天津《大公报》及1919年3月26日的《时报》。后者全文录入如下。

林琴南再答蔡鹤卿书(《时报》1919年3月26日)

鹤卿先生足下读大学日刊得报书欣慰无似弟辞大学九年
127 矣然甚盼大学之得人幸公来主持甚善顾比年以来恶声盈耳至
使人难忍因于答书中孟浪进言既得覆书足见我公宗圣明伦之
宗旨始终未背也此外尚有何说弟所求者存孔子之道统也来书
言尊孔子矣所求者伦常之关系也来书言不悖伦常矣所求者古
文之不宜屏弃也来书言仍用古文矣餍心遂欲畅遂无言至于传
闻失实弟拾以为言不无过听幸公恕之然尚有关白者弟近著蠡

時報
THE EASTERN TIMES.

情形國人友邦自有公論煊等惟知公理而已因再答復以明是非岑春煊伍廷芳陸榮廷唐繼堯孫文林葆懌元(十三)印

◉林琴南再答蔡鶴卿書

鶴卿先生足下讀大學日刊得報書欣慰無似弟辭大學九年矣然甚盼大學之得人幸公來主持甚善顧比年以來聽聲發耳至使人難忍因於答書中孟浪進言既得覆書足見我公宗聖明倫之宗旨始終未背也此外尚有何說弟所求者存孔子之道統也來書言尊孔子矣所求者倫常之關係也來書言不悖倫常矣所求者古文之不宜屏棄也來書言仍用古文矣饜心遂欲默遂無言至於傳聞失實弟拾以爲言不無過聽幸公恕之然尚有關白者弟近著蠡叟叢談(見新申報)近亦編白話新樂府(付之公言報)專以抨擊人之有禽獸行者與大學堂講師無涉公不必懷疑與公交好二十年公遇難不變其操弟亦至死必伸其說彼叛聖逆倫者容之即足梗治而蠹化拚我殘年極力衛道必使反舌無聲瘈狗不吠然後已弟淺衷狹量視公之雍容大度並蓄兼收相去遠矣春寒伏唯珍衛林紓頓首

◉派員慰留陸總裁

"林琴南再答蔡鹤卿书",《时报》1919 年 3 月 26 日

叟丛谈(见新申报)近亦编白话新乐府(付之公言报)专以抨击人之有禽兽行者与大学堂讲师无涉公不必怀疑与公交好二十年公遇难不变其操弟亦至死必伸其说彼叛圣逆伦者容之即足梗治而蠹化拼我残年极力卫道必使反舍无声瘈狗不吠然后已弟浅衷狭量视公之雍容大度并蓄兼收相去远矣春寒伏唯珍卫林纾顿首

看不见林纾书信一中所使用的敬语"太史"。这篇的题目估计是报社的编辑给加上去的。正文也用了"先生"一词。

林纾书信二的中心内容如下。方便起见,我加上了编号。

1. 弟所求者存孔子之道统也。来书言尊孔子矣。 128
2. 所求者伦常之关系也。来书言不悖伦常矣。
3. 所求者古文之不宜屏弃也。来书言仍用古文矣。

1为孔子,2是伦常,两者都是传统思想。3是古文,所以与林纾书信一中所质问的五常及古文的问题相呼应。蔡元培的回答满足了林纾的要求,这是林纾无法用语言表达喜悦的原因。

如上所见,林纾书信一及蔡元培所作的回复,再加上林纾表示满意的书信二,可以看出两人的交流是普通的争论。

林纾与蔡元培之间不是批评斥骂的对答。既不是守旧派林纾的挑战,也不是对北京大学的攻击。而且,蔡元培也不是凛然对敌方的攻击做出反击,只是回答了林纾提出的问题。所以,在看了林纾书信二之后,我非常不解,为什么评论林纾"终于闭上了嘴,中止了对北大的影射和攻击"[111]?

林纾在信的结尾写道:"拼我残年极力卫道",表示了坚定的决心。所以,可能这个地方被人抓住而视为谣言制造的源头。

林纾听说了一些关于北京大学教育方面的传闻,深感忧虑,他认为这么做是不行的,因为这种教育与他所信赖的传统相差得太远了,忧心忡忡的他才大胆地给蔡写了信,一开始就没有讥讽或攻击的意图。从林纾的信中看出那些根本没有写过的话,不正表明了不能摆脱以往林纾反派角色观点吧。

陈独秀对林纾书信二迅速做出了反应,他专门写了一篇短文。
129 陈独秀(使用笔名"只眼")"林琴南很可佩服"(《每周评论》第17号,1919年4月13日,"随感录"栏)。从这个"林琴南很可佩服"的题目中可见其揶揄。

> 林琴南写信给各报馆,承认他自己骂人的错处,像这样勇于改过,到[倒]很可佩服。但是他那热心卫道、宗圣明伦和拥护古文的理由,必须要解释得十分详细明白,大家才能够相

信咧！

看来陈独秀将林纾的信看作为谢罪文。可是“承认他自己骂人的错处”等语句，不知道是从林纾书信二的哪里得出的？也就是说，根本没有这些语句。难道是从下面将要介绍的创作小说中得出的想法么？可是，这不是从信中读出来的。我自然认为，这是他强行歪曲的自己的理论。

还有一点，读了陈独秀的这篇短文后，让我感觉他是吞吞吐吐的。这是陈不得不写的短文吗？也许是有必要强词夺理地说林纾谢罪了。可是，在字面中浮现的陈独秀多疑的眼神，难道不是有什么理由的么？我想到的是林纾书信一、二中都出现的一个词语：“有禽兽行者”。

林纾书信一中提到了李卓吾的名字，说“卓吾有禽兽行”。书信二中，如引文所示：“有禽兽行者”。“有禽兽行为者”，这是指什么呢？我猜这才是与陈独秀有关的地方。

1897 年，陈独秀十九岁，与高氏（乳名大众）结婚，育有三男二女。1910 年，与高大众的同父异母的妹妹[112]高君曼（乳名小众）结婚，育有二男二女。高君曼按照家谱成为“侧室”[113]。

娶小姨为妻，在林纾生活的时代，有的人会将此称为“有禽兽行”吧。比不上嫖妓。但是，就算在陈独秀的故乡引起众人的议论纷纷，消息是否传到了遥远的林纾居住的北京呢？不太清楚。而且，林纾是否知道此事，就其书信来看，并不能断定。可是，话里有话的“有禽兽行”被重复使用了。所以，陈独秀才写得如此多疑的 130
吧。陈独秀一看到这些文字就紧张起来，认为这是林纾对他的攻击，也并不奇怪。

事实上，在亲自接触过陈独秀的清水安三的文章中写道："《公言报》对他（樽本注：陈独秀）进行了不好的评论，大写特写他娶了姐妹俩为妻等等。"[114]我现在没有机会看到《公言报》，所以没有办法确认究竟是什么时候的报道。但是，《公言报》对陈独秀的婚姻进行过报道，似乎是事实。只是，这是否与林纾相关，暂时还是一个谜。

林纾书信二中写了意味深长的事情。这个部分，不知道为什么，在《蔡元培年谱长编》中册第181页的引用中被省略了[115]。

对于引起了大问题的林纾的短篇小说，他自己这么说道。

> 弟近著"蠡叟丛谈"（见《新申报》）近亦编"白话新乐府"（付之《公言报》），专以抨击人之有禽兽行者，与大学堂讲师无涉，公不必怀疑。

林纾此处所述"蠡叟丛谈"中包括他的"荆生"与"妖梦"。但没有谢罪。

林纾所写的作品分别刊载于1919年3月24日、26日、28日《公言报》。整体的题目是《观世白话新乐府》，小题目分别是"母送儿"、"日本江司令"、"一见大吉"[116]。

131 请注意题目，是《白话新乐府》。使用了白话，不是别人，正是林纾自己用白话写作的。正是因为自己能以文言写作，所以同样也能自由驾驭白话文，体现了林纾的骄傲。可见，所谓林纾反对白话文根本是曲解。只要想想就会明白，禁止使用白话文的人自己又怎会发表白话文作品呢。可是，一旦在头脑中树立了反对白话文的林纾的肖像，那就很难改变这个印象了。

就我所见，林纾出于忧国之情向蔡元培写了信。可是，文学革命派将这封信与林纾的两篇小说“荆生”、“妖梦”视为一组。北京大学的教授之类的人物被短篇小说所嘲弄，与报纸上大肆宣传的北京大学的流言蜚语似乎没有什么区别，或者说，是有区别的，但故意看作为同一类。因为希望表现成旧派的大攻击开始了。

陈独秀将林纾书信一等视为对己方的攻击。尽管如此，主要也就是书信与两篇短篇小说而已。他开始大声地说这是人身攻击。我不得不说，在这一时间点上，他们就已经走偏了。更加上陈独秀自己还有另外一个紧迫的问题。如果能够让世人将视线从这个主要问题上转移，那么什么事他都会做的吧。紧迫的问题是什么呢？就是此前讨论的陈独秀的问题。

通过当时的报刊，我们可以明白究竟流行了什么样的谣言了吧。可是，在日本除了一部分外，很多报刊都看不到。幸好有整理的资料集。陈独秀编辑的《每周评论》上出过两次特辑。陈独秀编辑的刊物，自然在报道上有所取舍。虽然可能有所偏颇，但可以成为了解究竟是哪些谣言的线索，所以我作一介绍。陈独秀问题是否被收入其中，这一点在检查的时候也不能忽略。

9　关于北京大学的谣言

《每周评论》特别附录的特辑名为“关于新旧思潮之舆论”，共
有二辑，所以标记为特辑一、特辑二。不过除此之外，还介绍了从 132
前一些关于陈独秀等人的报道。

陈独秀的编辑

稍早一点，1919 年 3 月 4 日《申报》上刊登了这则报道。作为参考，我也作一介绍。

> 北京电　北京大学有教员陈独秀胡适等四人驱逐出校闻与出版物有关。（2 日下午 3 点）

我在前文张厚载的部分中已经说明过，这则报道也提及 3 月 1 日北京大学评议会上的决议。但是，“胡适等四人驱逐出校”、“与出版物有关”却是谣言。

可以说，将事实与谣言混合在一起写是其特征。

陈在特辑一、二之前，早已收集了其他谣言，并编辑成集。他撰写了相关报道。很明显他是有意图的。以下先从这里看起，报道的内容概括如下。

○　陈独秀（只眼）：“关于北京大学的谣言”，《每周评论》第 13 号，1919 年 3 月 16 日。

> 《时事新报》……据说因为出版刊物的问题，国立大学教员被开除。例举陈（独秀）胡（适）。
>
> 《中华新报》……北京大学教授陈独秀等人因撰写文学革命论而被开除。
>
> 《中华新报》……对四君的侮辱。
>
> 《民国日报》……主谋数人被大学开除
>
> 《晨报》……连日报道。散布流言。
>
> 《国民公报》……新旧思想的冲突（概括终）

以上就是流传的守旧派施加压迫，致使北京大学的四名进步
教授被开除的谣言。其后，陈独秀专门点名了创作小说“荆生”的
林纾与《神州日报》的通讯记者张厚载两人。关于张厚载，因与胡
适关联，已略有提及。陈独秀记述了张厚载在旧剧问题上反对《新 133
青年》及被胡适斥责的事情。

陈独秀将林纾与北京大学学生张厚载二人定性为守旧派与反对派的代表，这是他之所以举出二人名字的原因。学生张厚载已经对胡适教授承认了错误，陈独秀认为他发表了谢罪文，敌人的一半已经投降，己方的胜利已然注定。但是，另一方面，将陈独秀免除北京大学文科学长职位的方针，已经在 2 月 22 日蔡元培主持的会议上决定。3 月 1 日，“文理科教务处组织法”在北京大学评议会上通过。关于陈独秀个人的情况，报纸上的报道并不是谣言而是事实。

陈独秀被免除文科学长的原因并非是他主张文学革命，而是出于对陈独秀嫖妓、不符合其负责人地位的判断。下此决定的是包括蔡元培校长在内的北京大学的教授。

应该这么认为，陈独秀将落在自己身上的罢免学长之事与当时关于北京大学的谣言相联系，反手将之作为己方进行攻击的绝好机会。对有着压迫危机感的新派文学革命派进行煽风点火，并将原因与责任归于林纾与张厚载。

○　陈独秀(只眼)：“林纾的留声机器”，《每周评论》第 15 号，1919 年 3 月 30 日“随感录”栏。

> 林纾原本是一个想要借用武力压倒新派的人物。他好像

与同乡的国会议员联动，要在国会上提出弹劾案。据说弹劾教育总长与北京大学校长。不论是哪个国家，都不能干涉国民的信仰言论自由。只要是具有常识的议员，都不想充当林纾的留声机吧。（概括终）

给人的印象是林纾具有鼓动国会议员的政治力量。可是，除了林纾之外，并没有出现具体的名字。陈独秀自己正在积极地散布谣言。

下面是陈独秀编辑的特辑一。

134

中華民國八年四月十三日　星期日

特別附錄　對於新舊思潮的輿論

▲警告守舊黨

▲最近新舊思潮衝突之雜感

《每周评论》第 17 号 1919 年 4 月 13 日

○ [特辑一]特别附录:“对于新旧思潮的舆论”,《每周评论》第 135
17号,1919年4月13日。

渊泉:“警告守旧党”,《晨报》……参议员张元奇谒见傅增湘,请求干涉北京大学的新潮运动,否则参议院将提出弹劾案云云。旧派给北大教员加罪。学问的独立、思想的自由是我们人类社会最有权威的两大信条。(樽本注:确认日期是1919年3月30日。另,前文已述,《申报》4月1日报道了同样的新闻。《蔡元培年谱长编》中册,第184—185页)

毋忘:“最近新旧思潮冲突之杂感”,《国民公报》……顽固守旧思想即纲常名教依旧横行于市。思想的自由,无论是多么大的力量也不能将之压抑住的。

遗生:“最近之学术新潮”,《北京新报》……北京大学教员陈独秀、胡适之、刘半农、钱玄同提倡中国新文学,主张使用白话文。林琴南在《新申报》上发表小说“妖梦”,压迫蔡孑民与陈、胡。林在信中写道:“拼我残年极力卫道”,恐吓新派诸氏。

太上余生投稿:“新旧思潮”,《顺天时报》……反对新文学思潮的人极力谩骂。甚者要求弹劾教育总长傅增湘,罢免北京大学蔡校长。(樽本注:确认日期是1919年4月5日)

无记名:“酝酿中之教育总长弹劾案”,《顺天时报》……大学教员陈独秀、胡适等人提倡新文学,遭到了旧派学者的极大反对。各报上都刊登了林琴南与蔡孑民的书信讨论。林琴南鼓动议员张元奇等人。问题在于对教育总长的弹劾,即如果不罢免蔡校长则提出弹劾案云云。

冷眼投稿:“新思想不宜遏抑”,《顺天时报》……新思想不可抑制。

隐尘:“新旧思想冲突平议(一)”,《民治日报》……新旧意见冲突的是言论自由,是思想问题、言论问题,所以政府没有干涉的余地。各报上刊登的某人被罢免、某人之学被弹劾之类,并无证据。

住:“新旧思潮平议(二)”,《民治日报》……现在,我国已改制共和,想要执行君臣伦理,已无效。

仪湖:“林蔡评议”,《民福报》……林琴南是旧文学的代
136 表,是以保守为主的国粹学派。蔡孑民是维新学说的代表,是以进取为主的实用主义。

蕴巢:“新旧之争”,北京《益世报》……旧物灭亡,新物胜利。此次,外面的人对大学进行攻击是新旧之争的一种。

无记名:“论大学教员被摈事”,《民国日报》……因出版刊物的原因,大学引起骚动。

匡僧:“为驱逐大学教员事鸣不平”,《时事新报》……在4日的《申报》上报道了“北京大学教员陈独秀胡适等四人驱逐出校闻与出版刊物有关”。大学教员拥有思想自由、学说自由的权利。大学的出版刊物不应受外部的束缚。

匡僧:“大学教员无恙”,《时事新报》……《申报》报道了大学教员陈胡被开除的消息,幸好不是事实。为陈胡诸君而高兴。

匡僧:“威武不能屈”,《时事新报》……北京大学新派教员经常受到旧派学者的攻击。最近,旧派的军人借用新国会的权力,对新派文科学长陈独秀进行逼迫。听说,他因为主张新学自由而提出辞职。不幸的是,陈果真辞职,这是威胁新派的

> 奏效。
>
> 裴山:“新旧思潮之开始决斗”,《神州日报》……新旧思潮的斗争开始了。
>
> 平平:“北京大学暗潮之感想”,《浙江教育周报》第7年第5号……4日的《申报》中报道了北京大学教员陈独秀、胡适等4人,因出版刊物的原因被驱逐开除的消息。后北京通讯证实并非事实。(概括终)

陈独秀收集的基本都是支持文学革命的文章,同时非常仔细地收集旧派对新派施加压力的谣言,他的意图是强调旧派展开了强烈攻击。谣言,是现实中存在的谣言。是否有事实根据并不成问题。

特辑一的开头收入了《晨报》上的文章。该报也刊登了否定谣言的文章,所以我也作一介绍。

“北京大学谣言之无根”(《晨报》1919年3月10日)的报道:

其内容是,最近北京上海的各报都刊登了关于北京大学新旧思潮的冲突、教员被罢免、《新潮》杂志被查禁等传闻。可是,经过详细调查后,发现这些根本是无根之谈。《晨报》(《晨钟》改版后改 137
名)的“自由论坛”由李大钊主持。也就是说,刊登李大钊、罗家伦等人的文章,相对来说,其立场与文学革命派比较接近。在这样的报纸上刊登了否定传闻的报道。可是,陈独秀对于自己不需要的文章一般是不收集的,所以《晨报》上的上述报道没有收入特辑一。

再如1919年3月24日天津《大公报》时评栏中刊登了无妄的“读林氏书感言”。国家革新之时,一切制度文物都应当改变。但是,不论是什么政体,伦常道义决不能改革。读了林琴南写给蔡孑

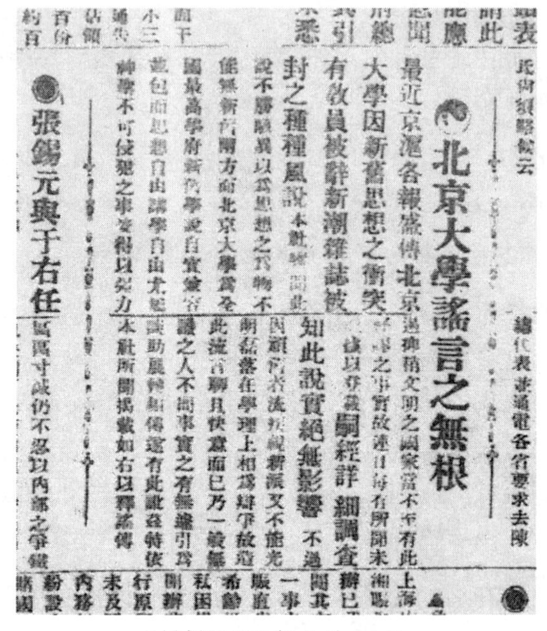

北京大學謠言之無根

最近京滬各報盛傳北京大學因新舊思想之衝突有教員被辭新潮雜誌被封之種種風說本社特調查說不勝駭異以為思想之為物不能無新舊兩方面北京大學當全國最高學府新舊學說自當兼容並包而思想自由講學自由尤屬神聖不可侵犯之事當努力[illegible]通都稍文明之國家當不至有此[illegible]之事實故連日特在所聞未[illegible]以存義闡經詳細調查知此說實絕無影響不過因顧若流派縱新派又不能光明磊落在學理上相為辯爭故造此流言聊且快意而已乃一般無識之人不問事實之有無遽引為談助展轉傳述有此謠言特依本社所聞揭載如右以釋謠傳

張錫元與于右任

《晨报》1919 年 3 月 10 日

民的信，他是老成的典型，足以挽回败势。无妄赞成林纾的书信。

138　上面这些例子足够显示了吧。陈独秀没有收入对自己不利的报道，所以我称之为陈氏编辑。

通过文献可以了解，因张勋复辟事件引起的军阀争斗，使得社会上笼罩了政治不安的氛围。在这般沉闷的情况下，思想的领域里也受到了旧派的压迫。而这压迫越是强烈，则陈独秀等人越是有存在的理由。如果是没有权力的软弱的林纾，则不具有成为敌人的价值。所以必须成为跟军阀势力相结合，拥有强大武力，对新思想、白话运动进行压制的林纾不可。可以说，只有这样，陈独秀等人才能勇猛果断地进行斗争。

后来的研究论文大多沿用了陈独秀编辑的报道。通过原封不动地引用,谣言逐渐被认为是事实。在事情的背后,到处都存在着林纾,陈独秀等文学革命派引导了这一方向。加之,后来鲁迅称林纾为“法西斯”,可以说这成为决定性的评价。如果是“法西斯”林纾,那么对其无论怎样攻击批判、怎样辱骂诽谤都是理所当然的,并不成为问题。

再看《每周评论》上第二期传闻特辑。是陈独秀编辑的特辑二。请了解,此处也只概括要点。

○ [特辑二]特别附录:“对于新旧思潮的舆论”,《每周评论》第19号,1919年4月27日。

> 无记名:“辟北京大学新旧思潮之说”,北京《国民公报》……(林纾书信一发表之后)议论百出。张元奇弹劾教育总长、徐世昌召见教育界的重要人物等等。各报的报道并不属实。据推测,《公言报》的通讯由张镠子所写。张镠子是戏剧迷,他写了一些评论旧剧的文章,赚了一些钱。所以,他固执地认为旧剧好、新剧不行,不能消灭旧剧、不能提倡新剧。这种对戏剧的新旧讨论也应用于学问。新的文学一定会害怕军阀,终于他找到了他所认为古旧的人林琴南,首先让他用文章进行攻击。然后,让政府或者军阀进行干涉,将提倡新剧的人完全驱逐出去。如此,即便他们置身于外,也能够贯彻他们所希望的主张。他认为,地位低的人说的话是不被重视的,因为 139
> 没有大学教授那般有势力。像林琴南这种既无知识又无学问的人写信来责难。大学里应当好好开导他。而且,如蔡元培的回信所说,对于社会上为什么会产生这样的人,必须进行仔细地研究。(概括终)

无记名的报道，这一点很奇怪。而且，虽然只是大致否定了谣言，却又很绵密。一边说着是推测，却对内部的事情非常清楚。不管怎样，张谬子(厚载)不是登场了么？张的拥护旧剧的论文发表在《新青年》上。而且，是受了胡适的建议才写作的。这篇报道投稿于《国民公报》，所以可能是陈独秀亲近的人所写。即便如此，在这篇文章中设定张谬子为主角，他利用了林纾，最终张拥有干涉政府与军阀的影响力。可以说谣言也变大了。

无记名："社会的醒觉之曙光"，北京《顺天时报》……今日的新旧文学论争，是社会苦闷的象征。

鲁逊："学界新思想之潮流"，北京《唯一日报》……北京大学出版的《新潮》、《新青年》等杂志的流行，扩大了新思想的潮流。保守的旧思想与其相抗争。

遗生："时势潮流中之新文学"，《北京新报》……关于旧文学、孔孟学说、礼教、纲常伦理等质疑，陈胡钱刘诸君已做分析，不再赘言。

遗生："规劝林琴南先生"，《北京新报》……我对林琴南反对新文学潮流表示愤怒，并非辱骂。我赞成文学革命，所以赞成陈胡钱刘诸君的主张。研究下林骂人的语言，他有几条理由，"新派并没有旧学根底，所以来提倡白话文体。"(概括终)

林纾没有写过那样的话。如果硬要说有相似的地方的话，是"非读破万卷，不能为古文，亦并不能为白话"。蔡元培在对林纾的回信中，如上述引用一般进行了改写。意思改变了。林纾说的是，

写白话文也需要有深厚的古文功底。可是，经过蔡元培的改写后 140
变成写白话文就不需要旧学，与林纾的表达正相反。遗生将蔡元培擅自改换的内容偷换成林纾的语言。

似曾相识的表达。我想起了鲁迅曾特意使用“出乎意表之外”的病句，以及现代对其做出的注释。既然收入《鲁迅全集》第 1 卷中，想必很久以前就广为人知吧。“林琴南和别的一些反对白话文的人，常说新文学者所以提倡白话是因为自己写不通古文的缘故。”[117]

重申一下，原本是蔡元培本人说的话，文学革命的赞成者遗生将其偷换为林纾的语句。令人震惊的事情，林纾根本没有写过的语句，被《鲁迅全集》的注释者确定为林纾的语言。难道认为，将反对新派的言辞统统归于林纾是无所谓的么？对于林纾来说，明明白白是冤枉。

> 蕴巢：“再论新旧之争”，北京《益世报》……北京大学被攻击，不过是新旧争论中一条细小的支流。如果没有反对，则不会进步。昨日，受东海之邀，蔡孑民入府。会谈内容虽不明，但可以想见风潮之激烈。（概括终）

东海即当时的大总统徐世昌。蔡元培被大总统召见，一定是有什么事情。这暗示了蔡一人被召见，被攻击。不过，会见是事实。

4 月 4 日，北京政府总统徐世昌邀请了教育界人士二十余名。据说会见的内容是希望调停北大的新旧两派学者的冲突[118]。

一般的说法不是北京大学受到北京政府的攻击么？蔡元培等

人被大总统召见，被建议调停北大内部的对立。需要大总统出面，还召见了教育界二十余名的人士，这证明了对立程度之激烈。但是，如果只是认为北京大学内部引起了很大的骚动，也并不奇怪。这可以说是政府施加的武力攻击吗？如果这样说，那就是谣言。

141 关于总统府的集会，还有截然相反的报道说明。

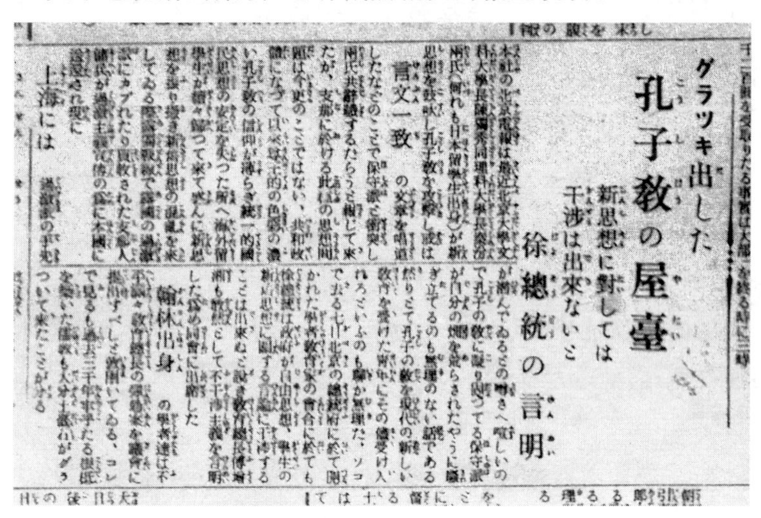

グラツキ出した
孔子教の屋臺
新思想に對しては干渉は出來ないと
徐總統の言明

言文一致

翰林出身

上海には

《大阪每日新闻》1919 年 4 月 19 日

《大阪每日新闻》(1919 年 4 月 19 日)的标题是“摇摇晃晃的孔家店　徐总统申明不得对新思想进行干涉”。就题名来看，与此前的说法不同。日本报道的集会日期是 4 月 7 日。以下为引用，略长。

> 本社北京电报曾报道，最近北京大学文科学长陈独秀与该校理科学长秦汾两氏(皆为日本留学生出身)因鼓吹新思想、攻击孔教与倡导言文一致的文章，而与保守派发生冲突，两氏均辞职。中国的这种思想问题，并不是现在才开始的事情。

> 自共和政体成立以来，尊王色彩浓厚的孔教信仰逐渐淡薄，失去了统一的稳定的国民思想。同时，海外留学生陆续归国，积极地传播新思想，而招致了新旧思想的混乱。此时，在俄德战线被俄国激进派所感化或被收买的中国雇佣兵，为宣传激进主义被遣送回国。现在流言沸沸扬扬，称在上海潜伏着激进 142
> 派的爪牙。因此，顽固的孔教保守派叫嚷着自己的田地遭受破坏，是正常的事情。然而，要让接受了现代新式教育的青年原封不动地接受孔教，也有点勉强。于是，7日在北京总统府召开了学者教育家的集会，徐总统声称政府不能干涉有关思想自由、学生新旧思想的言论，教育总长傅增湘也毅然声明不干涉主义(樽本画线)。所以，出席该会的翰林院出身的学者们非常不满，气势汹汹地说应当向议会提出教育总长弹劾案。由此可见，三千年来建筑起牢固根基的儒教，其基石已经相当松动了。

请看画线部分。在这则报道中，当时的北京政府岂不是新派的支持者么？与陈独秀收集的信息正相反。

翰艿："学术与政治"，北京《益世报》……北京大学教授陈独秀与胡适之等诸君提倡新文学，受到旧派学者的反对。并且，据说对教育总长提出，如果不辞退大学校长的话，将会向议会提出弹劾案。利用政治干涉学术，等于借用外力干涉内政。

志拯："思想革命中的北京大学"，上海《中华新报》……记述了蔡孑民的信与张厚载写给蔡的信(樽本注：与林纾小说有关。后述)。还提及了林纾与张厚载的关系。

志拯："谁的耻辱？"，上海《中华新报》……关于北京大学教授陈独秀、胡适之等四人被驱逐的消息，是昨晚本社的张季鸾氏对记者所说，据说是从章行严氏处得来的。

祭安："遏止新思潮"，上海《民国日报》……有的地方禁止购买新派的出版物。

因明："对北京大学的愤言"，成都《川报》……北京大学的文科分为三个时期。清朝时是福建派的严复、林纾、陈衍等人。辛亥以后是浙江派的章太炎的弟子黄侃等人。其后，出现了安徽派的陈独秀、胡适，主张白话，鼓吹欧风。陈独秀主张非孔，胡适主张白话
143 文学，傅斯年主张剔除中国学术界之基本谬误，钱玄同主张废除汉字而使用世界语(esperanto)。陈胡傅钱四人被免职，(北京)大学月刊、日刊、《新潮杂志》都被查禁。只有引起此祸的《新青年》没有遭到查禁。(概括终)

最后的报道，在教授当中混入了学生傅斯年。怎么连教授与学生的区别也分不清？根据出生地进行的派别说明，是中国传统的划分方式吧。确实是同乡组成的团体。可是，出生地相同并不意味着思想也相同吧。如果拘泥于出生地，可能会出现误解。比如，很容易变成这样的谣言：因为张元奇与林纾是同乡，所以一定是有关联的。

特辑一、二都没有标明报道的日期。没有日期则不能追查报道。散布不能轻易进行追查的信息，与制造谣言无二。这种手法，众所周知是煽动家的常用套路。

以往的说明都是：关于北京大学的谣言混杂。尾坂称："最近，《公言报》对陈独秀、胡适、钱玄同等人的恶骂越来越激烈。""恶骂"的内容，我原以为在陈独秀的报道，还有特辑一、二中可以证明清楚，但情况并不是这样，令人不解。并且，陈独秀编辑的文章，并不

是《公言报》上刊登的报道。这不是很奇怪吗？一般认为，是《公言报》散布了谣言，但实际上《公言报》并没有刊登。

通过陈独秀收集的谣言提示出来的整体的结构，出乎意料的简单。

也就是，守旧派施加压力，驱逐北京大学的进步教授四名（陈独秀、胡适、刘半农、钱玄同），并且要求辞退北京大学蔡校长。参议员张元奇敦促傅增湘，要求干涉北京大学的新潮运动，否则就威胁提出弹劾案。旧派的林纾不仅在信中批评了蔡元培，还发表了小说，对北大教授进行了个人攻击。幕后者是林纾，同乡的张元奇作为引火，推动亲近的安福俱乐部（徐树铮在其中。不过，在此阶段，徐的名字尚未出现）行使武力。林的跑腿是北大学生张厚载。

人物稍微具体化，变得充实了一点。可是，或许因为是谣言的缘故，所以内容上基本没有深入的细节，没有深入、细致、复杂。只是重复了相同的内容。 144

北京大学内存在着新旧思想的对立吧。出于各自的立场发行刊物，积极地表明自己的意见，这是普通的现象。可是，这件事与林纾没有直接的关系，他只是一个站在校外的民间人，并没有与大学的旧派联合、摆开辩论的阵势。林纾是一个人行动的。

可是，这样一来，对文学革命派不是好事。于是，他们设计了一个特别的结构。

即，将林纾置于旧派领袖的位置，将张元奇（后来又增加了徐树铮）、张厚载设置为捧场的人。新派中，以北京大学文科学长陈独秀为中心，设置校长蔡元培、教授胡适、刘半农、钱玄同等角色。也许是考虑到对立的焦点若只限于语言思想问题的话比较薄弱，因此制造了开除教授的人事问题。学问自由通过人事自由获得保障，两者是密不可分的关系。

虽说是新旧之争，却是偏颇的。是背后有军阀支持的旧派向新派单方面进行攻击的模式。看起来好像是受到强有力的敌人的武力攻击后，新派才无奈地向旧派进行了反击。特别是“林纾书信一”，以及稍后将要论述的林纾小说发表之后，上述模式显得愈发明显。

在北京大学教授的人事问题上，常常听到开除的谣言。陈独秀收集的报刊报道，基本上都是新派受压迫的内容，也容许一些解释新旧对立的中立的文章。虽然没有忽略否定谣言的报道，却消极对待。但是不采用支持旧派的报道。

还有一件事，在特辑一与特辑二中都没有出现的，可以说是很小心地剔除了，就是有关陈独秀嫖妓的报道。忽视得几乎令人怀疑报刊上是否真的报道过。是想说这与新旧思潮的对立无关么？周作人证言，此事经常被报道。他看的是《公言报》与《顺天时报》。所以，《公言报》似乎依旧是调查的关键（目前尚不能看到该报。留待今后调查）。作为特别想针对新派陈独秀进行攻击的报社来说，没有理由不对其进行报道。因为比起文学革命，这个话题更能为大众所接受。所以，陈独秀不把它当作人身攻击的证据的做法，反而
145 显得可疑。

当事人的说明与感想

关于北京大学及教授，报刊就这么报道了这些谣言。我很想知道当时的人是怎么看待的。我只能通过留下文章的那些人进行了解，没有其他办法。

首先，从鲁迅那里直接听到的证言。

○ 增田涉:“关于林纾”,《中国文学史研究》,东京:岩波书店1967年7月25日版。

> ……“文学革命”运动变得激烈的1919年,即“五四”爆发那年。以他为首的古文派文人们鼓动军阀徐树铮(段祺瑞系下,担任陆军次长及参谋总长),策划凭借武力对文学革命进行打压[14]。因为徐虽是军人,但也是桐城派文人中的一员,是林纾的弟子(《文集》中经常可以看到徐的内容)。(第218—219页)
>
> “(14)周作人《鲁迅的青年时代》之‘鲁迅与清末文坛’中写道:到了‘五四’那年,反动派文人对于《新青年》的言论十分痛恨,由林琴南为首的一群想运动徐树铮来用武力镇压,云云”。凭借武力镇压的事情(没有问具体的方式)是笔者(樽本注:增田涉)从鲁迅的口中听来的。是指通过军人施加压力的意思吧。(第222页)

这是鲁迅直接对增田涉说的话,是非常珍贵的资料。(我感到)他这实际经历的话中有一种压迫感。“用武力镇压”的是徐树铮,是林纾教唆他的,这是有名的传闻。鲁迅认为这是事实。事实上确实存在着传闻吧。但是,实际上林纾与徐树铮是否考虑以武力镇压,这是另外一个问题。首先就像增田写的那样,武力镇压的意思不详。所以,增田才有必要解释说:“是指通过军人施加压力的意思吧。”若说压力,是否就是指威胁要在《公言报》上散布北京大学教授被开除的谣言吗?可以推测,这可能是为了阻止对军阀政
府的批判而施加的恐吓吧。此处我很难理解。比起威胁,直接下 146
发出版禁令不是更直截了当吗?如果是军阀政府,应该会这样做

吧。因为是不认可出版自由的恐怖政治。

徐树铮的名字经常出现。可以说,徐的确与林纾关系亲密吧。

○ 关于徐树铮

徐道邻出版了父亲徐树铮的文集[119]。以此为参考,我只挑出与林纾相关的部分。

首先,介绍一下儿子眼中的徐树铮肖像。

> 我父亲(樽本注:徐树铮)是一个很"新"的人物:他弃文学武,剪辫子,主张共和,反对帝制,服中纳妾,称兵造反,多半都是他那时老一辈的士大夫所不为的。但是另一方面,他反对白话文,反对女子解放,他提倡读经,他相信中国文化至上,他信仰中国的伦理观念,他喜欢作诗词古文,推崇遗老式的文人。(摘自"序")

如果说反对白话而嗜好古文、推崇前朝的遗老文人,那么,林纾出现的可能性很大。也许,是看到父亲与林纾的交往才写了上述这样的介绍吧。

徐树铮(1880—1925)与林纾的关系,结缘于学校教育。他拥有日本陆军士官学校步兵科留学的经历,在段祺瑞手下担任文化方面的事务。1912年创办了《平报》[120]。

林纾在《平报》上长期连载了专栏笔记"铁笛亭琐记"、诗"讽喻新乐府"、翻译概论"译论"、时事评论、文论"春觉生论文"、笔记小说"践卓翁短篇小说"等作品。

徐树铮创建正志中学,是担任陆军部次长的1915年的事情。其教育方针是重视国语。并且,这也是军官预备学校,实施军事训练。这是从日本士官学校里学来的经验吧。外语教授法语与德语。1920 年改名为成达中学，似乎在 1928、1929 年左右关闭。

出于重视国语的方针而聘请的教员中，有一人就是林纾。每 147
周三的晚上，徐树铮在饭店与老先生们一同用餐。参加者有林琴南(纾)、姚叔节(永概)等数人，据说几乎都是林一个人说话。饭后，多数在虎坊桥的平报馆里聊天，有时去琉璃厂的松华斋纸店消磨一会儿[121]。

至于林纾与徐树铮是怎样交往的，从徐的儿子的记述中并不能获得详细的信息。每周三的聚餐，也不知道是何时的事，又持续到什么时候。这是他回忆十岁时的情况，不记得谈话的内容自是无奈。但是，外部看来，林纾与安福俱乐部的幕后者之间具有亲密的联系，不能排除有可能被视为秘密会谈，这就是在有关林纾的谣言中出现徐树铮的原因吧。可是，无论如何，这只是谣言。

有报纸报道了徐树铮的事情。《顺天时报》(1919 年 2 月 21 日)称“徐又铮氏热心教育”。又铮是徐的字。报道称，创建了正志中学的徐，还意图在西直门内陆军大学附近设立文科、商科大学。如标题所示，介绍了相关事情。徐是军人，所以也会使用武力吧。所以，对眼前的陈独秀及《每周评论》不使用武力，反而让人觉得奇怪。热心于建立学校及其运营等教育事业的徐树铮，因受林纾的教唆而对北京大学采用武力镇压的说法，我不太能接受[122]。

我之前提及，在林纾的文章中曾经出现过日本的齐藤少将，那么可以散布谣言，说林纾与日本军队暗地勾结。诚然，谣言还没有到那个地步。那是因为公众认为这是不可能的吧。也就是，我想说的就是这个意思：对于被自己视为敌人的某某，与林纾在某地接触，但凡有什么关系，文学革命派马上就随意断定为林纾的阴谋。

只要能够变成对自己有利的情况，无论是什么事都可以利用。

当事人中有一人是胡适。他回忆了当时的情况，自然写成了文学史。以下引用。

148 ○　胡适："五十年来中国之文学"，《最近之五十年》，第 21 页。

> 校外的反对党竟想利用安福部的武人政客来压制这种新运动。八年二三月间，外间谣言四起，有的说教育部出来干涉了，有的说陈，胡，钱等已被驱逐出京。这种谣言虽大半不确，但很可以代表反对党心理上的愿望。

胡适之所以说是谣言，是因为他自己并没有被驱逐出北京。这篇文章发表于 1923 年，回顾的是仅仅四年前的事情。只能认为，没有实现的谣言依旧是谣言。所以，教育部进行干涉之类的说法，也是谣言吧。

可是，可以说，谣言作为谣言存在着。

○　周启明(周作人)：《鲁迅的青年时代》，北京：中国青年出版社 1957 年 3 月版，第 80 页。

> 到了"五四"那年，反动派文人对于《新青年》的言论十分痛恨，由林琴南为首的一群想运动徐树铮来用武力镇压……

经常登场的周作人，根据他的叙述，在这个时候，已经不再是谣言了。同一个人写的文章，也是同样的内容。已经将谣言的结构归纳好了。作为样本，我再次介绍周作人的记述：

> 段祺瑞派下有一个徐树铮，是他手下顶得力的人，不幸又是能写几句文章，自居于桐城派的人，他办着一个成达中学，拉拢好些文人学士，其中有一个自称清室举人的林纾，亦保卫圣道自居，想借了这武力，给北大以打击，又连络校内的人做内线，于是便兴风作浪起来了。[123]

根据上文看过的徐树铮文集，成达中学是后来的名称，所以在 149
这里正确的名称应该是正志中学。校内的人、内线指的是学生张厚载。

后面的论文，大同小异。

谣言与实际发生的事情，必须进行区分。即便真的有传言，林纾是否如同传言一般行动的，又是另外一回事。有什么能够证明林纾真的是那般做的吗？

我所怀疑的是，当时一边说是谣言，另一方面通过这些记述，很可能给人以确实发生过的印象。如果把谣言当作真实存在的话，那么林纾批判就成为正当的行为。

流言蜚语，无根无据，所以叫做谣言。可是，在这里，存在着明确的文章，也就是有证据。

我再次提出先前讲到的罗家伦的论文。

○　罗家伦："今日中国之小说界"

即，期待当局进行言论镇压的人物，事实上正是文学革命派的罗家伦。罗在自己的论文中进行了说明，所以无法否定。这篇论文，是以笔名志希发表的"今日中国之小说界"(《新潮》第1卷第1号，1919年1月1日)。

我再次介绍。即，他说明了在1916年时，政府取缔了数十种杂志。罗写道:“我盼望现在各位留意点才是。”这篇文章发表于1919年1月,显然早于当年3、4月里蔓延的谣言。

我说过,这篇文章很可能是社会广泛流传的谣言的根源。可能性自不必说,如果作为谣言散布的话,也不能被追溯到源头。因为是没有根据的传言,所以说是谣言。可是,这里的情况很奇妙。对当局提出镇压要求的明明是文学革命派的罗家伦,可却被指为是反对派林纾的要求。

这样的手法,不得不说用心良苦。或者可以说是魔术。

150 首先,陈独秀在《每周评论》第11号(1919年3月2日)的“随感录”栏中作了预告。

> **旧党的罪恶** 言论思想自由,是文明进化的第一重要条件。无论新旧何种思想,他自身本没有什么罪恶。但若利用政府权势,来压迫异己的新思潮,这乃是古今中外旧思想家的罪恶,这也就是他们历来失败的根源。至于够不上利用政府来压迫异己,只好造谣吓人,那更是卑劣无耻了!

接着,李大钊(守常)在3月4、5日的《晨报》上发表了“新旧思潮之激战”。他首先讲述了在日本关于思想的讨论非常活跃。与其相比,他感叹地说中国的新派旧派都“死气沉沉”。

可以理解,正是在这样的情况下,钱玄同与刘半农不惜以王敬轩名义捏造信件,希望将林纾树立为敌方的代表。可是,林纾完全没有反应。这个林纾,在捏造信件的大约一年后,发表了小说,对文学革命派之类的人物进行了责骂。这必定成为等待已久的良机。下面是值得注意的地方。

> 总是躲在人家的背后。想抱着那位伟丈夫的大腿。拿强暴的势力压倒你们所反对的人。替你们出出气。或是作篇鬼话妄想的小说快快口。[124]

虽然解释说这是旧派的做法,但其实指向林纾。因为读者一下子就能明白,李大钊口中的伟丈夫指的就是林纾“荆生”中的伟丈夫。可以说,这是为了让林纾小说登场而做的精心准备。

终于到了《每周评论》第 12 号(1919 年 3 月 9 日),同时转载了李大钊的文章与林纾的“荆生”。可以明白,陈独秀“旧党的罪恶”与李大钊“新旧思潮之激战”正是预告篇。先有收入林纾小说的计划,然后再有与其相关的“随感录”,明眼人一看就知道。 151

我不得不说这是应当震惊的事情。将罗家伦调包成林纾,我只能这么认为:散布谣言之人陈独秀,通过散布的行动愈发强调了谣言。而且,将莫须有的罪名转嫁给林纾。

10 林纾创作的短篇小说

在提出“五四”运动前夕的论争时,林纾写的两篇小说被视为对文学革命派进行了人身攻击,这是非常有名的事情,尽人皆知。因为太有名了,以至于根本没有读过,却自以为了解内容。

郑振铎做了如下说明。

> 但他(樽本注:林纾)卫道“正”文的热情,又在另一个方向找到出路了。他连续的在报纸上写了两篇小说:一篇是“荆

> 生”，一篇是“妖梦”，两篇的意思很相同；不过一望之侠士，一托之鬼神罢了；而他希望有一种“外力”来制裁，来压伏这个新的运动却是两篇一致的精神。谩骂之不已，且继之以诅咒了！(中略)林纾的热烈反攻《新青年》同人们乃是一九一九年二三月间的事。而过了几月，便是“五四”运动发生的时候，安福系不久便坍了台，自然更没有力量来对于新文学运动实施压迫了。[125]

郑振铎在“外力”的上面使用了引号，他想说这指的是安福俱乐部的徐树铮。虽然有这样的谣言，但没有事实证据。可是，经文学革命派的反复强调之后，不知不觉中，竟然让人觉得是真实存在一般。而且，引导朝这一方向发展，也正是郑振铎“导言”的目的所在。

有问题的“荆生”与“妖梦”两篇，原本是连载小说的一部分。上海《新申报》(1919 年 2 月 4 日—1920 年 3 月 16 日连载。首次刊载未
152 见)上设置了林纾的专栏“蠡叟丛谈”。后来将文言短篇小说 58 篇结集出版为《蠡叟丛谈》(上海：成记书局 1920 年版)，不过我没有得见的机会。不知是否因为是反动派代表林纾的著作的原因，《蠡叟丛谈》似乎没有再版。以“林译小说丛书”中的十册于 1981 年再版的情况来看，不久之后《蠡叟丛谈》也会刊行的吧。

在全部的 58 篇中只挑了两篇。至于剩下的 56 篇，几乎从未被提及。因为这两篇是非常特别的。以下概括内容，做一介绍。

“荆生”《新申报》1919 年 2 月 17—18 日(据《林纾研究资料》第 81—82 页)

1911年，辛亥五月十八日，有 个名叫荆生的人下榻于冷清的北京陶然亭。然后来了三个年轻人，田其美、金心异、狄莫。一行都是从美国回来的，擅长哲学。他们在荆生的隔壁热闹地喝起酒来。田说，中国将灭亡，错误都在于学习孔子。狄莫说，都是文字误人，要实行白话文。金说，只希望获得同自己的姓氏一样的金钱。三个人都非常高兴。拥护孔子的荆生破墙而入，对他们说，中国四千多年来是根据伦常才得以立国的。田试图抗辩，伟丈夫用两根手指压住他的头，用脚踩住狄莫，把近视眼的金的眼镜给扔了。三个人无言地走了。（概括终）

就是这点事情，大大咧咧地 笔写成了短文，平淡无奇。三个年轻人都有原型，这篇作品只是对他们做了嘲弄，博人一笑而已。

可是，难以置信的是，这个短篇小说激怒了文学革命派。或者说，他们装作发怒，制造成一个大问题。

首先，在3月9日的《每周评论》第12号上进行了全文转载。

刊登于“杂录”栏，在开头标了一行字：“想用强权压倒公理的表示。”表示了编辑的这一理解。不仅如此，还有冠以“记者”名义的按语。

所谓：“所谓国内一班古文家、骈文家和那些古典派的诗人、词人都极力反对这种国语文学的主张”、“甚至于有人想借武人政治的威权来禁压这种鼓吹”。接下来的话意味深长。“前几天上海 153
《新申报》上登出一篇古文家林纾的梦想小说就是代表这种武力压制的政策的”，将其转载，希望大家都知晓。

这一按语，正是林纾的短篇小说“荆生”试图用武力实施镇压的谣言起源。我很震惊。陈独秀那么努力地收集有关北京大学遭受军阀胁迫的谣言，这个源头却是《每周评论》。将文学革命派罗家伦要求行使权力的事情调换成林纾。与之相比,这里的性质更为恶劣吧。

还有一点有意思的是,按语中特别指定了原型。田其美是陈独秀,金心异是钱玄同(后来,鲁迅常常借用来取笑钱玄同),狄莫是胡适。而荆生,“自然是那《技击余闻》的著者自己了”。《技击余闻》的作者是林纾。在这个阶段,荆生被视为林纾自己,不是徐树铮。荆生,也就是林纾,试图利用政府强权。这是《每周评论》表示的最初的观点。可是,如果将荆生指定为林纾的话,情况好像会变得不合适,或者说冲击度不够。所以,后来荆生变成了徐树铮。

《每周评论》评论这篇小说特别指定了原型,意图实施武力镇压。不管怎么看,其反应都非常奇妙。因为它将现实与虚构的小说混为一谈。

虚构与现实是不同的。对于这样自然的事情,我必须特意写出来的原因在于,这个原则在林纾批判中被忽视了。忽视这个原则的人,是文学革命派及其支持者。

林纾撰写小说,意图行使武力么?那么,这种基本的文学常识,难道文学革命派没有么?如果他们被批判说,与对舞台上表演反面角色的演员进行恶骂的无知的观众是同等水平,那会怎样呢?要说陈独秀他们不懂文学常识,对文学革命派未免过于侮辱。所以,我只能认为,他们非常清楚这一点,却铤而走险。因为他们断定,对于林纾的小说具有冒这种危险的价值。我难道只能这么解释么?

154 钱玄同与刘半农在《新青年》上发表的对林纾的批判,是“双簧信”。这是他们捏造出来的东西。我认为,论文应该是根据事实,以可能论证的方式进行立论。

另一方面，小说的虚构性具有不受一切制约的自由。不论怎样写、写什么都可以。

可是，文学革命派捏造了论文，在误认的基础上进行林纾批判，而另一方面，他们对林纾写的理应是自由的小说，却不能容忍。二者矛盾，让人难以理解。

这是说明钱玄同与刘半农的捏造是正确的，而林纾的小说是恶劣的吗？在捏造的书信中对于莎士比亚翻译的论述，明显是错误的。立足于这个错误，对林纾进行了批判。对错误置之不顾，而认同刘半农对林纾的批判是正确的吗？

文学革命派的批判是正确的，林纾的小说是错误的，这一理论若说简单，却并不易理解。因为这是站在文学革命派的立场上的说明。

将小说与现实视为一致，这种陈腐的观点一直延伸至现代的事实，令我难以想象。

当陈独秀看到林纾的小说，等待已久的东西终于出现了，计划成功的喜悦岂不是要让他偷偷地笑出声么？如果不是这样，上海的《新申报》上刊登的文章也不会特意在北京的《每周评论》上进行转载。使用珍贵的版面，证明了其判断为有利用的价值。另外，不单单转载，还有后文，则是另外一个证据。

“荆生”中有林纾以蠡叟名义写的后记。

林纾在台湾某人家住宿时，家里养的二十多条狗彻夜叫唤，他假装没有听见。住在另外一个地方的时候，有白鹭千百羽，鸣叫至天明，他也假装没听见。

林纾想说的是，对于不懂人类语言的禽兽进行干涉是无用的。1918年《新青年》上展开了钱玄同与刘半农对林纾的批判，而林纾 155

不做回应的原因至此才明了。林纾从最初就看透了，无论怎么解释，这些人都是不能明白的。如果是这样，那么为什么到了现在又写作具有原型的小说呢？

林纾接着解释。“门人李生”似乎对这三人很不满意，并告诉了林。林纾大笑。

名字虽然含糊，但如果是北京大学的相关人士，那么谁都会立即想到，不就是张三李四么？将张厚载写得那么容易被人识破，是林纾的失误。再加上写到对三人感到不满，这后来给张厚载招致了灾祸。

前文介绍过的陈独秀“关于北京大学的谣言”（《每周评论》第13号，1919年3月16日）中如下记述。

> 这班国故党中，现在我们知道的，只有《新申报》里“荆生”的著者林琴南，和《神州日报》的通信记者张厚载两人。林琴南怀恨《新青年》，就因为他们反对孔教和旧文学。其实林琴南所作的笔记所译的小说，在真正旧文学家看起来，也就不旧不雅了。他所崇拜所希望的那位伟丈夫荆生，正是孔夫子不愿会见的阳货一流人物。

此处公布了张厚载的名字。而且，接下来的论调更激烈。这正可以说是辱骂。陈独秀展开了对张厚载的批判。

> 张厚载因为旧戏问题，和《新青年》反对，这事尽可从容辩论，不必藉传播谣言来中伤异己。若说是无心传播，试问身为大学学生，对于本校的新闻，还要闭着眼睛说梦话，做那“无聊

> 的通信”，（这是张厚载对胡适君谢罪信里的话，见十日《北京大学日刊》）岂不失了新闻记者的资格吗？若说是有心传播，更要发生人格问题了！

他以激烈的语气进行了批判，完全不像北京大学文科学长对 156
着自己大学的学生讲的话。至此，陈独秀完全放弃了他作为一个对学生进行教导的教授的职责。当然，原本他是文科学长，也不是教授。以上升到“人格问题”的层次来看，陈独秀的发言已成为恫吓。陈独秀所用言词之激烈，让我感到，他强烈地追求着肉体与实名都具备的敌人的出现，而不是那些没有踪影的谣言。

我刚才说，不单单转载，还有后文。为什么这么说呢？因为在《每周评论》第13号上刊登了二古“评林蝟庐最近所撰‘荆生’短篇小说”。

题目中的“林蝟庐”并非错字。替换成与林纾的号“畏庐”同音的“蝟”，是为了对林纾进行侮辱。

文章将林纾的短篇小说进行了删改。二古是中学教师（被设定），他对这篇小说进行了如同批改学生作业一般的检查。比如，原文中这个部分重复了则删去；“能哲学”不对，改成“通哲学”。比如，金是近视眼，如果把眼镜摘掉，则“怕死如蝟”。如果这是可能的话，那么也可以说成“畏死如林畏庐”。害怕是金心中所想的事情，所以这里应该说“瑟缩如蝟”，由此就有了“林蝟庐”这一称呼。这实在是精深的阅读，不愧是“文字王国”中人。

作者的意图，不言而喻，将人们称颂的林纾的文章作为试验，与中学生相提并论进行辱骂。在尊重老人的中国，老人被视为儿童则是最大的侮辱。这个二古是谁，至今尚未辨明。但是，文章中删减的部分过多，所以可能是文学革命派的某人使用假名写作的。可能与王敬轩事件相同[126]。

林纾似乎有所思，他给《每周评论》第15号(1919年3月30日)投了稿。他讽刺地说，今后还将继续写作蠡叟小说，所以请“斧
157 削”。对此，也有“记者”作答。大声斥责说，工作繁忙，无暇“斧削”。林纾的投稿只是被利用而已。欺负老实人也要适可而止吧。

这份杂志上刊登了两篇投稿。一篇是贵兼写的。他建议，对于发表了“妖梦”，在文中称蔡元培为“元绪”，根本不值得批评的人，不要刊登对他批评的文章。

还有一篇是郑遂平写的，他控诉，被林琴南设立的中华编译社通信教育部所欺骗。花了很长的篇幅来写没有退还保证金等琐细的事情。我调查了一下，1916年上海的中华编译社成立了国文通信教育部，应该是文中所指的对象。林纾担任教材《文学讲义》的编辑主任，写了几本书。文章指的似乎是这件事情。连上海的出版社这样的经营机构发生纠纷也需要林纾承担责任么？我需要再次确认《每周评论》的编辑方针。他想说的就是所有的过错都在于林纾。

林纾批判远远不止这些。

鲁迅登场了。这也是在《每周评论》第15号上。“随感录”栏刊登了他以笔名“庚言”撰写的“敬告遗老”“孔教与皇帝”“旧戏的威力”三篇。

“敬告遗老”的遗老是指自称为清室举人的林纾。鲁迅对林纾提出忠告，曰：“你老既不是鄙国的人，何苦来多管闲事，多淘闲气。近代公理战胜，小国都主张民族自决，就是东邻的强国，也屡次宣言不干涉中国的内政。你老人家可以省事一点，安安静静的做个

寓公，不要再干涉鄙国的事情罢。”他一边推举林纾为“你老人家”，一边命令他“不要再干涉敝国的事情罢”。喜欢鲁迅的人一定会觉得，像这般故意使用不平衡的文字，真是绝妙的讽刺吧。

所谓“不是鄙国的人”，是指那些在中华民国自称为遗老的清朝人。即便如此，鲁迅骂了脏话，绝对不能说是高雅。后来他称林纾为“法西斯”(1928 年)。另外，他明明知道，称林纾以“引车卖浆”讥讽蔡元培的父亲的说法是中伤，但还是告诉了日本人山上正义。可见，他非常厌恶林纾，批判的态度自始至终没有改变。

“旧戏的威力”的内容如下： 158

> 前次北京大学的谣言，可算是近来一大事件了。我当初也以为是迷顽可怜的老辈所为，岂知事实竟大谬不然，全是因为骂了旧戏惹出来的。主动的人，只是“荆生”小说里的一个李四，听说还是什么剧评家哩。我想不到旧戏竟有这样威力，是这样可怕。以前许多报章作了评论，多以为是新旧思想的冲突，真教鬼蜮暗中笑人！

果然，李四登场了。这指的是张厚载。北京大学校长再次发表了书信叱责张厚载。关于这个问题，将在后文讨论张厚载的时候再做介绍。

再看一下其他人的反应吧，其实也都是文学革命派。

○　刘半农：“《初期白话诗稿》序目”，《初期白话诗稿》，北平：星云堂书店，1933 年影印版。鲍晶编：《刘半农研究资料》，天津：天津人民出版社，1985 年 2 月版，第 243 页。

> 卫道的林纾却要于作文反对之外借助于实力——就是他的“荆生将军”，而我们称为小徐的徐树铮。

《每周评论》将荆生视为林纾本人，但不知什么时候起又变成了徐树铮。这是因为他们觉得作为“荆生将军”，真正的军人徐树铮比旧文人林纾来得更真实吧。

○ 周作人：“林琴南《蠡叟丛谈》”，这是“红楼内外”中的部分内容。《知堂乙酉文编》，香港：三育图书文具公司 1962 年 3 月版，第 98 页。陈平原、夏晓虹：《北大旧事》，第 392 页。

> 校外的反对派代表是林琴南，他在《新申报》、《公言报》上
> 时常发表文章，肆行攻击，顶有名的是《新申报》上的《蠡叟丛
> 159 谈》。本是假聊斋之流，没有什么价值，其中有一篇名叫〈荆
> 生〉的寓言，是专门攻击陈独秀、胡适、钱玄同的。

周作人也认为，作为作品，“没有什么价值”。但是，陈独秀等人过于敏感。以下内容有所重复，同样是周作人的记述。

他说，林纾借用武力，意图打击北京大学，并且与校内人联系“做内线”，引起了骚动。如下引用：

> 最初，他（樽本注：林纾）在上海《新申报》上发表《蠡叟丛谈》，是《谐铎》一流的短篇，以小说的形式，对于北大的《新青年》的人物加以辱骂与攻击，记得头一篇名叫《荆生》，说有田必美，狄莫与金心异——影射陈独秀，胡适与钱玄同的姓名——三个人，放言高论，诋毁前贤，被荆生听见了，把这班人

> 痛加殴打，这所谓荆生乃是暗指徐树铮。[127]

荆生指徐树铮。这已经成为定论了。连徐树铮的儿子都相信这一点，所以文章的影响力不容小看。以下是前文中提到的徐道邻的著作。

○ 徐道邻：《徐树铮先生文集年谱合刊》，台湾：商务印书馆 1962 年 6 月版，第 263—266 页（“荆生”全文引用）。

> 林琴南先生是守旧派的中心人物，而先生（按，指徐树铮）当时在思想上是接近守旧派的。所以，林先生很希望先生能运用政治上的力量来打击新思潮的人物。他当时有题名〈荆生〉的一篇小说，就是暗示他这个思想。（省略“荆生”一文）/这里面的“荆生，田其美、金心异、狄莫”，是分别指先生，陈独秀，钱玄同，胡适而言。小说的用意虽然很明白，先生却并没有甚么反应。

徐树铮的儿子是这样说明的。但是，他对林纾的记忆，至多是
十岁时的印象。至于“荆生”的内容，是后来学习到的知识吧。不 160
过，如果是徐树铮儿子的证明，那么看起来比较具有可信度。在一些著作中被引用的时候[128]，可以成为对以往说明的补充。

正如我多次陈述的一般，行使武力指的是什么意思，完全不清楚。徐树铮尊重古文，所以实际做的事情不正是创办并运营正志中学么？在这一点上来说，必须承认他做出了踏实的努力。这样的他，难道会对北京大学做出什么行动么？他的儿子徐道邻也只是不明意思地重复罢了。小说与现实混淆，而且肆意想象林纾根

本没有抱有的“希望”。结果，只有徐树铮没有什么反应这一点证言是能够相信的。因为事实上，什么也没有发生。

下面是另外一篇短篇小说，内容概括如下。

“妖梦”《新申报》1919 年 3 月 19—23 日。(《林纾研究资料》第 85 页记 1919 年 3 月 18—22 日，为误)

陕西甘泉人郑思康有一天做了个噩梦，于是来访。十月十七日，喝醉酒后睡梦中，一个留着长胡子的人邀请他去黄泉。去了后，发现那里有白话学堂。校长是元绪，教务长是田恒，副教务长是秦二世，都是杰出人物。在第二个门口处写着“毙孔堂”。二世骂孔子无用，田骂死文字不如活文字，应当痛恨五常。元绪点头称赞。此时，出现了罗睺罗阿修罗王，把他们都吃了下去，积粪如山。于是，他醒了。(概括终)

就这么一个做梦的故事。有一个攻击古文与孔子的学校。确实是林纾最看重的两件事，反复做了话题。就这一点来看，可以说林纾坚持了他一贯的态度。

与“荆生”相同，著者以蠡叟的名义作了解说。文章非常长。我只显示一小部分。

“死文字”三字，并不是田恒发明的。英国的狄更斯曾经说过这个词。指的是拉丁、罗马、希腊的古文。

161 看到这里马上就能明白吧。与写给蔡元培的“林纾书信一”中的内容是相同的。古文不能废除，要写白话首先要读书，要明白道理。“林纾书信一”与“妖梦”写作于同时期，所以主旨不会改变。

又出现了与“引车卖浆之徒”相似的句子。即，“若但以白话教白话，不知理之所从出，则骡马市引东洋车之人，亦知白话，何用教耶?”当然，林纾从来没有认为人力车夫是蔡元培的父亲。这是一般的比喻。请不要误解。

林纾想要论述的是，古文与白话互不干涉，各自独立而并存。孔孟之教很重要。就这两点而已。

后来的研究者对这篇小说反应强烈。批评说，登场的三个人物都是有原型的，这是人身攻击。元绪指的是蔡元培，田恒是陈独秀，秦二世是胡适。

原本是小说，而且是做梦的故事。不管是多么相似的人物出现，将其与现实混为一谈，我觉得不可思议。

很多论文连介绍内容都很厌烦，更不要说探求小说的内容了，几乎没有。最多论述元绪意味着乌龟，是骂蔡元培的话。

林纾在给蔡元培的信中，使用了“太史”的敬语。可是，在小说中使用了不同的方式。

我所感兴趣之处，是说明大学职务的地方。

也就是，称校长是元绪、教务长是田恒、副教务长是秦二世的部分。值得注意的是教务长与副教务长。

与北京大学的改组密切相关。2 月 22 日的会议上确定了废除文理科学长的方针。3 月 1 日的大学评议会上通过了《文理科教务处组织法》，张厚载在《神州日报》上做了报道。所以，林纾小
说中出现的教务长，证明他是了解北京大学改组的事情的。不过， 162
有一个地方与事实不符。

北京大学的会议上新设置了教务长职位，通过选举，马寅初出任第一代教务长。得票第二位高的是俞星枢(同奎)。这场会议是 4 月 8 日召开的。可是，“妖梦”发表于这之前的 3 月。所以，教务长职位虽然符合了，但其人选用田恒(陈独秀)来配置未免有些贸然。并且，实际上，是否选出副教务长也不清楚。

如上，经过考证般的调查也没有获得明确的信息。结果就是，因为这是小说，所以可以与现实不同。

现在，“妖梦”与“荆生”一样，成为批判的靶子。但在1919年当时，“荆生”是主要的攻击对象。包括小说原型的问题，展开了详细的论争。其原因在于《每周评论》进行了全文转载。在北京比较容易获得。“妖梦”的发表大约比“荆生”晚一个月，而且是在上海的《新申报》上发表的，传播到北京需要一段时间。而且，比起这个，之后马上爆发的“五四”运动吸引了全部人的目光。林纾的小说不再受到关注。

当时北京大学开除了一个学生，就是张厚载。

11 张厚载的退学处分

张厚载在北京大学毕业前夕受到了退学处分，这是为什么？

张厚载的名字之所以载入史册，是因为与林纾相关。就此而言，这是致命的。因为虽然是有名人，却是不被称赞而被辱骂的人。在中国，对于这样的人物的记述大多语焉不详。因为如果想要仔细调查的话，那么研究者会被视为与被批判者同类的人物吧。所以，苛刻地说，我认为在现代中国，“失败者没有历史”。我的意思是，各人的历史当然是存在的。但是，有的人只能藏于地下而不能浮现于地表，没有能够公开讲述的历史。

张厚载自己回忆了他所经历的北京大学的事情，如下记述。

163 前数年。师（樽本注：林纾）为海上某报作小说有“妖梦”一篇。称蔡孑民先生为“元绪公”。蔡大愤。以此稿皆余所介绍迁怒于余。时余方肄业于北大法科政治门。越两三月即可毕业。竟坐是令余退学。师颇不安,作“送张生出大学序”[赠张生厚载序]一文以相凭藉。然余于学校文凭固视为无足轻重者也。[129]

这是退学处分三年后张厚载写的文章。此处没有出现“荆生”。“荆生”的后记中谈到林纾执笔的经过。其中说道,张厚载对文学革命派的教授感到不满,而透露于林纾。于是,创作了“荆生”。根据张厚载的回忆,引起问题的是后面写的“妖梦”。原因在于登场人物的名字“元绪公”。作品中只是“元绪”,并没有“公”字,此处大概是张厚载记错了。

应该是哪里激怒了蔡元培。根据通常的说法,元绪是乌龟的别名,在中国是用来骂人的话。因为含有性的意味。但是,这只不过是小孩乱写的程度吧。这难道不是一般人的感觉么?那么,究竟是什么激怒了蔡元培,令他叱责学生张厚载,给予退学处分的呢?

如果说有更加深刻意味的话,那么,就是张厚载记忆错误的“元绪公”这个词语。能够让张误会记住的“元绪公”,给人印象深刻。

“元绪”意味着乌龟。而且,在隐语中,乌龟指龟公、妓院的主人。或者,用上海的妓院的语言来说,“元绪公”意为妓女的男仆[130]。

无论是主人还是仆人,重要的是这个词语都与妓院有关,并不是单纯的乌龟。这是妓院中使用的粗俗的词语,所以蔡元培才做出了如此反应。也就是说,陈独秀嫖妓,而蔡元培是他的上级,所以蔡也变成与妓院相关的人物。如果明白了这个背景，那么就能够理解蔡元培不同寻常的隐藏的愤怒了。

164 所以，我向“妖梦”追查蔡元培愤怒的原因。可是，事实并非如此。虽说是张厚载根据回忆那么写道，但却是他的误会。

蔡元培后来发表了他对张厚载叱责的书信，那时他还没有看到“妖梦”。

根据就是接下来要介绍的蔡元培写给张的书信的发表日期。《北京大学日刊》上刊登的日期是3月21日。而林纾在《新申报》上连载“妖梦”是3月19—23日。虽然是短篇小说，也分成了五天。所以“妖梦”相应地被分成了五段。元绪登场的地方是最初的三段，作为小说的一部分，也就是19—21日报刊刊载的章节。书信的发表与报刊连载的日期微妙地重合了。可是，考虑到北京与上海的距离，我判断蔡元培当时还没有看到“妖梦”。

所以，请确认这只是在读了前一部作品“荆生”之后写给张厚载的信。

蔡元培对林纾先写的作品“荆生”生气，是因为他认为对北京大学教授进行了攻击。这一点可以理解。那么，他是否像对《公言报》《神州日报》做出的举动一样，对《新申报》社或者对林纾直接写信进行反驳呢？如果要追究责任，不这么做的话反而令人奇怪。可是，他没有做。而且奇妙的是，批判的矛头没有对准林纾，而是对着学生。

张厚载因为报刊报道的事情，已经受到了蔡元培、胡适、陈独秀等人的批评。此处，校长再次登场，他在3月21日的《北京大学日刊》上对学生张厚载指名批评。这让我非常震惊。

张厚载先给蔡元培写了信，然后蔡做了回复。按照这一顺序，我摘录一些必要的部分。

张厚载说明了这个经过：

> 《新申报》所登林琴南先生小说稿悉由鄙处转寄，近更有“妖梦”一篇攻击陈胡两先生，并有牵涉（樽本注：蔡）先生之处。稿发后而林先生来函谓先生已乞彼为刘应秋先生文集作序， 165
> “妖梦”当可勿登。但稿已寄至上海，殊难终止，不日即可登出。倘有渎犯先生之语，务乞先生归罪于生，先生大度包容，对于林先生之游戏笔墨，当亦不甚介意也。（后略）

上海《新申报》上的林纾“蠡叟丛谈”于1919年2月4日开始刊登。几乎每天都有刊载，竟连载了一年多，至次年1920年3月16日。一共58篇短篇小说，其中有两篇是“荆生”“妖梦”。虽然林纾出于个人的情况希望不要把原稿发给报社，但因为这是报刊连载，是不能中止的吧。

对此蔡元培做了回答，即“（二）蔡校长复张缪子君书”，如下记述。

> 得书，知林琴南君攻击本校教员之小说，均由兄转寄新申报。在兄与林君有师生之谊，宜爱护林君。兄为本校学生，宜爱护本校。林君作此等小说，意在毁坏本校名誉，兄徇林君之意而发布之，于兄爱护母校之心，安乎？否乎？仆生平不喜作谩骂语，轻薄语，以为受者无伤，而施者实为失德。林君詈仆，仆将哀矜之不暇，而又何憾焉？惟兄反诸爱护本师之心，安乎？否乎？往者不可追，望以后注意！

我已经说明，在蔡元培写给张厚载的公开信中，讨论的是“荆生”，他尚未看到“妖梦”。

166 那么，蔡元培的这封信是什么意思呢？这是蔡元培也不能区别小说与现实的证据。他没有把林纾的小说当作虚构的东西，而视为对北京大学的攻击。

蔡元培在回复林纾的信时，不是明确说过林译小说与上课是两码事么？他对林纾说，二者是两码事，可是对学生张厚载却批评说，林通过小说损坏北京大学的名誉。根据对象的不同，采用不同的标准。一般将这种情况称为双重标准。

按照蔡在信中写的那样，只是“哀矜”不就足够了么。我认为，若是哀怜作者林纾，那么对于只是联系人的张厚载稍微怜悯一下，用比较妥当的方式结束事情。可是，蔡元培特意公开了信函，对张厚载进行了叱责。

字面上看起来很稳重。所以，可能有人会认为蔡元培大度地教育他，真不愧是北大校长。可是，这封信根本就很奇怪，表现了不应该有的一种行为。我反复地说，他把攻击目标搞错了，而且使用了双重标准。如果攻击，那么必须是对林纾本人。同时，应当对刊登了小说的《新申报》表示抗议。蔡元培对张厚载进行批评是不合理的。不得不说蔡做错了。

蔡元培在报纸上宣言思想自由、兼容并蓄。并具体说明了内容。

即，教员中虽有人嫖妓，但只要认真上课就可以听任不管，校外的言行与大学无关。他这样对林纾断言，也对社会声明。

如果是这样的话，那么，对于学生也必须适用。只要认真上课学习，那么在校外发表拥护旧剧的言论或者写剧评、报道校内的情况，都是自由的。与大学无关。按照蔡元培的逻辑应该是这样的。

也许会发生伤害事件或者其他刑事事件，致使大学名誉受损。
但是，张厚载的情况只不过是写了报道，或者将林纾的小说转交于
报社。就报纸上的报道来说，关于北京大学改组的事情，大体是正 167
确的。大概对林纾说过校内的情况吧。可是，认为大学里有秘密，
这样的想法很怪异。这一切，为什么成为叱责的理由呢？我打了
个大大的问号。周作人曾说过张是内线，这明显是冤枉。

另外，认为校长、文科学长、教授等人对张厚载进行批评是理所当然的研究者，现在依旧占据了大多数。言论自由的想法，在当时没有，至今似乎也不存在。

听说张厚载《歌舞春秋》（上海：公益书局 1951 年版，未见）的“附录”中说明了当时的情况。我没有看到原文，以下为抄引。

> 仅差两个多月即毕业，当然心有未甘，他（樽本注：张厚载）去找蔡校长，校长推之评议会，去找评议会负责人胡适，即又推之校长。本班全体同学替他请愿，不行，甚至于教育总长傅沅叔（樽本注：增湘）替他写信，也不行……特请他所担任通讯的《新申报》，出为辩白，列举所作的通讯篇目，证明没有一个字足以构成“破坏校誉”之罪，结果仍然不能免除处分。蔡校长给了他一纸成绩证明书，叫他去天津北洋大学转学，仍可在本学期毕业，他却心灰意懒，即此辍学了。[131]

读起来好像是张厚载的朋友写的一样[132]。可以看出，很多同学都支持张厚载。

学生的退学处分，应该是以校长名义颁发的命令吧。

3 月 31 日的《北京大学日刊》上刊登了“本校布告”。

> ［本校布告］
>
> （1）学生张厚载屡次通信于京沪各报，传播无根据之谣
> 168 言，损坏本校名誉，依大学规程第六章第四十六条第一项，令其退学。此布。

以损坏北京大学名誉为由，对学生张厚载做了退学的处分。这就是蔡元培主张的思想自由、兼容并蓄的真实情况。

周作人后来回忆起北京大学退学处分了两个学生，他写了下面的事情。其中一人就是张厚载。随着时间的流逝，看法也发生了变化。

> 张缪子也有在内策应之嫌疑，于是学校方面下了断然的处置，将他除名，也在毕业之前，与心君后先晖（辉）映，更没有第三人可与媲美，因为在蔡校长治下的北大是向来不大开除学生的。现在想起来（樽本注：此为 1948 年的文章），这两件似乎都是疑狱，那匿名文件是否心君所为恐怕并无充分证据（樽本注：因被视为写了人身攻击的匿名文件，而受到了退学处分。），张（樽本注：缪子）君的（樽本注：与林纾）内应也不见得真是那么严重，大概透露校内消息，给林琴南做点情报，也许有的，或者不值得那么看重，但是那时北大受着旧势力的袭击，在风雨飘摇之中，急谋自卫，不得不取这种处分，也是不足怪的事吧。[133]

这是怎么回事啊？周作人写了一篇离谱的感想。这是我在将他的文章翻译成日语时的感受。“离谱”的前面再加上“非常”的形容词，也不够。周作人究竟是怎样考虑张厚载这样一个学生的未来的？

张厚载喜欢戏剧，拥有写作剧评的知识，写了论文后在《北京大学日刊》上发表。张对旧剧的拥护被胡适利用了，反过来说，这
证明了他拥有这般的实力。虽然只是个学生，却担任了报社的通 169
讯员，可以推测他在这方面很有才能。

对即将从北京大学毕业的这个张厚载做出了退学处分。而且，处分的理由不值得那么看重，现如今周作人依旧这么说。周的解释是北京大学为了自卫而做出了处分。虽然专业不同，但他也是北京大学的一名教授。一边旁观张成为大学的牺牲品，一边以“也是不足怪的事吧”就把处分的问题给解决了，并且文章语调轻浮而冷淡，写道：“与心君后先辉映，更没有第三人可与媲美。”周作人完全没有意识到断送了一个学生的未来。

12 结论

1919年的“五四”运动爆发前夕的北京，存在着政治性的对立。是陈独秀与安福俱乐部的对立。攻击安福俱乐部的陈独秀，因其私生活遭到了反击。

关于北京大学的人事问题，大约从1919年3月起在社会上被广泛报道。以陈独秀为中心的政治问题扩大了。

此前，《新青年》上钱玄同与刘半农通过捏造书信，指定林纾为旧派的代表。也就是说，一方面存在着陈独秀的政治问题，另一方

面存在着以林纾为中心的语言思想问题。

陈独秀反手抓住针对自己的政治攻击，将这个对立扩大至北京大学内部的新旧思想的对立。将林纾发表的小说、写给蔡元培的公开信认定为对文学革命派的攻击。也就是说，陈独秀打算将林纾卷入其中，变成政治运动。为了更好地体现新旧对立，利用了林纾。

林纾最初无视《新青年》集团即文学革命派对他的攻击。可是，他不能割舍对教育的期待与热爱。他通过向北京大学校长蔡元培写信的方式，述说了必须拥护古文、固守旧思想的理念。此
170 外，还发表了短篇小说。这简直就是绝好的机会，被陈独秀一众的《新青年》集团所抓住，并制作出比实物膨胀数倍的强大的敌对者。

文学革命派为了证明自己的存在，就必须有一个强劲的敌人。通过钱玄同、刘半农、陈独秀等人对林纾的批判，而制造出了这一结果。文学革命派最终胜利了，并且一直延续至现在。这个意思是，只写了一部基于文学革命派观点的文学史。当时的敌对者，在今天也依旧处于敌对者的位置，没有改变。因为如果这个位置稍微有所变动的话，那么对此前历史的看法就会从根底颠覆[134]。

1919年当时，林纾68岁。他的意识还活在清朝。埋头于包括白话文在内的写文作诗，翻译外国小说与绘画之中。一个拥护古文（并非反对白话），坚信遵守孔孟之道是非常重要的事情的一介老人。虽然已经离开很久了，但他非常担心北京大学内实施的教育，发表了相关的文章。另外还写了被人推测出人物原型的小说。在现在，不言而喻，小说写什么都是可以的，毕竟是文艺上、思想上的东西，全无一点政治性的行动。

例如，发生了这样的事情。1915年，在有着皇帝野心的袁世

凯的授意下，杨度组织了筹安会，鼓吹帝制。严复、刘师培也参与其中。内务部虽然要求林纾也参加这个组织，但是被他断然拒绝了。第二年1916年，徐树铮作为使者，邀请林纾出任高等顾问，也被坚决拒绝[135]。

《顺天时报》(1919年1月16日)上刊登了报道“林琴南之节高”。介绍说林被某大人物邀请做秘书，但他以不愿与政治有所瓜葛、担任正志中学国文课为由拒绝了。现在的世上很少有林氏这般品格高洁的人。大概指的是1915、1916年的事情。但是，这是1919年的报道，已经过了好几年，所以或许还发生了其他事情吧。不管怎样，林纾并不关心中华民国以后的政治，所以必然也是对政界没有影响力的人物。

可是，像这样真实的林纾无法成为与陈独秀或钱玄同、刘半农 171
等文学革命派相抗衡的强大的敌对者。他们迫切希望的，必须是发表文章、大声斥骂、有所攻击的敌人。并且，无论如何都要制造一个能够从背后操纵军阀，让其行使武力，加以恫吓的强大的敌人。这就是之所以扩大谣言、给人造成一种军阀与林纾有关的印象，并数倍地夸大，制造出一个与军阀挂钩的林纾肖像的理由。

刘半农批判了林译莎士比亚小说，给当时的社会造成林纾是一个胡乱翻译的人的印象。这是起始。如果是一个胡乱翻译的人物反对文学革命的话，一点也不奇怪。岂止如此，文学革命派齐声扩大了谣言，将其制作成积极攻击文学革命派的人物。林纾写给蔡元培的书信及其创作的两篇短篇小说被最大化地利用了。其中所使用的语句，被解释、改变、引用、夸张为敌人毒辣的体现，广为流传。

对于这样一个简单的结构，我无言以对。正因为如此，可以认为它反而容易而稳固地维系至今。

结论，林纾批判根本是文学革命派制造出来的冤案。

“五四”时期的林纾年代简表

1917年……………………………………

2月1日	林纾：“论古文之不宜废”，天津《大公报》；转载，上海《民国日报》，1917年2月8日

1918年……………………………………

1月19日	蔡元培：“北大进德会旨趣书”，《北京大学日刊》
3月15日	钱玄同（王敬轩），刘半农：“文学革命之反响”，《新青年》第4卷第3号
6月15日	张厚载：“新文学及中国旧戏”，《新青年》第4卷第6号
10月15日	张厚载：“我的中国旧戏观”，《新青年》第5卷第4号
10月30—31日	蔡元培：“北京大学在专门以上各学校校长会提出讨论之问题”，《北京大学日刊》

172 1919年……………………………………

1月18日—6月28日	巴黎和会
2月15日	陈独秀：“编辑部启事”，《新青年》第6卷第2号
2月17—18日	林纾：“荆生”，《新申报》；转载，《每周评论》第12号，1919年3月9日
2月22日	蔡元培召集北京大学各科学长会议
2月26日	张厚载（半谷通信）《神州日报》
3月1日	北京大学评议会通过“文理科教务处组织法”
3月2日	陈独秀（只眼）：“旧党的罪恶”，《每周评论》第11号“随感录”栏
3月3日	张厚载（半谷通信）：“学海要闻”，《神州日报》
3月4日	“文理科教务处组织法”，《北京大学日刊》公布。预定暑

	假后实施
3月4日	"北京电　北京大学有教员陈独秀、胡适等四人驱逐出校，闻与出版物有关"（二日下午三钟），《申报》
3月4—5日	李大钊（守常）："新旧思潮之激战"，《晨报》；转载，《每周评论》第12号，1919年3月9日
3月6日	静观："北京大学新旧之暗潮"，《申报》；剽窃，《公言报》1919年3月18日
3月9日	林琴南："荆生"（想用强权压倒公理的表示），《每周评论》第12号（转载）
3月9日	张厚载（半谷通信）："学海要闻"，《神州日报》
3月10日	"北京大学谣言之尢根"，《晨报》
3月10日	胡适："胡适教授致本日刊函"；胡适致张厚载君（半谷）信；张厚载君答胡适信，《北京大学日刊》
3月11日	胡适："胡适教授致本日刊函"；张厚载敬白，《北京大学日刊》
3月16日	"更正"，《神州日报》
3月16日	陈独秀（只眼）："关于北京大学的谣言"，《每周评论》第13号
3月16日	二古："评林蝟庐最近所撰'荆生'短篇小说"，《每周评论》第13号
3月18日	"请看北京学界思潮变迁之近状"，《公言报》；转载，《新潮》第1卷第4号，1919年4月1日
3月18日	林纾："林琴南致蔡鹤卿书"，《公言报》——引车卖浆之徒（林纾致蔡元培书信一）；转载，《时报》3月21日；《大公报》3月23—24日；《新潮》第1卷第4号，1919年4月1日；"答大学堂校长蔡鹤卿太史书"，《畏庐三集》1924年

3 月 19 日　蔡元培："蔡元培致神州日报记者函"，《北京大学日刊》

3 月 19—23 日　林纾："妖梦"，《新申报》(《林纾研究资料》第 85 页称 3 月 18—22 日，为误)

3 月 21 日　林纾："林琴南致蔡孑民书"，《时报》(转载)

3 月 21 日　蔡元培："(一)蔡校长致公言报函并附答林琴南君函"(3
173 月 18 日)，《北京大学日刊》/林琴南致蔡鹤卿书——引车卖浆之徒；转载，《新潮》第 1 卷第 4 号，1919 年 4 月 1 日，"蔡校长致公言报函并附答林琴南君函"

3 月 21 日　蔡元培："(二)蔡校长复张镠子君书"，《北京大学日刊》；附录张镠子君函

3 月 23—24 日　林纾："林琴南与蔡孑民书"，《大公报》(转载)

3 月 24 日　林纾："林琴南再答蔡鹤卿书"，《公言报》(林纾致蔡元培书信二)；转载，《大公报》3 月 25 日

3 月 24 日　林纾："母送儿"(观世白话新乐府)，《公言报》；转载，天津《大公报》，3 月 29 日

3 月 24 日　无妄："读林氏书感言"，《大公报》

3 月 26 日　林纾："林琴南再答蔡鹤卿书"，《新申报》《时报》

3 月 26 日　林琴南："日本江司令"(观世白话新乐府)，《公言报》

3 月 26 日　于汤尔和私宅决定罢免陈独秀的北京大学文科学长职务

3 月 26 日　鲁迅："孔乙己"附记，《新青年》第 6 卷第 4 号，1919 年 4 月 15 日(影印本版权页记 1919 年 9 月 1 日)

3 月 26 日　傅增湘："傅增湘致蔡元培函"，《蔡元培全集》第 3 卷，第 285—286 页

3 月 28 日　林琴南："一见大吉"(观世白话新乐府)，《公言报》；转载，天津《大公报》，3 月 30 日

3 月 30 日　陈独秀(只眼)："林纾的留声机器"，《每周评论》第 15 号

“随感录”栏

3 月 30 日　鲁迅(庚言):“敬告遗老”“孔教与皇帝”“旧戏的威力”,《每周评论》第 15 号“随感录”栏

3 月 30 日　林纾、贵兼、郑遂平:“通讯”,《每周评论》第 15 号

3 月 31 日　“本校布告”,《北京大学日刊》——张厚载退学处分

4 月 1 日　蔡元培:“蔡校长致公言报函并附答林琴南君函”,《新潮》第 1 卷第 4 号(转载)

4 月 1 日　林纾:“林琴南致蔡鹤卿书”,《新潮》第 1 卷第 4 号(转载)

4 月 1 日　“关于北京学界思潮之辩论”,《公言报》

4 月 1 日　“傅教育弹劾说之由来”,《申报》

4 月 2 日　蔡元培:“复傅增湘函”(傅斯年代撰),《蔡元培全集》第 3 卷,第 284—285 页(3 月 26 日,“傅增湘致蔡元培函”)

4 月 4 日　蔡元培等人被北京政府总统徐世昌召见,徐要求调停北大新旧两派学者的冲突。另有说法是政府声明不干涉主义。

4 月 5 日　林纾:“腐解”,《公言报》;转载,天津《大公报》4 月 8 日、4 月 10 日;《畏庐三集》

4 月 5 日　林纾:“林琴南先生致包世杰先生书”,《新申报》

4 月 5 日　太上余生投稿:“新旧思潮”,《顺天时报》

4 月 6 日　只眼(陈独秀):“婢学夫人”,《每周评论》第 16 号“随感录”栏

4 月 8 日　北京大学教授会上决定罢免陈独秀的北京大学文科学 174
长职务(公开说法是大学改组)

4 月 10 日　“大学本科教务处成立纪事”,《北京大学日刊》。大学正式公布。提前实行(据说北京大学教授会上宣布陈独秀 1 年的休假,但无相关证据资料)。

4 月 12 日　“大学改组案提前实行”,《申报》

4 月 12 日	畏庐(林纾):“赠张生厚载序”,《公言报》;转载,天津《大公报》,4 月 13 日;《畏庐三集》
4 月 13 日	只眼(陈独秀):“林琴南很可佩服”,《每周评论》第 17 号“随感录”栏
4 月 13 日	特别附录 :“对于新旧思潮的舆论(1)”,《每周评论》第 17 号 渊泉:“警告守旧党”,《晨报》[3 月 30 日];毋忘:“最近新旧思潮冲突之杂感”,《国民公报》;遗生:“最近之学术新潮”,《北京新报》;太上余生投稿:“新旧思潮”,《顺天时报》[4 月 5 日];无记名:“酝酿中之教育总长弹劾案”,《顺天时报》;冷眼投稿:“新思想不宜遏抑”,《顺天时报》;隐尘:“新旧思想冲突平议(一)”,《民治日报》;住:“新旧思潮平议(二)”,《民治日报》;仪湖:“林蔡评议”,《民福报》;蕴巢:“新旧之争”,北京《益世报》;无记名:“论大学教员被摒事”,《民国日报》;匡僧:“为驱逐大学教员事鸣不平”,《时事新报》;匡僧:“大学教员无恙”,《时事新报》;匡僧:“威武不能屈”,《时事新报》;裴山:“新旧思潮之开始决斗”,《神州日报》;平平:“北京大学暗潮之感想”,《浙江教育周报》第 7 年第 5 号
4 月 15 日	蠡叟(林纾):“父母唯其疾之忧”(劝孝白话道情),《公言报》
4 月 15 日	“北京大学与思潮问题”,《顺天时报》
4 月 23 日	蠡叟(林纾):“闵子骞芦花故事”(劝孝白话道情),《公言报》
4 月 26 日	蠡叟(林纾):“曾皙事”(劝孝白话道情),《公言报》
4 月 27 日	特别附录:“对于新旧思潮的舆论(2)”,《每周评论》第 19 号

	无记名:“辟北京大学新旧思潮之说”,北京《国民公报》;无记名:“社会的醒觉之曙光”,北京《顺天时报》;鲁逊:“学界新思想之潮流”,北京《唯一日报》;遗生:“时势潮流中之新文学”,《北京新报》;遗生:“规劝林琴南先生”,《北京新报》;蕴巢:“再论新旧之争”,北京《益世报》;翰艻:“学术与政治”,北京《益世报》;志拯:“思想革命中的北京大学”,上海《中华新报》;志拯:“谁的耻辱?”,上海《中华新报》;祭安:“遏止新思潮”,上海《民国日报》;因明:“对北京大学的愤言”,成都《川报》
4 月? 日	林纾“论古文白话之相消长”、《文艺丛报》第 1 期 175
4 月 30 日	巴黎和会。决定将胶州湾租界及德国在山东省的权益转让与日本。
5 月 4 日	北京学生因山东问题抗议,举行示威游行。
6 月 11 日	陈独秀散发传单而被捕。
6 月 15 日	《每周评论》的编辑由胡适接任。第 26 号全部都是“杜威讲演录”。第 27 号(6 月 22 日)亦是。
8 月 7—8 日	思孟:“蔡元培传”,“息邪”栏、《公言报》——父某,以卖浆为业。
8 月 12 日	鲁迅(黄棘):“寸铁”,《国民公报》(原无标题)——思孟批判。
8 月 12 日?	胡适(天风):“辟谬与息邪”,《每周评论》第 33 号(标记为 8 月 3 日)——思孟批判。
11 月 1 日	鲁迅(唐俟):“我们现在怎样做父亲?”《新青年》第 6 卷第 6 号。

注释

1 关于林纾的生平，主要参考以下文献。张俊才："林纾年谱简编"，薛绥之、张俊才编：《林纾研究资料》福州：福建人民出版社，1983 年 6 月版。以下简称为《研究资料》。林薇："林纾传"，林薇：《林纾选集》（小说卷上），成都：四川人民出版社 1985 年 12 月版。

2 谢菊曾："《说部丛书》和《林译小说》"（"涵芬楼往事"），《随笔》第 6 集，1980 年 2 月。郑逸梅"林纾译《茶花女遗事》及其他"（《书报话旧》，上海：学林出版社 1983 年 8 月版）中称《林译小说》第一集有 59 种，第二集有 58 种（第 33 页）。神奇的是超过了 100 种。

3 陈熙绩："（歇洛克奇案开场）序"，丁未（1907 年）冬月。

4 在汲古书院的影印本中，不知为什么在版权页上记为：第 1 卷第 2 号。

5 樽本"胡适怎样阅读《老残游记》?"（"胡適は『老残遊記』をどう読んだか"）中有所说明。《清末小说闲谈》（《清末小説閑談》），1983 年版。

6 根据高平叔《蔡元培年谱长编》（上册，北京：人民教育出版社 1996 年 3 月版。中册，1996 年 11 月版）的记载，蔡元培被委任为北京大学校长是在 1916 年 12 月 26 日（上册，第 629 页）。另，陈独秀被委任为北京大学文科学长是在 1917 年 1 月 13 日（中册，第 5 页）。与此同时，新青年杂志社也迁移至北京。但是，在《新青年》的版权页中的标记"北京东安门内箭竿胡同九号；
176 新青年杂志编辑部"是从第 4 卷第 1 号（1918 年 1 月 15 日）改变的。藤田正典"新青年十年之步履"（"新青年 10 年の步み"，《新青年别卷》，汲古书院，1977 年 3 月版）中如下记述："他（陈独秀）在 1917 年初，应北京大学校长蔡元培之邀请，出任北京大学文科学长，从上海搬迁至北京。与此同时，《新青年》编辑部也迁至北京。在他的周围聚集了进步知识分子，其中一人就是胡适。"第 2 页。

7 胡适："导言"，《中国新文学大系》第一集《建设理论集》，上海：良友图书印刷公司 1935 年 10 月 15 日版;上海文艺出版社影印,2003 年 7 月版,第 19 页。

8 郑振铎:"导言",《中国新文学大系》第二集《文学论争集》,上海:良友图书印刷公司 1935 年 10 月 15 日版;上海文艺出版社影印,2003 年 7 月版,第 6 页。

9 张俊才:"林纾年谱简编",《研究资料》,第 47 页。"林纾著译系年",《研究资料》,第 535 页。

10 杨联芬:《晚清至五四:中国文学现代性的发生》,北京:北京大学出版社 2003 年 11 月版,第 123 页。抄录改题《流动的瞬间——晚清与五四文学关系论》,台湾:秀威咨讯科技股份有限公司,2006 年 6 月版,第 66 页。张俊才《林纾评传》(天津:南开大学出版社 1992 年 3 月版,第 249 页)中记 1917 年 2 月 8 日上海的《民国日报》。不过,题名中的"不当废"为误。

11 史和、姚福申、叶翠娣:《中国近代报刊名录》,福州:福建人民出版社 1991 年 2 月版,第 142 页。

12 齐藤少将是何人?有一个线索是杭州这个地名。1898 年至 1900 年,林纾居住于杭州。明治三十四[1901]年一个名叫齐藤太郎的人成为少将。这与林纾在杭州的居住期间有所偏差,所以不能确定。在其他的齐藤姓中没有发现符合的人物。参考外山操编:《陆海军将官人事总览(陆军篇)》(《陸海軍将官人事総覧(陸軍篇)》,东京:芙蓉书房,1981 年 9 月 1 日版;1982 年 3 月 1 日第 2 次印刷)。中国社会科学院近代史研究所中国第二历史档案馆史料编辑部编《五四爱国运动档案资料》(北京:中国社会科学出版社 1980 年 2 月版)中收入日期为 1917 年 10 月的"日武齐藤为以砂易械及中日军械统一致徐树铮函",不知道这与齐藤少将是否有所关系。

13 张元济:"东方图书馆概况·缘起(1926 年)",《(1897—1992)商务印书馆九十五年——我和商务印书馆》,北京:商务印书馆 1992 年 1 月版,第 21 页。

14 张树年主编,柳和城、张人凤、陈梦熊编著:《张元济年谱》,北京:商务印书馆 1991 年 12 月版，第 60 页。岛田翰："皕宋楼藏书源流考"（郑元庆等：《吴兴藏书录、皕宋楼藏书源流考》，上海：古典文学出版社 1957 年 12 月版）。另，也有资料称金额为 118,400 元（徐雁：《中国旧书业百年》，北京：科学出版社 2005 年 5 月版，第 370 页）。

15　我发现，洪越"五四文学革命的另一面——以林纾为中心"（《现代中国》第 2 辑，2002 年 3 月，第 155 页）中指明了出处。林纾的该文刊登于天津
177 《大公报》1917 年 2 月 1 日。在注释中记，1917 年 2 月 8 日《民国日报》转载，但没有对转载进行说明。是添加了林纾肖像的"特别记载"。全文亦收入江中柱"《大公报》中林纾集外文三篇"（《文献》2006 年第 4 期（总第 110 期），2006 年 10 月 13 日）。

16　曾虚白主编：《中国新闻史》，台湾：政治大学新闻研究所 1966 年 4 月版，初版未见；1977 年 3 月第 4 版，第 275 页、第 325 页。方汉奇：《中国近代报刊史》，太原：山西教育出版社 1981 年 6 月版，初版未见；1996 年 7 月第四次印刷，第 714—716 页。方汉奇主编：《中国新闻事业通史》第一卷，北京：中国人民大学出版社 1992 年 9 月版，第 1057 页。《中国近代报刊名录》中为什么没有收入？原因不明。

17　方汉奇：《中国近代报刊史》，第 694 页。

18　关于郑振铎与商务印书馆的关系，有这样一篇论文。松村茂树："王云五与郑振铎——商务印书馆史的一个截面"（"王雲五と鄭振鐸——商務印書館史の一断面"），《中国文化》汉文学会会报第 52 号，1994 年 6 月 25 日。

19　鲁迅"自序"，《呐喊》，北京：新潮社 1923 年 8 月影印本，第Ⅶ页。有关鲁迅与钱玄同的亲密交往，详见姜德明"鲁迅与钱玄同"（《书叶集》，广州：花成出版社 1981 年 5 月版，第 143—176 页）。

20　北京鲁迅博物馆鲁迅研究室编：《鲁迅研究资料》9，天津：天津人民出版社 1982 年 1 月版，第 102 页。

21　《每周评论》第 4 号 1919 年 1 月 12 日影印本。

22　《钱玄同文集》第 6 卷书信，北京：中国人民大学出版社 2000 年 8 月

版，第 18 页。

23 钱玄同："亡友刘半农先生"，《世界日报·国语周刊》1934 年 7 月 21 日，首次刊载未见。沈永宝编：《钱玄同五四时期言论集》上海：东方出版中心 1998 年 10 月版，第 378 页。另，《钱玄同文集》第 2 卷"随感录及其他"，北京：中国人民大学出版社 1999 年 4 月版，第 295 页。

24 鲁迅："忆刘半农君"，1934 年 8 月 1 日。《青年界》第 6 卷第 3 期，1934 年 10 月，未见。根据《且介亭杂文》，《鲁迅全集》第 6 卷，北京：人民文学出版社 1981 年版；1982 年北京第 1 次印刷，第 71 页。

25 "趋时和复古"，1934 年 8 月 13 日（《申报》首次刊载时未标记日期）。《申报·自由谈》1934 年 8 月 15 日。《花边文学》，《鲁迅全集》第 5 卷，北京：人民文学出版社 1981 年版，1982 年北京第 1 次印刷。另，为作参考，以下引用严薇青著，泽本香子译："刘半农与鲁迅"（《中国文艺研究会会报》第 161 号，1995 年 3 月 31 日，第 4 页）。"刘半农先生（1891—1934）从上海来到北京大学教授预科，大约是在 1916 年的时候。按照鲁迅的回忆，刘半农之所以来到北京大学，好像是因为他向《新青年》投稿，所以被蔡元培或者陈独秀邀请的。他到了北京后，在授课之余，还积极地给《新青年》撰稿。最有名的是，钱玄同以'王稼轩'的假名给《新青年》写了一封攻击白话文的信，然后刘半农激烈地进行反驳的'双簧信'。此后，陈独秀、钱玄同、李大钊、沈尹默、胡 178
适等轮流担任《新青年》的编辑。刘半农以前在上海的时候，曾在鸳鸯蝴蝶派的《小说大观》等刊物上发表《卖花女侠》、《髯侠复仇记》、《催租夫》等小说。所使用的名字也是带有海派文人色彩的'伴侬'、'半侬'。这些名字后来慢慢改成了'半农'，不过，他到了北京之后大概还是带有才子佳人的思想的。"

26 沈尹默："鲁迅生活中的一节"，《文艺月报》1956 年 10 月号（总第 46 期），1956 年 10 月 10 日，第 24 页。朱正："关于王敬轩"，《鲁迅回忆录正误（增订本）》，北京：人民文学出版社 2006 年 10 月版，第 48—51 页。

同是沈尹默的回忆"我和北大"（陈平原、夏晓虹编：《北大旧事》，北京：生活·读书·新知三联书店，1998 年 1 月版；2003 年 8 月北京第 2 次印刷，第

173 页。)中如下记述:“《新青年》在北京出版后,曾发生一件事:钱玄同、刘半农化名写文章在《新青年》发表,驳林琴南复古谬论,玄同、半农文笔犀利,讽刺挖苦(当时,打倒孔家店的口号已提出来),胡适大加反对,认为‘化名写这种游戏文章,不是正人君子做的’,并且不许半农再编《新青年》,要由他一个人独编。我对胡适说:‘你不要这样做,要么我们大家都不编,还是给独秀一个人编吧。’二周兄弟(树人、作人)对胡适这种态度也大加反对,他们对胡适说:‘你来编,我们都不投稿。’胡乃缩手。”沈尹默介绍这件事,批评胡适跟随梁启超、林琴南一侧。

27　参考论文:刘禾(Lydia H. Liu)著,中里见敬译:“《中国新文学大系》的成立”(“中国新文学大系”の成立)九州大学大学院言语文化研究院言语研究会,《言语科学》第 36 号,2001 年。

28　〔法〕小仲马著,林纾、王庆通译:《香钩情眼》上下册,上海:商务印书馆 1916 年 5 月版,说部丛书 3＝5。记原著为 ALEXANDRE DUMAS fils “ANTONINE”1894。

29　略历引自桥川时雄:《中国文化界人物总览》(北京:中华法令编印馆 1940 年 10 月 25 日初版;名著普及会复刻,1982 年 3 月 20 日版,第 787 页)。“罗家伦 一八九五一　字志希,浙江绍兴人。北京大学毕业后在美国普林斯顿大学、法国巴黎大学、德国柏林大学、英国伦敦大学学习历史与哲学。归国后在北京担任月刊《文艺复兴》的主编,为白话文学做出了贡献。民国十五年
179 任国立东南大学历史教授,其后任国民政府中央法制委员会委员、中央党务学校副主任。十七年任国立北京清华大学校长,二十年三月辞职,在国立武汉大学、中央政治学校等处执教,成为国民党中央候补执行委员。二十一年八月任南京中央大学校长,兼任牙科专科学校校长,二十八年三月出席重庆第三次全国教育会议。著有《科学与玄学》(十六年,商务印书馆),译著《平民政治的基本原理》(美 P. S. Reinch 原著——十六年同上)、《思想自由史》(英 J. B. Buby 英原、著同上)等”。另,还有以下文章。刘敬坤:“致力我国高等教育事业的罗家伦”,宋嘉沛主编:《民国著名人物传》第 4 卷,北京:中国青年出

版社 1997 年 11 月版，第 284—303 页。

30 收入第 7 编“旧小说的丧钟”。

31 关于芮恩施，有以下论文。藤冈喜久男：“驻华美公使芮恩施备忘录（一）”（“駐華米公使 P. S. ラインシュ覚書（一）”），《北海学园大学法学研究》第 11 卷第 2 号，北海学园大学法学会，1975 年 11 月 20 日。不过，藤冈论文论述的是驻华公使时代，与本文无直接联系。

32 “这种遣［遗］误青年的书籍，这种陷害学子的机关，教育部能从速取缔吗？”第 108 页。

33 “政府也有干涉之说。民国五年范静生先生做教育总长的时候，曾经同内务部查禁这一类的杂志小说数十种。我盼望现在各位当局留意点才是”第 107—108 页。

34 梁荣若“记范静生先生”（台湾：《传记文学》第 1 卷第 6 期，1962 年 11 月 1 日）中没有相关的记述。

35 宋原放：“近代出版大事记”，宋原放主编，汪家熔辑注：《中国出版史料·近代部分》第 3 卷，武汉：湖北教育出版社 2004 年 10 月版，第 617 页。

36 刘再生：《中国近代现代出版通史》第 2 卷，北京：华文出版社 2002 年 1 月版，第 97—101 页。

37 刘再生：《中国近代现代出版通史》第 2 卷，第 1258—1264 页。

38 宋原放：“近代出版大事记”，第 617 页。“［1916 年］7 月 6 日 北京政府内务部通知前已查禁的上海《民国日报》、《中华新报》、《民信日报》、《五七报》、《公论报》、《甲寅》杂志、《正谊》杂志、《爱国报》、《爱国晚报》、《救亡报》、《中国白话报》、《中华革新报》、《时事新报》、《共和新报》、《民意报》等报刊，予以解禁。”“［1916 年］7 月 16 日 段祺瑞以大总统申令，废止报纸条例。”另见沈渭滨主编：《中国历史大事年表·近代卷》，上海辞书出版社 1999 年 2 月版，第 763 页。

39 樽本：“林译小说冤案的原点——关于郑振铎‘林琴南先生’”，本书所收。

40 樽本:“林译斯宾塞冤案”,本书所收。

41 樽本:“林译易卜生冤案”“林译莎士比亚冤案”,本书所收。

42 丸山松幸:“解说”,《清末民初政治评论集》(《清末民初政治評論集》),中国古典文学大系第 58 卷,东京:平凡社 1971 年 8 月 30 日版,第 529 页。

180 43 “(29)民国改革的根本”,《新支那》1916 年 6 月 30 日,首次刊载未见。小岛丽逸编、藤原鎌兄著:《革命摇篮期的北京——从辛亥革命到山东出兵》(《革命揺籃期の北京——辛亥革命から山東出兵まで》),东京:社会思想社 1974 年 10 月 30 日版,第 94 页。

44 丸山松幸:《五四运动》(《五四運動》),东京:纪伊国屋新书 1969 年 6 月 30 日版,第 39—40 页。

45 中共中央马克思恩格斯列宁斯大林著作编译局研究室编:《五四时期期刊介绍》第 1 集上册,北京:生活·读书·新知三联书店 1978 年 11 月版;1979 年 8 月北京第 1 次印刷,第 75 页。在称呼上做了区分,对李大钊、鲁迅等添上“先生”称呼,对陈独秀、胡适、“桐城派的遗老”林纾等直呼姓名。很容易看出作者的评价。这就是那个时代的著作。

46 中共中央马克思恩格斯列宁斯大林著作编译局研究室编:《五四时期期刊介绍》第 1 集上册,第 41 页。

47 关于陈独秀的地位,后文将做说明。李大钊 1919 年时任北京大学图书馆主任,1920 年兼任政治、经济学教授。

48 陈万雄:《五四新文化的源流》,香港:三联书店(香港)有限公司 1992 年 5 月版。第 31—42 页中有“北京大学教员一览”。

49 丸山升:“第三部中国文学”(“第 3 部中国文学”),高桥彻、可知正孝、丸山升著:《世界文学(I)》(《世界の文学 I》),讲座“文学·艺术的基础理论”第 3 卷,东京:汐文社 1974 年 7 月 1 日版,第 192 页。

50 以上根据近代日中关系史年表编集委员会编:《近代日中关系史年表》(《近代日中関係史年表》)(东京:岩波书店 2006 年 1 月 25 日版)。

51 宫尾正树：“林纾”(“林紓”)，《集英社世界文学大事典》4(《集英社世界文学大事典》4)，东京：集英社 1997 年 7 月 25 日版。第 735 页。

52 史和、姚福申、叶翠娣编《中国近代报刊名录》(福州：福建人民出版社 1991 年 2 月版，第 95—96 页)中记北京《公言报》创刊于 1909 年。

53 如下说明。

○ 方汉奇：《中国近代报刊史》，太原：山西教育出版社 1981 年 6 月版，初版未见；1996 年 7 月第四次印刷。

第 268 页：“(林白水)旋又自行辞职，改在袁世凯手下担任总统府秘书、参政院参政、直辖总督府秘书长等官职。继而又恢复办报。先后在北京创办了《公言报》以及《新社会日报》”。

第 744 页：“1917 年至 1918 年他在北京创办《公言日报》，自任主编”(记为《公言日报》)。

○ 方汉奇主编：《中国新闻事业编年史》上，福州：福建人民出版社 2000 年 9 月版。

第 810 页：“(1916 年)9 月 1 日/《公言报》在北京创刊。主笔林白水、王士澄、黄秋岳、梁鸿志等。该报鼓吹‘武力统一’。是公认的安福系的言论机关”。

第 905 页：“(1920)7 月 8 日/北京《公言报》刊载“请看曹锟谋叛之确据” 181
一文，指出近日政潮的焦点。又在将军府会议未开前发表《段督办之将军阀大会议》消息，披露段祺瑞对时局的意见。8 月 9 日被直系军阀查封，改报原编撰人汪士澄被捕。”

○ 林慰君：《我的父亲林白水》，北京：时事出版社 1989 年 3 月版。

1916 年《公言报》创刊。第 45 页。

第 49 页：“先父办报，有两个目的：一个是攻击军阀、贪官、污吏与奸商，使他们的罪恶目的不能得逞。一个是代表人民，建议政府做对于人民有利的事，并代小民鸣不平。”

第 51 页：“他还是本着良心，对军阀和政客，像当初抨击清廷一样的不客气。因此在 1920 年 7 月，报馆被军阀派人砸毁，报纸也被迫停刊。”

○ 刘庆云：“林白水”，《新闻界人物》4，北京：新华出版社 1984 年 8 月版。

54 横山宏章：“陈独秀”（“陳独秀”），《近代中国人名词典》（《近代中国人名辞典》），东京：霞山会 1995 年 9 月 1 日版。第 56 页。横山《中华民国——贤人统治的善政主义》（《中華民国——賢人支配の善政主義》）（东京：中央公论社，1997 年 12 月 20 日中公新书 1394）中如下说明：“陈独秀准备了‘北京市民宣言’，对北京军阀政府提出要求，不能屈服于日本而放弃山东省权益，驱逐卖国官僚，保障集会与言论自由，并亲自散发‘北京市民宣言’传单，最后被警察逮捕。拘留 3 个月后被释放。但是，以此为契机，北京大学保守派解除了陈独秀北京大学文科学长职位”（第 100 页）。似乎搞错了基本事实。陈独秀被解除北京大学文科学长职位是在被捕之前。我的良知在正文中写道：“比较容易理解”，但这好像是我的误解。

55 “进德会报告”（《北京大学日刊》1918 年 6 月 3 日）的“职员”中，列举了蔡元培、王建祖、温宗禹、夏元瑮、陈独秀的名字。

56 陈万雄：《五四新文化的源流》，第 31—32 页。另，横山宏章在《陈独秀》（《陳独秀》）（东京：朝日新闻社，1983 年 5 月 20 日朝日选书，第 116 页）中如下说明。“陈独秀于 1917 年 11 月 13 日正式就任北京大学文科学长，成为蔡元培大学改革的助手。他虽是文科学长，但没有教授的职称；虽然做演讲，却并不开设讲义课程，是行政职位。北京大学没有设置副校长的职位，文科学长相当于校长之下的职位，事实上也就是副校长。在大学评议会中，蔡元培是会长，陈独秀是副会长。蔡元培的工资是 600 元，为最高，陈独秀是 300 元。图书馆长李大钊是 200 元，图书馆的辅助人员毛泽东仅有 8 元。由此可见，陈独秀作为知识分子具有怎样高的一个地位。”除了正文中列举的职位外，朱文华，还增加了一个“北大学制改革机构负责人”（《陈独秀评传——终身的反对派》，青岛：青岛出版社 2005 年 3 月第 3 版，第 71 页注 4）。

182 57 王枫在“五四前后的林纾”（《中国现代文学研究丛刊》2000 年第 1 期，2000 年 2 月，第 249 页）中说：“决定了陈独秀将成为普通教授”。但是，与其他文献相同,没有提出相关证据。

58 山根幸夫:《近代中国与日本论集》(《論集近代中国と日本》)东京:山川出版社1976年2月20日版,第47页。

59 北京·支那研究会编:《最新支那官绅录》(《最新支那官紳録》)日本:富山房经销,1918年8月20日版,初版未见;1919年9月10日第三版,第426页。

60 刘寿林、万仁元、王玉文、孔庆泰编:《民国职官年表》,北京:中华书局1995年8月版;2006年11月北京第2次印刷,第173页。

61 洪越:"五四文学革命的另一面——以林纾为中心",第164页。

62 波多野乾一:《现代支那》(《現代支那》),支那问题社,大阪屋号书店1921年1月30日版,第93—94页。吉野作造在"关于北京大学的学生骚动事件"("北京大学学生騷擾事件に就て")(《新人》大正8年6月号,1919年6月1日,第4页)中也论述了相同内容。

63 石钟扬:《文人陈独秀——启蒙的智慧》,西安:陕西人民出版社2005年2月版,第379页。

64 周作人:"一一二 复辟前后(一)",《知堂回想录》上册,香港:听涛出版社1970年7月版,第319页。

65 参考小原正治:"安徽派"("安徽派")、《亚洲历史事典》(《アジア歴史事典》)第1卷(东京:平凡社1984年4年1日新装订复刊)。小原:"直隶派"("直隷派")同前《亚洲历史事典》第6卷。波多野善大:《中国近代军阀研究》(《中国近代軍閥の研究》)(东京:河出书房新社1973年7月25日版)。狭间直树:《五四运动研究序说》(《五四運動研究序説》)(京都:同朋舍出版1982年3月30日版)等。

66 周作人:"一一五 蔡孑民(一)",《知堂回想录》上,第331页。

67 陈独秀:"段派曹陆安福俱乐部","随感录(七三)",《新青年》第7卷第1号,1919年12月1日。分别指段祺瑞、曹汝霖、陆宗舆。陈露骨地写道自己对他们的反对。从五四以前起,到五四以后也一直坚持反段祺瑞派的姿态。

68　司马长风:《中国新文学史》上卷,香港:昭明出版社有限公司 1975 年 1 月版,第 54 页。

69　周作人:“一二九　每周评论(下)”,《知堂回想录》下,第 382 页。

70　周作人:“一六六　北大感旧录(十一)”,《知堂回想录》下,第 523 页。

71　周作人:“一六六　北大感旧录(十一)”,《知堂回想录》下,第 523 页。

72　《蔡元培年谱长编》中册,北京:人民教育出版社 1996 年 11 月版,第 181 页。据称,作为根据的《汤尔和日记》为手稿。

73　见沈尹默:“我和北大”(陈平原、夏晓虹编:《北大旧事》,北京:生活·读书·新知三联书店 1998 年 1 月版,2003 年 8 月北京第 2 次印刷)。

74　蔡元培:“我在北京大学的经历”,《东方杂志》第 31 卷第 1 号,1934 年 1 月,载陈平原、夏晓虹编:《北大旧事》,第 36 页。

75　沈尹默在“我和北大”中称,沈向蔡元培介绍了陈独秀(第 172 页)。
183 关于陈独秀与蔡元培的介绍,见陈万雄《五四新文化的源流》注 20(第 48—50 页)。陈与蔡原本相识。陈独秀这么写道:光绪末年,他参加了一个学习炸药以图暗杀的组织,居住于上海。当时蔡元培经常过来学习炸弹的制造方法。陈独秀:“蔡孑民先生逝世后感言”,蔡建国编:《蔡元培先生纪念集》,北京:中华书局 1984 年 7 月版,第 69 页。

76　《胡适全集》第 24 卷书信(1929—1943),合肥:安徽教育出版社 2003 年 9 月版,第 262 页。

77　《胡适全集》第 24 卷书信(1929—1943),第 265 页。

78　通过引用胡适信函明确此事的文献有以下这些(并非网罗)。唐宝林、林茂生:《陈独秀年谱》,上海:上海人民出版社 1988 年 12 月版,第 96—97 页(未提及抓伤妓女事件)。但是,在黄艾仁“风云变幻情不移——胡适与陈独秀的因缘际遇”,《胡适与中国名人》,南京:江苏教育出版社 1993 年 5 月版，中使用了引号“不谨细行”，第 66 页，似乎有所意味，却又极力抑制笔锋。著者似乎难以直抒胸臆。可是，数年之后，情况发生了变化。《蔡元培年谱长编》中册，第 181—182 页。任建树：《陈独秀大传》，上海：上海人民出版社 1999 年 5 月版，第 162—163 页（未提及抓伤妓女事件）。王枫：“五四前后的林纾”，《中国现代文学研究丛刊》第 249 页（未提及抓伤妓女事件）。石钟扬：《文人陈独秀——启蒙的智慧》，第 276—281 页（未提及抓伤妓女事件）。朱文华：《陈独秀评传——终身的反对派》，第 109—111 页。朱洪：《陈独秀与胡适》，武汉：湖北长江出版集团、湖北人民出版社 2006 年 1 月版，第 77—82 页（未提及抓伤妓女事件）。王福湘：“陈独秀、鲁迅家庭伦理及性爱道德的比较——‘革命的前驱者’与‘精神界之战士’（之四）”，网络上的陈独秀研究文章 http://www.chcnduxiu.net。张耀杰：“北大进德会中的陈独秀”http://www.asiademo.org/gb/2001/11/20011124a.htm。张耀杰还写道，陈独秀与妻妹高君曼同居，在故乡引起了人们的责骂。傅国涌：“改写历史的 1919 年 3 月 26 日之夜”http://boxun.com/hero/2006/fuguoyong/9 1.shtml

79　蔡元培：“北大进德会旨趣书”，《北京大学日刊》1918 年 1 月 19 日。“进德会启事第四号”，《北京大学日刊》1918 年 7 月 6 日。高平叔编：《蔡元培全集》第 3 卷，北京：中华书局 1984 年 9 月版，第 124—128 页。

80　周作人：“一六六　北大感旧录（十一）”，《知堂回想录》下，第 525 页。周作人在别处也写了同样的文章。“一二二卯字号的名人二（二）”，《知堂回想录》下，第 356 页。

81　“进德会报告”，《北京大学日刊》1918 年 6 月 3 日，《蔡元培年谱长编》中册，第 103 页。

82　夏浮筠是什么时候辞去了理科学长的呢？似乎是在 1919 年 3 月初。以下是从《蔡元培年谱长编》中摘出的相关人名。1917 年秋，北京大学设置了评议会。评议员中有校长蔡元培、文科学长陈独秀、理科学长夏元瑮
（浮筠）、法科学长王建祖、工科学长温宗禹、文本科胡适、章士钊、文预科沈尹 184
默、周思敬、理本科秦汾、俞同奎、理预科张大椿、胡浚济、法本科陶孟和、黄振

声、法预科朱锡龄、韩述祖、工本科孙瑞林、陈世璪(《蔡元培年谱长编》中册,第59页)。1918年6月6日,蔡元培与陈独秀、夏元瑮、王建祖、温宗禹联名……(同上,第105页)。四科学长中有夏浮筠。11月5日,理科学长夏元瑮按照教授五年可去国外考察的规定出国(同上,第134页)。《北京大学日刊》1918年12月3日中有“夏元瑮启事”,称将往巴黎,希望将邮件转发至巴黎中国使馆。该报1919年1月15日刊登了“夏学长告白”,称理科学长请秦景阳(秦汾的字)代理。既然是代理,所以可能没有进行正式的理科学长交接。但夏在海外旅行,所以秦是实质上的理科学长吧。1919年3月4日,蔡元培对北京大学审计委员推荐出来的教员下发了会议通知。有朱锡龄、马寅初、郑寿仁、黄伯希、胡适、秦汾、张大椿等人(《蔡元培年谱长编》中册,第168页)。此处,当然没有出现夏浮筠的名字。但是,也没有陈独秀的名字,那时他还是文科学长。4月8日,召开文理科各教授会主任及政治经济门主任会议。参加者有秦汾、俞同奎、沈尹默、陈启修、陈大齐、贺之才、何育杰、胡适等人。陈独秀未参加(同上,第187页)。如果,此处秦汾是理科学长的话,该会议废止了文理科学长,所以任期最多只有3个月。另,在“WHO'S WHO IN CHINA”Vol. 3, p. 89中,F. Ch'in(秦汾)一项中,记录了:professor of mathematics and astronomy at the Government University at Peking and also dean of the Science Department, 1915—19。他是指1915年起成为教授,1919年担任理科学长吗?详细情况不明。

83 蔡元培:“北京大学在专门以上各学校校长会提出讨论之问题”,《蔡元培全集》第3卷,第209—210页。《北京大学日刊》1918年10月30—31日。《蔡元培年谱长编》中册,第131—132页。

84 “校长启事”,《北京大学日刊》1919年2月21日。蔡元培:“致北大各科学长教授会主任研究所主任函”,《蔡元培全集》第3卷,第257—258页。《蔡元培年谱长编》中册,第164页。

85 陈玉堂编著:《中国近现代人物名号大辞典》(全编增订本),杭州:浙江古籍出版社2005年1月版,第620页。王元化撰论,翁思再注跋“绪论:京剧与传统文化”（翁思再主编：《京剧丛谈百年录》上，石家庄：河北教育出版社 1999 年 12 月版，第 20 页）注 2 中有张厚载的简历。另，该书中还收入了《新青年》上刊登的张厚载的文章。

86　张厚载自己如此写道。写给蔡元培的信。《北京大学日刊》1919 年 3 月 21 日。另，“林氏弟子表”第 10 页（朱羲胄：《林琴南先生学行谱记四种》，台湾：世界书局，1965 年 4 月再版（《林畏庐先生学行谱记四种》，1949 年 4 月影印））中记，曾在五城学堂跟随林纾学习。

87　法科政治门张厚载：“美与善”，《北京大学日刊》1918 年 3 月 15—16 185
日。“希声室杂话”，《北京大学日刊》1918 年 4 月 9—11 日、13 日、15—16 日，未完。

88　关于张厚载的简历与旧剧改良论争，有以下文章（非网罗）。刘丽华“不愉快的师生论争——审视胡适与张厚载的一段公案”（《鲁迅研究月刊》2005 年第 11 期，2005 年 11 月 20 日）中评价张厚载的意见大致正确。波多野真矢“关于五四时期的传统戏剧的论争”（“五四時期の伝統劇論争について”）（《关于近代中国都市艺能的基础研究》，平成 9—11 年度科学研究费基础研究（C）成果报告论文集，2001 年 3 月），见于网站。宫尾正树“新文化运动中的张厚载与胡适——以旧剧改良论争为中心”（“新文化運動における張厚載と胡適——旧劇改良論争を中心に”）（《日本中国学会报》第 38 集，1986 年 10 月 1 日）中添加了张的著作《听歌想影录》（1941 年），（第 235 页。刘丽华记天津书局 1940 年）。吉川荣一“五四时期的蔡元培”（“五四時期の蔡元培”）（东大中哲文学会《中哲文学会报》第 9 号，1984 年 6 月 30 日）中介绍了张，写道：“张厚载是林纾的学生（五城学堂时期），他协助攻击北京大学的林纾，是所谓的内通者”（第 66 页）。“内通者”即内线。

89　《钱玄同文集》第 6 卷书信，第 93—94 页。称是 1919 年 2 月的信，但应该是 1918 年，可能搞错了吧。因为《新青年》第 5 卷第 2 号中记，明早送给陈独秀。第 3 号（的原稿）最迟要在 9 月 15 日交付。《胡适全集》第 23 卷书信（1907—1928）第 255 页中收入了胡适对钱玄同信函的回复。记

1918年。

90 《胡适全集》第23卷书信(1907—1928),第238页。

91 王枫:“林纾——拼我残年 极力卫道”,陈平原、夏晓虹主编:《触摸历史——五四人物与现代中国》广州:广州出版社1999年4月版,第309页。王枫:“五四前后的林纾”,第241页。

92 《蔡元培年谱长编》中册,第268页。注7中称,根据胡适的回忆是1920年1月初。有胡适口述唐德刚注译《胡适口述自传》(合肥:安徽教育出版社1999年12月版)。关于陈独秀辞去文科学长,散发传单而被捕释放之后的情况做了如下说明(第214—215页)。胡适接到好几个华中地区的大学的学术演讲的邀请。当时,杜威教授将在北京演讲却没有翻译,胡适推荐了陈独秀,请他代为翻译。陈独秀从武汉回到北京后,警察前来查访。因为其在保释期间,若离开北京则需要向警察提交申请。陈独秀趁着间隙,脱离北京,从天津逃亡上海。“自此以后,陈独秀便与我们北大同人分道扬镳了。他
186 在上海失业,我们乃请他专任《新青年》杂志的编辑。这个‘编辑’的职务,便是他唯一的职业了”。据王光远编《陈独秀年谱》(重庆:重庆出版社1987年10月版),他在武汉的演讲是1920年2月2日。上旬回到北京,中旬前往天津。2月19日到达上海(第79、81页)。按照胡适的说法,陈独秀代替他前往武汉。陈独秀被捕的事情非常有名,他在武汉演讲时的职位是否是“前北京大学文科学长”呢?6月陈独秀被捕时,《晨报》(1919年6月13日)上报道了“陈独秀被捕”,职位是“前北京大学文科学长”(张重华、杨淑绢、王树棣、李学文编:《陈独秀被捕资料汇编》,郑州:河南人民出版社1982年6月版,第24页)。

93 《民国职官年表》,第40页。

94 小岛丽逸编、藤原镰兄著:《革命摇篮期的北京——从辛亥革命到山东出兵》,第124页。关于陈独秀的家产,有很多论说。此处,因是当时藤原所见的陈独秀的情况,故原样录入。

95 《国故》社对《公言报》进行了抗议。纯粹是学生发起的活动,所谓背

后有实力者支持的说法与事实不符。被指名为实力者的刘师培亦参加了抗议。但他其实抱病在身，闭门谢客。《国故》也是文科学生发起的，并没有与《新潮》杂志相争(《蔡元培年谱长编》中册，第 177—178 页)。当事人可能会称为误会，但外部人看起来，这是与新派的对立。

96　暂且整理资料如下(非网罗)。

“林琴南致蔡鹤卿书”，北京《公言报》，1919 年 3 月 18 日(首次刊载未见)。

“林琴南致蔡鹤卿书”，《北京大学日刊》，1919 年 3 月 21 日。

“林琴南致蔡孑民书”，上海《时报》，1919 年 3 月 21 日。

“林琴南与蔡孑民书”，天津《大公报》，1919 年 3 月 23—24 日。

“林琴南与蔡孑民书”，奉天《盛京时报》，1919 年 3 月 27—28 日。

“林琴南致蔡鹤卿书”，《新潮》第 1 卷第 4 号，1919 年 4 月 1 日；1919 年 12 月第三版，第 721—724 页。

“答大学堂校长蔡鹤卿太史书”，林纾：《畏庐三集》，上海：商务印书馆 1924 年 7 月版。26—28 才。

“附林琴南原书”，《中国新文学大系》第一集“建设理论集”，上海：良友图书印刷公司 1935 年 10 月 15 日版；上海：文艺出版社影印，2003 年 7 月版。

“附林琴南氏致先生原函”，孙德中编：《蔡元培先生遗文类钞》，台湾：复兴书局，1966 年 8 月再版。

“林琴南致蔡鹤卿书”，石峻编：《中国近代思想史资料——五四时期主要论文选》，大安，1968 年 4 月版，第 9—12 页。

日语译“林琴南书简”，《清末民国初政治评论集》中国古典文学大系第 58 卷，东京：平凡社 1971 年 8 月 30 日版，第 448—451 页。 187

“致蔡鹤卿书”，《林纾研究资料》，1982 年版，第 86—89 页。

“林琴南致蔡元培函”，《蔡元培全集》第 3 卷，1984 年版，第 272—275 页。

“附林琴南致蔡先生函”，孙常炜：《蔡元培先生年谱传记》中册，台湾：国史馆 1986 年 6 月版，第 270—273 页。

“答大学堂校长蔡鹤卿太史书”，《林纾选集》文诗词卷，1988 年版，第 164—171 页。

97　《最近之五十年》，上海：上海书店影印，1987 年 3 月版（在出版说明中记 1922 年 2 月初版，应是 1923 年）。另有，改题为《晚清五十年来之中国》影印，香港：龙门书店（“记 1922 年上海初版”，1968 年 9 再版）。

98　郑振铎：“导言”，《中国新文学大系》第二集“文学论争集”，第 7 页。

99　原文记“哈德”。此为“哈葛德”之误。《蔡元培全集》第 3 卷第 270 页上的记述也是错误的。丸山松幸翻译成司各特（蔡元培、丸山松幸译：“致《公言报》函并附答林琴南君函”，《清末民国初政治评论集》，第 446 页。丸山松幸译：“14 答林琴南氏”，西顺藏编《原典中国近代思想史》第 4 册，东京：岩波书店 1977 年 3 月 25 日版，第 237 页）。“哈德”不可能是司各特，是搞错了吧。

100　在阅读《畏庐三集》时，因为林薇做了注释，所以使用《林纾选集》文诗词卷 1988 版，第 164 页。另，参考了丸山松幸的翻译。下同。

101　李家骥、李茂肃、薛祥生整理《林纾诗文选》（北京：商务印书馆，1993 年 10 月版，第 3 页）的编者“前言”内容如下：“可知林纾不仅不反对白话文，而且自己也写过白话诗词。他强调古文不当废，且古文、白话可并存不悖；要做好白话文，一定要有些古文的修养等。可惜这些观点，未被当时某些人所重视，以致造成后人对他的错误认识，这实在是一场悲剧。这也说明了五四新文化运动时期，形而上学的观点，在某些人的头脑中，还相当严重。”值得注意的是，两处使用了“某些人”。

102　阮无名：“八　林琴南先生的白话文”，《中国新文坛秘录》，上海：南强书局 1933 年 6 月影印本。该文中引用了胡适“林琴南先生的白话诗”（《晨报六周年纪念增刊》，1924 年 12 月 1 日）。

103　思孟：“蔡元培传”，“息邪”栏，《公言报》1919 年 8 月 7—8 日中似乎记述了“父某，以卖浆为业”。参见樽本“鲁迅制造的林纾冤案——关于‘引车卖浆者流’”,此文收入本书。

104 《蔡元培全集》第3卷,第268页。 188

105 《蔡元培全集》第3卷,第271页。

106 《蔡元培全集》第3卷,第212页。

107 丸山松幸:“14 答林琴南先生 解题”(“14 林琴南氏に答える 解题”)(西顺藏编《原典中国近代思想史》第4册,第230页)中如下记述。“这篇文章面对保守派的攻击,硬是在对方的立场上将其驳倒,显示了为了新文化运动连一步也不肯让的气概。”

108 《蔡元培全集》第3卷,第271—272页。

109 本文执笔后,才得知《大公报》刊载的全文在江中柱“《大公报》中林纾集外文三篇”(《文献》2006年第4期(总第110期),2006年10月13日,第84页)中有所收入。

110 《蔡元培年谱长编》中册,第181页中引用。但有少量错字及部分省略。

111 金林祥:《思想自由兼容并包——北京大学校长蔡元培》,济南:山东教育出版社2004年11月版,第207页。

112 任建树《陈独秀传——从秀才到总书记》上(上海:上海人民出版社1989年9月版(下册为唐宝林著),第22页)中记“同父异母的妹妹”。另,王光远编《陈独秀年谱》(周岁表示。第18页)中也记述为高大众的“同父异母妹”。这样特意的标记,大约是含有什么意味的吧。

113 钟扬:“《义门陈氏宗谱》中的陈独秀及其家族”,光明网 http://kaoshi.gmw.cn/2007.4.10/31/content 117177.htm。朱文华《陈独秀评传——终身的反对派》(第1页)中记述为《江洲义门陈氏宗谱》。称收藏于安庆图书馆。

114 清水安三:“陈独秀”(“陳独秀”),《支那当代新人物》(《支那当代新人物》),大阪屋号书店,1924年11月1日版,第211页。

115 王旸:《帘卷西风:林琴南别传》,北京:华夏出版社1999年1月版,第228页中引用。但是有些错误。

116　李家骥、李茂肃、薛祥生整理:《林纾诗文选》。天津《大公报》转载。3月29日“母送儿”、3月30日“一见大吉”。另,该书中收入了《公言报》上刊登的整体题目“劝孝白话道情”之4月15日“父母唯其疾之忧”、4月23日“闵子骞芦花故事”,并称该报4月16日刊登了“曾皙事”,但未见。

117　“5‘出乎意表之外’,这是模仿林琴南文章中的错误辞句,原作‘出人意表之外’。当时林琴南和别的一些反对白话文的人,常说新文学者所以提倡白话是因为自己写不通古文的缘故,因而当时主张白话的人也常引用他
189 们写的不通的古文句子,以讽刺他们的提倡古文。——283页”《鲁迅全集》第1卷,北京:人民文学出版社1958年10月版;1961年8月北京第3次印刷,第537页。

118　孙常炜:《蔡元培先生年谱传记》中册,台湾:国史馆1986年6月版,第283页。

119　徐道邻:《徐树铮先生文集年谱合刊》,台湾:商务印书馆1962年6月版。

120　参照李宗一:“徐树铮”,李新、孙思白主编:《民国人物传》第1卷,北京:中华书局1978年8月版。第204—207页。

121　徐道邻:《徐树铮先生文集年谱合刊》,第171页。

122　在介绍徐树铮、考察其与林纾的关系的论文中,有刘克敌“晚年林纾与新文学运动”(《文艺理论研究》1996年第4期(总第87期),1996年7月25日)。称林要求徐对北京大学进行迫害一事并无证据,是轻率的看法。

123　周作人:“一一七　蔡孑民(三)”,《知堂回想录》上,第336页。

124　据1919年3月5日《晨报》。《每周评论》第12号(1919年3月9日)将分为两天刊登的文章再次进行了刊登。

125　郑振铎:“导言”,《中国新文学大系》第二集“文学论争集”,第7页。

126　王枫:“林纾——拼我残年 极力卫道”,第310页中如下记述:“这已是从《复王敬轩书》发展起来的战法了”。王枫:“五四前后的林纾”,第

242 页。

127 周作人:“一一七　蔡孑民(三)”,《知堂回想录》上,第 336—337 页。

128 石钟扬:《文人陈独秀——启蒙的智慧》,第 274 页。

129 繆子:“畏庐师近事”,《礼拜六》第 153 期,1922 年 3 月 19 日,第 39 页。

130 张纯:“访书偶记 2”,《来自清末小说》第 60 号,2001 年 1 月 1 日,第 16 页。介绍为李伯元的作品。以下引用“元绪公”部分,以作参考。“《老鳖老甲鱼合传》一文中提到的‘老甲鱼’,亦为上海地区的妓寮隐语。妓院中人称妓女的男仆为‘相帮’,为‘龟奴’,为‘鳖腿’,为‘硬壳甲鱼’(或‘硬壳鱼’、‘十三块’、‘胡椒眼’、‘橄榄头’、‘元绪公’。‘老甲鱼’者,妓寮年老体弱之男仆也。这一称呼在清末时期较为流行。《游戏报》曾经发表过一篇文章,名为《硬壳鱼》,其文曰:‘某大姐携其母佣工于某妓房中。妓家有甲鱼一头,年甫弱冠而有宋朝之美。大姐垂涎已久,每欲窃一脔而碍于耳目众多,又有阿母管束,苦于无下箸处。遂日益憔悴,举家咸莫喻其故……’可见其文中的‘甲鱼’,非甲鱼也,实男仆也、相帮也。晚清妓寮隐语甚多,南北各派互不相同。此中人语,不足为外人道。”

131 根据王枫:“林纾——拼我残年　极力卫道”(陈平原、夏晓虹主编:《触摸历史——五四人物与现代中国》,第 314—315 页)、王枫:“五四前后的
林纾”,第 251 页。刘丽华“不愉快的师生之争——审视胡适与张厚载的一段 190
公案”(《鲁迅研究月刊》2005 年第 11 期,2005 年 11 月 20 日,第 50 页)亦同文。

132 据王枫:“五四前后的林纾”,第 251 页,上海《亦报》(1951 年 4 月 15 日)中刊登了余苍“节录张繆子来信”。称为“节录”,实际也是“转述”。

133 周作人“林琴南的‘蠡叟丛谈’”,“红楼内外”中的部分内容。《知堂乙酉文编》,香港:三育图书文具公司 1962 年 3 月版,第 99 页。陈平原、夏晓虹:《北大旧事》,第 392—393 页。

134 张俊才如下记述道:“迄今为止的中国现代文学史著作关于林纾以及五四时期新旧思潮之争的记述和评价,都是需要‘重写’的”。意味着历史的书写奉行了“成王败寇”的逻辑。张俊才:“‘悠悠百年,自有能辨之者’——重评林纾及五四新旧思潮之争”,《河北师范大学学报》(哲学社会科学版)2005年第28卷第4期(总第117期),2005年7月15日。

135 关于1915、1916年,可参见《林纾研究资料》第42、43页,以及《林琴南先生学行谱记四种》之“贞文先生年谱”卷二之第20、23页。

林译莎士比亚冤案 191

《清末小说》第 30 号(2007 年 12 月 1 日)上刊载。当时带有副题"谩骂林纾的快乐 外篇"。在撰写该文时发现了新资料,所以将这一部分抽出来,写成"外篇"。调查的时候还发现了别的冤案事例,但不能连续写成"外篇"。所以,带有副题的只有这一篇论文。本书收入时,删除了副题。另外还增加了少量文献。这些都是类似的研究论文,单单列举名称也没完没了。不过,我还是特意收入了提及林译、看起来有关系的论文。因为我觉得,要了解长期以来这个定论是多么的坚固,以数量来显示会比较容易理解。

迄今为止,林纾翻译的莎士比亚(William Shakespeare)作品被视为存在着巨大的"缺陷"。但是,这是没有事实根据的,所以是冤案。我将在本文中提出证据并进行论证。

读者应该没有听说过林纾的冤案,是我在本文中第一次阐明了这个问题。对于这一冤案,至今没有一个研究者指出过,甚至没有人认为这是冤案,因为如果这么想的话,将会从根底颠覆以往对林纾的评价。

首先,按照顺序,从以往对林纾翻译的看法及认识进行说明。

林纾不懂外语,他与懂外语的人组合,在口译的基础上作文言
笔记,合作翻译外国文学。这是很有名的事,可以说这是一种翻译 192
的形式。

可是,研究者在说明林译小说的时候,几乎异口同声地举出其负面,所谓有缺陷。不论对他翻译的最终评价是正面还是负面,前提认识都是他的翻译中存在着巨大缺陷。

林纾研究者林薇在其著作《百年沉浮——林纾研究综述》(1990年)中进行了归纳,以下据此介绍。

1 林译小说的缺陷

缺陷分为如下几条,概括如下。

1. 所译不尽是第一流的世界名著。翻译了许多二三流甚至毫无价值的作品。指言情、侦探等通俗小说。

2. 将小说和戏剧混为一谈。如莎士比亚、易卜生的剧本(《亨利第四》(Shakespeare: *Henry IV*)、《群鬼》(Ibsen: *Chosts*)等),变成了小说,面目全非。

3. 将儿童故事当作笔记小说。如《诗人解颐语》(*CHAMBERS'S COMPLETE TALES FOR INFANTS*, W. & R. CHAMBERS, LTD.)、《秋灯谭屑》(James Baldwin: *Thirty More Famous Stories Retold*)等。

4. 任意删节原作。如将《堂·吉诃德》(Cervantes: *Don Quixote*)译成《魔侠传》,《九三年》(Hugo: *Ninety-three*)译成《双雄义死录》,都变成薄薄的一本小册子。

5. 译文讹误很多。[1]

1所说的毫无价值的作品指的是哈葛德、柯南道尔等人的著作。这可不是我说的话，而是中国一直以来的认识。对于原作的评价，我持不同意见。不管怎样，请记住中国是这样的看法。

2 也众所周知，林纾将莎士比亚的戏剧改写成小说。本文就这一问题展开讨论，这正是林纾的冤案。

3 和 4，换言之，将原作的内容进行了简化。 193

5 说的讹误是翻译上的问题，并不局限于林译。

以上归纳起来就是林译不忠实于原作。

林薇另外还特意列举了《魔侠传》《梅孽》《双雄义死录》《九三年》及莎士比亚的作品，作出如下评论。

> 由于选择原本不精，改动很大，删节过多，不算成功，不过毕竟是第一次向国人介绍这些世界名著，亦足以餍读者之目了。[2]

林薇对林纾在翻译史上的作用原本评价很高。可是，她也只是介绍了有关林译缺陷的看法，并没有反对，也没有提出异议。不仅如此，正如上述引用，连专家林薇都承认林纾的缺陷。自然完全不会想到会有冤案这种事情。

在林薇发表这本著作的 1990 年的中国，林译的缺陷已成为定论，现在仍没有改变。这一定论成为立论的前提，然后再展开论述。

要说这是经过漫长的岁月逐渐形成的定论，却也并非如此。1918 年刘半农就已提出了关于林译小说缺陷原因的基本观点。

刘半农的批判——提出

刘半农对林译的批判刊登于《新青年》第4卷第3号(1918年3月15日)“文学革命之反响”栏。

刘半农与钱玄同两人实施的“自作自演的论争”，俗称“双簧戏”，照我看来就是“八百长比赛”*。

文学革命派展开了批判，可是对方谁都不理会。于是，他们将
194 林纾认定为古文派的领袖。只能说，林纾是被他们选为攻击目标的。反言之，这也证明了林纾以古文翻译外国文学，对当时的文艺界产生了多么大的影响。

他们为了引诱林纾而耍了一个花招。钱玄同伪装成虚构的王敬轩，对古文派的林纾赞不绝口。那就是“王敬轩君来信”。刘半农逐一进行反驳，展开林纾批判(原本无题目。暂称为“答覆王敬轩先生”)。按照这样的形式制定了剧情。文学革命派为了获得理论上的胜利，从一开始就设计好了。

从不惜特意捏造文章，上演一出论争来看，钱玄同、刘半农等文学革命派处于无计可施的状态。

问题在于刘所展开的林纾批判的内容。

刘半农大致论述了以下几个方面。

> 林纾翻译的小说是“闲书”，没有一点文学的意义。
>
> 理由1:原作选择的不好，翻译了没有价值的作品。
>
> 理由2:错误过多。与原作对照后，可见删改得面目全非。

---

* 指事先安排好输赢的比赛，假比赛。——译者

說部叢書
第一集
第八編
唫邊燕語
中國商務印書館印行

說部叢書
初集
第八編
神怪小說
吟邊燕語
上海
商務印書館發行

林譯
小說叢書
第一編
神怪小說
吟邊燕語
上海
商務印書館發行

林译小说丛书
吟边燕语
［英］兰姆著
商务印书馆

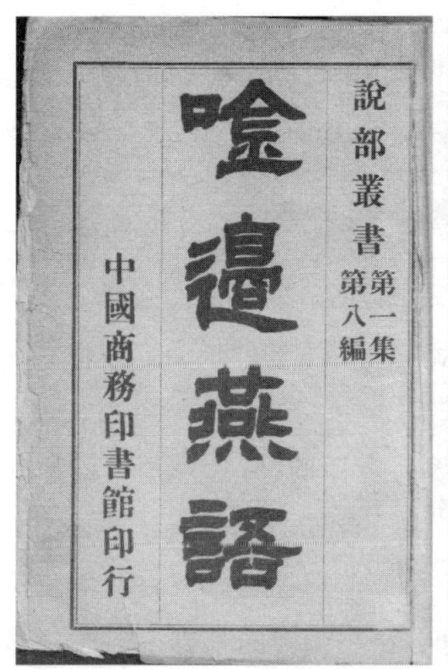

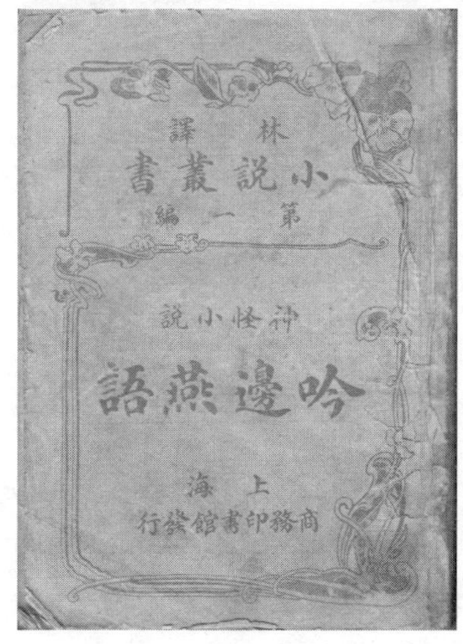

《吟边燕语》的各种版本

194 理由 3:林氏翻译出来的是“闲书”,不是文学性的作品。著书与译书根本不同。(第 314—315 页)

作为林译缺陷的理由,刘半农列举的莎士比亚的例子实在太有名了。即,林译《吟边燕语》(1904 年)将莎士比亚的戏曲改写成小说。等于说他是连戏曲与小说都分辨不清的胡乱的翻译[3]。

刘半农的林纾批判在起点上就犯了根本性的错误。我将在这里清楚地说明。

刘作为证据所举出的林纾与魏易合译的《吟边燕语》,其原作是兰姆姐弟的《莎士比亚故事集》。刘不知道这个情况。他以为林
196 纾是直接从莎士比亚原作进行翻译的,在翻译的时候将戏曲变形为小说。这是误会。也就是说,刘半农在错误的基础上对林纾进行了批判(如果他是在知道原作是兰姆姐弟的作品的前提下,对林纾进行批判的话,那么就非常恶劣了)。

从《吟边燕语》推出林纾将剧本改写成小说[4],确实是错了。现在看来,显然,刘半农的批判是无效的。

但是,在当时没有人指出这一点。没有人说刘半农错了,来为林纾辩护。不仅如此,唯独戏曲小说化的这个部分,开始独自发展。因为有人引导了它,将其套用于莎士比亚的所有戏曲,至今没有做过订正,已成为定论。

钱玄同与刘半农点燃的林纾批判,其后持续进行着。刘的文章作为举起文学革命的旗帜、批判旧文人的代表,后来收入资料集中。在各种文学史中都被提及。他的论文被当作某种权威来阅读是毫不奇怪的。所以,林译作品一直被负面的评价所缠绕。

总体上是倾向于负面的评价,但有时也会偏于正面。尽管存

在着很多缺陷，对当时的文艺界所产生的影响却不容忽视。这是正面的评价。不，即便也许真的是这样，林译小说还是具有根本性的缺陷。评价又简单地回到负面。根据对正负方向重视的不同，评价也会随着论者发生微妙的变化。可以说，这个变形到现在还在持续着。每当这时，有关林译缺陷的定论，因为是定论，所以从来都不会动摇。这是林译评价的基本结构。

刘半农所指出的林译的缺陷，是他在误会的基础上提出的说法。但是，随后《新青年》第 4 号上刊登的胡适的文章，却在大体上追认了林译的缺陷。

胡适的批判——追认

胡适不满于西方文学的翻译情况而提出了新的建议。其中之一就是主张使用白话文。原作是韵文的戏曲也罢，都应用白话散
文来翻译。其理由是，用文言来翻译的话，必然失去原文的美丽。 197
他以林纾的翻译为例做了说明。

○ 胡适:“建设的文学革命论”，《新青年》第 4 卷第 4 号，1918 年 4 月 15 日，第 305—306 页(引文页码。下同)。

> 用古文译书，必失原文的好处。如林琴南的“其女珠，其母下之”，早成笑柄，且不必论。前天看见一部侦探小说《圆室案》中，写一位侦探‘勃然大怒，拂袖而起’。不知道这位侦探穿的是不是康桥大学的广袖制服！——这样译书，不如不译。又如林琴南把萧士比亚的戏曲，译成了记叙体的古文！这真是萧士比亚的大罪人，罪在《圆室案》译者之上！

《圆室案》的译者标记的是商务印书馆编译所,不是林纾。

胡适批评说,将作品中本应该是外国人的侦探翻译成中国人似的举止,这是错误的。也许吧。但是,对于译者而言,应该是考虑到这种老套的表现方式比较容易被中国读者所接受吧。如果不是跟小说主要情节相关的部分,像这样进行类比也是可行的。

问题是,林纾翻译成“其女珠,其母下之”一句。胡适认为这是“笑柄”而不予理会。可是,就这一个片断,我不明白哪里可笑。总之,汉语的意思没有表达出来。没有前后文,只有这七个字,然后让你去理解它的意思,这可能吗?但是,按照胡适的写法,《新青年》的读者似乎马上都能明白。

调查后,发现确实有先例,在胡适文章发表的一年前。《新青年》上刊登了刘半农“我之文学改良观”(第3卷第3号,1917年5月1日),其中有所体现。胡适是在这个基础上写的文章,所以没有多加说明。以下为刘的原文。

> 近人某氏译西文小说、有“其女珠、其母下之”之句。以珠
> 198 字代“胞珠”、转作“孕”字解。以下字作“堕胎”解、吾恐无论何
> 人、必不能不观上下文而能明白其意者……(第7页)

“近人某氏”指的是林纾。为什么知道是林纾,这是因为所引用的字句是他翻译的《巴黎茶花女遗事》中的句子。

刘半农作了如下说明。“珠”从“胞珠”转来,意思是“怀孕”;“下”是“堕胎”的意思。如此一来,人们所笑的地方就是,“女儿怀孕了,母亲为她打胎”。刘半农写道:“吾恐无论何人、必不能不观上下文而能明白其意者”。他所说的“笑柄”,意思是如果没有前后

关联文，那么谁都不能理解这句话。

当时，深受中国知识分子喜爱的汉译《茶花女》的开头是小说的说话人在讲一个老年娼妇的事情。这个娼妇有一个同她年轻时长得一样美丽的女儿鲁意子，鲁意子怀孕了，在母亲的命令下做了堕胎手术，最后死了。查看林纾的翻译，并非像上文引用的那般，而是“女接所欢，嫋，而其母下之”。后半句如刘半农所写，可是，上半句不同。林译“嫋”字是怀孕的意思，就这个字来说，刘半农可能是误会了。如果是这样的话（因为与林纾的原文并不一致，所以一定是这样的），那就是出于误会的批判了。至少，他所举的例文的前半句，是误解[5]。

这个问题暂且不问，请注意胡适写的“这真是萧士比亚的大罪人”。他称林纾将原来的戏曲改成了小说，断定为“大罪人”[6]。

关于林译莎士比亚，刘半农是第一个批判的人，随后胡适认可了他的观点。

再后来是郑振铎。他悄悄地订正了刘半农的误解。并且，他在胡适追认的背景下，断定林译将莎士比亚的戏曲改成了小说，而加以批判。这成为决定性的批判。

郑振铎的批判——确定 199

继刘半农文章之后，郑振铎的论文也是一篇重要文章。因为他追悼了1924年10月9日去世（享年七十三）的林纾，对林译小说进行了详细解说。

郑振铎有两个论点。这里面含有很重要的意思，原文较长，引用如下。

○　郑振铎：“林琴南先生”，《小说月报》第15卷第11号，1924年

11月10日，第9页（省略划线）。

> 我们见了这个统计之后，一方面自然是非常的感谢林琴南先生，因为他介绍了这许多重要的世界名著给我们，但一方面却不免可惜他的劳力之大半归于虚耗，因为他在所译的一百五十六种的作品中，仅有这六七十种是著名的，（其中尚杂有哈葛德及柯南道尔二人的第二等的小说二十七种，所以在一百五十六种中，重要的作品实尚占不到三分之一）其他的书却都是第二三流的作品，可以不必译的。

对林纾的翻译总体上是表扬的，但没有忘记批判。可以看出，文学革命派的人讨厌哈葛德、柯南道尔等人的通俗小说。

下面的文章是本文讨论的重点。

> 还有一件事，也是林先生为他的口译者所误的：小说与戏剧，性质本大不同。但林先生却把许多的极好的剧本，译成了小说——添进了许多叙事，删减了许多对话，简直变成与原本完全不同的一部书了，如莎士比亚的剧本《亨利第四》（原文如此）《雷差得纪》《亨利第六》（原文如此）《凯彻遗事》，以及易卜生的《群鬼》（梅孽）都是被他译得变成了另外一部书了——原
> 200 文的美与风格及重要的对话完全消灭不见，这简直是步武却尔斯·兰在做《莎氏乐府本事》，又何必写上了"原著者莎士比亚"及"原著者易卜生"呢？林先生大约是不大明白小说与戏曲的分别的——中国的旧文人本都不会分别小说与戏曲，如《小说考证》一书，名为小说，却包罗了无数的传奇在内——但

> 是口译者何以不告诉他呢？

林译《吟边燕语》的原作是兰姆姐弟的作品，这一点郑振铎是知道的吧。所以，可以猜测正因为如此，他没有提及《吟边燕语》而是列举了其他戏剧的名字。也就是说，郑振铎将批判的依据进行了部分订正。他也是通过这样的方式庇护了刘半农。不得不说他做得非常巧妙。

引文中的“步武却尔斯·兰在做《莎氏乐府本事》”，意思是将莎士比亚的作品改写成小说。大体内容没有改变，但是把作为证据的文章替换成其他的作品。此后，在批判林纾的时候，就将《吟边燕语》排除于具体的事例之外了。

郑振铎批判林纾的理由之一，再次重申，是将莎士比亚的原作《亨利第四》等戏剧擅自改成了小说。

郑振铎将责任稍微转嫁给了口译者一点儿。但是，这不过是一种措辞。虽说是改组后的《小说月报》，但还是商务印书馆的刊物。这是为了对商务印书馆的经营做出巨大贡献的林纾而写的追 201
悼文，所以郑振铎还是保持了一定的礼貌。外国小说翻译系列“说部丛书”中收入了林译小说。不仅如此，还专门挑选了林译小说，制作并出版了两集“林译小说丛书”，共 100 种。商务印书馆是追求利润的公司，如果不是畅销作品，他们是不会这样特别对待的。

郑振铎后来在“清末翻译小说对新文学的影响”一文中，简洁地记述了相同的内容。

> 林纾——字琴南，自己是不懂外国文的，但是因为他的两个朋友懂得外国文，由口讲述出来，林氏自己记录出来，当时

> 这样翻译下来的东西很多,他被称为“翻译之王”,从《茶花女》起一共翻了一百六十五种小说。他有很大的毛病为人所批评的,那便是不顾原作的内容及形式。他译得比较好些的是 Scott 和 Dickens 的作品,但也译了些不相干的东西。[7]

正因为是短文,所以可以说,郑振铎一贯以来的想法、也是他的核心想法,直接地呈现出来。“不顾原作的内容及形式”的意思是将戏剧改写成小说。郑振铎强调,这正是林译的缺陷。

在批判林纾的方法中有一个套路,为进行确认,我再次写一下这个套路的结构:

即,关于林译的戏剧小说化的缺陷,研究者全部认定为事实。这是研究者的共识。在确认林译在根底里具有不可动摇的缺陷的基础上,然后进行最终的评价,或正面或负面。

关于戏剧小说化的问题,我认为这是冤案。但是,一般的研究者根本没有这样的认识。长久以来,一直都没有这样的认识,这成为一个重大问题。

202 由此可见,林纾批判的论据,亦即他翻译的缺陷,其成立有一个过程。发源于刘半农,经胡适继承、追认,再由郑振铎确定。只要把握了这一点,那么就可以明白经过林薇直到现在的一条直线。

后来,以相同论据撰写的论文被大量生产出来,其数量之多仅列举名称就够令人烦恼的了。这类论文现在也依旧撰写并发表着。

如前所述,随着时代的不同,对林纾的评论也在正面负面之间摇摆。但是,就像我数次指出的那样,作为前提的林译缺陷,即本文中所讨论的戏剧小说化的问题——林纾愚蠢得连戏剧与小说都分不清，这是研究者的一致认识。就我所知，没有例外。也有一些文献称不涉及缺陷。对于这些文献，本文中基本没有举例。

在发表的研究论文中，就林译缺陷之一的小说化问题，很多论文都直接引用了先行论文。稍微改变了一些语句进行了追认。研究界的认识整齐统一，这真是令人觉得反感的完美。以下，对这些毫不散乱的统一的情况，进行逐年介绍。既使我漏看了一些，但此处所列举的也已经有相当数量了。事先说明下，我并非是批评现在将要介绍的这些论文，只是请看一下事实上已经发表了这样的文章，也是为了显示本文得出了与此相反的结论。

我对于后来的研究者是怎样使用定论的很有兴趣。凡是提及的文献，都尽量进行了调查。以下进行引用并确认。不过，持续引用这些相同的表述，可能会令人觉得无聊。有这样想法的读者，请直接跳跃至“3 林译莎士比亚历史剧的底本”。

2 被重复的定论

在说明林纾的翻译时，研究者必定会指出他的缺陷。

“不懂外语的翻译家”这句话有时候成为论文的题目，有时候成为副标题。这样的称呼代言了对林译的评价。言外之意是胡闹 203
的翻译者及其翻译作品。

在介绍众多数落林译缺陷的论文之前，有必要对阿英的记述进行一些说明吧。因为他撰写了《晚清小说史》这本专著，而且是在很早的时期 1937 年就出版了。继刘半农、胡适、郑振铎等人的林纾批判之后，请看阿英是如何评价林译的。

○ 阿英：《晚清小说史》，上海：商务印书馆 1937 年 5 月版，第

277 页；北京：作家出版社 1955 年 8 月版，第 182 页。

> 可惜林氏本人不懂英文，从本子选择，一直到口译，都是依靠别人，而别人又并非全可靠，因此，在他的译作上，遂有了原本选择不当，误解原意之类的缺陷，但这并不能掩去他的译作给与作家和读者的广大影响。他使中国知识阶级，接近了外国文学，认识了不少的第一流作家，使他们从外国文学里去学习，以促进本国文学发展。

由此可见，阿英主要是从正面对林译进行了解说。在翻译的缺陷上，只举了他的选择原作不当、有一些误译。

刘半农、胡适、郑振铎等人对林纾的激烈批判，阿英不可能不知道。可是，正因为他拥有丰富的晚清小说资料及知识，所以明白在清末民初林译所发挥的重要作用。我的解释是，阿英故意不突现林译的缺陷。但是，这样做是否合适，看法不一。在确认缺陷、明确记述的同时认可林译价值的写法，当然也是可能的。

本文所讨论的莎士比亚作品的小说改写问题，阿英没有提起。首先，在著作的第 14 章解说翻译小说的部分，他主张“翻译多于创作”，可是却没有进行充分论证。因为，对于当时那么热门出版的柯南道尔的福尔摩斯故事，他完全没有表现出兴趣。也就是，他好
204 像不愿意触及。好像也没有余裕对林译进行详细说明。当然，本文主要讨论的林译莎士比亚的历史剧发表于 1916 年，原本在《晚清小说史》的时间段之外。这可能是阿英之所以没有提及的原因吧。

阿英没有对莎士比亚戏剧的小说化进行论述，这对后来的论

文产生了影响。也就是，依据阿英《晚清小说史》而撰写的论文，自动地不去触及戏剧小说化问题。本文虽然没有列举这些论文，不过这个数字是很大的。

我认为，在晚清小说研究中阿英的记述是不可欠缺的，所以对他有关林译的论述做了介绍。再次重申，正因为是阿英，才指出了晚清小说中林译的重要性。我认为他的评价方式比刘半农、胡适、郑振铎等人要慎重得多。

但是，对于阿英以外的人来说，林译的缺陷成为理所当然的批评的标靶。

刚才顺序有点颠倒了，以下从陈子展的文学史开始介绍。

○　陈子展：《中国近代文学之变迁》，上海：中华书局 1929 年 4 月版，1931 年 8 月再版；上海书店 1982 年 12 月影印版，第 145 页；上海古籍出版社 2000 年 12 月版，第 87—88 页。

> （介绍许多著名作家真是一桩不容易的工作）不过在这许多种小说中只有四五十种系完美的名著，其余都系二三流的作品，可以不必耗费许多气力去译的，所以有许多人替他惋惜。他自己不懂原文，译本的选择，都靠口译者的意思，因此吃亏不少。又他的译本有些删节原文，或是变更原意，这种错误，恐怕大半也是出于口译者。

解说的语气似曾相识吧。这是自然的，因为他清楚地写着："本节系参考郑振铎《林琴南先生》而成"（第 146 页）。陈子展没有论述莎士比亚原作的小说化问题。但是，既然是根据郑振铎的文章，那么理应不会脱离其观点。也可以说，郑振铎的指摘对后来的 205

研究者产生了如此重要的影响，今后一定也会看到同样的文章在不断重复吧。

○ 谭正璧编：《中国文学进化史》，上海：光明书局 1929 年 9 月 20 日版，第 331 页。

> 因为林氏不懂原文，不能自己选择原本，所以除了上列作品外，大都是些毫无价值的第二三流的作品。白费了许多宝贵的光阴，这是很可惜的。又因林氏不懂小说与剧本的分域，把许多极好的剧本，译成了小说——添进了许多叙事，删改了许多对话，简直变成与原本完全不同的一部书了。

标注了林纾翻译的原著者与题名等信息。介绍的内容可以说是直接沿用了郑振铎的文章。

○ (曾)虚白原编，蒲梢(徐调孚)修订：《汉译东西洋文学作品编目》，上海：真善美书店 1929 年 9 月 28 日版，第 94 页。

该书为翻译目录。编者为作品添加注释，是为了证明已经过原物确认。版本的大小、页数等客观记述都没有问题，但是，解说带有主观性，这一点比较麻烦。

《亨利第六遗事》《亨利第四纪》《雷差得纪》《凯撒(原文如此)遗事》四部作品之后写着"文言改译"。意思是"改译[为小说]"。在这个小地方上，明显地表现出是依据了郑振铎的观点。我觉得添加注释的是徐调孚。因为，原本的目录也就是(曾)虚白"中国翻译欧美作品的成绩"(《真善美》第 2 卷第 6 号 1928 年 10 月 16 日)上没有注释。徐调孚的注是因为他调查了发行年月日等必须的事项，所以做了补充。而解说是多余的。

○　池田孝:“林琴南先生与曼殊大师——中国文人的先觉者”,《传记》创刊号1934年10月1日,第74—75页。

> 2　小说与戏曲混同……(原文省略号)有时将著名的戏曲
> 翻译成小说体,添加了许多叙事,删除了对话,而变得面目全 206
> 非。例如,莎士比亚的《亨利第四(原文如此)》、《雷差得译(原文
> 如此)》、《亨利第六(原文如此)》、《凯撒[彻]遗事》及易卜生的
> 《梅蘗[孽]》(群鬼)等翻译成小说之类的作品,这是很大的遗
> 憾。其错误根源之一在于口译者,这不得不让人痛感不懂外
> 语是不能翻译出好的作品的。

将责任归于口译者。郑振铎的名字虽然没有出现,但可以看出直接沿用了他的观点。

其次是寒光的专著。

○　寒光:《林琴南》,上海:中华书局1935年2月版,第83—84页。

我认为这是最早出版的一个单行本专著。对于林译小说的功绩做了极大的表彰。

但是,列举莎士比亚的《亨利第四纪》《雷差得纪》《凯撒[彻]遗事》《亨利第六遗事》,注释为“以上四种均改译为小说”。介绍了口译者陈家麟,称“把莎士比亚的剧本译成小说和儿童故事读本译为笔记者,也是此君的奇功!”(第69页),加上了“!”。好像是说这不仅仅是林纾的责任。这个部分在寒光“近代中国翻译家林琴南”(《新中华》第2卷第7期文学专号,1934年4月10日)中已经出现过。可以看出,寒光虽然拥护林纾,但在戏剧小说化问题上,他不得不承

认为事实。

○　吴文祺:“林纾翻译的小说该给以怎样的估价?”郑振铎、傅东华编:《文学百题》,上海:生活书店 1935 年初版,未见;香港:古文书局影印 1961 年 6 月再版,第 447—448 页;上海:上海书店影印 1981 年 6 月版,第 447—448 页。

> 3　误译剧本为小说　林氏把莎士比亚(W. Shakespeare)的《雷差得纪》(Richare Ⅱ)《凯撒遗事》(Julius Caesar),《亨利第四纪》(Henry Ⅳ),《亨利第六遗事》(Henry Ⅵ),及易卜生(Ibsen)的《梅孽》(Ghosts)完全译成了记叙体的古文。这大概也是由于口译者只述书中大意,没有把戏剧与小说不同之处告诉给林氏知道的缘故。

207　吴文祺与寒光一样,也是高度评价了林译。但是他也忍不住提及林译的缺陷。除了上述引用的小说化问题以外,一是指出了选择原作的不恰当,二是指出了任意删减的问题。都将责任归于口译者。

另一方面,也出版了一些没有触及戏剧小说化问题的专著。

○　朱羲胄:“春觉斋箸述记卷三”,《林畏庐先生学行谱记四种》,上海:世界书局 1949 年 4 月,初版未见;改题为《林琴南先生学行谱记四种》,台湾:世界书局 1965 年 4 月再版,之二,第 20 页。

列举了莎士比亚的四种作品。

是“雷差得纪”(*Richard Ⅱ*)、“亨利第四纪”(*Henry Ⅳ*)、“亨利第六遗事”(*Henry the Sixth*)、“凯彻遗事”(*Julius Caesar*)。

说明了这些作品都是林纾与陈家麟一同翻译的。并且详细解释了刊载杂志是《小说月报》或商务印书馆的单行本。但是，奇妙的是，将著者名写为汉语的“英国莎士比亚(W. Shakespeare)”，与实际情况不同，此处没有“亚”字。另外，标记《亨利第五纪 Henry V》刊载于《小说世界》第12卷第13号，但正确的应该是9—10期。

朱羲胄没有说明莎士比亚的这些作品的汉译情况。他说明了《吟边燕语》的原题为“Tales from Shakespeare”，并写道：“原书为却而司兰(Charles Lamb)所著，题莎士比亚著，误也，未究其详”(之二，第32页)。可是，只要看到《吟边燕语》，应该马上就能明白原著是兰姆姐弟。

我再次介绍一些反复论述林纾不懂小说与戏剧区别的文章。

○ 宋云彬著，小田岳夫、吉田岩村共译：《中国文学史》，东京：创元社1953年7月15日版，第165页。

> 林纾还翻译了莎士比亚等西洋戏剧的剧本。可是，他分
> 不清小说与戏剧的区别，将莎士比亚的《亨利第四纪》、《雷差
> 得纪》、《亨利第六遗事》，易卜生的《梅孽》等都翻译成小说体，
> 完全抹杀了戏剧的趣味。另外，当时研究西洋文学史的人非 208
> 常少，为林纾作口译的人也没有完全理解西洋文学。我国的
> 旧文学者们，向来不辨小说与戏曲的区别，所以这是时势的原
> 因，我们未必能够责备林纾。

该书底本未见。从日本翻译这本书的情况来看，想必在日本的学术界具有一定的影响力。

接着，我遇到了一本书目。虽然只是注释上有一些微弱的影

子，但是，正是在这个细节上，定论佯作不知地露出了脸。

○　戚焕埙同志补充书目，蒲梢撰写：《汉译东西洋文学作品编目——一九二九年三月止》，张静庐辑注：《中国现代出版史料甲编》，上海：中华书局股份有限公司1954年12月版，第320页。

“亨利第五纪　莎士比亚著　林纾译”之后写着“文言改为散文体”。

这份《汉译东西洋文学作品编目》在张静庐收入史料集时，有意识地进行了更改。将原来的“虚白原编、蒲梢修订”的曾虚白的名字删除了（蒲梢即徐调孚）[8]。

这与上述莎士比亚原作的补遗没有关系。仅仅7个字的注释究竟想要表现什么呢？不言而喻，不外乎林纾将戏剧改成了小说。从刘半农起，经胡适与郑振铎而确立起来的这一看法，在这么一个小地方上也表现了出来。

○　实藤惠秀、实藤远共著：《中国新文学发展略史》，东京：三一书房1955年10月30日版，第51页。

> 文学经林纾翻译了过来。虽说是翻译，却是听着留学归国的青年的口译，再以桐城派的名文写就。所以，戏剧也变成了故事体，原文的体裁虽然不能传达，不过，毕竟通过这个，让人们知道了西洋也有优秀的文学。

“戏剧也变成了故事体”一句与本文有关。意思是将莎士比亚的戏曲改写成小说。

209　○　复旦大学中文系1956级中国近代文学史编写小组编著：《中

国近代文学史稿》，北京：中华书局1960年5月版；采华书林影印1962年2月15日版，第286页。

> 这种两人合作的方式为数不少，是一种在当时条件下在所难免的畸形的翻译方式；译本与原作比较，遗漏、删节、加添的现象很普遍，于是象《堂·吉诃德》这样一部大著作就只译成为一本薄薄的小册子；莎士比亚、易卜生的剧本（如《亨利第四》、《群鬼》）竟以小说形式出现，弄得面目全非。

这大约是第一次提出"堂·吉诃德"的文章吧。根据行文，可见沿用了先行论文。

后来，居然出现了这样奇妙的记述。

○ 孔立："林纾和'林译小说'"，《光明日报》1962年8月30日，首次刊载未见。《中国近代文学论文集》（1949—1979）小说卷，北京：中国社会科学出版社1983年4月版，第641页。

> 林纾译得很快，他不象严复那样慎重，有些译文也没有仔细推敲，所以存在不少误解、遗漏或删改的毛病，甚至把戏剧翻译成小说。

好像是按照定论一般书写，却又变本加厉地写上了其他奇怪的东西。即，他解说："'林译小说'中当时影响最大的有《巴黎茶花女遗事》，这是法国作家小仲马的名著。原来是剧本。林纾第一次以小说的形式翻译成中文介绍给中国读者"（第639页）。小仲马确实将自己的作品改成了剧本。但是，顺序相反。孔的说明令人非常不解。因为莎士比亚作品有过这样的情况，所以认为小仲马的作品也是这样的么？孔立似乎误解了。

○ 今泉润太郎："林琴南——通过翻译活动与评论活动"（林琴南——翻訳活動と評論活動を通して），《爱知大学文学论丛》（《愛知大学
210 文学論叢》）第26辑，1964年2月5日，第55页。

> 如果对文学史多少有些知识的话，就不会出现这种不合逻辑的想法吧。这种情况在《亨利第四》《雷差得纪》的场合中，演变成将戏曲完全翻译成另外一种小说的特技。

在日本人撰写的专论中，这篇文章属于相当早期的论文。正如副标题所显示的那样，涉及林纾的翻译活动与文学革命期的评论活动。前者是进取的、革新的，后者是退缩的、保守的，最后以"可看出清末启蒙期知识分子的一个典型形象林琴南"结束论文。林纾没有西欧文学史的知识，将戏剧改成了小说。

○ 戈宝权："莎士比亚的作品在中国"，《世界文学》1964年5月号（总131期），1964年5月20日，第140页。

> 继此之后，林纾和陈家麟又用文言文复述了莎士比亚的5种剧本的本事。其中《雷差得纪》（《理查二世》）于1916年发表在《小说月报》第七卷第一本上；《亨利第四纪》，发表在同年《小说月报》第五——第七号上；《亨利第六遗事》于当年4月印成单行本，列为《说部》丛书之一；《亨利第五纪》则作为林氏的遗译，发表在1925年第十二卷第九——十号的《小说世界》上。这几种译文，只保留了莎士比亚原著的故事梗概，而

> 且又是采用小说的形式，当然就无法看出莎士比亚戏剧作品的真面貌了。

比较复杂的一种写法。戈宝权也认为林纾将莎士比亚的原著改成了小说。所以，他想说的是林纾等人将莎士比亚戏剧的原素材故事进行了改写。连戈宝权这样的学者都不曾怀疑定论。

○　曾锦漳："林译小说研究(上)"，《新亚学报》第 7 卷第 2 期，1966 年 8 月 1 日，第 243 页。

> 莎士比亚的作品，林纾译了凯彻遗事 *Julius Caesar*、雷差得纪 *Richard* Ⅱ、亨利第四纪 *Henry* Ⅳ、亨利第六纪 *Hen-*
> *ry* Ⅵ 等数种；同样，原来的诗剧形式给改成散文小说形式。211
> 因此，林纾虽然介绍了这两位英国的大文豪(樽本注：还有一位是斯宾塞 Edmund Spenser)，他的翻译却给原著改头换面，失去原来的风貌了。

"林纾译品表"(第 230 页)也加了注释，称"原本为戏剧译成小说体"。林译小说研究的专门论文中不断地重复这一点，只会再次确认这是定论。

○　增田涉：《中国文学史研究》，东京：岩波书店 1967 年 7 月 25 日版，第 214 页。

> 可是，像这种事情(樽本注：将戏剧翻译成小说)，与其说是口译者的罪过，不如说是与林纾自身作为一个翻译家的态度有关的问题吧。也就是，在他翻译行为的根底里，认为第一重要

> 的是让人看得有趣，或者说提供通俗有趣的作品（以量来说，他介绍最多的是哈葛德的通俗小说、柯南道尔的侦探小说，所以从这一点上来看也可以明白）。他从一开始对"文学"就没有抱有忠实的态度。迄今为止人们对中国小说追求的是娱乐性。对准这一焦点，他至多只是提供了以往中国几乎没有看到过的规模庞大的西洋小说的传奇性，根本上没有从以往中国小说家的态度中向前越出一步。这一点，就他所翻译的原作品及其作者而言，大概就可以推断出吧。正是因为有这样的态度，所以才会若无其事地大幅删减原文，甚至将戏剧改写成小说。

增田涉的这一部分介绍了郑振铎的记述。

从"正是因为有这样的态度，所以才会若无其事地大幅删减原文，甚至将戏剧改写成小说"一句，可以看出增田涉对林译的评价，绝对不是褒扬的。因为他相信林纾将戏剧改成了小说。

○　仓石武四郎：《中国文学讲话》，东京：岩波书店 1968 年 11 月 20 日版，岩波新书（青版）696，第 216 页。

> 看起来林纾好像介绍了西洋文学，但是完全采用了文言
> 212 的形式。说是介绍，自己却不能阅读原文，而是让懂英语或法语的人在旁边进行口译，然后将之改成文言。内容上也变化很大，有相当多的误译。像这样的一个半途而废的改革者，不久走向了反动。所以说，这是一个非常有趣的实例。

"内容上也变化很大"一句，可以看出包括了戏剧小说化。从"半途而废的改革者"，"走向了反动"等用语也可以看出仓石对林

纾的负面评价吧。

○ 细谷草子:“新时代的启示——翻译小说的情况”,内田道夫编:《中国小说的世界》,东京:评论社 1970 年 12 月 10 日版,第 282 页;1989 年 4 月 30 日第三次印刷。

> ……实际上林纾翻译作品中的大部分都是哈葛德、柯南道尔等通俗作家的作品。因此,虽然林纾翻译了这么多的作品,但名作却仅仅只有四十余种,还不足全部的三分之一。/造成这种情况的原因在于林纾自己不懂外语,必须依靠合译者才能完成译述。不能阅读原文的林纾,在选择应当翻译的作品时,也不得不依赖于合译者。可是,协助林纾的合译者大多不具备充分的外国文学史的知识及文学的理解力。只是将偶然看到的觉得有趣的作品翻译出来而已。离谱的时候,或将儿童故事翻译成一篇小说,或者可能因为不知道西洋戏剧与小说的区别而将莎士比亚的《亨利第四》、易卜生的《群鬼》等戏剧改写成小说。/不言而喻,林纾的翻译不是忠实于原文的逐字逐句的翻译。虽然没有改变故事情节,但是细节上的叙述做了相当大胆地省略与改写。通过这些省略与改写,可以让当时不了解西方情况的读者对作品产生亲切感。可是,因为林纾自己对西洋文学的理解是非常浅薄的,所以不可避免地失去了原作的味道,往往只达到传达情节的结果。

可以说,他以中国的研究为范本进行了记述。这没有什么奇
怪的。因为在当时的日本,想要阅读林译小说的原书几乎是不可 213
能的。该书已经被翻译成中文(内田道夫编,李庆译《中国小说世界》,

上海古籍出版社 1992 年 7 月版)。

○ 陈敬之:"林纾",台湾:《畅流》第 44 卷第 1—4 期,1971 年 8 月 16 日—10 月 1 日,初版未见;薛绥之、张俊才编:《林纾研究资料》,福州:福建人民出版社 1983 年 6 月版,中国文学史资料汇编(乙种),第 346 页。

> 1. 所译不尽是第一流的作品。/2. 将小说和剧本混为一体。/3. 把儿童读物视作笔记小说。/4. 译文与原书不尽相符。

说法虽稍有变化,但也还是重复从前的定论。

○ 任访秋:"林纾论",《开封师院学报》1978 年第 3 期,首次刊载未见;薛绥之、张俊才编:《林纾研究资料》,第 376 页。任访秋:《中国近代文学作家论》,郑州:河南人民出版社 1984 年 3 月版,第 222—223 页。

> 林纾的翻译,最大的缺点,是他不懂外文,凭他人口述,因而对原作不够忠实。不仅在内容上删节了很多,同时在作品体裁上,也加以改变。象把剧本译成小说,这样同原作的出入就更大了。即如莎士比亚的几个剧本,及易卜生的《群鬼》(译名《梅孽》),经他一译,简直变成另外一种书了,因而原书的风格几乎完全丧失了。

虽然只是沿用了定论,但是像这般批评的话,论文的后半部分想要做出正面评价,就必须花很大的工夫。

〇 曾宪辉:“林纾传”,《福建师大学报》1981 年第 2 期,首次刊载未见。复印报刊资料。薛绥之、张俊才编:《林纾研究资料》,第 6 页。

> 林纾不懂外文,译书全靠别人口述,无法对原著进行严格
> 的选择,译了很多第二三流的作品,耗费了不少宝贵的时间。
> 在译文上删改、错译,甚至加上自己笔墨,可訾议之处极多,有 214
> 时还把极好的剧本译成了小说。

我要强调的是,这篇也是专门研究林纾的论文。他深信不疑地论述林纾将戏剧改成了小说。曾宪辉后来出版了专著(《林纾》,沈阳:春风文艺出版社 1999 年 1 月版,插图本中国文学小丛书 91),该书称林纾小说戏剧不分(第 30 页)。

〇 商务印书馆编辑部:“出版说明”,〔英〕兰姆著,林纾、魏易译:《吟边燕语》,北京:商务印书馆 1981 年 10 月版,第 1 页。

> 林纾本人不懂外文,是依靠他人口述进行翻译的,译文难免有各种缺点,然而他作为一个古文家,善于领会原著的风格,译笔传神而流畅……

1981 年,商务印书馆对严复译书 8 种及林纾的 10 种翻译进行了复刻。不言而喻,这是为了表彰二人的业绩。以上引文为解说的一部分。

我认为有问题的地方是,尽管这是为了表彰其功绩的文章,但事实上,不得不记述了“译文难免有各种缺点”。商务印书馆编辑

部特意提及包括戏剧小说化在内的林译各种缺点，是因为这是学术界的定论。如果不是这样的话，谁会说出批评的话呢？

解说称商务印书馆编辑这套新版“林译小说丛书”的是潘安荣。他在编辑的过程中收集了大量的资料，撰写了“林译小说及林纾其人”(《语文教学与研究》，1982 年第 1 期，首次刊载未见；宋原放主编，汪家熔辑注：《中国出版史料·近代部分》第 2 卷，武汉：湖北教育出版社 2004 年 10 月版，第 66—81 页)。他说，林纾过世后，对他的评价有的比较公平，有的只是批评，也有的认为他功绩很低。

算起来，从 1924 年起的第 57 年，发行了新版“林译小说丛书”。经过了半个多世纪，大家认识到必须冷静地进行评价吧。担
215 任史料编辑的汪家熔非常重视这一点。所以，虽然早已有寒光、郑振铎、钱锺书等人的文章，却特意只收入潘安荣的论文。

潘同时列举了林译的优点与缺点，体现他公正评价的意图。作为缺点，他称有误译、漏译、删减等很多问题(第 76 页)，不过他辩护说，这在当时是无可奈何的事情。至此的解说都还可以。但是，不可思议的是，郑振铎那么高声批评的戏剧小说化问题，潘完全忽略了。这是指出必须将正面负面都纳入视野、进行公正评价的潘安荣。这样的他，忽略了小说化的问题，保持了沉默。这是很不自然的事情。是因为他觉得戏剧小说化没有辩护的余地么？他没有说明，我不明白是怎么回事。这种写法让我不能理解。一边说要注意公正评价，但结果却并不公正。因为他随意取舍了问题。

潘故意忽视的戏剧小说化问题。在他的论文发表之后，这个问题依旧如从前一般被指出，作为批判林纾的理由。

○　马泰来：“林纾翻译作品全目”，钱锺书等著：《林纾的翻译》，北京：商务印书馆 1981 年 11 月版，第 67 页。

这是篇目录，不是论文。但是，这篇目录拥有无可匹敌的翔实资料，成为研究者的基本研究资料之一。所以，可以断言它具有巨大的影响力。例如，徐鹏绪、张俊才《中国近代文学研究论丛》(天津：天津教育出版社 1992 年 5 月版)中对马泰来的目录给予了高度评价(第 440 页)。

马泰来列举了林译五种莎士比亚的作品，加注释为“此种及下四种，实为莎士比亚戏剧本事”。马也认为林纾将剧本的原作改写成小说。在下面的论文中也是如此。

○ 马泰来：“林译闲谈”，《书林》1982 年第 1 期，第 31 页。

> 人们谈到林纾的译作时，常常说他曾翻译过莎士比亚的作品。这说法是不正确的，因为莎士比亚写的是戏剧，而林纾翻译的只是剧情撮要。
>
> 林纾和陈家麟同译的《雷差得纪》、《亨利 216
> 第六遗事》、《凯彻遗事》和《亨利第五纪》，都仅是撮述剧情而已。

在此，马泰来的表述改为撮述剧情。但是，其内容说的就是剧本的小说化。可以说，他也协助了定论强化。

○ 曹大澄：“不懂外文的大翻译家林纾”，《文物天地》1983 年第 3 期，1983 年 5 月 31 日，第 35 页。

> 林纾被人批评的几部莎士比亚的译著，例如《雷差得纪》、《亨利第四纪》、《亨利第六遗事》、《凯撒[彻]遗事》等，译文中不但横加叙述，删减对话，而且还画蛇添足，增加莎翁所不曾

> 写的内容，传为文坛笑料。

因为林纾将戏剧改成小说，所以成为文坛的笑话。可见，研究者们都批评林纾并视其为笑料。

○　俞久洪："林纾翻译作品考索"，薛绥之、张俊才编：《林纾研究资料》，福州：福建人民出版社 1983 年 6 月版，第 404 页。

> 林纾翻译的绝大部分是小说，即使原作是戏剧也以小说的形式译出来，如莎士比亚的《理查二世》等就是如此。……

林纾翻译目录的前言中如上写道。再看目录部分。将《吟边燕语》收入兰姆姐弟一项中，是因为所依据的原作是他们的作品。我认为这个写法是非常合适的。在莎士比亚一项中列举了《查理二世》等五部作品，这证明了他确信原作是戏剧。我要指出，这也是林纾研究专著中收入的文章。

○　马祖毅：《中国翻译简史——"五四"以前部分》，北京：中国对外翻译出版公司 1984 年 7 月版，第 305 页；增订版 1998 年 6 月，2001 年 5 月第 2 次，第 426 页。

> 不过，这些作品一般都是意译，有的则多所删节，象《唐·
> 217 吉诃德》只译成薄薄的一本《魔侠传》，而莎士比亚的《亨利第
> 五纪》(*Henry V*)则改译为小说了。

马祖毅《中国翻译史(上卷)》(汉口：湖北教育出版社 1999 年 9 月版，第 742 页)中也论述了相同的内容。马祖毅等《中国翻译通史》

古代部分(武汉:湖北教育出版社 2006 年 12 月版,第 503 页)也是相同的文字。

○　康来新:《晚清小说理论研究》,台湾:大安出版社 1986 年 6 月版,第 281 页。

> 还有,林氏把莎士比亚(W. Shakespeare)的《雷差得纪》(*Richare* Ⅱ),《凯撒[彻]遗事》(*Julius Caesar*),《亨利第四纪》(*Henry* Ⅳ),《亨利第六遗事》(*Henry* Ⅵ),及易卜生(Ibsen)的《梅孽》(*Ghosts*)完全译成了记叙体的古文。这大概也是由于口译者只述书中大意,却没有把戏剧与小说不同之处告诉给林氏,以致有误译剧本为小说之情事。

通过将责任归于口译者,并且将凯彻的书名也写错之处来看,康来新也许直接使用了寒光的《林琴南》。

○　周振甫:"林纾",《中国大百科全书·中国文学》I,北京:中国大百科全书出版社 1986 年 11 月版,第 432 页。

> 林纾不懂外文,选择原本之权全操于口译者之手,因而也产生了一些疵误,如把名著改编或删节的儿童读物当作名著原作,把莎士比亚和易卜生的剧本译成小说,把易卜生的国籍误成德国等。即使这样,林纾仍然译了 40 余种世界名著,这在中国,到现在还不曾有过第二个。

写道:"把易卜生的国籍误成德国"(最早由郑振铎指出),批评林纾缺乏文学知识。这样的话,那么也应该写上鲁迅翻译凡尔纳的作品时将作者搞错为美国的培伦(《月界旅行》)与英国的威男(《地底旅行》)吧。可是,他对此佯装不知。当然,原本鲁迅依据的日语标记就是错误的。或者是因为每一条项目的执笔者不同,所以没有办法写得全面么?

218 周的写法是典型的在确认林译缺陷的基础上进行正面评价的一个例子。百科辞典上这么写的话,虽然只是重复了以往的定论,但使得后来的记述就更不会脱离定论了。

○　李存煜:"林琴南论",《文艺论丛》第 23 辑,1986 年 12 月,第 184 页。

> 其次,不能区分各种文学体裁和种类,失却了原著的神韵和风格。

李的论文从正面评价了林译小说。可是,依旧不得不列举了 5 项缺点。除了上述引用之外,还有诸如翻译了大量无价值的作品、任意删减、在译文中插入自己的想法、不忠实原文之处过多等缺点。

○　北京图书馆编:《民国时期总书目(1911—1949)》(外国文学),北京:书目文献出版社 1987 年 4 月版,第 50 页。

收入了"说部丛书"第 3 集第 1 编及"林译小说丛书"第 2 集第 15 编中的两种《亨利第六遗事》。添加注释说明"原著为剧本,本书改译为小说"。写进了目录,可以说更加巩固了定论。

○　《中国翻译家词典》编写组:《中国翻译家词典》,北京:中国对外翻译出版公司 1988 年 7 月版,第 49 页(封面是《中国翻译家辞典》)。

> 译书全靠别人口述，无法对原著进行严格的遴选，译了很多第二、三流作品，耗费了不少宝贵的时间。在译文上删改、错译，甚至加上自己的笔墨，可訾议之处极多，有时还把极好的剧本译成了小说。

然后，以“但”字接续，最终正面评价其翻译是有价值的。

○　王先霈、周伟民：《明清小说理论批评史》，广州：花城出版社1998年10月版，第781页。

> 这些作品绝大多数是小说，有少数剧本也以小说形式 219
> 译出。

这在比较长的一段“第二节林译小说序跋与比较方法的运用”中只占了一行。整体而言，对林纾的翻译进行了正面的高度评价。但是，不管怎样，都得说明林纾将戏剧翻译成了小说。因为他们对此坚信不疑。

○　任访秋主编：《中国近代文学史》，开封：河南大学出版社1988年11月版，第480页；2000年8月第3次印刷，第462—463页。

> 这种致命缺陷，多为世人所诟。其具体表现为：一是改变作品体裁。像莎士比亚的戏剧《亨利第四》、易卜生的剧本《群鬼》（梅孽），被他译成小说，全文风格全不见了。二是任意删改原文。如雨果的《九三年》（林译《双雄义死录》较原文改去大半；塞万提斯的《堂·吉诃德》，仅得原文三分之一）。

任访秋第二次登场了。包括郑振铎文章里的笔误(亨利第四)在内,都直接引用了。对“致命缺陷”这一事实的认识毫不动摇。

○　连燕堂:“近代翻译的发展脉络”,中国社会科学院文学研究所《中国近代文学百题》编写组:《中国近代文学百题》,北京:中国国际广播出版社 1989 年 4 月版,第 359 页。

> 以前译外国戏剧侧重于情节,多有改为叙事体的,如林纾之译莎士比亚。

在有关戏剧的说明中将林纾引以为例。连燕堂“林纾和‘林译小说’”中没有涉及戏剧小说化问题。正是因为这个小地方,毫无疑问地表现出定论。

○　莱纳特·兰德巴格:《翻译家鲁迅》(Lennart Lundberg: *Lu Xun as*
220 *a Translator*, Stockholm University, 1989.10, p.18)。

> 他(林纾)将莎士比亚等人的戏剧改成了小说。

林译的缺陷,世界闻名。

○　谢飘云:“文学领域放眼看世界的先驱——林纾小说翻译评述”,《语文辅导》1989 年第 3 期,首次刊载未见;《中国近代文学评林》第 4 辑,1991 年 7 月,第 279 页。

> 有些极好的剧本却被译成了小说和剧情概要,真有点小说与戏曲不分了。[9]

从论文的题目来看，可以知道文章对林译小说进行了高度的评价。但是，在坚固的定论下，该文依旧称这是林纾翻译中不可避免的错误。

○　刘波："林纾"，吕慧鹃、刘波、卢达编：《中国历代著名文学家评传》续编三，济南：山东教育出版社 1989 年 12 月版，第 664 页。

> 第二，由于他和他的合作者缺乏必要的文学知识，以致将小说和剧本混为一谈，把许多极好的剧本译成小说，添进了许多叙事，删去了许多对话，弄得原作面貌全非。像莎士比亚的剧本《亨利四世》、《雷差得纪》、《亨利六世》、《凯撒遗事》，易卜生的《群鬼》等，都被他译成了另一本书，原作的美和风格消失殆尽。

论文整体对林译小说进行了高度评价。可是，最后无论如何也必须列举翻译的缺点。因为这是定论。

○　施蛰存："导言"，《中国近代文学大系》第 11 集第 26 卷《翻译文学集一》（施蛰存主编），上海：上海书店 1990 年 10 月版，第 21—22 页。

> 《十之九》是安徒生童话选集。《时谐》是格林童话选集。《大食故宫余载》是一部西班牙游记。《吟边燕语》是莎士比亚剧本的散文演述本。《荒唐言》的原著是斯宾塞的长诗《仙后》，有马克尔赫斯散文演述本，林纾根据散文演述本译出，而
> 题云"司宾塞著"。这些书都不是小说，而分别编入《说部丛 221

书》、《小本小说》、《小说汇刊》，一概都被目为小说，《吟边燕语》甚至题为“神怪小说”。于此可见早期文学翻译工作者，或出版家的幼稚的一面。

施蛰存指责林纾不能区别文学的类型。不言而喻，他认为林纾对诗或剧本的原作进行了小说化改写。

○　郭延礼：“‘林译小说’的总体评价及其影响”，《社会科学战线》1991年第3期（总第55期），1991年7月25日，第284—285页。其后，收入郭延礼：《中西文化碰撞与近代文学》（济南：山东教育出版社1999年4月版），第275页。

将林译小说诸多弱点归纳为三点。第一，漏译、误译及删减。“第二，体裁区分不严格，将戏剧误译为小说。比如他将莎士比亚和易卜生的剧本译为小说，又把斯宾塞的长篇寓言诗《荒唐言》（今译作《仙后》）译为散文故事体”。第三，林纾与严复使用文言翻译。

首先必须指出的是，在这篇论文中，郭延礼从正面对林译进行了评价。连这样的他也不得不承认林译小说具有诸多弱点的事实。其论证的方法是：虽然有弱点，但整体而言，评价是正面的。可以说依旧处于以往的框架之内。

另外，郭氏在《中国近代文学发展史》第2卷（济南：山东教育出版社1991年2月版；北京：高等教育出版社2001年7月版）中对林译小说进行了详细说明。后来的《中国近代翻译文学概论》（1998年）基本沿用了这一内容，所以在下文中，我想使用概论展开论述。

林纾不顾文学的领域而最终将戏剧改成了小说。先行论文无一例外地都这么写道。后来的研究者原封不动地接受这一概念也是没有办法的事，更加上没有反对的资料。

○ 叶子铭主编:《中国现代小说史》第1卷(1917—1927),南京:南京大学出版社1991年10月版,第69—70页(余斌、潘志强撰稿)。

> 至于林纾将易卜生作德国人,改戏剧体裁为小说,以及其 222
> 他种种误译,更是多见。

研究者都这么写,所以只是继承而已。

○ 相浦杲:“《小说月报》的研究”,《求索——中国文学语学》,东京:未来社1993年1月30日版,第303—304页[10]

> 林纾不懂外语,自然原作的选取也不得不依赖于口译者。所以他翻译的作品未必都是第一流的,其中还混杂了哈葛德、柯南道尔的第二流、第三流的作品。而且,他在翻译的时候,有时任意删减原文或增加内容,再比如将莎士比亚的戏剧改译成小说,缺少文学常识与文学史的知识。不过,正如郑振铎(“林琴南先生”——《小说月报》15卷11号刊载)所论述的那样,这些都应该说是受了口译者的误导吧。

正如他提示了郑振铎的名字一般,原封不动地接受了郑的说明。

○ 贾植芳、俞桂元主编:《中国现代文学总书目》,福州:福建教育出版社1993年12月版,第916页。

记录了《亨利第六遗事》收入商务印书馆的“说部丛书”及“林译小说丛书”。对此注释为“本书为戏剧改译成小说”。

很容易理解,该注释沿用了定论。在注释者来说,只是添写了迄今为止的研究成果。必然是因为他们认为这有利于今后的研究。我并不怀疑，这是出自研究的热情或者说是好意。但是，结果也成为林纾批判。

如果以相同的语调持续进行林纾批判的话，读者会觉得厌烦，更何况是研究者。暂不触及林译缺陷，而想从正面、全面地展开论述的人出现了。我想举一个例子。

223 ○ 熊月之：《西学东渐与晚清社会》，上海：上海人民出版社 1994 年 8 月版，第 703 页。

> 关于林译小说选本的得失，合作译员素质的高下，译文的错讹，文笔的优劣，文学评论界已有不少具体的研究，这里不再引述。

熊月之完全了解林译的缺点，是在了解的基础上这么写的。这个解释反之也证明了林译缺陷已成为研究界的定论。

其后，林纾批判继续进行，没有中断过。

○ 宫尾正树：“林纾——不懂外语的翻译者”（林紓——外国語のできない翻訳者），《しにか》1995 年 3 月号，1995 年 3 月 1 日版，第 63 页。

> 虽然有很多恶评说他大量翻译了没有必要翻译的二流作品（特别是辛亥革命以后）、误译很多、随意改变原著的体裁等缺陷，但是他翻译的小说诱发了同时代的文人的眼泪，而且像鲁迅、周作人、郭沫若、朱自清、谢冰心等人记述的那样，后来成为新文学旗手的人中通过林译小说第一次接触到西方小说

> 的，不胜枚举。

从正面评价了林译。但是，并没有否定横亘于根底里的“二流”、“误译”、“随意改变体裁”。

“随意改变原著的体裁”在下面的文章中变成了“将莎士比亚戏剧等作品进行了改写”。

○ 宫尾止树：“林纾”，《集英社世界文学人事典》4，东京：集英社1997年7月25日版，第735页。另，单本的《集英社世界文学大事典》，东京：集英社2002年2月26日版，第1832页。

> 虽然将莎士比亚戏剧等作品进行了改写，通俗小说一类占了大半，但还是包含了很多世界文学的名作。

“将戏剧等作品进行了改写”这一句，根据从前的文章，可以认为他的意思是将戏剧改成了小说。只是重复了定论而已。

○ 邹振环：“名著名译与名作家——《撒克逊劫后英雄略》在中国”，《影响中国近代社会的一百种译作》，北京：中国对外翻译出版公司1996年1月版，第199页。 224

> 林纾的许多译作都有着很大程度的删节、增补和释义，有的甚至连形式和文体都做了改动。然而这部译作（樽本注：撒克逊劫后英雄略）同原文却出入不太大。

他在介绍林译沃尔特·司各特《艾凡赫》（Walter Scott：*Ivanhoe*）时如上论述道。在亲自确认过《艾凡赫》之后，周振环自信地说明林译与原文的差别不大。连这样的他也不得不举出定论——“甚至连形式和文体都做了改动”，即戏剧小说化，可见这一定论稳固而不可动摇。

下面回溯到他在1991年发表的论文“接受环境对翻译原本选择的影响——林译哈葛德小说的一个分析”(《复旦学报(社会科学版)》1991年第3期，1991年5月10日)。

> 也许有人可以举出他们的口译如何错谬百出，指出他们把小说与戏剧混淆，并通过译本与原本的对照，指出原文的风格及重要的对话如何变了形，并据此作为论证他们缺乏外国文学常识的佐证。(第42页)

邹振环通过这样的论述肯定了定论。但是，我可以看出他是慎重地进行了说明。因为，邹并没有明确说明这是自己的意见，而是作为他人的评论做了介绍。之后，他辩护说，这种删减与改写是当时的特征。明显可见，他是正面评价的。邹振环肯定林译的姿态虽然很清晰，但同时他并没有否定戏剧小说化的事实。

○ 林煌天主编：《中国翻译词典》，武汉：湖北教育出版社1997年11月版，第416页。

两项中有林译的解说。以下只抄录相关部分。

袁锦翔：“林纾”

> (樽本注：翻译)速度至为惊人，因此译错译漏不少，有时甚至闹出笑话。如把易卜生译成德国人，将莎剧翻成小说。他无法亲自严格遴选原作，结果译了许多二三流作品。

> 赖余:“林纾的翻译” 225
>
> 滥译、改译、增译、漏译、误译之处不少。林纾译了不少西方文学名著,但更译了不少西方二三流的作品。林纾把一些优秀剧作,如莎士比亚的 *Henry Ⅳ*,*Henry Ⅵ* 等,译成了纪叙体的文言小说《亨利第四纪》和《亨利第六遗事》(今译《亨利四世》和《亨利六世》),增加了许多叙事,却把许多对话删除了;他把法国雨果的 *Quatre-vingt-treize* 译为《双雄义死录》(今译《九三年》),厚厚的原著竟然变成了薄薄的译木,当然,这也有可能是口译者根据删节本的缘故。林纾误译之处也不少,有时甚至把原书作者的国籍也搞弄错,如把挪威易卜生的国籍改为德国。

不过是沿用了以往的定论。像这样的大型辞书,在中国被视为权威,相当受重视。因此,可以认为在强化定论的意义上,这一解说对研究者产生了不小的影响。

除此之外,冠以“近代”名的书以及其他辞典,我在此做一简单归纳与介绍。下列辞典中,虽然有林纾一项,但基本都没有涉及林译的缺陷。

黄霖:“林纾”,《中国古代小说百科全书》,北京:中国大百科全书出版社 1993 年 4 月版,第 296—297 页。

撰写者名未记:“林纾”“林译小说”,魏绍昌、管林、刘济献、郑方泽主编:《中国近代文学辞典》,郑州:河南教育出版社 1993 年 8 月版,第 271—272 页、276 页。

林薇："林纾"，孙文光主编：《中国近代文学大辞典》，合肥：黄山书社 1995 年 12 月版，第 586—587 页。

梁淑安："林纾"，梁淑安主编：《中国文学家大辞典·近代卷》，北京：中华书局 1997 年 2 月版，第 272—273 页。

著者名未记："林纾"，钱仲联等主编：《中国文学大辞典》，上海：上海辞书出版社 1997 年 7 月版，第 1257 页。修订本 2 册 2000 年 9 月；2001 年 8 月 第 2 次印刷，第 1364 页。

226 可以认为，以上辞典条目都承认林译小说对中国近代文学发挥了不小的作用。

○ 易新鼎主编：《二十世纪中国小说发展史》，北京：首都师范大学出版社 1997 年 12 月版，第 42 页。

> 林译即使有选择不严，删节，误译，增补，雅达而不信等毛病，（钱玄同和刘半农在《新青年》的"双簧信"中对此作过相当尖锐的批评），但林译名作至今还很受欢迎。

林译小说在当时，开阔了中国人的视野，具有一定的影响力。该书称，不应该抹杀林纾的功绩。在充分说明的基础上依旧引用了钱玄同与刘半农，不可避免地提起林译的缺陷。而且，可以看出对那封"双簧信"的肯定态度。因为这是没有必要质疑的定论吧。

○ 孔庆茂：《林纾传》，北京：团结出版社 1998 年 2 月版，"中国文化巨人丛书·近代卷"，第 93 页。

> 可惜的是，林纾把该书的作者误当作莎士比亚，造成了一个常识性的大错误。

我已经论述过,《吟边燕语》的作者是兰姆姐弟。孔指出,林纾将这部作品写为莎士比亚著,这是错误的。但是,问题不在于此。批判林纾将莎士比亚的戏剧翻译成小说,是刘半农的根本性错误。我必须说明这一点。希望他可以注意到,郑振铎很久以前就从批判的证据中剔除《吟边燕语》的原因。

○　郭延礼:《中国近代翻译文学概论》,汉口:湖北教育出版社1998年3月版,第296页。修订本,武汉:湖北教育出版社2005年7月第2版第3次印刷,第234页。

> 第三,题材区分不严格,将戏剧误译为小说。莎士比亚
> (W. Shakespeare,1564—1616)的剧本《雷差得纪》(*Richard* Ⅱ,今
> 译作《查理二世》)、《亨利第四记》(*Henry* Ⅳ,今译作《亨利四世》)、 227
> 《亨利第六遗事》(*Henry* Ⅵ,今译作《亨利六世》)、《凯彻遗事》
> (*Julius Caesar*,今译作《裘力斯·凯撒》)、《亨利第五记》(*Henry* Ⅴ,
> 今译作《亨利第五》)、以及伊卜森(Henrik Ibsen,1828—1906,今译作
> 易卜生)的剧本《梅孽》(今译《群鬼》),林纾均译为小说。

从“第三”的写法可以看出,一共分成了五项。这一分类针对的就是林译的缺陷。郭以“林译小说的弱点与局限”为题,花了六页进行了具体解说(第294—299页)。以下仅揭示要点。

第一,林纾不懂外语,翻译了很多二三流的作品。第二,“林译小说”的主要缺点在于漏译、误译及删减。举例有雨果的《九三年》、塞万提斯的《堂·吉诃德》、狄更斯的《块肉余生述》(*David Copperfield*)。可以说与定论如出一辙。第三中补充了英文表

记。不过,“查理”是错字吧。如果是要写这个的话,那么一般写作“理查”。我想是误会了(修订本中也错了)。一目了然,使用途径、把握方式,都与以往相同。第四是指使用文言翻译。第五称内容中含有封建性。

尽管具有这些缺陷,林译小说在中国翻译文学史及近代文学史中依旧占有重要的地位。这是郭延礼的结论。

以上内容在郭氏《中国近代文学发展史》第 2 卷(济南:山东教育出版社 1991 年 2 月版。北京:高等教育出版社 2001 年 7 月版)中已有所论述。

下面这个虽然是后来的著作,但因为同是郭延礼的著作,所以放在此处讨论。

○ 郭延礼:《20 世纪中国近代文学研究学术史》,南昌:江西高校出版社 2004 年 12 月版,第 218 页。

郭氏的论调在此也没有改变。硬要说的话,他更高更强地评价了林纾的功绩。所以,对林译的缺陷只是非常简略地进行了论述。

228 不错,在林译作品中,确有选择底本不精(如有些是儿童故事读本)、体裁区别有误(将莎士比亚的戏剧译成小说),还有若干误译、漏译和删削。尽管如此,他介绍外国文学的功绩在中国近代文学史上是不能磨灭的。

缺陷仅仅写了三行,其余都是称赞。我认为这是程度的问题。他认为林译的所谓缺陷的确是存在的,这种认识结构是相同的。

郭延礼更进了一步。值得注意的是,他从正面极力地推进了评价。

对于林译的评价，郭提出需要转换看法。称翻译为再创作，没有必要拘泥于原作的字句。也就是，建议“以译文为中心”进行评价(郭延礼:《中国前现代文学的转型》，济南:山东大学出版社 2005 年 10 月版，也重申了这一点)。但是，忽略原作的这一提议与翻译研究并无关联。偏离了本文的主题，所以不再讨论下去。

下面的这篇文章，一边承认林译存在着缺陷，一边又忽略这点，非常有意思。

○ 冯奇:《林纾评传·作品选》，北京:中国文史出版社 1998 年 6 月版，清末民初文人丛书，第 26 页。

> 倘就纯翻译的观点来看，任何人都可以举出“林译小说”的诸多缺陷，同时代人和后代评家早已证明了这一点，对此，我们无庸赘述。

全面认定林译的缺陷。其后想要强调的大概是，真正的意义不在于翻译本身，而在于通过翻译启蒙民智，对文化建设做出了重要的贡献。这个观点如何呢?

冯奇无论如何都想从正面评价林译。这并非不能理解。但是，如果有缺陷的话，那它就是缺陷。冯奇将视线从林译的缺陷上转移，我认为是很极端的。

○ 周发祥、李岫主编:《中外文学交流史》，长沙:湖南教育出版社 229
1999 年 1 月。1999 年 7 月第二次印刷，第 289 页。

> 林译小说的历史地位和历史作用是巨大的，但林译的局

> 限性和谬误也是存在的。他选译的作品常常是信手拈来，并非某作家的代表作；翻译时又常对原作进行任意增删，甚至改动原作的固有体裁。

所谓“改动原作的固有体裁”指的是戏剧的小说化。

首先要说的是，该书对林译小说给予了高度的评价，花了很多篇幅。正因为如此，在最后的部分，很不自然地不得不去触及林译的缺陷。这就是定论之所以成为定论的理由。

○ 汤哲声：《中国现代通俗小说流变史》，重庆：重庆出版社 1999 年 1 月版，第 51 页。

> 问题是很多的翻译家为了迎合中国读者的口味，偏要把外国作品改为中国小说的模样，例如林纾翻译的莎士比亚的几个剧本和易卜生的《群鬼》（译名《梅孽》）时，就全部改为一则中国故事。

他并没有直接写戏剧的小说化。也许“中国化”与“小说化”并不相同，但在此处，我将其视为同类。

○ 王旸：《帘卷西风：林琴南别传》，北京：华夏出版社 1999 年 1 月版，第 223 页。

在“双簧信”中，刘半农举了《吟边燕语》的例子，批判说原本是英国的戏剧，但林纾不懂“诗”与“戏”的区别。在引用了这个部分之后，他说：“老先生这回真的动了肝火，无法保持沉默了。”他想说的是，刘半农的指摘是正确的，所以林纾除了沉默之外别无他法。只是遵守了以往的说法，看不出有批判性的见解。

○　郭丽莎："林纾与哈葛德小说的关系"，《贵州社会科学》1999年第3期(总第159期)，1999年5月20日，第69页。

> 由于林纾喜欢哈葛德的小说，因此他在翻译时也就格外 230
> 认真。众所周知，林纾翻译西方小说，经常对原著进行删削。但他对哈葛德和狄更斯的作品，则能尽量保留原著的面貌。

郭丽莎认为没有必要去怀疑林译的基本缺陷。所以，林纾在翻译哈葛德的时候忠实于原著，只能认为有其特别的理由。

她写道："所以，他对原著的忠实，只能解释为对哈葛德小说的喜爱以及由此产生的对作者的敬重之情"(同上)。按照郭的说法，将会得出林纾不尊重莎士比亚的结论，这个说法有点过分了吧。如果说林纾对哈葛德是忠实地进行翻译的话，那么对于莎士比亚也应该是同样的态度。要不是这么想的话，就非常奇怪了。正因为是定论，才妨碍了这一想法。

○　吴俊："林译小说 世纪末的一个悬念"，《作家》1999年第9期，1999年9月1日，第103页。

> 莎士比亚的诗剧或戏剧作品也往往会以散文和小说的形式来迎合中国的读者。

因为是汉译莎士比亚，所以自然会从中国戏剧史研究的角度进行讨论。

○　濑户宏："中国的莎士比亚接受简史"(中国のシェイクスピア受容略史)，《剧院艺术》(《シアターアーッ》)11，2000年1号，2000年1

月 31 日，第 99 页。

> 林纾还直接翻译了《亨利第四》等作品，这些都是用小说体翻译的，所以不被认可是莎士比亚作品的翻译。

濑户宏写着“直接翻译”，强调并断言林纾是依据莎士比亚的原著进行翻译的，好像他经过了原物确认似的。称改成了小说体，并进一步说明“不被认可是莎士比亚作品的翻译”，这真是奇妙的写法。莎士比亚的原作当然是原作吧，如果不被认可是莎士比亚作品的翻译，那么又是什么呢？

231 另外，还错误地写道：“中国最早对莎士比亚作品的内容进行具体介绍的，是 1904 年出版的林纾、魏易《吟边燕语》。”（第 98 页）[11] 从题目“中国的莎士比亚接受简史”来看，这理应属于濑户宏的专业领域。濑户宏搞错了基本事实，并做出了令人难以置信的杜撰说明。我建议花点时间看一下清末小说研究会编《清末民初小说目录》（1988 年）、樽本编《新编清末民初小说目录》（1997 年），重新考虑这个问题。

在“世界的莎士比亚”中，有文章介绍了中国的情况（伊势村定雄撰稿，荒井良雄等主编：《莎士比亚大辞典》（《シェイクスピア大辞典》），东京：日本图书中心 2002 年 10 月 25 日版）。这里面没有出现林纾的名字，不做讨论（第 514 页）。

有关戏剧部分，可以参看最近出版的里贝斯（Levith）的著作。

○ 徐志啸：《近代中外文学关系（19 世纪中叶—20 世纪初叶）》，上海：华东师范大学出版社 2000 年 3 月版，第 109 页。

首先声明参考了郑振铎“林琴南先生”。引用了三个缺陷，写道："二、小说与戏剧不分，儿童读物与笔记小说不分，误将戏剧译为小说。"虽然高度评价了林译，但也原样确认了其缺陷。可见郑振铎的文章具有多么大的影响力吧。

○ 马春林：《中国晚清文学革命史》，沈阳：辽宁大学出版社 2000 年 4 月版，第 269 页。

> 林纾曾将莎士比亚戏剧译成小说，而莎剧译者又把林纾小说编成剧本上演。

他对中国戏剧界里莎士比亚戏剧的上演情况进行了说明。这个问题有点复杂，因为早期的话剧使用的脚本并不是直接从莎士比亚原作进行汉译的。也就是说，是在林纾《吟边燕语》的基础上，重新改写成剧本的。马春林对戏剧的小说化深信不疑。

○ 闻少华："林纾"，熊尚厚、严如平主编：《民国人物传》第 11 卷，
北京：中华书局 2002 年 7 月版，第 324 页。 232

> 由于林纾不懂外文，仅靠合作者的口述，他不能对原著进行比较选择，因此耗费了大量精力，却译了不少西方二三流的作品，甚至将莎士比亚和易卜生的剧本也译成了小说，还出现了把易卜生的国籍误成德国等谬误。

搞错了著者的国籍好像成为胡乱翻译的一个证明。

○ 高旭东：《比较文学与二十世纪中国文学》，北京：人民文学出版社 2002 年 10 月版，第 70 页。

> 胡适不赞成林纾式的翻译:"林琴南把萧士比亚的戏曲,译成了记叙体的古文!这真是萧士比亚的大罪人。"

高旭东并非直接论述了戏剧的小说化。但是,根据他引用胡适的文章来看,表明了相同意见。

○　程翔章、邱铸昌编著:《中国近代文学》,武昌:华中师范大学出版社 2003 年 1 月版,第 226 页。

> 翻译中又常常出现增删、错漏和改译现象,如将莎士比亚、易卜生的戏剧译成了小说(后略)。

该书标记为全日制高等学校教材。可以推测,一定采纳了定论。

○　王建开:《五四以来我国英美文学作品译介史》,上海:上海外语教育出版社 2003 年 1 月版,第 33 页。

> 而过多的增删、把剧本改译成小说、使用文言、原作选择不当。

此处叙述了林纾评价至今还存在着正负两方面的评价。引用的前半部分,记述了林纾提高小说地位的功绩。至于戏剧的小说化,王建开认为,这是一个不需要再进行说明的事实。

233 ○　宇野木洋:"小型本・中国二十世纪文学史"(《コンパクト・中国二〇世紀文学史》),宇野木洋、松浦恒雄编:《致中国二十世纪文学的学习者》(《中国二〇世紀文学を学ぶ人のために》),京都:世界思想社

2003年6月20日版,第7页。

> 此外,林纾(1852—1924)"翻译"(林纾不懂外语,他将合作者的口头译述进行润色,再写成文章)了雨果、巴尔扎克、托尔斯泰、狄更斯、德富芦花等众多的西欧(此处也包括日本)文学,其中小仲马的《巴黎茶花女遗事》引起了反响。

因为是小型本,所以可以辩解说,说明不充分是不可避免的。但是,也可以说,正因为是小型本,所以凝缩了林纾的本质。在以短文介绍林纾的时候,著者只会严格选择不能删减的重要部分。"将合作者的口头译述进行润色,再写成文章"中的"润色",不知指代什么内容。只能说,这段叙述给人的印象是,林纾随心所欲地将原作进行了改写。既然是"润色",那么其中也包括了戏剧小说化吧。不论哪一条,都不是表扬的话。

与林纾合作翻译了易卜生《梅孽》的是毛文钟。与他有过会面的宁远,做了如下证言,这是珍贵的资料。

> 曾与林老合作译过几部书的吴县毛文钟(观庆)先生有一次和我谈起,林老自己虽然不懂外文,他的所谓译实际上是采用小学生做作文那样的'听写'方式,但他的态度是相当认真的,稍有怀疑,就要叫口译者从头再讲,有时候甚至要讲上好几遍,他才认为满意。同时,他却又十分固执,中文稿一经写定,口译的人发现了什么不妥之处要求他修改,就难如登天,纵然以不符合原书本意为理由,向他力争,他老先生的倔脾气一发,往往也会置之不理。(宁远:《小说新话》,香港:上海书局

1972 年 12 月再版，第 164 页。）

不遗余力地证明了林纾在翻译外国文学的时候，保持着非常严谨的态度。与宇野木所谓的“润色”出入很大。

234 ○　穆雷·里贝斯：《莎士比亚在中国》（Murray Levith: *SHAKESPEARE in China*, CONTINUUM, 2004/2006, p. 6）。

> 数年后，林又与陈家麟一同翻译了包括《理查二世》《亨利第四纪》1 部与第 2 部在内的一共五篇戏剧故事（play stories）。林还在 1916 年出版了《亨利第六遗事》，1924 年的《亨利第五纪》成为遗作。可是，即便在当时，中国的莎士比亚剧本的引进，显然也是不充分的。

此处，里贝斯写的是林纾与陈家麟没有按照剧本翻译，而是译成了小说。

○　周晓明、王又平主编：《现代中国文学史》，武汉：湖北教育出版社 2004 年 9 月版，第 110 页。

> 翻译中又常常出现增删、错漏和改译现象，如将莎士比亚、易卜生的戏剧译成了小说，雨果的《九三年》被删改了大半，塞万提斯的《堂·吉诃德》则被删节得只剩三分之一等等。

我引用了“林译的意义”中的一部分说明。原封不动地采用了先行著作。这本书也是教科书，所以是范本：不论怎样，都得写成这样。

○ 谢天振、查明建主编：《中国现代翻译文学史(1898—1949)》，上海：上海外语教育出版社 2004 年 9 月版，第 272 页。

> 林纾等人是以故事和小说的形式翻译莎剧，与莎剧原有的戏剧形式相去甚远，不能让读者见识莎剧本来的面目。

类似的文献，是因为我查找才出现的呢，还是因为原来就有而被我看见了呢。也许二者都有吧。

我在网络上看到了一些论文，按照发表的时间顺序进行介绍。

○ 滕威：“《堂吉诃德》这样来到中国——纪念《堂吉诃德》初版四百周年”，《中华读书报》，2005 年 3 月 23 日，http://www.gmw.cn/01ds/2005-03/23/content 203520.htm。 235

> 虽说二人(樽本注：林纾与陈家麟)合译最多，但许多令人印象深刻的错误也较多地出现在他们的合作成果中，比如将莎士比亚的戏剧全都译成小说；而且所译中有大部分是三流作品。

原文是关于林译《堂·吉诃德》所写的文章。林纾与陈家麟合译的《魔侠传》，在滕威的眼中，只是完全不值得评价的汉译。按照这一文脉，他还提到了林译莎士比亚等其他作品。我很担心，像他这般断然否定林纾与陈家麟的汉译作品是否会有问题。看了滕威的文章之后，再次让我认识到定论的坚固。

○ 孟昭毅、李载道主编：《中国翻译文学史》，北京：北京大学出版社 2005 年 7 月版，第 57—58 页。

> 林译小说是中国近现代文学史上一个重要的文学现象，它的功绩应被放在一个历史的环境中加以考察。虽然由于他不懂外文、晚年的思想也日趋保守等诸多原因，后期译作色彩枯暗，在众多译作中误译、漏译、删改之处颇多，体裁区分不严格：例如将莎士比亚的戏剧《查理二世》（林译《雷差得纪》）译成小说体，但这确实是他当时难以避免的遗憾。

此处也不知为何误写成《查理二世》。是因为直接引用了郭延礼的说法吗？也许只是偶然的巧合。

○ 韩洪举：《林译小说研究——兼论林纾自撰小说与传奇》，北京：中国社会科学出版社 2005 年 7 月版，第 125 页。

> 林纾有时将剧本误译为小说。如莎士比亚的剧本《雷差得纪》、《亨利第四记》、《亨利第六遗事》、《凯彻遗事》、《亨利第五记》，伊卜森的剧本《梅孽》，林纾均译成了小说。之所以出现这种情况，可能口译者没把体裁向林纾讲清楚，或者口译者把外国作家改写的故事译了过来。

236 不愧是专门的著作，列举了林译的四个缺陷，论述详细。请了解，以上只摘引了与本文有关的部分。

可以看出，关于缺陷的定论，一如既往地受到了坚定的支持，并重复着论述。韩洪举还提到了一种可能性，请注意这一点。但是，他自己并没有追求这一可能性。可见，韩洪举并没有认识到这是一个重要的问题。我只能说非常遗憾。

○ 谢晓霞:《〈小说月报〉1910—1920:商业、文化与未完成的现代性》,上海:三联书店2006年11月版,第120—121页。

> 在这一点上,林纾也没能例外,在他这儿,小说的概念依然很模糊。除了像民初所有的文人那样,分不清小说和历史的界限,以史为小说之外,体现在《小说月报》中的翻译还表明他对小说和剧本的区别也不是很清楚。刊登于《小说月报》7卷1期的《雷差得纪》(今译《理查二世》)本是莎士比亚的剧本,林纾却把他当成小说来翻译。同样,莎士比亚的另外几部剧本,如刊登于《小说月报》7卷2—4期和7卷5 7期的《亨利第四纪》(今译《亨利四世》)和《凯撒遗事》也都被林纾作为小说翻译并介绍给了中国人。莎士比亚戏剧由人物对话所构成的那种强烈的戏剧冲突经林纾这一改写,几乎是面目全非,整部作品也因此而顿然失色。对翻译来说,这无疑是一种极大的失误。

若说专门,研究这本书也是专著,对改革以前的《小说月报》进行了说明。因为与林纾有密切的关联,所以做了如上记述。也许她认为,要从以往的记述中凸显自己的说明,就只能增加批判的强度。请注意,我并不是责备谢晓霞。林纾将剧本改成小说,至今为止所有的研究者都这么写的。对此,要让她在博士论文的阶段就具有怀疑的头脑,当然很勉强。我很同情,包括对她的指导老师。

该书的"附录2 1910—1920年的《小说月报》大事年表"中解 237
说道,将戏剧翻译成小说,是因为文体观念的模糊(第223—225页)。内容重复,此处省略。

○ 马祖毅等:《中国翻译通史》现当代部分第 2 卷("外国文学在中国篇"第 5 章"英国文学"),武汉:湖北教育出版社 2006 年 12 月版,第 233 页。

记述了林纾与陈家麟以文言翻译了莎士比亚的五种剧本故事。"复述"这个词语,用英语来说就是"retell",日语相当于"再话"。也就是说,这样的写法说明了他认为这是"重写"。

> 这几种译文(樽本注:刊载于《小说月报》上的莎士比亚的作品等)只保留了莎士比亚原著的故事梗概,而且又是采用小说的形式,所以无法看出莎士比亚戏剧作品的原貌了。

除此之外,还有很多论述林译的著作与论文。但是,没有提到翻译缺陷的,或者虽然对缺陷有所说明,但没有解释莎士比亚原作的小说化问题的,我基本都除去了,所以呈现出上述这些事例。除此之外,还有一些应当列举的文献吧。可是,有的论文虽然知道题目,但在日本不能获得全文,所以没有办法列举。细数起来就没完没了,暂且告一段落。

作为这一部分的小结,我介绍两个例子,看一下中国的莎士比亚研究专家是如何论述这个问题的。

○ 张泗洋主编:《莎士比亚大辞典》,北京:商务印书馆 2001 年 1 月版。

各条目都没有署名。在大项目中"六、莎士比亚在中国"中的"1. 中国莎学综述"——"中国莎学发展史概述"中抄引:"这几种译文,只保留了莎士比亚原著的故事梗概,而且又采用了小说的形式,因此很难看出莎士比亚作品的真面目了。"(第 1256 页)

在“莎士比亚作品的中文翻译”中，只列举了林纾的《吟边燕 238
语》《理查二世》等作品的译名，没有涉及林译的缺陷(第 1279 页)。

另外，比较好的是，在“7. 中国莎学学者简介”中收入了“林纾”。列举了《英国诗人吟边燕语》及《雷差德纪》《亨利第四纪》《亨利第六遗事》《凯彻遗事》《亨利第五纪》，称在当时产生了很大影响(第 1401 页)，这也能够理解。可是，在“2. 莎士比亚作品中文译本”中，虽然列举了《英国诗人吟边燕语》，却完全没有提及林译《雷差得纪》等五种作品。也就是说，这部大辞典忽略了《雷差得纪》等林译五种作品。这是因为他们强烈地认为，剧本被改成了小说的缘故么？这几乎等同于说，如果剧木不是原样被翻译的话，那么也就没有介绍的价值。

○ 裘克安:《莎士比亚评介文集》，北京:商务印书馆，2006 年 4 月版第 45—46 页。

> 1903 年，即光绪二十三[二十九]年，上海达文社首先用文言文翻译出了英国散文家查尔斯·兰姆及其姐玛丽写的《莎士比亚故事集》中的十篇故事，题名为《英国索士比亚著瀞外奇谭》，译者未署名。第二年，商务印书馆出版了林纾与魏易合作译出的同一著作的全部二十篇故事，题名为《英国诗人吟边燕语》。林纾是把此书当作神怪小说看待的。但此书向中国人介绍莎士比亚起过很大的作用。如郭沫若曾说，他童年读此书，“感受着无上的兴趣，它无形之间给了我很大的影响。”在其他的现代文豪，像鲁迅和巴金身上，也可以看到类似的影响。林纾以后还译述过《裘力斯·凯撒》以及《理查二世》和亨利四、五、六世等英国历史剧的故事，在《小说月报》上

登载。

英国文学研究者仅仅研究其专业就已经非常忙碌了。所以，他们对中国出版了什么样的译本，似乎没有兴趣。就上述引文来看，只能如此解释。可以明白，他们并不想深入到林译的内容。不过，这只是我不知道而已，有可能在这一领域内发表了详细的研究论文。

正如前面我所介绍的那样，中国文学的研究者在林译小说评价的框架内，非常尊重先行论文，并在很长的时期内一直沿用了下来。我并没有批评的意思。只是叙述事实，请不要误解。

239 尽管如此，当我浏览到这样一种无一例外地强调林译缺陷的文章群，竟让我对这种不可动摇的评价产生了一种感动。作为定论，它是铁壁，甚至不会有细微的动摇。所以，丝毫也不会存在有所谓冤案的意识。

3 林译莎士比亚历史剧的底本

林纾将莎士比亚原作的戏剧改写成小说。这样批判的是刘半农。可是，当时他所依据的《吟边燕语》实际上是兰姆姐弟的原作，也就是将戏剧改成小说的《莎士比亚故事集》。这原本是散文，所以刘半农提出的批判就失去了依据。我已经指出，刘半农冤枉了林纾。

《吟边燕语》是刘的误解。但是，郑振铎称林纾翻译的其他莎士比亚的作品，将原本的戏剧改成了小说。很抱歉我执拗地重复这一点，这个部分已经成为定论，所以成为冤案。

以下，将这些有问题的林译莎士比亚的作品，按照发表顺序进行排列。

1. 原作不明

《欧史遗闻》〔英〕莎士比亚原著，林纾、陈家麟同译，《上海亚细亚报》1915 年 9 月 30 日—10 月 3 日（未见）[12]

2.《理查二世》(*RICHARD Ⅱ*)

《雷差得纪》〔英〕莎士比原著，林纾、陈家麟同译，《小说月报》第 7 卷第 1 号 1916 年 1 月 25 日

3.《亨利四世》(*HENRY Ⅳ*)

《亨利第四纪》〔英〕莎士比原著，林纾、陈家麟同译，《小说月报》第 7 卷第 2—4 号 1916 年 2 月 25 日—4 月 25 日

240

雷差得紀

英國莎士比原著

閩縣林紓 靜海陳家麟 同譯

英王奈支倭得第三殂王薨遂屬皇太孫雷差得卽黑太子之子太子以英武之姿早年卽世舉國痛惜前星之隕故擁戴太孫時太孫甫十一歲民以悼念東宮之故咸輸誠於太孫加冕之時倫敦人庶歡踴無極巨商設機於公園易飛泉爲酒流沫成池恣人浩飲以常理言英雄之父或產英雄之兒顧乃不爾父老因大失望人既荏弱或本諸天性實亦教育使然時侍從人多薰蕕雜進讒諂者錯出其間卽自好之士亦圖營己私無心於爲國王長養宮中逸樂而縱恣甘言易入故樂與宵小爲緣閱歷既淺爲近習所牽引言匪弗售侍從大臣十二人尙有族父三人亦在侍中之列一爲蘭卡司忒公一爲要克公一爲格老西司忒公此三人中以玉牒近支極力輔政而格老西司忒公獨專揆席一時政府人稱之曰怪政府而識者亦稱之曰不仁之政府格老西司忒當國時有德維亞及沙復克均王之弄臣格老西司忒以罪誅之籍沒其家王怒顧政權不屬則聽攝政所爲容忍及於二十二歲罷攝政大臣獨操政柄國中晏然稱治然量局而恨深思圖報復尙畏懾格老西司忒未敢肆之市朝在位八年忽一日降勅流格老西司忒於卡雷卡雷留守爲那白雷封腦復克公格老西司忒既至配所遂瘐死獄中死狀初無人知者議者亦未嘗謂格老西司忒之死由王授計於那白雷然物議沸騰咸指爲王之陰謀蓋王初御極尙顧恤民心已而去其僞飾恣意所如遂立布西及格雷魯與巴高忒爲執政大臣一變從前憲政因意立制悉國家大計用私見爲去取民不堪命天下人主有自利之心則非專制斷不能據其己意故格老西司忒

小說月報 第七卷 第一號 雷差得紀 一

《雷差得纪》

亨利第四紀

英國莎士比原著

閩縣林紓 靜海陳家麟 同譯

亨利第四卽卜林不魯克之易名既卽位而心滋不懌自知得自非分動息頗不自寧蓋雷差得雖死而亨利第四之序次仍不當立當立者爲少年勳爵毛持毛毛持毛爲馬徹伯爵之文孫馬徹伯爵娶費利巴爲妻費利巴者爲來安那之女來安那爲奈支倭得第三子卜林不魯克爲奈支倭得之孫而其父蘭卡司忒公次在第四以序次論雷差得行二仲既無嗣則叔當立卜林不魯克爲序季也季何當立則宜立馬徹伯爵之孫蓋其母之序在第三爲次長於蘭卡司忒也以玉牒言毛持毛尙生則卜林不魯克之立實非正顧爲百姓所愛戴不能不卽大寶於是要結人心以遂其謀此盡人所知者且隨地演說餌以甘言於是衆心皆屬亨利第四既爲平民所舉一朝躬親大政要在收拾人心既順民心勢不能不結怨於貴族貴族因陵踐平民者今則冠履倒置怨望之聲乃日騰起而貴族中尤怒者則爲那珊白倫那珊白倫之反覆無常而雷差得瀕行曾加指斥謂異日必叛亨利此時諸貴族見民權漸偉亦初不加意以湯沐之邑既分各王其邑不必參與朝政然亨利第四既卽位初不以封建爲然勅議院議削地集權於中央於是抗者蠭起可四十餘人亨利第四本蓄雄圖知封建之非當破碎其國土集權於一勅議院宣布叛逆與非叛逆之條例凡國用所需議院任之立豫算之表以監制其出納議員遂議禁抑諸侯之傲慢且限制諸侯養兵凡羽林之衆惟朝廷蓄之貴族聞而大鬨謂竭盡心力擁立其人竟用以自困乃爭起詆咎其非亨利第四亦知貴族離心顧爲其詰難至無辭以對至於手弑雷差得亦頗內咎於心如是

小說月報 第七卷 第二號 亨利第四紀 一

《亨利第四纪》

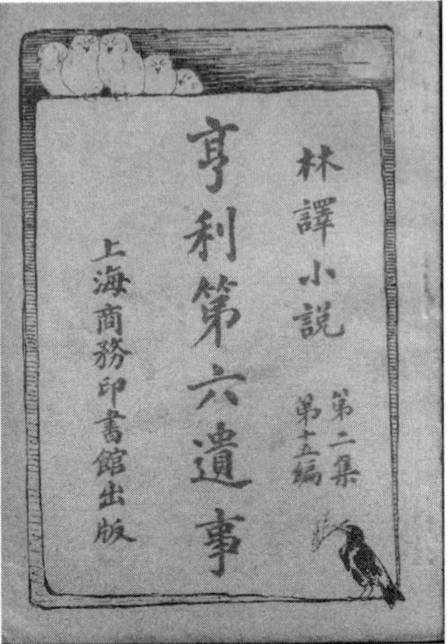

《亨利第六遺事》

241

凱徹遺事 英國莎士比原著

閩縣林紓 靜海陳家麟 同譯

羅馬立國可四百五十年此四百五十年中幾欲一統歐西可云盛矣惟貴族平民之乖忤終未臻於和平以羅馬發祥特一小城已而統攝全歐拓地既廣殖民亦衆民衆則智識日譖意氣激昂萬不能屈服於貴顯大臣之下前此羅馬外侮孔熾則悉心外禦內訌少息迨宇內承平於是朝野爭競日烈一日版圖既廣於是留屯之兵亦多日防屬地人民之懷反側及羣雄既殲則武人閒居不無涉及內政人欲柄權非身當軍要不足以震衒一時已而國中有偉人出爲世界名將之一其人則凱徹也志嚮既大又爲全國陸軍之元帥欲以全力平此黨爭然黨禍方熾而潘佩實爲之勁敵迨潘佩敗而凱徹之位始固而潘佩諸子仍倔強不服然漫達一戰潘佩父子盡死而餘黨均赦勿治凱徹欲圖帝業故以寬大爲體不欲樹怨於黨人然黨人之怨之者固已刺骨潘黨之人雖已蒙赦然實無感於心尙有所部之人以賞罰不均頗有觖望者雖凱徹加以懋賞然均弗滿其意此外尙有愛國之志士陽與凱徹交厚而中心虞凱徹之獨斷將恢復帝制將不利羅馬之自由此三種人以外則不逞之徒覬利而動無所謂黨直喜亂之徒亦充斥於國中前此數月乘屋騎危歌誦潘佩之勳德幾喑其喉及潘佩父子大敗則又如前狀以歡迎凱徹方凱徹奏凱入都意氣頗盛一改前此謙冲之常度須知古今立大功成偉業之人其中本屬天命然身居其中者乃不知盈虧之理往往自以爲功夫以一人之聰明豈能挽回造化非有天命烏能及此蓋英雄者上帝之機器也機器之關軸非帝力莫運若自以爲功則謬矣君子觀凱徹極盛之時轉以

小說月報　第七卷　第五號　凱徹遺事　一

《凱彻遺事》

4.《亨利六世》(*HENRY VI*)

《亨利第六遗事》〔英〕莎士比原著,林纾、陈家麟同译,商务印书馆1916年4月版,说部丛书第3集第1编;上海商务印书馆,林译小说丛书第2集第15编

5.《裘力斯·凯撒》(*JULIUS CAESAR*)

《凯彻遗事》〔英〕莎士比原著,林纾、陈家麟同译,《小说月报》第7卷第5—7号,1916年5月25日—7月25日

6.《亨利五世》(*HENRY V*)

《亨利第五纪》〔英〕莎士比原著,林琴南(林纾)遗稿(陈家麟同译?),《小说世界》第12卷第9—10期,1925年11月27日—12月4日(未见)

对于我未曾见过的1《欧史遗闻》,最近有人指出,这是莎士比亚原作,由林纾与陈家麟合译。至今为止,还没有出现提及该作品的论文。6《亨利第五纪》至今也没有见到,所以本文中不涉及。另外,在郑振铎的批判文中也没有列举这部作品。因为这是在郑振
铎的批判文章发表之后才公开的一部作品。 242

就上述列举的作品名来看,不言而喻,都是莎士比亚的历史剧。可以看出,这些都不是兰姆姐弟《莎士比亚故事集》(林译的题名为《吟边燕语》)中收入的作品。显然,林纾避免了作品的重复。

以往的文章都批评林纾将戏剧改成了小说。那么,是怎样改成了小说呢?按理,研究者应该讨论这一过程吧。可是,奇妙的是,没有一个人进行过具体的说明。这究竟是怎么一回事呢?是因为这是明摆的、不需要进行查证的事情么?

以《凯彻遗事》为例。

将莎士比亚的原文与林译并排对照[13]。*

FLAVIUS

Hence, home, you idle creatures, get you home!
Is this a holiday? What, know you not,
Being mechanical, you ought not walk
Upon a labouring day without the sign
Of your profession? —Speak, what trade art thou?

林译如下：

[林译]罗马立国。可四百五十年。此四百五十年中。几欲一统欧西。可云盛矣。惟贵族平民之乖忤。终未臻于和平。以罗马发祥。特一小城。已而统撮全欧。拓地既广。殖民亦众。民众则智识日谙。意气激昂。万不能屈服于贵显大臣之下。(第1页)

243 戏剧小说化的说法是一直以来的定论。即使这样，如上所示，二者的内容相差很远。一目了然。莎士比亚原作的开头中哪里写着罗马建国450年了？林译对历史背景做了说明，难道是他自己经过调查的创作么？林纾的表现不含常情。

反之，就开头部分而言，称他将戏剧改成了小说的说法让人觉得也很奇妙。这就产生了一个简单的疑问。研究者们是否将英文

* 此处原文是："作为参考，日语翻译使用坪内逍遥的译文"。省略日语译文，下同。——译者

与林译进行过对照？看了二者之后，还会认为林纾将原来的戏剧改成了小说么？在我，只觉得不可思议。只要看一下林译，就能明白这不是什么改写的小说。任何人都能清楚地看出，这完全是另外一个作品。如果是经过自己的对照之后还认为是戏剧小说化的话，那么他是郑振铎的林纾批判的咒语给束缚住了。

我有一个简单的疑问，也可以说是一个启发。

如果汉译将兰姆姐弟《莎士比亚故事集》的原著者写成莎士比亚的话，那么其他的作品是否也会有同样的问题呢？也就是，是否原本就存在着将莎士比亚原作的历史剧改写成小说的英文原作呢？我这样推测。因为将原作与林译进行对照后，发现差距过大，自然会让我产生这样的想法。

我想了解被改写成小说的莎士比亚作品。参看了大部头的《研究社莎士比亚辞典》（东京：研究社出版株式会社 2000 年 11 月 10 日版）。可是，虽然有查尔斯·兰姆一项，但此外并没有相似的条目。《莎士比亚大辞典》（2002 年）亦如此。

有的文章中写道："有时在只懂得英国文学皮毛的人当中，会看到 244
将兰姆的《莎士比亚故事集》完全视为少年少女的读物而轻视的人，这必须说是非常严重的错误。"[14] 我好像明白了他们没有做系统说明的原因，日本的研究者对于改写、小说化之类的工作似乎不感兴趣，选取儿童用书可能会有失专家的身份吧。如果是这样的话，那么中国也是同样的情况。（不过，在儿童文学的专著中情况不同。后文另述。）

既然没有可以参考的资料，那么就只能独自调查。我同往常一样，开始了探索。

以下所显示的文本，都是将戏剧改写成小说的英文原作。不过，就这些文本还不够，暂且就从我已经获得的图书开始讨论。我限定了出版年份，进行了收集。这些都可能是林纾与陈家麟汉译时所使用的底本。

几种小说化书籍——第一阶段

要探求底本，首先要获得原本。个人的收集是有限的，只能获得少数。以下，将我收集到的几本书籍按照出版顺序进行排列。为方便起见，标上从 1 至 7 的编号。

我先陈述结论。以下七种，经过我的调查，辨明都不是林译的底本。收集这些文本，需要花费不少的劳力，这是很难得到的资料，所以我略作解说。

1 Charles Alias (editor) & Herbert Sidney (illustrator)(查尔斯·埃利亚斯(编辑)& 赫伯特·西德尼(绘图)): *Scenes from Shakespeare for the Young*, Ent. Sta. Hall, London, 1885

"前言"("Preface")由勃朗查德(E. L. Blanchard)撰写。大开本。左页为内容简介，右页为彩色插图。收入了《哈姆雷特》等 14 种作品，不过只是梗概。

2 Harrison S. Morris(哈里森·莫利斯): (*All the*) *Tales from Shakespeare*, J. B. Lippincott Company, Philadelphia, 1986

标记为"TWO VOLUMES IN ONE"。与兰姆姐弟的作品合集的美国初版(1893 年)，未见。1912 年的(伦敦)William Heinemann 社出版的版本是二册本。第一册是兰姆姐弟作品，第二册是莫利斯的小说化作品。

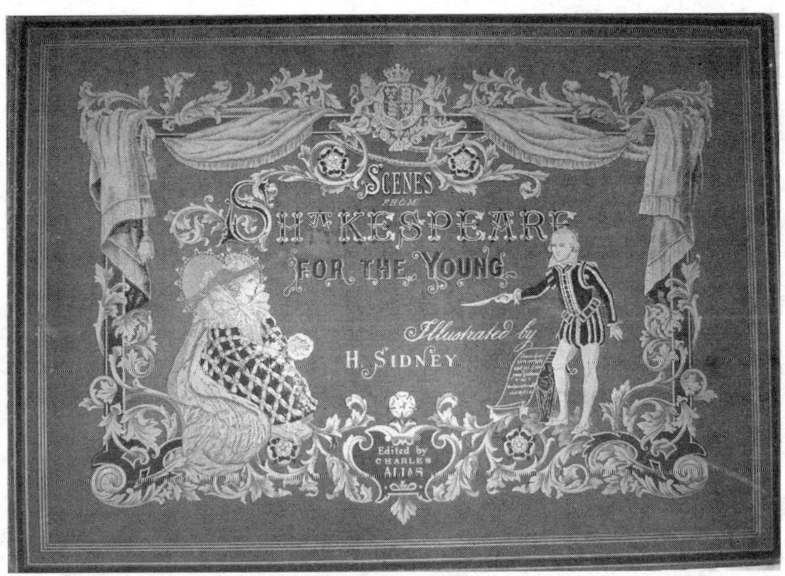

1. Alias：*Scenes from Shakespeare for the Young*

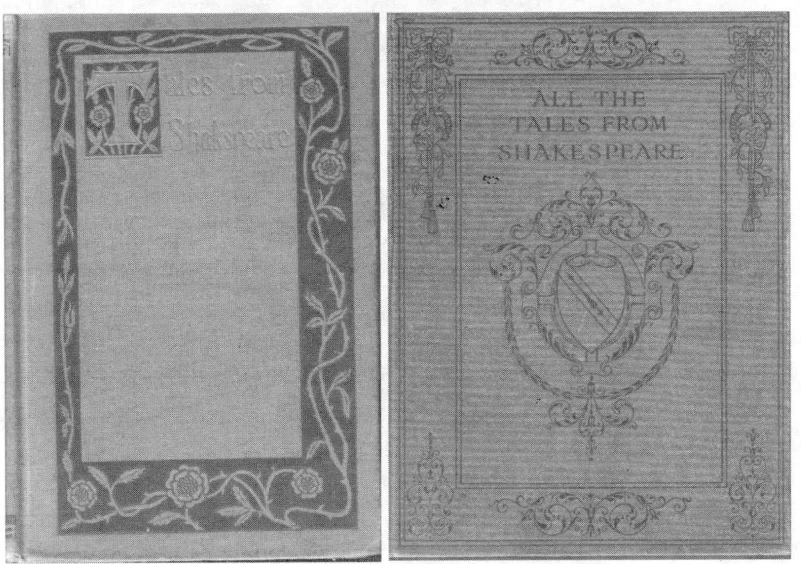

2. Morris：(*All the*) *Tales from Shakespeare*，1896/1912

246

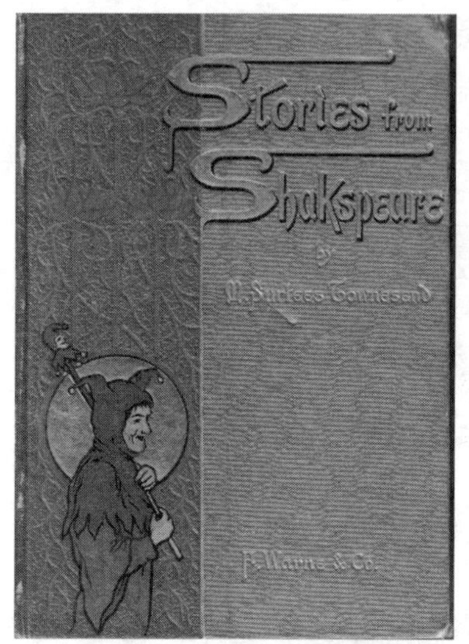

3. Townesend: *Stories from Shakespeare*

4. Macleod: *The Shakespeare Story-Book*

TWENTY
BEAUTIFUL STORIES
FROM SHAKESPEARE

A HOME STUDY COURSE

BEING A CHOICE COLLECTION FROM THE WORLD'S GREATEST CLASSIC WRITER
WM. SHAKESPEARE

RETOLD BY
E. NESBIT

BEAUTIFULLY ILLUSTRATED
WITH MANY
NEW COLOR PLATES AND FINE PEN DRAWINGS
BY
MAX BIHN

Edited and arranged by
E. T. ROE, LL.B.

PUBLISHED BY
D. E. CUNNINGHAM & CO.
CHICAGO

5. Nesbit: *Twenty Beautiful Stories From Shakespeare*

6. Lang: *Stories From Shakespeare, Told to the Children*

247

7. Carter：*Stories from Shakespeare*

3 M. Surtees Townesend(M. 苏特斯·汤森德)：*Stories from Shakespeare*，Frederick Warne & Co. and New York，1899

4 Mary Macleod(玛利·马克劳德)：*The Shakespeare Story-Book*，1902

5 Edith Nesbit(艾迪斯·奈兹彼特)：*Twenty Beautiful Stories From Shakespeare*，D. E. Cunningham & Co.，Chicago，1907

该氏 *Beautiful Stories From Shakespeare For Children* (1907)未见。

6 Jeanie Lang(基尼·朗)：*Stories From Shakespeare*，
Told to the Children，Thomas Nelson and Sons LTD，Lon- 248
don and Edinburgh，1909

7 Thomas Carter（托马斯·卡特）：*Stories from Shakespeare*, George G. Harrap, London, 1911

这些书籍如果翻译成日语，那么书名都是《シェイクスピア物语（莎士比亚故事集）》吧。很难写出英文的微妙差异。

另外，以下一览表1是兰姆姐弟《莎士比亚故事集》中收入的作品。我记录了兰姆书中与其他小说化书籍中重复的作品。“瀛外”表示《瀛外奇谭》（上海：达文社光绪二十九年（1903年）版。据书影。“瀛”是海的意思）。数字表示上述各版本。x的符号表示该版本中没有收入作品。

一览表2是本文所讨论的林译莎士比亚历史剧与小说化书籍的对照。

一览表1　兰姆姐弟《莎士比亚故事集》作品对照表

除了兰姆姐弟的版本之外，各版本中除了此处揭示的作品外，还有其他小说化的作品*。不过，因与本文无直接关系，所以没有记录。

《暴风雨》（*The Tempest*）

/1/x/3/4/5/6/7/8/9/x/11

《仲夏夜之梦》（*A Midsummer Night's Dream*）

/1/x/3/4/5/6/7/8/9/x/11

《冬天的故事》（*The Winter's Tale*）

---

* 在这句话的前面，原文是：“作品的日语翻译，依据兰姆姐弟著，大场建治译：《シェイクスピア物語》（东京：冲积舍2000年11月25日版）”。此处省略日语译文及一览表中的日语译文。——译者

/澥外/1/x/3/4/5/6/7/8/x/x/11

《无事生非》(*Much Ado about Nothing*)

/1/x/x/4/5/x/x/8/9/x/11

《皆大欢喜》(*As You Like It*)

/1/x/3/4/5/6/7/8/x/x/11 249

《维洛那二绅士》(*The Two Gentlemen of Verona*)

/澥外/x/x/x/4/5/x/x/8/x/x/11

《威尼斯商人》(*The Merchant of Venice*)

/澥外/1/x/3/4/5/6/7/8/9/x/11

《辛白林》(*Cymbeline*)

/澥外/x/x/3/4/5/x/x/8/9/x/11

《李尔王》(*King Lear*)

/1/x/x/4/5/x/7/8/9/x/11

《麦克白》(*Macbeth*)

/1/x/3/4/5/x/7/8/9/x/11

《终成眷属》(*All's Well that Ends Well*)

/澥外/x/x/x/x/5/x/x/8/x/x/11

《驯悍记》(*The Taming of the Shrew*)

/澥外/x/x/x/4/5/6/x/8/x/x/11

《错误的喜剧》(*The Comedy of Errors*)

/澥外/1/x/x/4/5/x/7/8/x/x/11

《一报还一报》(*Measure for Measure*)

/澥外/x/x/x/x/5/x/x/8/x/x/11

《第十二夜》(*Twelfth Night*；*or*，*What you Will*)

/澥外/1/x/x/4/5/x/x/8/x/x/11

《雅典的泰门》(*Timon of Athens*)

/x/x/x/x/5/x/x/8/9/x/11

《罗密欧与朱丽叶》(*Romeo and Juliet*)

/1/x/x/4/5/x/7/8/9/x/11

《哈姆雷特》(*Hamlet, Prince of Denmark*)

/澥外/1/x/3/4/5/x/7/8/9/x/11

《奥赛罗》(*Othello*)

/1/x/x/4/5/x/x/8/9/x/11

《泰尔亲王配力克里斯》(*Pericles, Prince of Tyre*)

/x/x/x/x/5/x/x/8/x/x/11

一览表 2 林译莎士比亚历史剧

《理查二世》(*Richard Ⅱ*) [雷差得纪]

250 /x/2/x/x/x/x/x/8/x/10/11

《亨利四世》(*Henry Ⅳ*) [亨利第四纪]

/x/2/3/x/x/x/x/8/x/10/11

《亨利六世》(*Henry Ⅵ*) [亨利第六遗事]

/1/2/x/x/x/x/x/8/x/10/11

《裘力斯·凯撒》(*Julius Caesar*) [凯彻遗事]

/x/2/x/x/x/x/7/8/9/10/11

[参考]

《亨利五世》(*Henry V*) [亨利第五纪]

/x/2/3/x/x/x/x/8/x/10/11

通过一览表可以明白以下情况。

在以儿童为对象(虽然如此,但对于外国人而言,并非易读之物)的书籍中,很多著者将原作进行了改写,变成了小说化的作品,其中有很多与兰姆姐弟的图书重复。可以推测,对于因兰姆姐弟出名的作品，后来的著者自行改写成小说的情况很流行。

例外当然存在。也就是有意识将兰姆姐弟之外的作品进行小说化改写，以《理查二世》等历史剧为对象，这些作品与林纾的翻译作品相关。所以，这种可能性是我现在正在追求着的。

2 的莫利斯版（似乎）符合我所找寻的要求。我已经说过，后来这本书与兰姆姐弟版合集成一册出版。

我满心期待着获得这个版本的原本。因为它可与莎士比亚的作品互为补充。如果说林纾翻译了兰姆姐弟的《莎士比亚故事集》，制作了《吟边燕语》，那么，我想，与它合集的其他作品被翻译成汉语的可能性很高。这不是很容易理解的么。

确实，这个是很容易理解的。可是，有一些解释不通的地方。《吟边燕语》发行于 1904 年，而《雷差得纪》等作品迟至 1916 年才发表。如果是合集，那么林译的发表应该是同时的。这就无法解释十二年的时间差了。

原本到了我的手上。在进行原文的比较对照之后，我明白这 251
不是林译的底本。不是这么轻易就能解决问题的。如果是很简单的事情，那么从前任何一个研究者都会尝试的。

可是，我认为莫利斯版的存在提示了其他同类书籍出版的可能性。我继续查找。

几种小说版图书——问题解决

经过调查，可以明白，很多作家将莎士比亚作品改成了面向儿童的小说。除了上述的著者以外，一直到现代，粗略数一下，就有十余人。事实上应该是这个数字的几倍吧。不仅仅只是兰姆姐弟。换言之现在依旧持续着，与兰姆姐弟相同的尝试。随着时间的推移，语言也发生了变化，新的翻译理应不断问世。

还有一点，莎士比亚的小说化书籍多半没有收藏于图书馆，似乎更多的是在世人之间流通。诚然，这是没有被研究的原因吧。

林译莎士比亚历史剧主要刊登于1916年的杂志。因此，英文原作必定是在这之前出版的，这自然就限定了数量。尽管如此，要调查连改译者的名字与书名都不清楚的作品，完全是不得要领的事情。好不容易，我获得了下面这本小说版的图书。继上述作品之后编号。

8　Winston Stokes（温斯顿·斯多克）：*All Shakespeare's Tales* Frederick. A. Stokes Company，New York，1911

扉页上记载着：TALES FROM SHAKESPEARE BY CHARLES AND MARY LAMB/AND/TALES FROM SHAKESPEARE BY WINSTON STOKES。彩色插图是卡克（Maria L. Kirk）制作的。前半部分是兰姆姐弟版，后半部分收入了
252 斯多克版。二者的书名都是《莎士比亚故事集》，将其合订成一册，所以称为《莎士比亚故事集全本》。

斯多克与莫利斯一样，将历史剧改成了小说（一览表中以数字8表示）。二者分别进行了小说化改写，自然各自的英文也不相同。与林译进行对比，可以发现，这也不是底本。

9　Mara Louise Pratt（马拉·路易斯·普拉特）：*Stories from Shakespeare*，Vol. I，Educational Publishing Company，Boston，1890/Vol. Ⅱ，1891

好像还出版了第3册。我看到了第1、2册。这里面收入的《凯彻遗事》也不是林译的底本。

以上，我按照探求的顺序进行了介绍。可以说目标越来越集中了。

8. Stokes:*All Shakespeare's Tales*

9. Pratt:*Stories from Shakespeare*

10　A. T. Quiller-Couch(奎勒·库奇):*Historical Tales* 253
from Shakespeare, Edward Arnold, London, 1899

这本有再版,由纽约查尔斯·斯克里布纳尔出版社子公司出版(Charles Scribner's Sons, New York, 1900)。两个版本都附上了书影,我按照初版进行说明。

著者的名字是阿瑟·托马斯·奎勒·库奇(Arthur Thomas Quiller-Couch)。

序文(PREFACE)有 6 页,正文包括附录在内共 368 页。卷末附带了书店的广告 32 页(再版时,以 Quiller-Couch 的"Q"为署名发表的小说广告)。

收入的作品如下。与林译相重合的作品标记上◎符号。("一览表 2"中标记为数字 10)

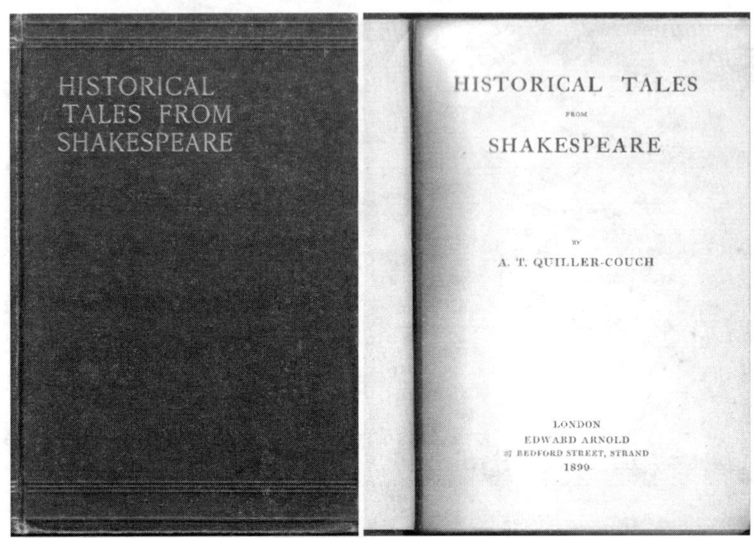

10. 初版：Quiller-Couch：*Historical Tales From Shakespeare*，1899

254

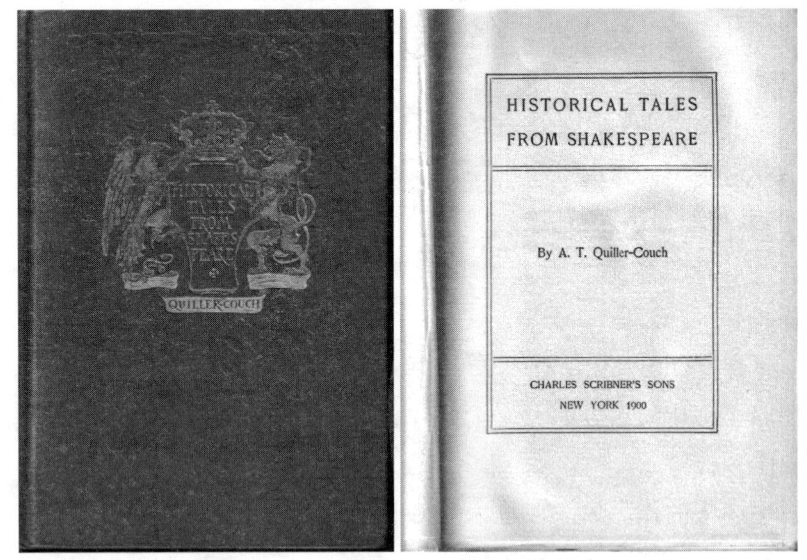

10 再版：Quiller-Couch：*Historical Tales From Shakespeare*， 1900

《科利奥兰纳斯》(*Coriolanus*) 第 1—37 页

◎ 《裘力斯·凯撒》(*Julius Caesar*)第 38—77 页(注:原文为 Cæser)

《约翰王》(*King John*) 第 78—104 页

◎ 《理查二世》(*King Richard the Second*)第 105—134 页

◎ 《亨利四世》(*King Henry the Fourth*)第 135—218 页

◎ 《亨利五世》(*King Henry the Fifth*)第 219—256 页

◎ 《亨利六世》(*King Henry the Sixth*)第 257—312 页

《理查三世》(*King Richard the Third*)第 313—364 页

Appendix 第 365—368 页

以下,引用《裘力斯·凯撒》的开头部分,再次附上林译*。

Four hundred and fifty years had passed and the Rome 255
of Coriolanus had become the mistress of the world. But all these years had not healed the quarrel between the patricians and plebeians; for as the city increased in size and dignity and empire, so her citizens increased in numbers and grew less and less inclined to submit to the rule of a few noble and privileged families. (p. 38)

[林译]罗马立国。可四百五十年。此四百五十年中。几欲一统欧西。可云盛矣。惟贵族平民之乖忤。终未臻于和平。以罗马发祥。特一小城。已而统撮全欧。拓地既广。殖

* 原文此处先附上日语译文,为表示对照,再附上林译。本书省略日语译文。下同。——译者

民亦众。民众则智识日谙。意气激昂。万不能屈服于贵显大臣之下。(第 1 页)

林译并非一字一句都忠实于英文原作。但是,原文的基本意思却是充分抓住了的。

另外,我还确认了《理查二世》《亨利第四纪》《亨利第六遗事》等林译作品也是依据了奎勒·库奇版。

在此作一结论。我断定,林译莎士比亚历史剧的底本是奎勒·库奇的小说版图书。

256 关于奎勒·库奇

明白了底本是奎勒·库奇版之后,相关的情况就随之发生了变化。也就是说,可以调查关于这个人的一些事情了。

《研究社莎士比亚辞典》中有“奎勒·库奇”的条目(第 193 页),《集英社世界文学大事典》第一卷中也介绍了“奎勒·库奇”(第 856 页),《莎士比亚大辞典》中没有条目。

根据这些资料,可以知道奎勒·库奇(1863—1944)在牛津大学毕业后,在家乡发表了小说和诗歌等作品。1912 年,他就任剑桥大学第一任英国文学教授。也是使用笔名为 Q 的小说家,曾经与多佛·威尔逊(J. Dover Wilson)* 一起,监修了第二剑桥版莎士比亚。可见,他是莎士比亚研究的专家。但是,辞典的解说中没有提及他在改编了莎士比亚历史剧之后又改写小说的情况。这在他的

---

* 多佛·威尔逊(1881—1969),教授、学者,研究文艺复兴时期的戏剧,尤其是莎士比亚戏剧。——译者

生涯里，似乎是可以省略记述的事情。

不过，在儿童文学里，记述有所不同。

汉弗里·卡彭特（Humphrey Carpenter）、玛利·普里查德（Mari Prichard）著，神宫辉夫监译《牛津世界儿童文学百科》（《オックスフォード世界児童文学百家》，东京：原书房 1999 年 2 月 10 日版；1999 年 3 月 3 日第二次印刷）中有“奎勒·库奇，阿瑟（·托马斯）”（Quiller-Couch, Arthur Thomas）（第 217 页）的条目。在这里也没有提及莎士比亚的作品。我所说的记述不同，是指在另一条目“莎士比亚剧”（第 316—317 页）中有详细的叙述。列举了下列这一些以儿童为对象进行改写的作品名称。我只挑出看起来有点关系的名称。

威廉·多德（William Dod，1752 年版）、恩费尔德（Enfield，1774 年版）、兰姆姐弟（1807 年版）、托马斯·包德勒（Thomas Bowdler，1818 年版）、玛利·考顿·克拉克（Mary Cowden Clarke，1850—1852 年版）、玛利·西摩（Mary Seymour，1883 年版）、艾迪斯·奈兹彼特（Edith Nesbit，1897 年版）、玛利·马克劳德（Mary McLeod）（1902 年版）等。此处解说道：“阿瑟·奎勒·库奇爵士的《莎士比亚的历史故事》（*Historical Tales from Shakespeare*，1899）中收入了兰姆姐弟所省略的数篇历史剧的改编作品”（第 316 页）。

现在，因为知道是奎勒·库奇版，所以我对这个记述表示认同。如果最初就看到这个解说的话，那么是否就能一下子查找到奎勒·库奇呢，可能不行吧。因为除了兰姆姐弟之外，还有很多小 257
说化书籍。

奎勒·库奇版原文的一部分经过了日语注释后出版了[15]。

中国的《莎士比亚大辞典》中记载了“奎勒库奇爵士”一条（第 842—843 页）。拥有 Sir 的称号，所以称之为“爵士”。因为这是辞书,所以没法做详细的记述。不过,这本辞典记述了奎勒·库奇的历史剧的汉译的情况,所以很有帮助(第1349—1350页)。那就是汤真译《莎士比亚历史剧故事集》(中国青年出版社1981年版)。根据解说,奎勒·库奇改编的莎士比亚历史剧被称为兰姆姐弟版的姊妹篇。遗憾的是,只有这些说明,没有提及林译。辞典的撰写者好像漏掉了重要的事实,或者是汤真漏掉的么?

我找出翻译了奎勒·库奇版的汤真的说明。

在"译者前言"中解说了奎勒·库奇的简历及其改写的莎士比亚历史剧的情况。在最后的部分记述了原书是萧乾所赠[16]。

萧乾翻译了兰姆姐弟的原作。〔英〕查尔斯·兰姆、玛丽·兰姆改写,萧乾译《莎士比亚戏剧故事集》(原名《莎士比亚故事集》,1956年7月初版未见。西安:太白文艺出版社2005年1月版)。萧乾在"译者前言"中说明,继兰姆姐弟的故事之后,奎勒·库奇将历史剧改成了故事。这就是送给汤真的原本吧。

就上述情况来看,令人吃惊的是,萧乾与汤真一点都没有提到林纾的翻译。也就是说,二者做梦都没有想到林译是依据奎勒·库奇版翻译出来的吧。林纾将莎士比亚的历史剧直接变形为小说,这是定论。我想,正是因为这个定论,才束缚了他们的思考吧。

连拥有奎勒·库奇版的人或者翻译这个版本的人,尚且都没有注意到它与林译有关。关于林译的定论是如此的坚固而不可动摇。

在已经作出结论之后还要追加版本,这个写法很不好。非常
258 抱歉,我想说明我努力地追查到其他的版本。

11 克雷顿·爱德华兹《莎士比亚物语全本》(Clayton Edwards: *All Shakespeare's Tales*, The Hampton Publishing Company, New York,

1911)

这本书的前半部分也是兰姆姐弟版，后半部分是爱德华兹(Edwards)版。彩色插图也是由卡克(Kirk)制作的。

我看着封面，有种奇妙的感受，似曾相识，不用很仔细地看也能明白。甚至正文的页数与8斯多克版也相同，封面的图画与大小也完全一致，只不过封面所用的包装布的颜色、彩色插图的数量及设置页码不同而已。

扉页上记着："Copyright, MCMXI, by/Frederick. A. Stokes Company。"这是以8斯多克版为基础进行的改写本吧。因为正文内容相同，所以爱德华兹是斯多克的化名吗？详情不明。

4 结论

因为追加了版本的说明，所以本文最后的结尾也变得松散。这是按照追查过程的时间顺序进行论述的结果。

我再确认一下，林译莎士比亚历史剧的底本是奎勒·库奇的小说化书籍《莎士比亚历史故事集》。这一瞬间，辨明了郑振铎对林译的批判是没有事实根据的冤枉。这个定论本身，就是林译莎士比亚冤案。

林纾与陈家麟依据小说化的英文原作进行了汉译。但是，没有注明改写者的姓名，只标记了莎士比亚原著，这就是林纾的错误吗？

如果有研究者强调这是林纾的错误的话，那么我希望也可以批评下面这个鲁迅的错误。

> 〔法〕嚣俄著,庚辰(鲁迅)译"哀尘",《浙江潮》第 5 期,光绪二十九年五月二十日(1903 年 6 月 15 日)

这是雨果(Victor Hugo)的著作,但是鲁迅依据的是雨果著,森田文藏译《フハンティーンのもと(一千八百四十一年)》*。

259 〔美〕(原文如此)培伦著,中国教育普及社(鲁迅)译印《(科学小说)月界旅行》,东京・进化社,光绪二十九年十月(1903 年)

原作是儒勒・凡尔纳的《从地球到月球》(Jules Verne: *DE LA TERRE A LA LUNE*,1865)。鲁迅使用的底本是井上勤译《(九十七时二十分间)月世界旅行》(三木佐助发行,1886 年 9 月)。

> 〔英〕(原文如此)威男著,之江索子(鲁迅)译《地底旅行》,《浙江潮》第 10 期,光绪二十九年十月二十日(1903 年 12 月 8 日)

这也是凡尔纳的作品《地心游记》(*VOYAGE AU CENTRE DE LA TERRE*, 1864)。鲁迅根据三木爱花、高须治助译《拍案惊奇・地底旅行》(东京:九春社 1885 年 2 月版)翻译成汉语。

鲁迅的汉译是基于日语的译本,但他也没有注明。

如果写上:"莎士比[莎士比亚]原著,奎勒・库奇[Quiller-Couch]改写,林纾、陈家麟同译",这样才是更为正确的书写方式。

---

* 这是雨果的作品《芳汀的来历》(*origine de Fantine*)。Fantine 是雨果作品《悲惨世界》(*Les Misérables*)中的角色。——译者

但是，这是现在的看法。在当时，林纾等人没有那么做。仅此而已。

如果说林纾与陈家麟依据奎勒·库奇版莎士比亚进行翻译的话，那么迄今为止所谓擅自改写成小说的批判，从根本上就不成立。所以，我说这是冤案。我将此事命名为“林译莎士比亚冤案”。既然是冤案，那么林纾与陈家麟就不负有责任。

之所以成为冤案，是因为有诱导其成为冤案的人物。

最初的人是刘半农。追认他的胡适也不能免责。

但是，最大的责任者是具体揭示《亨利第四纪》等作品名、进行批判的郑振铎。今后，郑振铎将会被追究其给林纾冠以莫须有罪名的责任吧。

关于研究者以往的记述，我做了过于充分的介绍。很多研究者都不断指出将莎士比亚的原作改写成小说是林译的缺陷，并批判至今。承袭定论，通过不断地重复加以强化，长期以来不厌其烦地责骂林纾。即便最终对林译给予正面评价，但是，称其翻译有缺陷就是对林纾的大声辱骂。然而，他们完全不担心林 260
纾会做出反驳。另外，他们也没有受到其他研究者的批评。所有的先行论文都认为这是不需要进行说明的定论，所以不可能有错误。无一例外。追随他们，有什么不好么？所以，研究者将自己置于一个绝对安全的地带，毫无顾虑地加入鞭打林纾的行列，却让林纾一直戴着莫须有的罪名。所以，我称之为“谩骂林纾的快乐”。

关于林译莎士比亚历史剧，林纾与陈家麟根本就没有改写成小说。因为这是没有证据的，所以对林纾的批判不能成立。加之，没有理由的批判持续了很长时期，参与的研究者很多。

仅从莫须有、长期、大规模这三个理由来看，这是中国翻译研究史上罕见的一大冤案。

我简直无法想象林纾与陈家麟所受的冤枉可以说清，而且这个冤枉还是在日本洗清的。

在1852年林纾诞生之后的第155年，在1916年莎士比亚历史剧奎勒·库奇版小说化书籍的林译本发表之后的第91年，在1924年林纾逝世后、郑振铎发表论文之后的第83年。我对林纾举杯，默默地喝下冰冷的可尔必思(calpis)*。

注释

1 林薇：《百年沉浮——林纾研究综述》，天津：天津教育出版社1990年10月版，第166—167页。

2 林薇：《百年沉浮——林纾研究综述》，第196—197页。

3 樽本："谩骂林纾的快乐(2)"，《清末小说》第28号，2006年12月1日。

4 指rewrite、retell。日语中有改作、重写、改写、再话(面向儿童的简易写法)等词语可对应。有时也直接称rewrite。另外，将原作进行重写的变形也可以说成改编、缩写。不过，本文中只限于将戏剧改写成小说，使用"小说化"一词。也就是novelize。

261 5 钱锺书："林纾的翻译"中有所提及。钱锺书等：《林纾的翻译》，北京：商务印书馆1981年11月版，第42—43页。另，钱锺书《七缀集》(修订本)(上海：上海古籍出版社1985年12月版，初版未见；1996年2月第4次印刷)中所收入的该文，其文章与注释都有一些不同，第98—99页。

---

* 一种乳酸菌饮料，可用于调酒。——译者

6 胡适在此将林纾当成了大罪人，但是五年后，评价的重点转移至正面。“他（樽本注：林纾）的大缺陷在于不能读原文；但他究竟是一个有点文学天才的人，故他若有了好助手，他了解原书的文学趣味往往比现在许多粗能读原文的人高的多。现在许多人对于原书，既不能完全了解；他们运用白话的能力又远不如林纾运用古文的能力，他们也要批评林译的书，那就未免太冤枉他了。”（胡适：“五十年来中国之文学”，《最近之五十年》，上海：申报社1923年2月初版；上海：上海书店影印，1987年3月（出版说明中写着1922年2月为初版，这是错误，应该是1923年）。另，改题为《晚清五十年来之中国》，由香港龙门书店影印，记“1922年上海初版”，1968年9月再版，第6页）关于大罪人的发言，胡适似乎完全忘记了。

7 郑振铎：“清末翻译小说对新文学的影响”，《今代文艺》第1号，1936年7月20日，第116页。

8 樽本：“《汉译东西洋文学作品编目》及其编者”，《来自清末小说》，第80号，2006年1月1日。

9 这部分的内容没有使用引号。可是，却明确地记载了文章名，好像摘自林纾“小说杂考”一般。但林纾的这篇文章里并没有相关部分。我不明白谢飘云的意思。

10 相浦杲：《考证・比较・鉴赏——二十世纪中国文学研究论集》（北京：北京大学出版社1996年8月版）中该篇论文并非全文翻译收入。相关部分没有翻译。

11 濑户宏：《中国话剧成立史研究》（东京：东方书店2005年2月25日版，第127页）中也是错误的。

12 未见。孟兆臣：《中国近代小报史》，北京：社会科学文献出版社2005年10月版，第284页。

13 William Shakespeare，Wells and Taylor(ed.)“THE COMPLETE WORKS”，Oxford University Press. 1988，p.601。日语翻译依据了以下书籍。莎士比亚著，坪内逍遥译：“裘力斯・凯撒”（ヂューリヤス・シーザー）、

《莎士比亚》(《ザ・シェークスピア》),东京:第三书馆 2002 年 8 月 15 日版,第 697 页。将重复的记号改成文字。

14　村冈勇译:《莎士比亚物语》(《シェイクスピア物語》),东京:角川文库 1952 年 7 月 30 日版;1966 年 8 月 30 日第二十四版,第 398—399 页。

262　15　长泽英一郎注释:《裘力斯·凯撒物语》(《ジューリアス・シーザー物語》),东京:研究社印刷株式会社 1950 年 6 月 25 日版,研究社小英文丛书 67。

16　奎勒·库奇改写,汤真译:《莎士比亚历史剧故事集》,北京:中国青年出版社 1981 年 3 月版,第 8 页。

林译易卜生冤案 263

刊载于《来自清末小说》第 86 号(2007 年 7 月 1 日)。林译易卜生也是冤案之一。以莎士比亚开头,是出于探索过程说明的需要。长期以来,林纾以其根本没有做过的事情为由受到批判与责骂。与此相比,我反复地说明他的清白又算得了什么呢。林纾的冤案,我今后还会强调。

林译中存在着巨大缺陷,其一就是将原本的戏剧改写成小说。一直以来,他被如此指摘,被批判。撰写相关论文的研究者中,很多人都支持这个观点。所以,这是学术界的定论,也是一般的说法。

1 莎士比亚的案例

代表性的例子就是林译莎士比亚。不过,并非《吟边燕语》。因为这部作品的底本已知是兰姆姐弟的《莎士比亚故事集》。故此处不做论述。批评林纾将戏剧改成小说的是以下这些历史剧。

林纾与陈家麟合译,有刊登于 1916 年的《小说月报》上的《雷差得纪》《亨利第四纪》及《凯彻遗事》。另外,还有单行本《亨利第
六遗事》(上海:商务印书馆 1916 年 4 月,说部丛书第 3 集第 1 编;上海:商 264
务印书馆林译小说丛书第 2 集第 15 编)等。

只写了英国莎士比亚[莎士比]原著。如果看林纾与陈家麟的翻译,那是小说体。所以,郑振铎断定他将原来的戏剧改写成小说。因而批判他随意改变作品体裁的翻译态度。

但是,事实并非如此。

林译莎士比亚里有小说化的书籍。是英国作家将原来的戏剧改成了小说。那是什么书呢?是 A. T. Quiller-Couch(奎勒·库奇):*Historical Tales From Shakespeare*, Edward Arnold, 1899。

这个新发现具有重要的意义。

迄今为止,都认为林纾是基于莎士比亚的原作,直接翻译并改写成小说的,所以批判都集中于此,从 1924 年郑振铎开始。很抱歉,我反复说明这一点。这个发现证明了这个观点是错误的。

换言之,莎士比亚原作与林译之间还夹着一种英文原作。也就是说,林译并非依据莎士比亚原作,而是将莎士比亚原作的小说化书籍,即奎勒·库奇版进行了翻译。底本是小说化书籍,翻译出来自然也是散文。

批判林纾不辨戏剧与小说区别的郑振铎错了。对于林纾而言,这真是荒唐的冤枉,完全是一件冤案。作为学术界里的定论,长期以来存在的林纾批判,从根本上被颠覆了。

郑振铎不仅批判了林译莎士比亚,对林译易卜生也进行了相同的批判。

2 易卜生的案例

亨利克·易卜生(Henrik Ibsen,1828—1906),不用多说,这是挪威的剧作家与诗人易卜生。

本文的主题是关于林纾翻译的易卜生作品。原作为《群鬼》，
汉译名为《梅孽》。 265

郑振铎在列举林译的缺陷时，一并记载了莎士比亚与易卜生。因此，批评出自同一处。

以下，仅从郑振铎“林琴南先生”（《小说月报》第15卷第11号，1924年11月10日。划线省略）中摘出易卜生的部分。

> 易卜生的《群鬼（梅孽）》都是被他译得变成了另外一部书了——原文的美与风格及重要的对话完全消灭不见，这简直是步武却尔斯·兰在做《莎氏乐府本事》，又何必写上了“原著者莎士比亚”及“原著者易卜生”呢？林先生大约是不大明白小说与戏曲的分别的——中国的旧文人本都不会分别小说与戏曲，如《小说考证》一书，名为小说，却包罗了无数的传奇在内——但是口译者何以不告诉他呢？（第9页）

上面的记述竟然是错误的，这对于后来的所有的研究者来说，都是不曾想象过的事情。我不认为没有人尝试过检验。但是，结果是没有一个人提出异议。研究者都承认郑振铎的意见是正确的吧。我这么想并没有错，郑的赞同者至今还是多数。

例如，沿用了郑振铎的批判的：（曾）虚白编，蒲梢（徐调孚）修订《汉译东西洋文学作品编目》（上海：真善美书店1929年9月28日）。这是一本翻译文学的目录，所以并没有详细的说明。但是，正因为是片断，所以更加浓缩出定论。在第43页上记载着：“梅孽（文言，
改译为小说）/（Ghosts）林纾　商务”。括号内特意增加了说明：“文 266
言，改译为小说”，这应该是徐调孚的注释。因为，作为这部目录的

底本的(曾)虚白“中国翻译欧美作品的成绩”(《真善美》第2卷第6号,1928年10月16日,第19页)中没有这一说明。徐调孚采纳了郑振铎的说明,这是研究的成果。而且是考虑到方便读者才增加的。

寒光《林琴南》(上海:中华书局1935年2月)是一本专著,当然也提到了《梅孽》。他解说道:“把剧本改为小说。”(第109页)很明显,寒光也接受了郑振铎的说法。

阿英在关于易卜生的部分中这么写道。

当时的名译家林纾,也把《群鬼》改译成《梅孽》出版。[1]

请注意表达方式。不是“译成”,而是“改译成”。从这个细节可以看出,阿英同郑振铎一样,也承认戏剧的小说化改写。

此外,其他研究者的情况如下。因为比较繁复,所以只显示著者及文章名。不言而喻,与林译莎士比亚冤案有很多重合之处。但是,数量上减少了许多。是没有余裕论述,还是没有注意到这个问题,我不太清楚。

○ 吴文祺:“林纾翻译的小说该给以怎样的估价?”,郑振铎、傅东华编:《文学百题》,上海:生活书店,1935年首次刊载未见;香港:古文书局影印,1961年6月再版;上海:上海书店影印1981年6月版,第447—448页。

○ 宋云彬、小田岳夫、吉田岩村合译:《中国文学史》(《中国文学史》),东京:创元社1953年7月15日版,第165页。

○ 蒲梢(徐调孚):“汉译东西洋文学作品编目——一九二九年三月止”,张静庐辑注:《中国现代出版史料甲编》,北京:中华书局股份有限公司1954年12月上海初版,第289页。

○ 复旦大学中文系 1956 级中国近代文学史编写小组编著:《中 267
国近代文学史稿》,北京:中华书局 1960 年 5 月版;采华书林影印 1962 年 2 月 15 日版,第 286 页。

○ 曾锦漳:"林译小说研究(上)",《新亚学报》第 7 卷第 2 期,1966 年 8 月 1 日,第 234、249 页。

○ 细谷草子:"新时代的启示——翻译小说的情况"(新時代への啓示——翻訳小説の様相),内田道夫编:《中国小说的世界》(《中国小説の世界》),东京:评论社 1970 年 12 月 10 日版,第 282 页;1989 年 4 月 30 日第三次印刷。

○ 任访秋:"林纾论",《开封师院学报》1978 年第 3 期,首次刊载未见。薛绥之、张俊才编:《林纾研究资料》,福州:福建人民出版社 1983 年 6 月版,中国现代文学史资料汇编(乙种),第 376 页。

○ 康来新:《晚清小说理论研究》,台湾:大安出版社 1986 年 6 月版,第 281 页。

○ 周振甫:"林纾",《中国大百科全书 · 中国文学》I,北京:中国大百科全书出版社 1986 年 11 月,第 432 页。

○ 北京图书馆编:《民国时期总书目(1911—1949)》外国文学,北京:书目文献出版社 1987 年 4 月版,第 311 页。

○ 任访秋主编:《中国近代文学史》,开封:河南大学出版社 1988 年 11 月版,第 480 页。2000 年 8 月 第 3 次印刷,第 462—463 页。

○ 刘波:"林纾",吕慧鹃、刘波、卢达编:《中国历代著名文学家评传》续编三,济南:山东教育出版社 1989 年 12 月版,第 664 页。

○ 郭延礼:"'林译小说'的总体评价及其影响",《社会科学战线》1991 年第 3 期(总第 55 期),1991 年 7 月 25 日,第 284—285 页。后收入郭延礼:《中西文化碰撞与近代文学》,济南:山东教育出版社 1999 年 4 月版，第 275 页。

○　贾植芳、俞元桂主编：《中国现代文学总书目》，福州：福建教育出版社 1993 年 12 月版，第 685 页。

○　郭延礼：《中国近代翻译文学概论》，汉口：湖北教育出版社 1998 年 3 月版，第 296 页；修订本，武汉：湖北教育出版社 2005 年 7 月第 2 版第 3 次印刷，第 234 页。

○　闻少华："林纾"，熊尚厚、严如平主编：《民国人物传》第 11 卷，北京：中华书局 2002 年 7 月版，第 324 页。

○　程翔章、邱铸昌编著：《中国近代文学》，武昌：华中师范大学出版社 2003 年 1 月版，第 226 页。

○　周晓明、王又平主编：《现代中国文学史》，武汉：湖北教育出版社 2004 年 9 月版，第 110 页。

○　韩洪举：《林译小说研究——兼论林纾自撰小说与传奇》，北
268 京：中国社会科学出版社 2005 年 7 月版，第 125 页。

以上主要是中国近代文学研究者的观点。外国文学研究者的意见，我也介绍一项。

○　王宁、葛桂录等著：《神奇的想像——南北欧作家与中国文化》，银川：宁夏人民出版社 2005 年 12 月版，第 97 页。

> 林纾跟人合作将易卜生的剧本《群鬼》改编成小说《梅孽》。

这是在"易卜生在中国"一章中的叙述。可以看出，吸收了中国近代文学研究的成果。

还有一项是戏剧研究，而且是专门研究易卜生在中国的情况

的专著，以下引用。

○ 谭国根："易卜生在中国 1908—1997"（Kwok-kan Tam："Ibsen in China 1908—1997：A Critical-Annotated Bibliography of Criticism，Translation and Performance"，The Chinese University Press，Hong Kong，2001. p. 182）。

> 这（梅孽）是通过优美的古文将《群鬼》进行的改写（adaptation）。
>
> 林因为自己并不懂得外语，所以他的翻译全部基于合作者对他讲的话。《群鬼》是在毛文钟的协助下，林进行的改写。林不追求原作的结构，而是按照他自己的理解改编了故事。*

我认为有问题的地方是，研究林纾或者从事翻译研究的专家们都加入了林译批判的队列。即便最后的结论是给予正面的评价，但就戏剧小说化问题，都是如此批判的。

如果自己的想法与郑振铎的观点相同，那么没有办法。但是，既然说是戏剧小说化，至少可以说明下具体内容吧。从原文到汉译是怎样制作出来的，应该要解释清楚这个过程。

虽然倡导者是郑振铎，但（这些专家）也不能因此就逃避了责任，后来的研究者没有一个人想要去检验、去说明的，甚至都没有引用原文与译文。即便读了他们的论文，也了解不到检视（林纾）
汉译文的具体内容。这令我非常不满。 269

* 此处将日语翻译成中文，并非译自英文版原文。——译者

林纾、毛文钟合译《梅孽》

3 林译易卜生

我手中的一种林译本。

《梅孽》全 17 章

德国(原文如此)伊卜森原著　林纾、毛文钟同译

上海商务印书馆 1921 年 11 月　说部丛书第 4 集第 13 编。第 60 页

这是易卜生的 *Gengangere*(1881 年),英译名为 *Ghosts*[群鬼]。

将国籍错以为是德国,也成为批判的一个理由。岂止是将戏剧改写成小说,甚至把原著者的国籍也搞错了,真不像话,这是郑振铎想说的话。

汉译名《梅孽》,梅是梅毒的意思。可以看出,这是根据原作的 270
内容标上的译名。

林译的卷末,有如下说明。

此书曾由潘家洵先生编为戏剧名曰群鬼然该书系用语体本书则为文言互相参看获益良多　校者志。(第 59—60 页)

这里出现的潘家洵《群鬼》,指的是易卜生原著,刊载于《新潮》第 1 卷第 5 号(1919 年 12 月三版,影印本)上的汉译。《群鬼》的前言(日期是 1919 年 4 月 24 日)写道,先由胡适翻译,后来中断了,由潘家洵完成。在前一年 1918 年《新青年》(第 4 卷第 6 号,1918 年 6 月 15

日)中曾出过专刊“易卜生号”。对此,《新潮》做了呼应。

《梅孽》即易卜生的 *Ghosts*。但是,这一作品的汉译,已经先有《群鬼》,是在两年前发表的翻译,使用了白话文。所以,前言里说,在使用文言进行翻译时可以相互参照。作为出版商的商务印书馆,大概觉得也有文言翻译的需求吧。这是否可以视为紧跟时代潮流的意欲呢?

我知道白话文与文言的差异。可是,就上述记述来看,我不能理解潘家洵的翻译依旧是戏剧,而林译是散文。对于只看林译的人来说,就更是如此。也许可以说,上面做了注释的人不懂戏剧与小说的区别。

这就是自郑振铎进行指摘与批判以来的情况。通过上述研究者的文章可以明白,林译易卜生的戏剧小说化已成为定论。

4 易卜生《群鬼》的英译

据说在当时,易卜生的挪威语原作立刻就被翻译成英语、德语、法语。林纾的合译者毛文钟[2] 懂的是英语。因此,我推测林纾与毛文钟翻译所使用的底本是英译本。

马泰来记述说:“原为话剧,译为小说。疑据英译本重译。又
271 林译误以伊卜森为德人。”[3] 他也断定将原本的戏剧改成了小说。

易卜生原作的第一幕开头的场面,以下引用英译*。

* 此处同时引用了日语译文。本书省略日语译文。下同,不再一一列出。——译者

REGINA (*in a low voice*). What do you want? Stop where you are. You are positively dripping.

ENGSTRAND. It's the Lord's own rain, my girl.

RIGINA. It's the devil's rain, *I* say.[4,5]

在林译之前的潘家洵译本《群鬼》(*Ghosts*)中的引文。

［瑞琴］(低声说)你要什么？站住了，不要动。你瞧你身上的雨水直滴下来。

［安司强］(木匠)我的孩了，这是上帝的好雨。

［瑞琴］这检直是魔鬼的雨![6]

可以看出，这是按照原文翻译的白话文，台词也原封不动。作为翻译，也许这是理所当然的。可是，如果看到后来的林译，差异之大一定会让人吃惊。

原作的舞台在挪威，在一间看得见巨大峡湾的屋子里开始了故事。

我介绍一下戏剧的大致情节。这是一个逐渐揭开谜底的过程，此处只选择要点来讲。

开头登场的女仆是瑞琴，木匠安司强的女儿。俩人的主人亚
丁夫人创办的孤儿院明日开园，孤儿院冠以其亡夫，一个当地的名 272
士的名字，称“陆军大尉亚丁纪念堂”。帮助一起创办孤儿院的牧师蛮得司是亚丁夫人多年的好友。夫人好不容易维持了表面的体面，但其实丈夫亚丁是一个放荡者、人生的落伍者。他使自己家里女仆怀孕生下了孩子，就是先前的瑞琴。把怀孕的女仆推给安司

强。所以，安司强成了瑞琴的养父。出于对这样放荡的丈夫的厌恶，也为了让孩子远离，夫人把儿子欧士华送到了巴黎。在丈夫活着的时候，甚至都没有让他与儿子相会。欧士华成了画家，刚从巴黎回来。他与同父异母的妹妹瑞琴相恋了，而且还发现自己从父亲的身体里遗传了梅毒。没有投保险的孤儿院，在开园的前夕遭遇了火灾。欧士华的身体出现了晚期的症状，他喊着“太阳”倒下了。

上面的这个故事分成了三幕，在同一个房间里展开。

这个戏剧出版之后，引起了全北欧的一片谴责。批评的视线投向了性病、近亲不伦等方面。在那样的一个时代。

林纾与毛文钟的《梅孽》，出版于易卜生原作发表的四十年后。

5　林译《梅孽》

那么，看一下林译吧。他是怎样把戏剧改成了小说的？我很有兴趣。如下开始。

> [林译]巴黎中有老屋。名曰琵琶室。为一老画师所寓。近有四画师。同居其中。老画师曰和尼。已有大名于巴黎中。和尼艺高名重。本宜别居夏屋。顾恋恋故人。仍濡滞于此。三画师中。一为山特阿。一曰兰伯潭。一曰保罗。实则和尼之居此屋。亦不专为三友。中有一女子。名曰伯金尼。亦侨寓其中。（第1页）

273　这是怎么回事？了解易卜生原作的人如果读了这段开头，一定会觉得满腹狐疑。这怎么可能呢？

易卜生原作的舞台在挪威。巴黎不过是对话中出现的一个词语。欧士华长期住在巴黎，到处游玩。但是，并没有具体描写那时的情况。更不要说出现了在巴黎时的朋友了。

可是，汉译却是以巴黎为舞台开始的。“巴黎”这样的词语可以改成日语，但是“琵琶室”或者“和尼”“山特阿”“兰伯潭”“保罗”“伯金尼”这些人名，我完全想象不出来。因为这些都不是易卜生原作中的词语。

这翻译的是同一部作品吗？一般人都会这么怀疑吧。

我猜郑振铎大概是满腹狐疑的人之中的一个。原作与林译相差得太远了，所以，他认为林纾等人擅自将原本的戏剧改成了小说，应该是断定了这个情况与莎士比亚原作的小说化相同。郑振铎并没有详细地说明自己判断的经过，说明也无，解释也无，他一言断定了小说化。

可是，将戏剧翻译之后就会变成上面的样子么？如果有人认为是这样的话，那只能说这种想法太奇怪了。原作与汉译完全是两个东西。与其考虑不同的故事情节与出场人物，不如直接按照原来的戏剧进行翻译要简单得多。不费劳力也不花时间。

在原作不明的情况下，中国的研究者一般都将之称为再创作、再创造的作品。我马上想到了过去曾经有过类似的例子，如吴趼人《电术奇谈》、鲁迅《造人术》等。我曾经明示了他们所依据的原作，证明了再创作、再创造的说法是错误的。

274

威廉·阿切尔(William Archer)译本

可是,林译的原作是明确的。尽管如此,对于林纾的翻译,依旧有研究者说了同样的话。那就是郭延礼《20世纪中国近代文学研究学术史》(南昌:江西高校出版社2004年12月版)。同样的文章还见于《中国前现代文学的转型》(济南:山东大学出版社2005年10月版)。看起来他很想强调这一点。

> 林纾的翻译是一种对原著的再创造。(前者是第234页。后者是第189页。)

郭延礼的说法并不仅限于林译易卜生,而是针对全部的林译,都称为再创造。我认为,这已经脱离了翻译研究的范围。

我不赞成郭延礼的观点。因为我觉得关于林译所使用的一些底本,调查还很不充分。

没有做应该做的调查。因为没有做调查,所以正如林译莎士比亚案例一样,不能订正郑振铎的错误。结果是让林纾继续蒙冤。

易卜生的作品被很多人翻译成英语。《群鬼》的翻译者比如有 275
威廉·阿切尔(William Archer),法卡森·夏普(R. Farquharson Sharp),尽管他们都不在有名的译者之列。英译者很多很多。

但是,本文调查的英译《群鬼》,并不是他们翻译成英语的那种戏剧。那么是否会存在着小说化的英译版本呢?林纾与陈家麟在翻译莎士比亚时遇到的情况,是否也会出现在易卜生的翻译上呢?我带着这样的猜测,继续进行调查。因为如果不这么想的话,就不能说明原作与汉译之间为什么会存在这么大的差异。

当探求易卜生戏剧的小说化时,我的视野忽然就变差了。我最终也没有看到介绍这个问题的文章。在我追查莎士比亚原作的小说化问题时,也曾经有过相同的经历。这表示,只有研究原作才是重要的,而改写的作品是没有讨论价值的意思么?看起来专家们似乎没有对小说化英文原作进行探求的意愿。那么,是否连这样的书的存在也在“意料之外”么?

我只能一个人努力。

于是我找到了下面这部英译本。

6　易卜生戏剧的英文小说版
——德尔版《群鬼》

这是杜雷科特·德尔的《易卜生的“群鬼”故事》(Draycot M.

Dell：*IBEN'S "GHOSTS" Adapted as a Story*，JARROLDS，1920）。

正如封面的书名所显示的那样，这正是改编成故事（Adapted as a Story）的英译本。著者是杜雷科特·M. 德尔（Draycot Montagu Dell，1888—1940）。

扉页上标记着："GHOSTS/ADAPTED FROM/HENDRIK IBSEN'S/FAMOUS PLAY/BY/DRAYCOT M. DELL"，没有记载刊行年份。上面的1920年是根据书店的目录记载。

虽然是小型本，但包括"序幕"（PROLOGUE）六章、"戏剧的内容"（THE STORY OF THE PLAY）11章在内的两个部分，共有190页。

我想从德尔版《群鬼》中稍作引用。

276

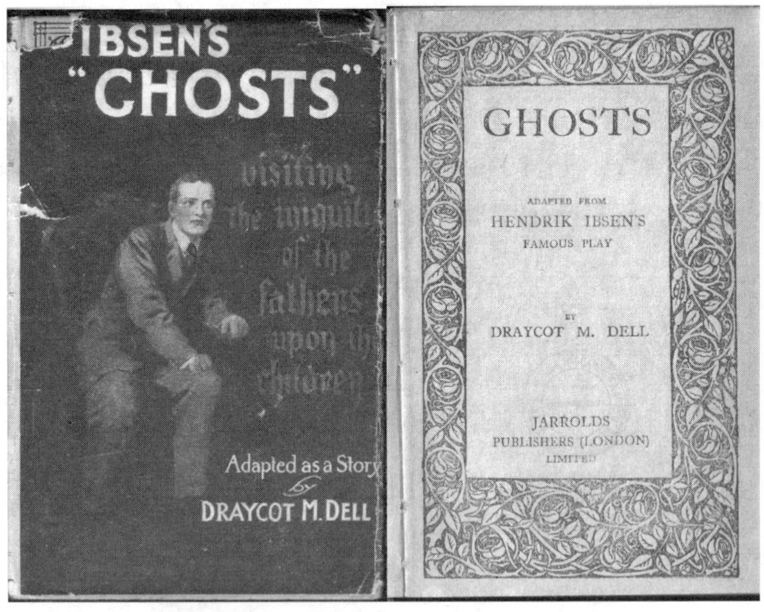

德尔译《易卜生的"群鬼"故事》的封面与扉页

[德尔版]Of these four, Florentin de Vernet had perhaps done most to achieve repute; for in Paris his pictures were highly spoken of, and fetched a good price. /He could have had other quarters, more sumptuous in surroundings, a little less reminiscent of those days of poverty, but he preferred the House of the Harp, and chose to remain in those dear, dusty old rooms of his first dreams, with Jean Sentier, Anatole Lambertain and Paul Borez. /But there was another consideration also-Virgine Dormeuil-and perhaps of all consideration Virginie was the chief. (p. 2)

看到这个,先前引用的林译中不明白的专有名词就全部解决 277
了。即,如下对应。(划线部分表示与汉译相对应)

琵琶室　the House of the Harp

和尼　Florentin de Vernet

山特阿　Jean Sentier

兰伯潭　Anatole Lambertain

保罗　Paul Borez

伯金尼　Virgine Dormeuil

对于四个画家来说,伯金尼好似女王一般。在以她为中心展开的共同生活中,一个年轻的挪威艺术家欧士华·亚丁(Oswald Alving)登场了。我将德尔版英文与林译并排放在一起。

[德尔版]It was upon such a scene that Oswald Alving, a young Norwegian artist, was ushered by de Vernet, one evening in late summer. (p. 5*)

[林译]一日和尼领一脑威画师亚丁至。(第 2 页)

可以看出,林译大大压缩了德尔版英文。

278 7 德尔版原作与林译

琵琶室内加入了欧士华。他与伯金尼关系很好,但是因为病情恶化,便留下了一封信,一个人回到了故乡挪威。

至此,是德尔版"序幕"的第六章。在全部的 190 页中占了 34 页。林译也是相同的第六章,但在全部的 60 页中花费了 16 页。以前六章的分量来比较的话,德尔版约占 18%,林译约占 27%。这个数字的差异,表示林译简略了德尔版。

其次,引用"戏剧的内容"第一章的开头与相对应的林译。

[德尔版]It was at evening time that a surprise had come to the dwellers in this house beside the fiord. /Mrs. Alving had been roused by the excited utterances of Regina, her maid, and the next moment was clasping Oswald in her arms, (后略)(p. 35)

[林译]一日黄昏中。亚丁之母方晏坐。女仆雷迦茵。忽

---

* 此处后文为日语译文,省略。——译者

仓皇入言曰。亚丁归矣。亚丁见母。力抱其身。（第16页）

林译与德尔版并非完全一致。因此，文章的句读也不完整。林译将欧士华翻译成亚丁。雷迦茵称他为亚丁也不合适，应当翻译成欧士华。尽管如此，林译因为以亚丁开场，所以对其母亲用“母”“夫人”进行区别。这也是费了点心思的。用“雷迦茵”来表示Regina。看到这个汉字，就会联想到林译中有名的《迦茵小传》（*Joan Haste*）吧。此处，虽然完全没有关系，却不由得浮现出来。

从下面这个章节起，与易卜生的原作相重合。我并列引用德 279
尔版与林译。

［德尔版］Regina frowned as she saw him, and—/“What do you want?” She said in low tones. “Stop where you are, you are positively dripping.”/Jacob Engstrand darted a semi-reproachful glance at Regina./“It's the Lord's own rain, my girl,” he said sententiously./“It's the devil's rain, I say ” was the abrupt reply. (p. 36)

［林译］木匠名莺司专。竟冒雨至亚丁家。雷迦茵曰。翁一身为雨所淋。幸勿霑湿夫人之室。木匠曰。此雨为救主所赐。女曰。鬼雨也。（第17页）

从细节来看。将Engstrand翻译成“莺司专”，这个结尾字用得不好。不过，如果本来是想以“专”来表示“耑”的话，那也可以。

可以清楚地看出，德尔版的台词部分利用了阿切尔的英译。正如在扉页上明白地记载着获得了阿切尔的许可，使用了译文[7]。

易卜生的原作从这个地方开始。也就是说，这之前的部分，都是德尔的创作。这是为了按照时间顺序来说明在回到故乡之前，欧士华在巴黎过着怎样的生活，然后，在那里发病了。这代替了剧中欧士华的台词。所以，德尔以“序幕”为题，作了区分。

280 我说过，德尔版包括“序幕”6 章、“戏剧的内容”11 章，合计为 17 章。林译总共 17 章，虽然有很多省略，但内容完全是德尔版。

8　结论

本文的目的是指出存在着将易卜生的戏剧改成小说的英文原作。林译《梅孽》所使用的底本，不是易卜生戏剧本身。

探求的结果是发现了德尔版，即存在着将易卜生的原作改成小说的英文书籍。经过正文对照，确认内容相同。

应该写成“瑙威伊卜森原著，德尔改写，林纾、毛文钟同译”吧。可是，就算没有准确地标示，也不能责备林纾与毛文钟吧。如果要责备的话，那么，潘家洵译《群鬼》也是同类，他确实是根据戏剧进行了翻译，但是没有记载任何有关所依据的英文译本的信息。

要问责的是，没有看清楚这个问题的郑振铎。后来的研究者也只是追随郑振铎，不做检验的尝试。

由此结论：

批判将易卜生的戏剧改写成小说的郑振铎错了。林纾与毛文钟是被冤枉的。因此，我认定这是林纾冤案中的一个事件。

注释

1　阿英：“易卜生的作品在中国”，《文艺报》1956 年第 17 期，首次刊载未见。吴泰昌编:《阿英文集》,北京:三联书店 1981 年 11 月版,第 740 页。

2 濑户宏《中国话剧成立史研究》(中国話劇成立史研究)(东京:东方书店 2005 年 2 月 25 日版,第 236 页)中写道:"林纾、毛文鐘译《幽灵》(《梅孽》上海商务印书馆)"。将毛文鍾的名字搞错,可见他没有对原物进行确认。

3 马泰来:"林纾翻译作品全目",钱锺书等著:《林纾的翻译》,北京:商 281
务印书馆 1981 年 11 月版,第 95 页。

4 HENRIK IBSEN "GHOSTS", TRANSLATED BY WILLIAM ARCHER, Copyright, 1890, by JOHN W. LVELL CO. WALTER H. BAKER & CO. BOSTON. p. 4

5 原千代海译:《易卜生 幽灵》(《イプセン 幽霊》),东京:岩波书店 1996 年 6 月 17 日版,第 9—10 页。说明了以挪威语原作为底本,并参照了英译本。

6 《新潮》第 1 卷第 5 号,1919 年 12 月第三版,影印本第 823 页。

7 原文如下。The dialogue of Mr. William Archer's first translation of Ibsen's play has been drawn on for the purpose of this story by permission, and the author desires to express his thanks to Mr. Archer for this courtesy.

林译斯宾塞冤案

未发表。林纾使用的翻译方法中有一个倾向，对于原作是外国的诗歌或者戏剧的作品，使用改写成散文的版本，也就是以英文小说版为底本。斯宾塞作品就是一个参考案例。

林译斯宾塞是林纾冤案之一。不过，与其他案例不同，并非从一开始就搞错了事实。

关于林纾与曾宗巩翻译的斯宾塞的作品，最初在杂志上刊载时已记述正确。看到原物，就可以知道这是不可争辩的事实。

其后，有一段时期被误认了。即便如此，后来还是出现了正确的记述。我只认为这是订正后的记述。可是，在著名的现代翻译文学研究者的误导下，林纾再度被冤枉了。即，新成立的冤案。正误反复出现，真正一个奇妙的现象。同时，也必须说这是一个重大问题。

1　林译斯宾塞

埃德蒙·斯宾塞(Edmund Spenser，1552？—1599)是英国诗人。代表作有格律形式的长诗《仙后》(*Faerie Queene*，1590—未完)。

林译连载于《东方杂志》第5年第7—9期(光绪三十四年七月二十五日至九月二十五日(1908年8月21日—10月19日))的“小说”栏。我这么说，大概马上就会有研究者进行指摘吧。这不是很奇怪吗？

283

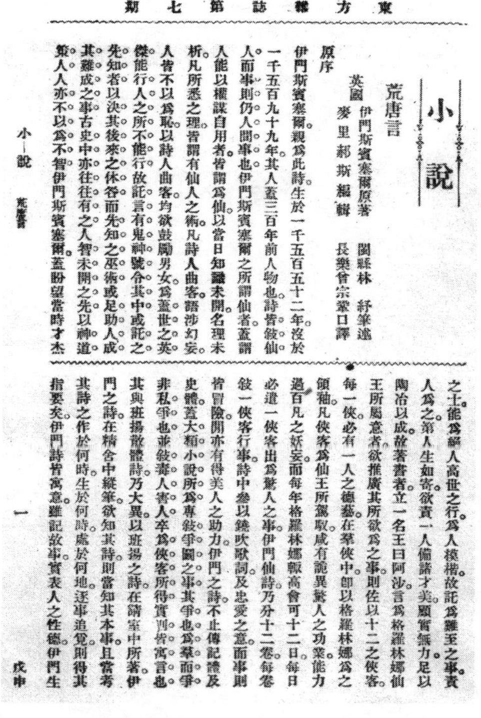

小說

荒唐言

英國　伊門斯賓塞爾原著　閩縣林紓筆述
麥里郝斯編輯　長樂曾宗鞏口譯

原序

伊門斯賓塞爾。親爲此詩。生於一千五百五十二年。沒於一千五百九十九年。其人蓋三百年前人物也。詩皆敘仙人。而事則仍人間事也。伊門斯賓塞爾之所謂仙者。蓋謂人能以權謀自用者。皆謂爲仙。以當日知識未開。名理未析。凡所悉之理。皆謂有仙人之術。凡詩人曲客。語涉幻妄。人皆不以爲恥。以詩人曲客。均欲鼓勵男女。爲蓋世之英傑。能行人之所不能行。故託言有鬼神號令其中。或託之先知者以決其後來之休咎。而先知之巫術。或足助人成其難成之事。古史中亦往往有之。人智未開之先。以神道策人。人亦不以爲不智。伊門斯賓塞爾。蓋盼望當時才杰之士。能爲絕人高世之行。爲人模楷。故託爲羅王之事。實人爲之。第人生如寄。欲責一人備諸才美。顧實無力。足以陶冶以成。故著書者。立一名王曰阿沙。言爲格羅林娜仙王所屬意者。欲推廣其所欲爲之事。則佐以十二之俠客。每一俠。必有一人之德藝。在羣俠中。即以格羅林娜爲之領袖。凡俠客爲仙王所駕取。咸有詭異驚人之功業。能力過百凡之妖妄。而每年格羅林娜輒高會可十二日。每日必遣一俠客出爲驚人之事。伊門仙詩。乃分十二卷。每卷敘一俠客行事。詩中參以鐃吹歌詞。及忠愛之意。而事則皆冒險。間亦有得美人之助力。伊門之詩。不止傳記體及史體。蓋大類小說。所爲專敘爭鬭之事。其爭也爲羣而爭。非私爭也。並敘毒人害人。卒爲俠客所得。實則皆寓言也。其與班揚散體詩。乃大異。以班揚之詩。在牖室中所著。伊門之詩。在精舍中縱筆。欲知其詩。則當知其本事。且當考其詩之作於何時。生於何時。處於何地。逐事追覓。則得其指要矣。伊門詩皆寓意。雖記故事。實表人之性德。伊門生

《东方杂志》上刊载的“荒唐言”

斯宾塞是诗人，他的作品应该是格律形式的文章。林译刊载于杂志的“小说”栏，岂不是说，此处林纾也将原来的诗歌改成了小说吗？

请不要着急，我来说明。

最初的著者名、译者名，如下标记。

荒唐言　英国　伊门斯宾塞尔原著　闽县林纾笔述
麦里郝斯编辑　　长乐曾宗巩口译

重要的是，在标记了斯宾塞原著的同时，还明确写上了“麦里郝斯”。即 Sophia H. Maclehose 的中文译名。不过，在这个时候，未必有人了解麦里郝斯。就后来的发展来看，中国人花了很长的时间才认识了他。

杂志连载的开头附上了“原序”，是关于斯宾塞的介绍。由麦
284 里郝斯撰写。汉译接近三页，不是很短的文章。

接下来看正文，这是散文。林纾与曾宗巩在翻译时所使用的底本并不是斯宾塞的原诗。可以知道，麦里郝斯将九行格律的原诗英译成散文，林译再以此为底本。以发表的时间为序，同样的情况后来在林译莎士比亚、林译易卜生中也反复发生了。只不过，在莎士比亚与易卜生的翻译中，林纾没有写明这是依据了英文小说版。

查看《东方杂志》，确实记载了麦里郝斯。后来的研究者提起这个，是理所当然的。如果说这成为误会的原因的话，那么大概是从“麦里郝斯编辑”的记述中误以为是“编辑”的文章吧。可是，如果英文原作是这样标示的话，那么汉译自然也随之如此标示。

2　研究者的论述

提示几个例子：

○　寒光：《林琴南》，上海：中华书局 1935 年 2 月版，第 83 页。

伊门·斯宾塞尔（Edmund Spencer[Spenser]，1552？—1599）原作：

《荒唐言》一册（Faerie Queene）（这书实为麦里·郝斯所演诗中

的本事,并不是原著的诗。内凡八篇,包含三个故事。)

正如寒光在括号内注释一般,这不是斯宾塞的原诗,而是由"麦里·郝斯"记述的该诗所依据的故事。我认为这个看法是正确的。不过,从特意在"麦里·郝斯"的名字中加上间隔号来看,我猜他可能不知道麦里郝斯这个人名。

这个记述对下面的这篇文章产生了影响。

○ 朱羲胄:《春觉斋箸述记卷三》,《林畏庐先生学行谱记四种》,上海:世界书局 1949 年 4 月初版未见;改题为《林琴南先生学行谱记四种》,台湾:世界书局 1965 年 4 月再版,之二,第 35 页。

或曰此非原诗。盖麦里·郝斯所演诗之本事。 285

包括"麦里·郝斯"中的间隔号在内,此处沿用了寒光的记述。

如果后来的研究者都追随这个说法的话,那就没有问题了。剩下要做的课题就是追查"麦里郝斯"是谁,使用的是哪部作品。

可是,出现了奇妙的情况。

○ 蒲梢(徐调孚):"汉译东西洋文学作品编目——一九二九年三月止",张静庐辑注:《中国现代出版史料甲编》,上海:中华书局股份有限公司 1954 年 12 月版初版,第 309 页。

这是一本翻译目录。如下写道:

史本塞(E. Spencer[Spenser], 1552—1599)

荒唐言(*Faerie Queen*)(文言、节译)

汉译作品解说中的“节译”就是“摘译”的意思。非全文翻译。意思是将原诗进行删减后再翻译。我认为这个写法有所偏差。

这一点偏差，使得后来的研究者的理解发生了很大的变动。

○　曾锦漳：“林译小说研究（上）”，《新亚学报》第7卷第2期，1966年8月1日，第243页。

> 斯宾塞尔则是英国文学之父乔叟Chaucer的继起人，有“诗人的诗人”(Poet of Poets)（注三）之称。他是英国最伟大的诗人之一。他的作品却很少读者。林纾所译的荒唐言 *The Faerie Queene* 正是他的代表作，在英国文学史上是有数的巨
> 286 构之一。可惜原著是长篇寓言诗，而林氏译为散文小说体，只剩下语怪涉神的故事内容，失去了原诗的精神面貌。春觉斋箸述记云：“或曰此非原诗，盖麦利赫斯所演诗之本事”（注四）林译是否根据麦著，待考。

他引用了《春觉斋箸述记》，但没有在麦里郝斯的名字中加间隔号。即便如此，他并没有注意到这是Maclehose。有问题的地方是，他称林纾将原作改成了小说。如果查看林译所刊载的《东方杂志》，是不应该产生误解的。可是，曾锦漳断言他将诗改成了小说。我不知道他的根据是什么。但是，这显然是错误的。

虽然这篇是以林译小说为主题的专门论文，但这个部分的论述很不充分。与其批评他调查浅显，不如说是散播了误解。若被这么批评，也是无可奈何吧。

接下来是马泰来的登场。

3　底本的提示

在追查林译的原作上，没有一个人能够超过他，我很信任马泰来的记述。他制作的目录是林译小说研究中的基本文献之一，对此我深信不疑。

○　马泰来："林纾翻译作品全目"，钱锺书等著：《林纾的翻译》，北京：商务印书馆 1981 年 11 月版，第 74 页。

他将以往仅仅写成"麦里郝斯"的名字，确认为 Sophia H. Maclehose。并写上该著作为"Tales from Spenser, Chosen from the Faerie Queene(1890)"。明确标示了汉译 8 篇所对应的原本的英文题目，并说明原著有 11 篇，林译有 3 篇没有翻译。

我觉得这个说明非常仔细。如果没有经过原书的确认，是不可能写得这般详细的。所以，这成为我信任马泰来目录的理由。

马泰来的说明详尽，可知林译的底本是麦里郝斯(Maclehose)
的作品。这是正确的记述，与首次刊载的杂志进行对照的话，一清 287
二楚。

施蛰存也做了如下正确的表述。

○　施蛰存："导言"，《中国近代文学大系》第 11 集第 26 卷翻译文学集一(施蛰存主编)，上海：上海书店 1990 年 10 月版，第 22 页。

> 《荒唐言》的原著是斯宾塞的长诗《仙后》，有马克尔赫斯散文演述本，林纾根据散文演述本译出，而题云"司宾塞著"。这些书都不是小说，而分别编入《说部丛书》、《小本小说》、《小

说汇刊》，一概都被目为小说。

施蛰存大概想说当时的翻译者连诗歌与小说都区分不了，很幼稚。这个姑且不论，记述《荒唐言》的底本是麦里郝斯版，这是正确的。

可是，突然间，形势逆转。尽管这是已经辨明的事实，还是出现了无视这个事实的人。而他是近代翻译研究的大家，所以令我非常困惑。

4　新的冤案

是近代文学研究领域内著名的郭延礼。他还出版了翻译研究的专著，应是非常有知名度的吧。

他有这样的文章：

○　郭延礼："'林译小说'的总体评价及其影响"，《社会科学战线》1991 年第 3 期（总第 55 期），1991 年 7 月 25 日，第 284—285 页。

郭延礼总结出林译小说的三个弱点：

第一，漏译、误译及删减。

第二，如下写道："体裁区分不严格，将戏剧误译为小说。比如他将莎士比亚和易卜生的剧本译为小说，又把斯宾塞的长篇寓言
288 诗《荒唐言》（今译作《仙后》）译为散文故事体。"

关于莎士比亚与易卜生，林纾一直被批判将原本的戏剧改写成小说，这是学术界的定论。就算郭延礼不怀疑定论，也是情有可原的。

可是，郭延礼特意加上了斯宾塞。

林纾与曾宗巩第一次在杂志上刊载的时候就已经记述了"麦

里郝斯”，是曾锦漳搞错了。而且，马泰来也明确了这是 Maclehose 的作品。但是，到了此处，郭延礼却记述了林纾将原本的长篇寓言诗翻译成散文故事。为什么会出现这样的情况呢？我觉得这是不可能的，所以我的吃惊也不是没有道理的吧。研究界的权威竟然犯了这样的错误，我很难理解。

这是郭延礼不当心的一个误解吗？对于他来说，可能只是一个小小的误解，但其结果却超出了郭的想象，影响很大。即，否定了《东方杂志》上刊载的翻译以及后来的正确研究。因此，对研究界产生了不小的影响。林译小说变成——在翻译莎士比亚时进行了改写，接着在翻译易卜生的时候重现错误，然后追溯到斯宾塞的场合时也是不像话的翻译。其结果是，在已经成为定论的戏剧小说化之上又强调了诗歌的小说化。

其后，郭延礼将这篇论文收入《中西文化碰撞与近代文学》(济南:山东教育出版社 1999 年 4 月版)，并没有作订正(第 275 页)。现在大概也是这么认为的吧。

林译斯宾塞冤案，不言而喻，并非因为翻译者林纾等人的责任而发生的，而是后来的研究者新制造出来的冤案。斯宾塞的情况是一个新的案例，所以说比较特殊。

那么，现在情况如何？

较新的研究以韩洪举《林译小说研究——兼论林纾自撰小说传奇》(北京:中国社会科学出版社 2005 年 7 月版)为代表。

该书“附录　林纾文学活动年表”中“光绪三十四年七月”一条中记载了《荒唐言》。

林纾据马克尔赫斯的散文演述本译出。(第 339 页)

289

TALES FROM SPENSER
CHOSEN FROM
The Faerie Queene
BY
SOPHIA H. MACLEHOSE
GLASGOW
JAMES MACLEHOSE & SONS
Publishers to the University
1889
All rights reserved

TALES FROM SPENSER
CHOSEN FROM
The Faerie Queene
BY
SOPHIA H. MACLEHOSE
NEW YORK
MACMILLAN AND CO.
1890

麦里郝斯的小说版英文原作，1889 年版、1890 年版

这个记述是正确的。不过，他没有提及郭延礼的错误。

5　麦里郝斯的英文小说版原作

本文称“林译斯宾塞”。再次出示杂志首次刊载的信息。

荒唐言　英国　伊门斯宾塞尔原著　闽县林纾笔述
麦里郝斯编辑　长乐曾宗巩口译

我看到的麦里郝斯的原作有以下两册，分别是 1889 年与 1890 年的版本。

SOPHIA H. MACLERHOSE “TALES FORM SPEN- 290
SER/CHOSEN FROM/THE FAERIE QUEENE” JAMES
MACLEHOSE & SONS, GLASGOW, 1889/MACMILIAN
AND CO. NEW YORK, 1890

1889 年版是初版。一开始，我以为查看这本书就够了。

在 1889 年版的“前言”(PREFACE)中只是简单介绍了原作。但是，《东方杂志》上刊载的汉译“原序”用了很长的篇幅来介绍斯宾塞。所以，林纾与曾宗巩使用的底本不是初版。

马泰来目录中指示的是 1890 年版。我所看到的初版中没有的介绍文字，可能是再版的时候补充了进去。马泰来写的不是 1889 年，而特意写了 1890 年。理应有什么特别的含义。我想，1890 年版中一定加入了很长的序文。

我获得的是 1890 年纽约的版本，没有标记，大概是第二版吧。与初版相比，只是装帧与扉页上的出版社、出版年份不同而已，正文也同样共 195 页。可是，在这个版本中也没有汉译中的介绍文字。马泰来为什么没有对此做注释呢？还是说，1890 版的还另有其书？

追查到此，只能查看其他版本了。我向出版社订购了第三版与第四版。顺便也订购了 1923 年版的影印本一册，虽然年代并不符合。

以下分别说明收到的各个版本。

第三版记：“JAMES MACLEHOSE & SONS, GLASGOW,

1893”。不过，扉页上的数字却写成 1892 年。封面上点缀了插图，非常新颖。这个第三版与初版、再版一样，都没有那篇长“序”。

第四版与第三版完全相同。只出版年份为 1894 年。

这样一来，以 1890 年版为底本的马泰来的指摘就变得非常可疑。这个情况是我没有预料到的。

6 麦里郝斯版的底本

没有抱什么期望的 1923 年版寄到了我的手上，见后大喜，这
291 一版正是林译的底本。“原序”等疑问因此得以解决。

毫无疑问，这是麦里郝斯的小说版。要说哪里不同，这个版本

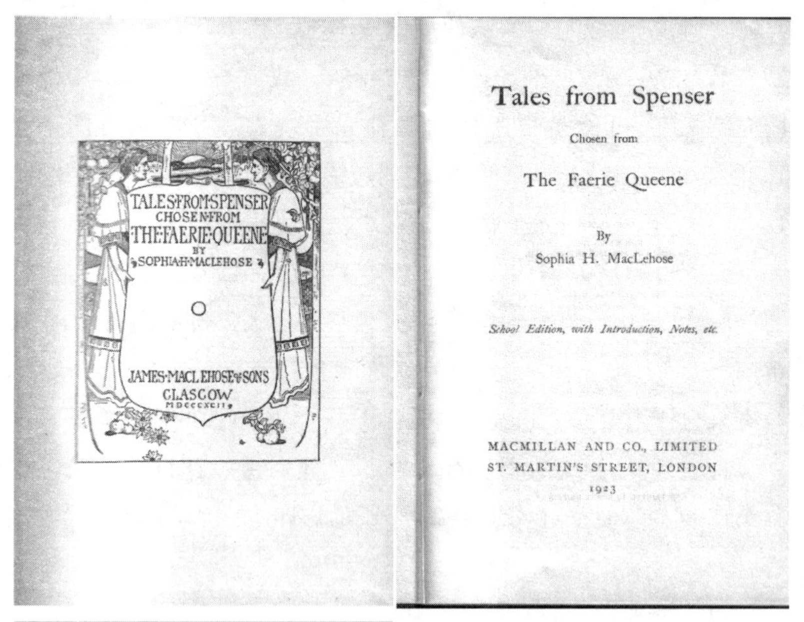

麦里郝斯的小说版英文原作，1923 年版(学生版)

的扉页上记载着："学生版，附序及注释"（School Edition, with introduction, Notes, etc.）。出版社是 MACMILIAN AND CO., LIMITED（麦克米伦出版社），LONDON 1923。不过，初版记录为 1905 年。1907、1908、1912、1917、1920、1923 年都进行了再版，所以是普及本吧。林译在杂志上发表的时间是 1908 年，所以我想在汉译的时候可能使用了 1905 年版或者 1907 年版。

马泰来说"原著故事十一篇，三篇未译"。所以，我以为林纾等人是从原文中进行选择后再翻译的。可是，当我看到学生版后，我
才明白为什么林译是八篇了，因为学生版中只收录了八篇。所以， 292
根据这一点可以说林译是忠实于原作的。

林译的译题与原文对照如下（英文原作的目录中省略了标题，所以采用正文中的英文）。

《东方杂志》第 5 年第 7 期　光绪三十四年七月二十五日（1908 年 8 月 21 日）

原序　INTRODUCTION. ［序］

Ⅰ　安娜遇狮

Una and the Lion*

Ⅱ　名王阿沙随安娜寻红十字侠客

Prince Arthur helps Una to fins the Red-cross Knight

《东方杂志》第 5 年第 8 期　光绪三十四年八月二十五日（1908 年 9 月 20 日）

Ⅲ　记红十字侠客屠龙

* 此处在英文题目之后附上了日语译文，省略。下同。——译者

How the Red-cross Knight slew the Dragon

Ⅳ 布立东马及宝镜

Britomart and the Magic Mirror

Ⅴ 叙布立东马见安摩勒

Britomart and Amoret

The Story of Marinell and Florimell 学生版中未收入，未翻译成汉语

《东方杂志》第 5 年第 9 期　光绪三十四年九月二十五日（1908 年 10 月 19 日）

Ⅵ 叙伪侠布加度璀

Braggadochio

Ⅶ 叙布立东马得阿泽高

How Britomart found Artegal

Cambello and Triamond 学生版中未收入，未翻译成汉语

293 The Story of Timias 学生版中未收入，未翻译成汉语

Ⅷ 葛立多及巴斯多利亚

Calidore and Pastorella

关于开头部分，一并显示林译“原序”与原文。

伊门斯宾塞尔。亲为此诗。生于一千五百五十二年。没于一千五百九十九年。其人盖三百年前人物也。诗皆叙仙人。而事则仍人间事也。斯宾塞尔之所谓仙者。盖谓人能以权谋自用者。皆谓为仙。以当日知识未开。名理未析。凡所

悉之理。皆谓有仙人之术。

The *Faerie Queene*, written by Edmund Spenser more than three hundred years ago, is not a poem about fairies. By "faery" Spenser means anything that has to do with magical powers. In his day men knew far less about the laws of nature than we do, and what they did not understand they said was worked by magical or "faery" power.

林译不是逐字逐句的翻译。林纾一边听着曾宗巩的口译，一 294
边用文言做笔记，自然不会逐字逐句地翻译。所以，就上述译文来看，林纾对仙人的理解与原文有着微妙的差异。这个记述与原作者的想法有所偏差，但是责任究竟在谁的身上，并不清楚。是曾宗巩翻译错了还是林纾自作主张的理解呢？

另外，还增加了原作中没有的斯宾塞的生卒年，这应该不是他们查找了其他资料。在学生版中有一个非常简单的斯宾塞的年谱(第150页)，其中写着生卒年。应该只是从此处挑出来，再写进原序而已。

我只有一个疑问，以此作为总结：

学生版的"序"没有署名，很可能只是为了这个版本才写的"序"。所以，林译的"原序"中明确记载的"麦里郝斯叙"岂非画蛇添足？

林译塞万提斯冤案

未发表。虽然以林译塞万提斯为题，但林纾等人只翻译了《堂吉诃德》。在林纾之前，《堂吉诃德》的汉译有节译本。尽管如此，依旧将林译《堂吉诃德》视为最早的汉译本，这是为什么呢？可以强调清末民初翻译小说研究的必要性。

米格尔·德·塞万提斯（萨维德拉）（Miguel de Cervantes（Saavedra），1547—1616）是西班牙小说家，这一点不用赘言。其作品《堂吉诃德》是一部由上部52章（1605年刊）、下部74章（1615年刊）构成的巨著。

林译塞万提斯，即林译《堂吉诃德》（汉译名《魔侠传》）也是一连串的林纾冤案中的一桩。

什么是林译的冤案？我指的是没有根据而冤枉林纾的批判。

林纾的翻译被认为是随意翻译的理由在于将戏剧改写成小说。这是林译的一个缺陷。长期以来成为定论。还有一个理由是，在翻译的时候对原作任意进行大幅删减。

林译塞万提斯与后者的大幅删减有关。毕竟谁都知道原作是由上下部构成的巨著，如果翻译出来的内容不是与其相对应的话，大概都会心生不满的。

1　大幅删减的观点 296

林薇在《百年沉浮——林纾研究综述》(天津:天津教育出版社1990年10月版)中作了如下说明:“如《堂·吉诃德》译成《魔侠传》,《九三年》译成《双雄义死录》,都变成薄薄的一本小册子。”(第167页)称林译的缺陷在于将原作进行了大幅删减。

我之所以引用林薇的文章,是因为她将以往有关林纾的评价进行了归纳,浏览方便的缘故。

上述引用只介绍了将原作进行大幅删减的批评。

确实,现在一般都是这样责备林纾的。经过我的确认,与雨果的《九三年》一并记载的还有塞万提斯的《堂吉诃德》。

林薇在括号中增加了注释一般的说明。即写道:“这是由于合作者(樽本注:口述翻译者)误取了改编供儿童读用的删节本,并非林纾故意删节”,重复了以往的说法。看起来是对林纾做了辩护。

有关林译,我经常看到批评林纾将改写成儿童作品的书籍翻译成汉语。我对这一点感觉不太舒服,因为作者本人并没有轻视儿童书籍的意识。

此处,请记住林薇对《九三年》与《堂吉诃德》的论述。

我觉得林薇的说明很奇怪。如果林纾等人依据的底本原本就是简本的话,那么最后翻译出来的自然也是简本。这不是林纾的责任。

再稍微解释一下。应该这么理解,先是有西班牙语的原作,然后出版了改写(或简写)的英语原作。林纾等人以这个英文改写本为底本。也就是说,在原作与汉译的中间还夹了一个英文改写本。

那些认为林译是从原作直接翻译而且是擅自删减的研究者错了。这是否是出于林译小说是任意翻译的先入为主的观念呢?

研究者应该做的工作是追查林纾等人所使用的底本。在确定
297 了底本的基础上,再开始对林纾等人是如何进行翻译的进行探讨。在这样一个实践的顺序之后,才能得出翻译质量的结论。这是翻译文学研究中非常普遍的研究方法,不需要特别说明。

纵观以往的研究情况,给人的印象是,论者不进行底本调查,也不进行探求。却结论先行:林译省略了原文。如此重复林译批判的研究是不被允许的。不被允许的事情,在中国却长期地延续了下来,这个说法不为过吧。

简单地说一句大幅删减或“变成薄薄的一本小册子”,并不是简单的事情。

如果说将戏剧改写成了小说,那么可以通过指摘其底本而证明是否属实。但是,分量的问题,却是受个人主观性的影响。而且,此处称大幅删减,究竟是依据了什么也并不清楚。基本上,研究者的发言都将这作为自明之事。没有人认为这里面有问题。

他们的意思是,依据西班牙语原作进行比较是不言而喻的,是这个意思吗?

请看一下上述林薇的说明。一边写着大幅删减了原文,一边又称以改写成儿童书籍的简本为底本。底本究竟是西班牙语的原作还是经过其他语言翻译的改写简本呢?林薇似乎连这一点都没有辨明。我只不过偶然例举了林薇的名字,这个问题并不仅限于她,根子很深。

就上述所指摘的问题,首先来辨明有关林译《堂·吉诃德》的评价是如何变化的。

2 郑振铎的论述

关于林纾的批判要追溯到郑振铎的文章,这是自然。因为最初举出具体的作品名、进行实质性林纾批判的,就是1924年的郑振铎。后来的研究者,除了忽略林译缺陷的人,一律都支持郑振铎的批判,不厌其烦地反复引用。因此成为定论。 298

相关部分,郑振铎"林琴南先生"(《小说月报》第15卷第11号,1924年11月10日。划线省略)中作了如下解说。文章略长,引用如下。

> 林先生的翻译,还有一点不见得好,便是任意删节原文。如法国预勾的九十三(*Ninety-three*),林先生译之为《双雄义死录》,拿原文来一对,不知减少了多少。我们很惊异,为什么原文是很厚的一本,译成了中文却变了一本薄薄的了?——中国的以前的译者多喜删节原文,如某君所译之托尔斯泰的《复活》(改名《心狱》)不及原文三四分之一,魏易所译之狄更司的《二城记》(*Tale of Two Cities*)也只有原文三分之一。——这是什么缘故呢?我想,其过恐怕还在口译者的身上;如九十三,大约是口译者不见全文,误取了书坊改编供儿童用的删节本来译给林先生听了。至于说是林先生故意删节,则恐无此事。好在林先生这种的翻译还不多。至于其他各种译文之一二文句的删节,以及小错误,则随处皆是,不能一一举出。尚有把易卜生的国籍挪威改为德国之类,亦系口译者之过而非林先生之误。(第10页)

郑振铎将错误的责任推到林纾的合译者身上，而不是林纾本人。我刚才介绍了林薇的说法，可以明白，其来源就是郑振铎的文章。一边说了将原作进行了删减，一边又说明这是改写成儿童版的简本。从一开始就是矛盾的。引用者没有经过自己的思考就照抄了这个说法。

雨果《九三年》(*Ninety-three*)的汉译被认为做了大幅省略。可是，还请注意，他也指出做了大幅删减的作品很少。以郑振铎所举
299 的例子来看，就只有《九三年》了。令人惊讶的是，“我们”是一个复数的表现，我理解这是指代当时一般阅读林译的人。

托尔斯泰的汉译《心狱》* 是马君武翻译的。我不明白，郑振铎为什么要称之为“某君”，也许他有什么不想揭示姓名的理由。

读者应当注意到，此处引用的郑振铎的文章中没有提到《堂吉诃德》的书名。大幅删减的作品中提到了雨果的《九三年》，但没有触及《堂吉诃德》。

不过，郑振铎在别的地方说到了《堂吉诃德》。此处是重点。

> 在那些可以称得较完美的四十余种翻译中，如西万提司的《魔侠传》，狄更司的《贼史》，《孝女耐儿传》等，史格得之《撒克逊劫后英雄传略》等，都可以算得很好的译本。(第 10 页)

在郑振铎高度评价的作品中，列入了《魔侠传》也就是《堂吉诃德》。这是什么意思呢？现在不是也将林译《魔侠传》视为删节本

---

* 现译名《复活》。——译者

之一,作为批判的根据么?请再看一下林薇的说明。她提出了《九三年》与《堂吉诃德》。可是,郑振铎本人却表扬《魔侠传》是出色的译本。这与现在的批判相比,不能不说矛盾很大。

郑振铎没有将《堂吉诃德》计算在删节本内。但是一调查,才发现他处理的方式发生了变化。后来他注意到了这部作品,并将其与《九三年》归为同类。

3 周作人的论述

郑振铎将《堂吉诃德》列入了完美的翻译之中。但不意味着,最初的时候没有成为问题。批判在此之前就已经出现了,是周作人。 300

1922 年周作人发表了“十八《魔侠传》”[1]。早于 1924 年郑振铎的论文两年。

从标题上可以看出,这是林译《魔侠传》的读后感。是在林纾汉译出版后立刻写的文章。

周作人在前半部分中,其实文章也不是很长,简单地介绍了著者塞万提斯及其作品。然后,在说明原作是世界名著之后,他开始这么叙述汉译的情况:“中国居然也有了译本,但是因为我们的期望太大,对于译本的失望也就更甚,——倘若原来是‘白髭拜’(Guy Boothby)一流人的著作,自然没有什么可惜。”

在林译《魔侠传》之前已经出现了其他人的翻译,可是周作人没有提到。不知是他无视还是忘记了,暂不追究。此处清楚地表明他对林译《魔侠传》的失望之情。作为参照,他举出了白髭拜的名字,这才是麻烦的问题吧。周作人为什么会那么失望?因为辛亥革命以前,他曾经看过这本书。这是他很喜欢的作品之一。后来，他也经常拿起这本书阅读[2]。

接着，他叙述道，就其所知，原作是由上部和下部组成的，但林纾只翻译了上部。这之后他说的话出现了问题。

> 林君的古文颇有能传达滑稽味的力量，这是不易得的，但有时也大失败，如欧文的《拊掌录》的译文，有许多竟是恶札了。在这《魔侠传》里也不免如此。

此处出现的《拊掌录》(*THE SKETCH BOOK OF GEOFFREY CRAYON, GENT.* 1907)是〔美〕华盛顿·欧文(Washington Irving)所著，林纾与魏易翻译。

对于译文中比较严重的部分，周作人作了具体指摘。

我首先要说明的是，周作人此处进行译文比较的时候，使用的是[斯密士 1914 版]英译本[3]。他写到共有 108 章，原作上下部共
301 有 126 章，所以比较而言，这是删节本。

周作人指出了原作第 16 章的两个地方。一处是林译“第二[三]段第二章”。另一处是“林译本二[三]之二”(不知道为什么段落会写错)。

后者较短，我觉得清楚地表现出汉译的特点。

被一群赶马的人打倒的堂吉诃德与桑丘，好不容易来到了街上的客店。堂吉诃德之所以认为这是堡垒，是因为他的头脑中浸满了骑士故事。旅馆除了主人夫妇与女儿外，还有一个仆人。西班牙语的原作*是这么描绘的。

---

* 此处括号里注：“的日语翻译”。并且使用了[永田]的日文译本。此处依据该日文翻译成中文。——译者

[永田] 街道的客店中还有一个年轻的亚斯托里阿斯地方的女仆。脸盘很大，发迹很短，鼻子扁平，瞎了一只眼，剩下的一只眼也不是很好。本来，好的身材确实可以抵充其他的缺点，可是她从脚到头不足一百五十公分，而且背驼得厉害，使她不得已地老看着地面。[4]

这是对客店女仆的描写。虽然有一些歧视性的表现（日语译文有所抑制），但请了解这是17世纪的作品（上部于1605年出版）。"好的身材"一处，在新的日语译本（牛岛）中是"她那可爱的举止"[5]。作为参考，请看查尔斯·杰维斯（Charles Jarvis）的英译本（1742年初版。见于复刻本 OXFORD WORLD'S CLASSICS）中写道："the activity of her body"（p. 111）。加上注释，解释为"gracefulness"。"好的身材"中包含了"可爱的举止"的意思么？顺便请看一下塞万提斯著，杨绛译《堂吉诃德》上册（北京：人民文学出版社，1978年3月版）中的相关部分，写着："她体态风流"（第112页）。

周作人择取了这个地方。他自己通过英译斯密士版进行了汉译*。

[周作人] 这客店里唯一的仆役是一个亚斯都利亚地方的姑娘，有一个宽阔的脸，平扁的后颅，塌鼻子，一只眼斜视，那一只也不平正，虽然她的身体的柔软可以盖过这些缺点，因为她的身长不过七掌（案约四尺半），两肩颇肥，使她不由的不 302

* 此处后文是：我用日语翻译出来。很抱歉，搞得有点复杂。——译者

杰维斯的英译

杨绛的汉译

常看着地面。*

"掌"是长度单位。虽然是"hand",但也可能是"palm"。周作人翻译成"掌"。根据字典的解释,"hand"是丈量马的高度的单位,是掌的宽度(四英寸)。四英寸的话,大约只有十厘米。那样一来,就变成了70厘米身高的女性。杰维斯版中这样写道:"She was not seven hands high from her feet to her head"(p.11)。

另外一说,"palm"的长度为18—25厘米。托马斯·谢尔顿(Thomas Shelton)英译本(1612年初版。见于THE HARVARD CLAS-

---

* 此处省略樽本的日语译文,直接引用周作人的文章。——译者

303

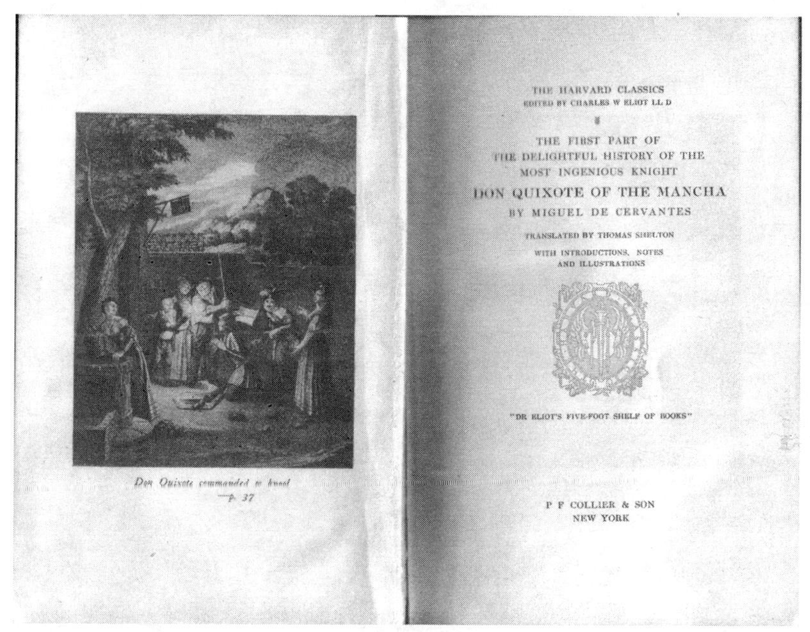
Don Quixote commanded to kneel
—p. 37

THE HARVARD CLASSICS
EDITED BY CHARLES W ELIOT LL D

THE FIRST PART OF
THE DELIGHTFUL HISTORY OF THE
MOST INGENIOUS KNIGHT
DON QUIXOTE OF THE MANCHA
BY MIGUEL DE CERVANTES

TRANSLATED BY THOMAS SHELTON
WITH INTRODUCTIONS, NOTES
AND ILLUSTRATIONS

"DR ELIOT'S FIVE-FOOT SHELF OF BOOKS"

P F COLLIER & SON
NEW YORK

谢尔顿的英译

SICS。出版社是 P F COLLIER & SON, NEW YORK, 1909)中这么写道:"She was not seven palms long from her feet unto her head"(p. 127)。

永田宽定翻译的《堂吉诃德》(《ドン・キホーテ》)正编二中的译注说明了两种长度单位。其一(329 页注 189):"一拳即将食指等四根手指握住,将大拇指竖起来的高度。大约 15 公分。"其二(329 页注 190):"一开即从张大的手的大拇指尖到小手指的指尖的长度。大约 21 公分。"

杨绛译《堂吉诃德》上册第 112 页的注释为,"拃"指张开手,从大拇指到小手指的长度。好像与永田译注的"一开"相同。

对于长度的解释有上述各种说法。根据注释,大约为 150 公

分。周作人所显示的英译底本,可认为基本上与西班牙语原作相
304 同。接下来是林译。

> [林译]此外尚有一老妪。广额而丰颐。眇其一目。然颇趫捷。盖自顶及踵。不过三尺。肩博而厚。似有肉疾自累其身。(上3—2:第7页)*

将女仆译成老婆婆,这是怎么回事?肯定会出现这样的批评。翻译成身高三尺也是错误的。竟然将原作的“七”错以为是“三”,若被人批评为不像话,也不足为奇。确实,按照后面情节的展开,“老婆婆”是不合适的。因为,被客店里的别的客人招去侍寝的那个女仆,搞出了一场大骚动,将堂吉诃德与桑丘卷入其中。可是,除此以外,林译中还有什么省略的地方以至于让周作人批评的么?我对周作人的判断打一个问号。不仅如此,在三尺这样一个小地方上,我也不是没有想到某种可能性。因为我看到好几桩林译小说的冤案。根据这一经验,如果说林纾翻译成“三尺”,那么是否存在着那样写的原本呢。

继续来看周作人的说明。

他将责任归于口译者,为林纾稍作辩护。说翻译时所使用的原本不太好,也许是删改本。这样的解释招来了误解。也就是说,在不确定林纾依据的底本时,称其使用了将原作进行了大幅省略的节本,所以汉译很不充分。林译批判的标准变得模糊不清。周作人似乎也没有考证林译底本的打算。

---

* 此处省略樽本的日语译文。——译者

那么,他是否对英译本装作不知呢,倒也不是。

> (樽本注:《堂吉诃德》)英译本自十七世纪以来虽然种类颇
> 多,但好的也少,十九世纪末的阿姆斯比(Ormsby)的四卷本,华
> 支(Watts)的五卷本,和近来的斯密士(Smith)的一卷本,算 305
> 是最为可靠,只可惜不能兼有陀勒(Dore)的插画罢了。爱西
> 万提司的人,会外文的都可以去得到适当的译本(日本也有全
> 译)。

周作人列举了好几种英译。为了了解林译在世界上的位置,我想先介绍一下当时在各国的翻译是怎样的一种情况。请记住,林译《魔侠传》出版于 1922 年。以下摘自鲍尔・阿加德(Paul Hazard)的著述。

> 正如挪威一样,从前没有本国语《堂吉诃德》的各个国家,现在也开始夸耀自己拥有了国语版(1916—1918)。法国出现了两种新译,从 1923 年到 1927 年间出版的一种与 1929 年出版的一种。最好的英译是阿姆斯比版,1901 年刊行。1905 年出版了布朗菲尔斯(Braunfels)的德语译本(1884)修订版。1923 年 L. 冉尼尼(L. Giannini)的意大利语译本开始刊行。[6]

如此可见,林译《魔侠传》即便是依据英语的重译,也还是早于意大利语。中国之所以勉强逃脱"在世界的潮流中,唯独只剩下中国"的评价,正是因为有了林译。请注意这一点。

接下来,再回到周作人的文章。

> 不会(樽本注:外语)的只得去读这《魔侠传》,却也可以略见一斑,因为原作的趣味太丰富了,正如华支在《西万提司评论》中所说,即使在不堪的译文如莫妥(Motteux)的杂译本里,他的好处还不曾完全失掉。所以我说《魔侠传》也并非全然无用。

306 周作人将莫妥(Motteux)版归类于杂译本,这并不是周作人个人的判断。

据称莫妥版出版于1701年。在经过了将近两个世纪之后,才出现了阿姆斯比(Ormsby)版(1885年)。他在序文中对莫妥版做了著名的评价:"比无价值更糟糕"(worse than worthless)。从此,莫妥版就只能被评价成那样。

那么,对于前文中出现的客店女仆(名字叫马理多纳斯),莫妥版的英译是怎样的呢?

我现在看到的是纽约出版的刊行年份未记的书籍。对于这个问题,我将在后文中进行说明。

不管怎样,当看到相关部分(第15章第72页)时,我着实吃了一惊。因为英译只有"Their servant Maritornes"(他们的仆人马理多纳斯)。塞万提斯那般花费笔墨描绘了她的容貌,却被轻松地省略了。我几乎要认为,这些地方大概就是被周作人指定为"杂译本"的理由吧。然而,这里面还有复杂的原因(后述)。就这个部分来着,可知与林译也不同。

所以,周作人才会说:"希望中国将来会有一部不辱没原作者的全译出现。"

还有一点，文章的最后，周作人对林译进了一句谏言。这个部分后来成为问题。

原作的第四章中，堂吉诃德救助了被捆绑在树上、遭受体罚的少年阿特勒斯。他因为丢失了羊而被主人惩罚。堂吉诃德让主人向百姓发誓停止殴打并支付薪水。他回答说谨遵吩咐，堂吉诃德相信了他的话，离开了。可是，等到堂吉诃德的影子不见，主人简直将少年打个半死。这可不是半途而废的帮助，而可以说，因为堂吉诃德多管闲事，反而让少年遇到大祸。这个阿特勒斯在第 31 章中又一次登场。事情并没有简单地结束。 307

阿特勒斯对堂吉诃德破口大骂。以下先摘录周作人的汉译。

> ［周作人］我愿神使你老爷和生在世上的所有的侠客都倒了霉。*

我觉得这样翻译已经非常清楚了。为作参考，也附上永田译文。“是哦，如果老爷能与这世上所有的骑士都受到神的诅咒就好了”。[7]

杰维斯版写道：“may the curse of God light upon, and upon all the knights-errant that ever were born in the word.”（“愿上帝的诅咒降临，降临到这个世界诞生的所有侠客身上！”）（第 272 页）。莫妥版第 26 章怎样写的呢？“and so fare you well, with a plague upon you and all the knights-errant that ever were born!”（“那么，永别了，愿灾难永远与你和世上所有的侠客在一起！”）（第 165

---

* 此处原本是樽本的日语译文，省略。直接引用周作人。——译者

页）。

内容相似。而在林译中，如下所示。

> [林译] 似此等侠客。在法宜骈首而诛。不留一人。以害社会。/[旁注] 吾于党人亦然。（第43页）[8]*

汉译与英译几乎相同。周作人认为有问题的地方是林纾添加的旁注，仅仅六个字，我重复一下："吾于党人亦然。"我将林译的"党人"日译成"革命党人"，这是因为，事实上，林纾被文学革命阵营视为旧文人的代表而遭到攻击。出于这一想法，才出现了这个旁注。这个地方正是林纾在翻译中流露出自己对革命党人的感情
308 之处。无需说明，林纾斥骂了批判自己的人，这一点让周作人敏感地捕捉到了。周作人对此是如何评论的呢？"这种译文，这种批注，我真觉得可惊，此外再也没有什么可说了"。

我是这么理解周作人的感想的。周作人阅读的时候，把它当作西班牙而且是很久以前的讽刺骑士精神的故事。可是，译文中忽然出现了林纾本人的文字。不仅如此，他对革命党人还说："在法宜骈首而诛。不留一人。以害社会。"冷不防，周作人被拉回到现实。从他特别提到这一句，我感受到周作人的吃惊和抗拒感或者说反感，也就是他所写的"再也没有什么可说了"。提出这个部分是有意义的，绝对不同意的意思。

这是一个小得几乎让人忽略的细节。但是，周作人却注意到了，对"党人"一词做出了反应。而且，在语言的背后蕴含着批判的

---

* 此处后文是樽本的日语译文，省略。——译者

意味。如果他这样指摘的话，那么，中国后来的研究者对林译自然不会形成好的印象吧。林纾不仅作为守旧派的代表，反对文学革命，而且还在译文中斥骂革命党人。这让人们觉得，正因为他是反动派的人物，所以才能写出这样的注释，所以也出现专门挑了这个地方进行批判的人。有关现在对《魔侠传》的评价，我准备稍后讨论。

周作人通过英译，知道原作的优秀，这可以从他列举了好几种英译的情况中看出。如果说，林译《魔侠传》与莫妥版一样都是杂类的话，我想，周作人自己应该依据足以信任的英译进行翻译才是[9]。

可是，所谓评论文章，只是指摘问题，并无解决问题的意图吧。

周作人虽然举出了几种英译本，却没有说明林译所依据的版本，他也没有写出汉译的底本是莫妥版。

在林译底本不明的情况下，周作人举出了翻译的具体例子，展开了批判。我再次重申，他的文章给人的印象就是，林译《魔侠传》
是很糟糕的译本。《魔侠传》成为林译批判的根据，我想大概就是 309
从此开始的。

郑振铎的文章“林琴南先生”发表于两年后的1924年。对于周作人所指摘的“党人”，他什么都没有说。他应该不会不知道，而是忽略了。

我已经说过，在这篇论文中，郑振铎称赞了《魔侠传》。可是，在翌年发行的《小说月报》第16卷第1号(1925年1月10日)中收入了周作人的《魔侠传》的一部分，也就是包括了否定林译的那部分内容。

这是怎么一回事呢？若是在别的杂志上刊登对林译《堂吉诃

德》的批判，那还能理解。可是，被郑振铎肯定为完美翻译的《魔侠传》，却又在同一份《小说月报》上被周作人否定，尽管时期不同。况且，当时《小说月报》的主编不是别人，正是郑振铎本人。

周作人的文章只是选录，刊登在杂志上的，仅仅是不足一页的短文。就其刊载于傅东华“西万提司评传”的末尾来看，可知是补白之类的配置。

主要论文是傅东华的那篇。

4 傅东华的论述

以下介绍傅东华“西万提司评传”（《小说月报》第16卷第1号，1925年1月10日）。

傅东华（1893—1971）在中华书局任职之后，从一名中学英语老师变成了复旦大学中文系的教授（1929年）。他也是著名的翻译家。《堂吉诃德》也是他的翻译之一，后来出版了。

即塞万提斯著，傅东华译《吉诃德先生传》上下册（长沙：商务印书馆1939年4月版，未见）。西万提司、塞万提斯都是“Cervantes”的音译。虽说是同一个人物，但我不明白为什么将“塞”改成“西”。据说汉译只有上部，是根据英译的重译。傅东华的这篇论文，可以猜测是他在翻译《堂吉诃德》时期间或是在翻译之前写作的。既然他有志于翻译《堂吉诃德》，那么自然会讨论此前已经出版的林译吧。有几处涉及林译。

310 他在介绍塞万提斯的经历时提到了林译。

例如，他挑出了《堂吉诃德》中出现的塞万提斯自著《伽拉苔亚》（*La Galatea*）。对此说明道：“林译此章删去不少，此段亦不存在。"(第4页)在林译上卷第1段第6章的第28页上,确实没有这个译文。

然后,他又写道。

> 我们现在即使读林纾不甚精密的译本,也觉得不忍释手,这当然是由于原著确有伟大的力量。(第6页)

可见傅东华对林译做出了非常严厉的批判。在此之上,又重新刊登了周作人文章的一部分,并且是否定林译的内容。《堂吉诃德》成为林译批判的根据之一,可以视为在周作人与傅东华之后的事。其后,郑振铎的正面评价就被忽视了。

5 朝着否定林译的方向

林译作品收入翻译目录中是理所当然的事情。其时,有的编者会加上注释。例如,(曾)虚白编,蒲梢(徐调孚)修订《汉译东西洋文学作品编目》(上海:真善美书店1929年9月28日版,第84页)中记:"魔侠传(文言节译)/ Don Quixote 林纾　商务。"括号中表示这是节译本,这就是注释。

寒光《林琴南》(上海:中华书局1935年2月版)中对"魔侠传 二册"作了说明:"这书太受口译者牵累了,甚至译不完全!"(第108页)。并且还写上了:"这书是大失败的,比《拊掌录》实在比不上。"直接使用了周作人的文章,可以说对林译《魔侠传》评价极低。

这是研究林纾的专著,所以分量很重,具有相当的影响力。

寒光也没有提到林译《堂吉诃德》的底本。尽管如此,却称之 311

为"大失败",我不明白这是什么原因。寒光是将它与西班牙语原作进行对比的吧。以想当然(幻想)为基准进行批评,我认为是非常奇妙的事情。没有辨明林译底本的同样还有周作人与傅东华。

蒲梢"汉译东西洋文学作品编目——一九二九年三月止"(张静庐辑注:《中国现代出版史料甲编》,北京:中华书局股份有限公司1954年12月上海初版,第304页)中记:

> 西万提斯(M. Cervantes,1547—1616)/魔侠传(Don Quixote)(文言节译)林纾 商务

这本资料集中收入是1929年版。编者同样注释为:"文言节译"。但是另一方面,对于郑振铎批判的《九三年》的林译《双雄义死录》,只标上了"文言"而无"节译"(第298页)。

作为批判的证据而固定下来,是在被纳入文学史之后。不言而喻,只是沿用了寒光等人的专著的说明而已。

可见于复旦大学中文系1956级中国近代文学史编写小组编著《中国近代文学史稿》(北京:中华书局1960年5月版;采华书林影印1962年2月15日版)。

> 这种两人合作的方式为数不少,是一种在当时条件下在所难免的畸形的翻译方式;译本与原作比较,遗漏、删节、加添的现象很普遍,于是象《堂·吉诃德》这样一部大著作就只译成为一本薄薄的小册子;莎士比亚、易卜生的剧本(如《亨利第四》《群鬼》)竟以小说形式出现,弄得面目全非。(第286页)

称林纾将莎士比亚及易卜生的戏剧改写成小说，是冤枉，我已经证明了他的清白。不过当时是1960年代，而且在这之后的将近 312
半个世纪中，戏剧小说化已成为定论，这样的记述倒也不足为奇。

后来，必定会举例作为林译批判的根据之一。正如林薇介绍的那般。

姚锡佩“周氏兄弟的堂吉诃德观：源流及变异——关于理想和人道的思考之一”（北京鲁迅博物馆鲁迅研究室编《鲁迅研究资料》22，北京：中国文联出版社1989年10月版）对林纾添加的“党人”做了如下指责：“强烈地表达了他对革命党人刻骨镂心的憎恨，反映了他顽固的维护封建道德的立场。”（第325页）

张全之《突围与变革——二十世纪初期文化交流与中国文学变迁》（西安：西北大学出版社1997年9月版，第92页）中高度评价林译小说是卓越的翻译。然而，依旧不可避免地指出误译、删减、改写的缺点。“他有时还有意削减小说的字数，如塞万提斯的《堂吉诃德》（第一部）林译在字数上减掉2/3。”看到这个，读者一定会吃惊，竟然缩写了这么多么？我想一般人都会哑口无言：这样的话，就别说林纾翻译得好了。

但是，关于林译《魔侠传》，以往并没有文章像张全之这般具体写出“减掉2/3”的。他是基于什么来评论的呢？因为写着“在字数上”，所以是做了对比的吧。即便如此，因为他没有辨明底本，按理写不出数字。

于是，我想起了从前郑振铎讲过的话：“托尔斯泰的《复活》（改名《心狱》）不及原文三四分之一，魏易所译之狄更司的《二城记》（*Tale of Two Cities*）也只有原文三分之一。”郑振铎的这个说明与林译毫无关系。但是，因为数字是一样的，所以我猜张全之是否受了这个影响而误解了呢？因为是有着“任意翻译的林纾”这样的先入为主的观念吧。我认为，没有事实基础的林译批判发展到了很深的地步。

313 再有一例。我想介绍一下在近代翻译文学研究中取得了丰厚成果的郭延礼的文章。

郭延礼《中国近代翻译文学概论》(汉口：湖北教育出版社 1998 年 3 月版；修订本，武汉：湖北教育出版社 2005 年 7 月 第 2 版第 3 次印刷)还出版了修订本。封面上印着：“研究生教学用书/教育部研究生工作办公室推荐。”并且记载着：“本书是国家社会科学‘九五’规划研究项目(获第十二届中国图书奖)。”可见是获得学术界高度评价的研究书。

> “林译小说”对原著删节过多，如法国雨果(V. Hugo，1802—1885，林译为预勾)的《九三年》(*Quatre-vingt-treize*)，林译为《双雄义死录》，篇幅减少了很多。这大约是口译者用了出版社改编供儿童阅读的删节本讲给林纾听的缘故。(第 296 页/修订本第 233—234 页)

郭延礼关于雨果作品的解说，沿用了郑振铎的文章。不过，不同的是，《九三年》的原作者名用法语标记了出来。我为什么要指出这一点呢，下面说明。郑振铎的这篇文章后来收入几种资料集。收入之际，有的编者将最初的英语标记改成法语。例如，钱锺书等著《林纾的翻译》(北京：商务印书馆 1981 年 11 月版)。这是因为他们认为用法语标记才是正确的吧。可是，这却是多余的操作。因为，林译雨果并非从法语直接翻译过来，而是依据了英语。所以可以推测，郭延礼所看的郑振铎的文章并不是最初的版本。

其次是塞万提斯。

> 塞万提斯(Miguel de Cervantes Saavedra，1547—1616)的《唐·吉诃德》(第一部)，厚厚的一大部，林译变成薄薄的一小本《魔侠传》了。(第296页/修订本第234页)

“薄薄的一小本”与林薇的话一致。但是，郭延礼没有说明《堂 314
吉诃德》的儿童版等。这是否因为他认为是林纾自己将西班牙语原作进行了大幅删减呢？他解释说原作是“厚厚的一大部”，就是表明他的这一想法的证据。

商务印书馆的“说部丛书”中，确实有小册子之类的作品。粗略看来，每册从100页到200多页，平均大约150页。根据郭延礼的说明，得到的是一册不足200页的书的印象吧。原作《堂吉诃德》是长篇，怎么会变成小册子的，一般人都会产生这样的疑问。所以，郭延礼认为林译将原作进行了大刀阔斧地改写。

郭延礼对周作人所指摘的“党人”一处做出了敏锐的反应。“后期的译作则日渐逊色，已失去了前期译文的光彩，思想的退化更为严重，在他后期所译塞万提斯的《魔侠传》中还出现了攻击革命党人的言词。这种思想的退化与林纾此时怀念清室的政治立场不无关系。”(第294—295页；修订本第233页)。直接与林纾的政治立场挂钩。此处，郑振铎正面高度评价的《魔侠传》，消失得无影无踪。

否定的评价无可动摇地定型下来。我这么想是因为在网络上发现了下面这篇文章。

滕威“《堂吉诃德》这样来到中国——纪念《堂吉诃德》初版四百周年”(《中华读书报》,2005 年 3 月 23 日 http://www.gmw.cn/01ds/2005-03/23/content 203520.htm)

正如副标题所示,为纪念《堂吉诃德》初版发行 400 周年,这篇文章介绍了该作传入中国的情况。

虽然这是介绍汉译《堂吉诃德》的专业文章,却误认为林译《魔侠传》是最早的翻译作品。很意外,他似乎不知道《魔侠传》是第二部汉译。

滕威首先说道,林译《魔侠传》发表之初没有引起任何反响。他列举了其原因在于只翻译了前半部分、根据英语的翻译、不懂外文的林纾与口译者合作的翻译等。

315 从开头部分可以看出,关于林纾的定论根深蒂固。“不懂外文的”的林纾翻译的东西有什么值得看的,好像作者自己表明了这种否定的态度。他说没有引起反响,可是林译出版后,周作人不是马上就发言了么?郑振铎还很称赞,傅东华虽然是否定的态度,但在文章中也有所论述。难道他不知道这些情况么?

如前所述,傅东华根据英语重译的《吉诃德先生传》发行于 1939 年。而且,好像只有上部。在林译的 17 年之后,中国出版的依旧是原作前半部分的重译本。这样的傅东华译本依旧在很长一段时期内受到了读者的喜爱。可见,滕威的说明忽略了《堂吉诃德》的汉译史。这样能够说明在中国传播的情况么?我非常怀疑。

接着,滕威提出了《魔侠传》的四个问题。

因为只翻译了上部,所以不存在人文主义或理想主义精神。不能看出塞万提斯的叙事手法。将主仆之间有趣的对话全部改成了第三人称叙述。最后,举出周作人所指摘的、郭延礼重复的“党人”。除了删减之外，还责难林译任意添加自己的观点。

滕威认为林译的底本很可能是莫妥版的“杂译本”。

她称《魔侠传》没有引起读者的反响，做了如下说明：“当然，1922年的林纾已经被新文化运动席卷过的文化思想界视为一个老朽落伍之人，白话翻译小说已成主流，谁还会去阅读一个根本不懂外语的‘翻译家’以文言译就的‘古董’呢？”

滕威的文章全面否定了林译《魔侠传》。我不由得要叹息了，因为，她的这篇文章凝缩了以往否定林译小说的要素。什么要素？就是不经过自己的检验而原封接受否定林译的根据。滕威也批评了林纾与陈家麟的汉译将莎士比亚戏剧改写成小说，不带一点怀疑。

我很清楚，所谓林译将莎士比亚作品、易卜生作品改译成小 316
说，根本不是事实。所以我可能对滕威否定林译《魔侠传》的论调有所不满。

即便如此，当我看了滕威的论文后，心情的确变得很沉重。中国人只继承了没有价值的遗产。她介绍了传入中国的《堂吉诃德》，与以往说法相同。如果《魔侠传》是那么糟糕的翻译的话，那么，多年以来一直阅读它的中国读者又算什么。连郑振铎都称赞它是完美的翻译之一，那么又该如何评价郑振铎呢？理所当然地会产生疑问。

林译的底本真的是莫妥版么，经过确认了么？在经过确认之后，再提出结论也为迟不晚吧。我怀疑滕威首先有否定林译的结论，然后再开始写论文的。反言之，这也可以看出滕威笔触中所凝聚的顽固的林译定论。

还有一例，请看韩洪举的林译研究专著《林译小说研究——兼论林纾自撰小说与传奇》（北京：中国社会科学出版社2005年7月版，第

126—127页)的说明。

> 林纾采用意译的方法,对原作删改较多,这是“林译小说”的最大缺陷。(中略)如塞万提斯的长篇巨著《堂吉诃德》(第一部),林译《魔侠传》则成了一本薄薄的小册子了。法国著名作家雨果的《九三年》,林译为《双雄义死录》,篇幅亦减少很多。

如前所述,郑振铎猜测大幅删减的原因可能在于口译者误选了改编成儿童版的作品。韩洪举介绍了这一点,并赞成其有一定根据。

韩洪举将雨果《九三年》的翻译情况应用于《堂吉诃德》。并且,将上下二册的《魔侠传》误以为是一册。他还忽视了郑振铎对林译《堂吉诃德》的称赞。

可以看出,与戏剧小说化的定论相同,对于大幅删减的问题,
317 韩洪举也协助了这一观点的固化。

6 林译《堂·吉诃德》

塞万提斯《堂吉诃德》(*Don Quixote*)(上部52章、下部74章)就算只是上部,也毫无疑问的是长篇。

与其说是谁也没有指出,不如说谁都知道,这里出现了外语的问题。

塞万提斯的原作,不用说,是西班牙语。西班牙语的原作是一部巨著,全部翻译出来需要花费很长的时间。即便如此,早在1612年就出版了托马斯·谢尔顿(Thomas Shelton)的英译本(前文已

附1909年版书影)。但是,一般在世界上传播的是节译版吧。包括改编成儿童用的简本在内,难以想象究竟出版了多少种。

那么,林译《堂吉诃德》也就是《魔侠传》二册本是什么情况?我做一介绍。

> 西班牙塞万提斯原著,闽县林纾,静海陈家麟同译《魔侠传》卷上下(二册),上海商务印书馆1922年3月[10],说部丛书第四集第18编

卷上	第1段	1—8章	41页(第42页空白)
	第2段	1—6章	29页(第30页空白)
	第3段	1—13章	117页(第118页空白)
卷下	第4段	1—25章	204页

上卷总计187页。下卷共204页,二册合计共52章391页。每段重新设置章节,所以数字不是连贯的。

很多研究者都写"薄薄的一小本"。首先,"一册"是错误的,应该是二册。那么,二册共391页的书怎么会是一小本呢?我打了一个大大的问号。不过,这毕竟是一个比较而言的问题,请读者自己看。

合译者陈家麟,除了莎士比亚的作品之外,还翻译了哈葛德、 318
鲍德温(Baldwin)、巴尔扎克、托尔斯泰、威斯(Wyss)等作品。他擅长英语。所以,在翻译巴尔扎克或托尔斯泰的时候,可以认为是依据了英译本。

如果是这样的话,那么,林纾与陈家麟依据的原作《堂吉诃德》一定是英译本。如果是英译本,那么节译本已经出版了很多种吧。

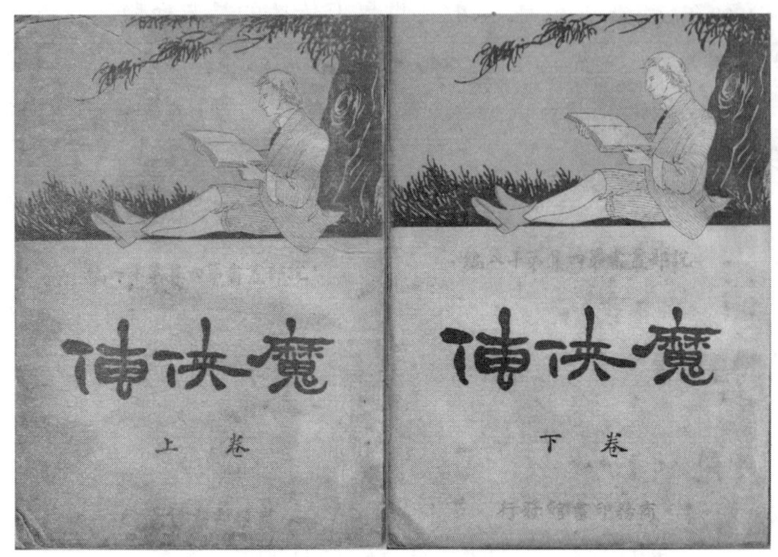

林纾与陈家麟的汉译

于是，对于《堂吉诃德》，我开始了对林译所依据的英语译本的追查。

7　《堂·吉诃德》的英译本

虽说开始对英译本的追查，但是《堂吉诃德》的情况与莎士比
319 亚、易卜生不同。后两者的作品，没有一点有关林译底本的线索。但是，《堂吉诃德》已经有了马泰来的指摘。

○　马泰来："林纾翻译作品全目"，钱锺书等著：《林纾的翻译》，北京：商务印书馆 1981 年 11 月版，第 95 页。

疑据 Motteux 英译（有 Everyman's library 本）重译。林译分

四段，章次独立，与 Motteux 本同。所见其他英译本，虽亦分四段，但章次连续。

“Motteux”有时候也写成“Peter Anthony Motteux(1660—1718)”。

马泰来在林译底本的问题上，指出并订正了先行论文中的很多错误，其成绩获得了研究界的高度评价，我也毫不犹豫地赞同，完全赞同。

马泰来的说明如下。林译分成了四段，章节也是独立设置，与莫妥版相同(这似乎指的是 Everyman's library 版)。其他的英译本都是四段、连续章节。所以，马泰来判断可能是莫妥版。(不过，谢尔顿版与林译相同，也分为四段。)

已经辨明是莫妥的英译本。我想调查起来会比较简单。

确实，获得英译本并没有花很多工夫。只要是莫妥版，无论哪一本都可以。我选择标记了莫妥翻译的书，并顺便订购，因为这是确认马泰来说明的必然方法。

可是，我获得的莫妥版与马泰来的说明并不相同。因为这不是 Everyman's library 版的缘故么？这让我很意外。现在想来，我随意订购的这个版本是导致问题变得复杂的原因。

扉页上的题目是：“THE ADVENTURES OF THE INGENIOUS GENTLEMAN DON QUIXOTE DE LA MANCHA。”由 HURST & CO. 发行，但没有印上出版年份。这是一册书，共 610 页，分为第一部(也就是上部全 41 章)与第二部(下部)。章节连续，共 100 章。

再次说明,《魔侠传》只是上部的汉译。分为四段,章节并不连续计数,合计共 52 章。可是,我手中的莫妥版,上部是连续编号,
320 共 41 章,没有分成四段。仅此部分,二者就与马泰来的说明不同。而且,关于客店的女仆,林译与莫妥版的字句也不同。我总觉得哪里不对。我一直以为手里的这个是莫妥版。但是,仔细一看,扉页上写着的难道不是“FROM THE TRANSLATION OF MOTTEUX”? 这就奇怪了。我理解的意思是,依据莫妥版进行的改写。而且,正文开头的题目是“THE LIFE AND ACHIVEMENTS OF DON QUIXOTE DE LA MANCHA”,与封面不同。这样的写法是通行的方式么,我不明白。

我想,不同的出版社出版的莫妥版可能也不一样。于是就收

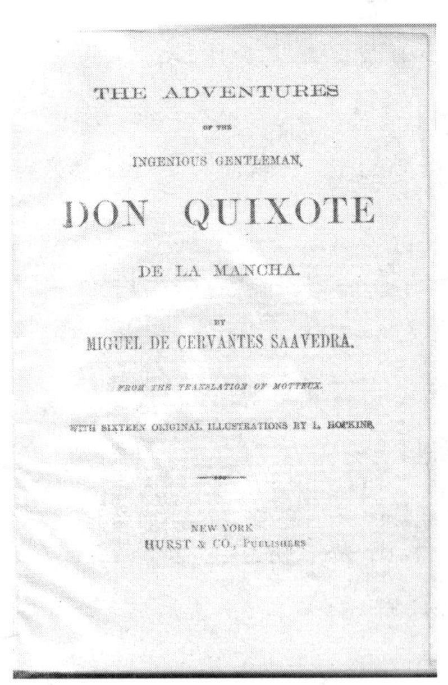
THE ADVENTURES
OF THE
INGENIOUS GENTLEMAN,
DON QUIXOTE
DE LA MANCHA.
BY
MIGUEL DE CERVANTES SAAVEDRA.
FROM THE TRANSLATION OF MOTTEUX.
WITH SIXTEEN ORIGINAL ILLUSTRATIONS BY L. HOPKINS.
NEW YORK
HURST & CO., PUBLISHERS.

莫妥的英译

日本松居的节译

集了好几种版本。

在等待其他版本的时候，我获得了一部日语译本，先作一介绍。

8 日本松居松叶节译版 321

西班牙塞万提斯原著，日本松居松叶节译《钝机翁冒险谈》（《鈍機翁冒険譚》）上下卷一册（东京：博文馆 1896 年 11 月 23 日版）。封面上画着脚跨鲁林安替马（Rocinante）、手持长枪的堂吉诃德。

分为四编，章节连续，共 43 章。可知是上部的节译。不过，没有对底本的说明。*

与依据西班牙语原作进行翻译的日语译本进行比较，松居译本确实是“节译”。正如松居自己写的那样：“我写完了这篇小传，止不住地长长叹了口气。我等学浅笔钝，且仅以三百页左右的篇幅，对这部巨著进行节译。因此，抹煞了原著的‘美’，消去了它的趣味。”根据他对译词的注释，可以断定底本是英语。是从某一种英文原作进行了节译。也就是说，必须通过英语原作的情况，才能判断节译的情况。这意味着，我要从发行的各种各样的英译版本中寻找出一种底本。在对松居译本进行说明的同时，我要说林译 322
也有同样的情况。

请记住上述这些情况，再来看一下林译的开头。

---

* 原文为：“以下引用开头部分（将全文标记的假名改成部分标记）。并附上永田译文，以作参考。”此处省略［松居］、［永田］的日语译文。——译者

> ［林译］在拉曼叉中。有一村庄。庄名可勿叙矣。其地半据亚拉更。半据卡斯提落。故用之不去手。食多用牛而屏羊。且食品。排日而定。不相混淆。岁入非少。然以划其四分之三。耗之食品。余其一。则用以制衣。衣恒用绒。下裳及履。无一不绒。家居则用自织之布。*

不想说出村庄的名字是有原因的。据说著者塞万提斯因为挪用公款而被问罪入狱，就是在一个叫作“Argamasilla de Alba”的村子。译文至此尚可，请看后文。出现了“亚拉更”与“卡斯提落”两个地名。

“Castilla-La Mancha 州”确实与卡斯提落州、亚拉更州相连。

但是，原作中并没有出现这两个地名。究竟是从哪里翻译出来的呢？不可思议。原作中没有的东西，林纾与陈家麟自己进行调查，然后加进去的么？这种想法是不现实的。

请想一下林译莎士比亚，或者林译易卜生的情况（不知道的人，
323 请参看拙论）。林纾将原本的戏剧直接改写成小说，这是中国学术界的定论。但是，创作情节岂不是更加花费劳力么？我遵守这个常识性的判断。所以，我查寻了二者的小说版英文原作。

林译塞万提斯是否也有相似的情况呢？是因为他所依据的英文原作中出现了亚拉更与卡斯提落，所以才翻译出来的吧。

所以，首先请看我手里的这个莫妥版（在此阶段，我不得不标上问号。以下用？表示）。

---

* 此处原附樽本日语译文，省略。——译者

［莫妥?］IN a certain village in La Mancha,[*] of which I cannot remember the name, there lived not long ago one of those old-fashioned gentlemen, who are never without a lance upon a rack, an old target, a lean horse, and a greyhound. His diet consisted more of beef † than mutton; and, with minced meat on most nights, lentils on Fridays, and a pigeon extraordinary on Sundays, he consumed three quarters of his revenue; the rest was laid out in a plush coat, velvet breeches, with slippers of the same, for holidays; and a suit of the very best homespun cloth, which he bestowed on himself for working days.[*]

莫妥版(?)在此做了两处注释。

一个是关于La Mancha。“* Partly in Aragon, partly in Castile.”。

林译将这个注释加入正文了么?

还有一个注释,关于“† A mark of poverty. Beef was cheaper 324
in Spain than mutton”,林纾与陈家麟没有采用么?

林译似乎是以莫妥(?)为底本的。可是,就莫妥版(?)中的注释来看,我觉得正文中好像使用了其他英译本。

此处也让我感到有点不安。周作人指出,莫妥版是杂译本。而且,有关客店里名叫马理多纳斯(Maritornes)的女仆的部分,我已介绍过莫妥版(?)仅仅英译为“their servant Maritornes”。这个部

---

* 此处有日语译文,省略。——译者

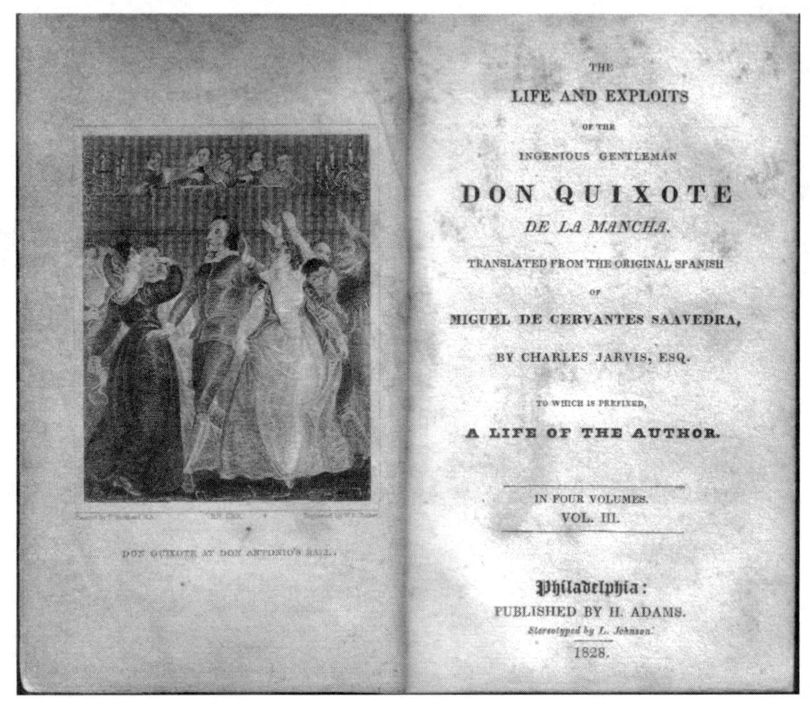

DON QUIXOTE AT DON ANTONIO'S BALL.

THE
LIFE AND EXPLOITS
OF THE
INGENIOUS GENTLEMAN
DON QUIXOTE
DE LA MANCHA.
TRANSLATED FROM THE ORIGINAL SPANISH
OF
MIGUEL DE CERVANTES SAAVEDRA,
BY CHARLES JARVIS, ESQ.
TO WHICH IS PREFIXED,
A LIFE OF THE AUTHOR.

IN FOUR VOLUMES.
VOL. III.

Philadelphia:
PUBLISHED BY H. ADAMS.
Stereotyped by L. Johnson.
1828.

杰维斯英译本

分显然与林译《魔侠传》不同。

如前所述，章节的计数方式、分为四段等方面都与我手中的版本不一致。

在查寻莫妥版的同时，我还查找了其他几种版本。林译只是上部的翻译。所以，以一册本为条件。即使这样，也并非立刻就找到了合适的作品。同以往一样。

325

TALES FROM THE ITALIAN AND SPANISH

A NEW SORT OF FICTION

REALISM AND ROMANCE
ADVENTURE AND HUMOR
REVEALING THE SOUL
OF THE LATIN LANDS

IN EIGHT VOLUMES
ILLUSTRATED

THE REVIEW OF REVIEWS COMPANY
NEW YORK
1920

译者未署名 1920 年

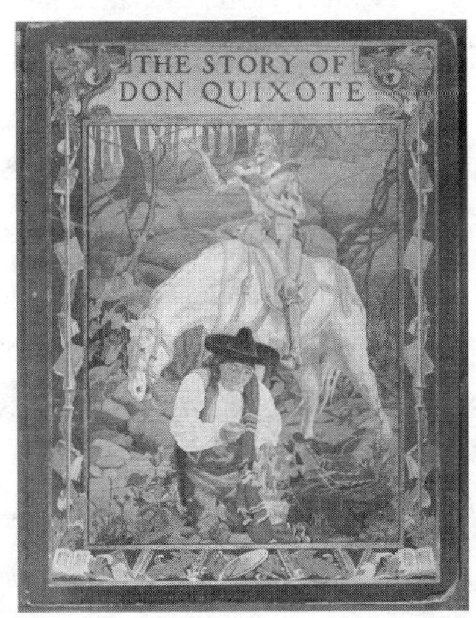
THE STORY OF DON QUIXOTE

Instructor Literature Series—No. 264

The Story of
DON QUIXOTE

By BERTHA E. BUSH

PUBLISHED JOINTLY BY
F. A. OWEN PUB. CO., Dansville, N. Y.
HALL & McCREARY, Chicago, Ill.

保罗森·爱德华兹(Paulson, Edwards)英译本　　布什(Bush)英译本

326

9 莫妥版之外的版本

又收到了一册。

○ *THE LIFE AND EXPLOITS OF THE INGENIOUS GENTLEMEN DON QUIXOTE DE LA MANCHA* translated from the original Spanish of MIGUEL DE CERVANTES ASSV-EDRA，BY CHARLES JARVIS，ESQ. VOL. Ⅲ. H. ADAMS. PHILADELPHIA，1828

小型本。正文 269 页。因为书很陈旧，所以封面都脱落了。是与莫妥版(?)不同的书。打开一看，没有什么重要的东西。四册本中的第三卷，而且是下部 35 章。在书店的说明中并没有写明这些情况。因为我只是按照书名订购，所以并不知道内容，这是常有的事。杰维斯版现在是纸封面，很容易获得。本文已经从这本书中作了引用。

在向书店订购的时候，只能依靠书名。就算向专家咨询英译的而且是改写的《堂吉诃德》，恐怕也是得不到答案的吧。我想，专门研究《堂吉诃德》的人不会把改写作品视为考察对象的。

○ *THE STORY OF DON QUIXOTE* BY ARVID PAULSON AND CLAYTON EDWARDS，FREDERICK A. STOKES COMPANY，NEW YORK，1922

将上下部压缩成一册。前文中已经出现过，克雷顿·爱德华兹(CLAYTON EDWARDS)是 *All Shakespeare's Tales* (The Hampton Publishing Company，New York，1911)的作者。他好像很擅长将古典作品改编为儿童用书。

还有一部没有记载译者名字的版本。尽管是精装本。

○ *TALES FROM THE SPANISH/DON QUIXOTE OF LA MANCHA*, THE REVIEW OF REVIEWS COMPANY, NEW YORK, 1920

这是一套意大利与西班牙作品丛书八册中的一册。只有上部,压缩为 38 章。与林译无关。

○ *The Story of DON QUIXOTE*, by BERTHA E. BUSH, 327
F. A. OWEN PUB. CO. 1914

只有 32 页,的确是小书。可称为儿童用书。

○ *Don Quixote of the Mancha*, Retold by Judge Parry and illustrated by Walter Crane, 1900/EVERYMAN'S LIBRARY CHILDREN'S CLASSICS, 1999

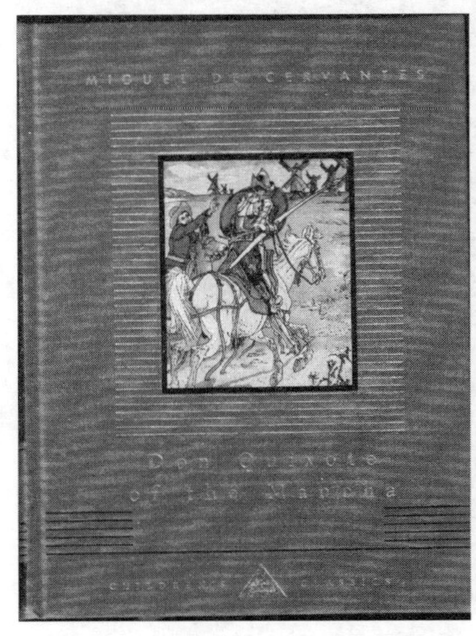

巴利(Parry)改写的英译本 1900 年

巴利改写的英译本 刊行年份未记

虽然是“每个人的图书馆”版，却是儿童古典丛书中的一册。将上部压缩为 30 章。

○ *Don Quixote*, Retold by Judge Parry and illustrated by Walter Crane, Konecky & Konecky 刊行年份未记。

巴利改写版，该书及其插图似乎很有名。因为内容虽然相同，出版时却经常更改了书名与开本大小。由于书店的书目中没有详
328 细说明，结果我订购了同类书籍，这是没有办法的事情。

○ *THE INGERNIOUS GENTLEMAN DON QUIXOTE DE LA MACNCHA*, JOHN ORMSBY'S TRANSLATION ABRIDGED AND EDITED FOR THE USE OF SCHOOLS BY MABEL F. WHEATON, GINN & COMPANY, BOSTON, 1893

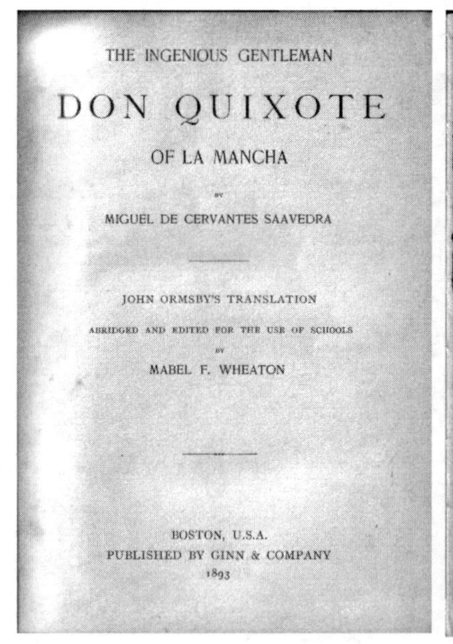

THE INGENIOUS GENTLEMAN

DON QUIXOTE

OF LA MANCHA

BY

MIGUEL DE CERVANTES SAAVEDRA

JOHN ORMSBY'S TRANSLATION

ABRIDGED AND EDITED FOR THE USE OF SCHOOLS

BY

MABEL F. WHEATON

BOSTON, U.S.A.

PUBLISHED BY GINN & COMPANY

1893

威顿(Wheaton)缩写版 1893 年

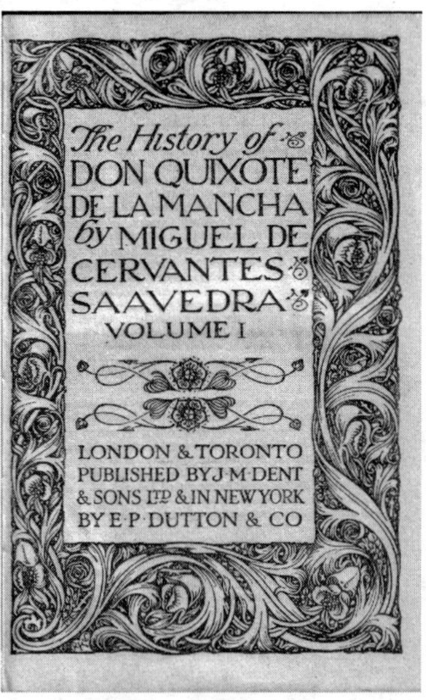

The History of

DON QUIXOTE

DE LA MANCHA

by MIGUEL DE

CERVANTES

SAAVEDRA

VOLUME I

LONDON & TORONTO

PUBLISHED BY J·M·DENT

& SONS LTD & IN NEW YORK

BY E·P·DUTTON & CO

Every1/Everyman's Library1919 年版

因为书目中写着阿姆斯比翻译,所以才订购的。实际上,这是依据阿姆斯比的译本,由威顿概写的书。

可知,以上都不是林译的底本。

订购之后,书就会送来,但总也不像,也就是我没有遇到可能是林译底本的版本。可是,如果不做这些的话就不能到达目标。要说麻烦,确实非常麻烦,可是必须这么做。

10 “每个人的图书馆”版 329

Everyman's Library(每个人的图书馆)版(以下简称为 Every 1)寄到了我的手上。我重复一下,马泰来曾经说明:“疑据 P. Motteux 英译(有 Everyman's Library 本)重译”。因为有这个记述,所以如上所述,我才推测他所指摘的莫妥版是否还有别的版本。比较我手中的莫妥版(?)与林译文章有所不同,想来也是很自然的事情。

可是,这个 Every 1 也有点复杂。

○ 译者名未记 *The History of DON QUIXOTE DE LA MANCHA* LONDON, J. M. DENT & SONS LTD AND IN NEW YORK BY E. P. DUTTON & CO. 1906; 1913

全二册。是 1906 年、1909 年初版的再版。初版第一册有 1913 年发行的,还有添加了出版地为伦敦的 1919 年版。第二册是出版地也标记为伦敦的 1916 年的再版。

我所讨论的是上部,所以对第一册进行说明。

奇妙的是没有记载英译者的名字。理由不明。

开头有约翰·吉普森·洛克哈特的“引言”(John Gibson

Lockhart“INTRODUCTION”)。

洛克哈特(1794—1854)编辑了莫妥版,撰写了《塞万提斯传》。那么,这本 Every 1 是否就是莫妥的英译本呢?

上部目录中可见:1 卷 1—8 章、2 卷 1—6 章、3 卷 1—13 章及 4 卷 1—25 章。与林译《魔侠传》结构相同。

正文开头的题目与扉页不同。“THE LIFE AND ACHIVEMENTS OF THE RENOWNED DON QUIXOTE DE LA MANCHA”。

请看开头部分。

330 [Every 1] AT a certain village in La Mancha,[1] which I shall not name, there lived not long ago one of those old-fashioned gentlemen who are never without a lance upon a rack, an old target, a lean horse, and a greyhound. His diet consisted more of beef than mutton; and, with minced meat on most nights, lentils on Fridays, griefs and groans on Saturdays, and a pigeon extraordinary on Sundays, he consumed three quarters of his revenue; the rest was laid out in a plush coat, velvet breeches, with slippers of the same, for holidays; and a suit of the very best homespun cloth, which he bestowed on himself for working days. (p. 7)

将星期六的食谱翻译成“鸡蛋与培根”(原文是 griefs and groans,意思是悲叹与不平),这是根据了杰维斯的注释“可能是鸡蛋与培根”(杰维斯在正文中写作“omelet”。Wheaton 版写作“薄肉片与鸡蛋 collops and eggs”)。前者是“悲叹”，后者是“呜呜鸣不平之声”的意思。如果说“呜呜”是猪的话，那么就将“悲叹”英译成“鸡蛋”之类的隐喻。

对“La Mancha”加了注释：一个狭窄的地域，部分属于亚拉更王国，部分属于卡斯提落。（A small territory, partly in the kingdom of Arragon, and partly in Castile.）这里并没有说牛肉是贫困的象征。根据这些情况，我认为林译《魔侠传》只是省略了英译本中的每日的食谱。的确，这个版本有可能是底本。

那么，对于那个客店的女仆是怎样描绘的呢？ 331

> [Every 1] One of the servants in the inn was an Asturian wench, a broad-faced, flat-headed, saddle-nosed dowdy, blind of one eye, and the other almost out. However, the activity of her body supplied all other defects. She was not above three feet high from her heels to her head; and her shoulders, which somewhat loaded her, as having too much flesh upon them, made her look downwards oftener than she could have wished. (pp. 95-96)

“女仆”的英语“wench”中还包含了妓女的意思。作为译词是正确的，所以威顿版与杰维斯版都已采用。

作为对比，再次引用林译。

> [林译] 此外尚有一老妪。广额而丰颐。眇其一目。然颇趫捷。盖自顶及踵。不过三尺。肩博而厚。似有肉疾自累

其身。(上 3—2:第 7 页)*

请注意翻译成“不过三尺”的地方。就是 Every 1 中的“was not above three feet”。

此时,又有一册 Everyman's Library 版寄到了(我称之为 Every 2)。

332

Every 2/Everyman's Library 1909 年版影印

扉页上记载着:“TRANSLATED FROM THE SPANISH BY P. A. MOTTEUX。”没错,初版为 1906 年,与我至今所见版本相同。这是上下部合订为一册的 1991 年新装订版。还标记着这是 ALFRED A. KNOPF 出版的 A BORZOI BOOK。我猜这是直接将原本影印的版本,印刷字体与排版都给人非常古老的印象。

---

* 此处有樽本日语译文,省略。——译者

不过，我意外地发现，“序”是克洛兹(A. J. Close)所著，这是一个不同点。不是洛克哈特。

分成四卷，章节独立计数，这一点与其他版本相同。

令我困惑的是这些细节上的差异。一般来说，既然同是 Everyman's Library 版，又是莫妥的译文，那么，正文理应是相同的吧。可是，事实并非如此，让人觉得不可思议。

地名“La Mancha”加上了注释，比较详细。

还解释了牛肉比羊肉便宜。这在 Every 1 中删除了。 333

问题在于周六的食谱。译成“鸡蛋与培根”的 Every 1 的原文是“悲叹与不平 griefs and groans on Saturdays”。可是，在 Every 2 中是原样的“鸡蛋与培根 Eggs and Bacon”。根本不是什么重要的地方，却使用了大写字母，所以给人以古老的印象。并且，加上了很长的注释，引用各种翻译进行了说明。这些姑且不论，但 Everyman's Library 版的 1 与 2 中译词不同，让我很介意。

虽说同是 Everyman's Library 版，也就是莫妥版，但内容好像并非完全相同。我曾经有过类似的经历，《天方夜谭》(*Arabian Nights*)的各种英译本就有着微妙的差别，收集得越多，则出现越多不同的版本，让我大吃一惊。《堂吉诃德》的情况与之相比还好一点吧。

不论怎样，林译中省略了这个部分，所以底本无从查起。不过，假使林译以 Everyman's Library 版为底本，是林纾等人忽略了改写本中这个意思不明的地方的话，那么反而就变得容易理解了。

那么，客店女仆的情况如何？此处，二者文章相同，只是措词比较古风。例如，“a broad-faced”写成“a Broad-fac'd”，“saddle-nosed”写成“Saddle-nos'd”，“and the other”写成“and t'other”。

也就是说，Every 2（的原书）是原本，Every 1将措辞改成了面向一般读者的词语，会话用括号括起来等等，做了一些处理。其时，好像对一些详细的注释做了取舍，简化。看起来好像是重新编辑成容易阅读的普及版。所以我想，在Every 1中才没有标记译者Motteux的名字吧。也许还有别的原因，现在暂且认为是这样。

将“鸡蛋与培根”改写成“悲叹与不平”，岂不是变得更难懂了么？如果有人这么问我，我只能承认。

Everyman's Library版的初版是1909年，莫妥版若要追查到最初的话，则是1701年出版的书籍，这也是经过了两个多世纪后被重新收入的。经过了那么长的时期，英语想必也是不能原样通
334 用的。所以，没过多少年就出版了修订版（如Every 1），并且，以莫妥版为底本制作了缩写版。对于这样的古典著作，是常见的现象。

所以，在批评林纾的翻译做了大幅省略的时候，必须要搞清楚他所依据的底本。想当然地以西班牙语原作为根据，说三道四地讲什么大幅删减，岂不是让人无可奈何？林译《堂吉诃德》与西班牙语原作没有直接的关系，而英译本也出版了很多种，即便同是莫妥版，如上所述，就有初版与修订版。可以认为，关于底本的追查，如果没有特别的情况，基本上都不是顺畅的事情。

注释

1　署名仲密，以“自己的园地”为题连载。《晨报副镌》1922年9月4日。《自己的园地》，北京：晨报社，1923年9月首次出版未见。长沙：岳麓书社1987年7月版。此处为“20.《魔侠传》”，与最初《晨报副镌》上的标题的数字不同。第71—75页。

2　周作人:“塞文狄斯”,《自己的园地》,长沙:岳麓书社版,第 167 页。

3　或者,也可能是阿姆斯比英译本、华支(Watts)英译本的斯密士(Smith)社的版本。目录上可见,约翰·阿姆斯比(John Ormsby)的译本由 Smith, Elder & Co. (London, 1885)出版。另一方面,关于亨利·爱德华·华支(Henry Edward Watts),没有发现 Smith 社的版本。就算有 Smith 这样的人写了英译本,但这个名字过于普通,也没有办法进行查找。

4　塞万提斯著、永田宽定译:《堂吉诃德》(《ドン・キホーテ》)正编二,东京:岩波文库 1949 年 8 月 15 日版;1974 年 3 月 30 日第 22 次印刷,第 20—21 页。

5　牛岛信明译:《堂吉诃德》(《ドン・キホーテ》)前篇一,东京:岩波文库 2001 年 1 月 16 日版;2006 年 5 月 25 日 第 8 次印刷,第 276 页。

6　鲍尔·阿加德(Paul Hazard)著、圆子千代译:《堂吉诃德颂》(《ドン・キホーテ頌》),东京:法政大学出版局 1988 年 3 月 30 日版,第 299 页。

7　永田译:《堂吉诃德》正编二,第 305 页。

8　周作人此处也记错了段数,为“林译本三[四]之四”。

9　谢天振、查明建主编的《中国现代翻译文学史(1898—1949)》(上海:上海外语教育出版社 2004 年 9 月版,第 564 页)中如下写道:“不久,周作人还有针对性地翻译了《堂吉诃德》的一些片断,名为《魔侠传》选录,发表在
1925 年《小说月报》第 1 期(第 16 卷第 1 期)上。”周作人并没有做过翻译。谢 335
等人大概是从目录上看到了“选录”的标记,所以误解了吧。该文是周作人的评论文,并且是部分摘录,所以称为“选录”。

10　我要指出一个很小的地方:有的文献将发行年月搞错成 2 月。查看原本,是“中华民国十一年三月初版”。这个“三”字,不知道为什么印刷不清,看起来像是“二”。这是引起误解的原因。如果手边有实物,请仔细查看。

○正确记录为三月的文献。

上海图书馆编:《中国近现代丛书目录》,香港:商务印书馆分馆 1980 年 2 月版,第 789 页。

× 误以为是二月的文献。

中華民國十一年二月初版
(魔俠傳 二册)
(每部定價大洋壹元)
(外埠酌加運費匯費)
原著者 西班牙西萬提司
同譯者 閩縣林紓 靜海陳家麟
發行者 商務印書館
印刷所 商務印書館 上海北河南路北首寶山路

马泰来:“林纾翻译作品全目”,《林纾的翻译》,北京:商务印书馆 1981 年 11 月版,第 95 页。

薛绥之、张俊才编:《林纾研究资料》,福州:福建人民出版社 1983 年 6 月版,中国现代文学史资料汇编(乙种),第 563 页。

北京图书馆编:《民国时期总书目(1911—1949)》外国文学,北京:书目文献出版社 1987 年 4 月版,第 325 页。

贾植芳、俞元桂主编:《中国现代文学总书目》,福州:福建教育出版社 1993 年 12 月版,第 686 页。

林煌天主编:《中国翻译词典》,武汉:湖北教育出版社 1997 年 11 月版,第 571 页。

11 永田译:《堂·吉诃德》正编一,东京:岩波书库 1948 年 6 月 20 日版;1974 年 1 月 20 日第 25 次印刷,第 111 页。将重复的记号改成了文字。

林译小说冤案的原点
——关于郑振铎“林琴南先生”

未发表。郑振铎在林纾去世后,写道:“可以更公正的评判他了。”有的研究者相信,郑是按照自己说的这句话去评判的。我对这样的细腻感到吃惊。他们好像没有注意到,看待林纾的视角已经固化。

1924年10月9日,林纾卒于北京,享年七十三。

大约一个月后,郑振铎“林琴南先生”在《小说月报》(第15卷第11号,1924年11月10日。第1—12页。每篇论文重新编辑页码)上发表。可以说,这是林纾去世后,比较早期公开发表的评论文章。

郑振铎是如何评价林译小说的呢?研究的结果是,我认为郑振铎的这篇论文在决定后来的研究方向上,是一篇具有划时代意义的论文。什么意义上的划时代呢?请看本文的论题,大致就可以明白了。以下说明。

郑振铎的该文中,在正文的中间插入了林纾的肖像。记:“畏庐先生五十八象　受业陈希彭谨题。”还有一张签名为“己未十二月畏庐老人记”的手稿。就文章整体来看,好像是追悼文。

这里有一个小问题,我想说明下日期。郑振铎的该文末尾处记载的时间是“十三年,十一月,十一日”的日期,是1924年。刊载的《小说月报》是同年11月10日发行的。可是,既然刊登了比发行日还要晚1日才执笔的文章,那么,实际的刊行日应当比这个日

337 期稍微晚一点吧[1]。特意延期了杂志的发行，也就是说明郑振铎的文章是非常重要的。

郑振铎自1923年1月起至1927年5月，担任《小说月报》的主编[2]。在自己担任主编的杂志上发表自己的论文。他的这个地位是能够延迟发行日的。

请了解我沿用汉语“林琴南先生”这一论文标题。日语翻译的话，则是“林琴南氏”。

文章标记了数字，分为四章，我就按照这个顺序进行介绍。我自己归纳了各章的内容，并设置了小标题。请注意，这并不是原文本身附带的。

1　第一章——明确表示与林纾敌对

这是文章的开头，可以认为说明了论文的主旨。我从头开始引用。

> 林琴南先生以翻译家及古文家著名于中国的近三四十年的文坛上。当欧洲大战初停止时，中国的知识阶级，得到了一种新的感悟，对于中国传统的道德及文学都下了总攻击；林琴南那时在北京，尽力为旧的礼教及文学辩护，十分不满意于这个新的运动。于是许多的学者都以他为旧的传统的一方面的代表，无论在他的道德见解方面，他的古文方面，以及他的翻译方面，都指出他的许多错误，想在根本上推倒他的守旧的道德的，及文学的见解。这时以后的林琴南，在一般的青年看来，似乎他的在中国文坛上的地位已完全动摇了。（第1页）

清晰地叙述了林纾在文坛的评价发生了急剧的变化。

尽管他是著名的翻译家、古文家，但是在五四时期，作为旧文人的代表，他受到了中国的“知识阶级”的总攻击并被彻底打倒。在攻击中被视为标靶的是他的道德观念、古文及翻译。对林纾其
人的思想及其工作，换言之，全盘否定了他的文人身份。而否定他 338
的人就是“中国的知识阶级”，是“许多的学者”，这是 1918 年的事情。

对林纾进行批判的人，具体列举名字的话，则有捏造“双簧信”的钱玄同与刘半农、追认的胡适、在曲解外国人的论文的基础上加以引用而参与林纾批判的罗家伦等人。再稍微扩大一点范围的话，还有陈独秀，可能还可以包括蔡元培。构成了一个以这些人为中坚，广泛涵盖了“知识阶级”的“许多的学者”的模式。也许我用词不妥，这就相当于“群殴”。因为在林纾被指定为旧文人的代表之后，没有人出来为他辩护，甚至都没有出现守旧派的第二个代表。更准确地说，是没有被文学革命派指名的第二个代表。林纾是唯一的攻击目标，一直受着攻击。

郑振铎的这篇文章，表面看来，好像客观地叙述了事实，不经意地就读了过去。但是，小心一点读的话，使用“知识阶级”这个词语表现出其左翼的立场[3]。在现代中国，这个词语过于普通，所以大概没有人注意到这一点吧。

郑振铎在中国处于什么样的位置呢？我简单介绍一下。要了解这一点，最简单的方法就是查看中国出版的人名辞典。因为越是小型辞典，就越是要记述现代著者或编者认为最重要的事项。

蔡开松、于信风主编《二十世纪中国名人辞典》（沈阳：辽宁人民

出版社1991年3月版，第902—903页）中如下记述*。

> 郑振铎（1898—1958）　笔名西谛［谛］、郭源新。原籍福建长乐，生于浙江温州。中国科学院学部委员。五四时期在北京参加学生运动。1921年与沈雁冰、王统照等组织文学研究会。1923年后主编《小说月报》。1931年起历任上海、北平各大学教授，致力于学术研究，并编辑文学刊物。1949年后曾任文化部副部长，中国科学院哲学社会科学部委员。著有《取火者的逮捕》、《插图本中国文学史》、《中国通俗文学史》
> 339 等，编有《中国版画史图录》等。

可知，郑振铎自“五四”时期起，就一直属于左翼阵营，中华人民共和国成立后担任政府要职。他是这样立场的一个人物。

在郑振铎论文的开头部分，没有一丝对林纾的同情。所以是文学革命。

在这“中国的知识阶级”中也包含了郑振铎自己。所以有下面这样的文章。

> 然而他的主张是一个问题；他的在中国文坛上的地位，又另是一个问题；因他的一时的守旧的主张，便完全推倒了他的在文坛上的地位，便完全湮没了他的数十年的辛苦的工作，似乎是不很公允的。［但那时为了主张的不同，我们却不便出来说什么公道话］（第1页）

---

* 此处樽本翻译成日语，省略。——译者

声称应当区别考虑林纾的主张及其工作。乍一看,这种说法似乎是公正的。问题是后面的部分。

对于主张相异的对手,不需要公正。为了获得胜利,不管怎样都必须竭尽全力、持续地攻击,直至达成。郑振铎亲自告白了这样的想法。我觉得这真的是非常露骨的言论。由此可见,使用"我们"这个词语,表示郑振铎加入了属于"许多的学者"的"知识阶级"的阵营,或者说具有相同的想法。

将林纾指定为旧文人的代表,对其进行总攻击的文学革命阵营中的一人郑振铎,究竟说了什么?下面这个地方颇有意味,原文如下。

> 现在,这位中国的老文学家已于今年十月九日在北京的
> 寓所里逝世了。[现在,我们可以出来说几句关于他的话了。 340
> "死"原是一片片奇异的黑屏障,他固能使亲者把他们最接近的人疏淡了,同时却也能视仇者把他们的敌人看得更清楚些、更公允些。常常的,当一个敌人攻击他们的对方时,对方的什么好处他们都看不见,他们所见的只有对方的坏处和罪恶,但当"死神"来了,把对方带了去时,他们却开始平心静气的认识了对方的好处和伟大了。所以](第1页)

我很关注这里出现的"死神"。作为左翼思想者郑振铎,这是他必须要使用的词语么?看起来郑振铎似乎相信死神的存在。我觉得在这个地方一般使用"死"就可以了。

看了这个部分,应该会有读者怀疑这是否是郑振铎写的文章。

[ ]括起来的部分，与一般能够看到的流传的文章不同。

“林琴南先生”这篇论文后来收入郑振铎《中国文学研究》(北京：作家出版社 1957 年 12 月版)，不过，有一部分进行了改写。上述引文中用[ ]括起来的关于“死”“死神”“敌人”的部分，都被删除了。并且，后来的资料集[4] 收入的并不是从首次刊载的《小说月报》进行转载，而是改写过的 1957 年版《中国文学研究》。这里面大概有忽视首次刊载的理由吧。

郑振铎的话非常露骨。在攻击敌人的时候，只看到敌人的坏处。敌人死了，才能安心地认识他的好处。此处所说的敌人，不是别人，正是林纾。因为将林纾定性为敌人，所以郑振铎就是他的对手。

341 郑振铎为什么删除了这个部分呢？确切的情况不明，但可以做推测。

文章自发表起已经过了 30 多年。中华人民共和国成立以后，再将林纾定性为“敌人”的必要性消失了。他大概是这么判断的吧。这是善意的看法。既然郑振铎是完全的胜利者，那么就有余裕重新记述、缓解定性。所以才这么删除的吧。

还有一种看法。

死神的想法是旧中国的东西，与中华人民共和国不匹配。特别是对于郑振铎自己来说，可能成为思想上的问题，因此删除了迷信部分。我觉得这种是比较合理的想法。

这一删除带来了什么样的效果呢？首先是郑振铎自己的明哲保身，抹去了相信死神存在的自己的过去。有了左翼思想，死神就没有了吧。

还有一点。

林纾生前，对于郑振铎等人来说，是阻挡于面前的一个巨大的屏障。要摘除这个屏障，无他，只有超越自然的死神。可以说，是与死神同等级的劲敌。以林纾为敌，文学革命派竭力展开了斗争。从这篇最初刊载的文章中，可以体会到郑振铎等人的艰辛。可是，这同时也蕴含着被看透的危险。除去敌人的是死神，而不是文学革命派以自己的实力将林纾打倒。通过删除这段文章，就规避了被解读的危险。

以下是第一章的结尾部分。

> 林琴南先生的逝世，是使我们去公允的认识他、评论他的一个机会。现在，他的顽固的言论已不能再使我们听见了，我们所有的是他的三十余年的努力的成绩。“盖棺论定”，我们现在可以更公正的评判他了。（第 1 页）

郑振铎亲自承认了是林纾的敌对者。这样的郑振铎，对昨日 342
尚且是敌人的林纾，尤其是他的成就（此处指翻译）进行“公正的评判”。就算意识上想要公正地评价，但实际上是否公正地进行了评定呢？

写论文下评价的是属于林纾的敌对方阵营的郑振铎。在林纾而言，难道不正是不希望由这个人来写文章的么？我是这么感觉的。可是，遗憾的是，已经去世的林纾不能选择执笔者。如果是在他生前郑振铎写了这篇文章，那么林纾也不是没有一点反驳的机会。可是，这是他身后的事情，当然没有办法开口。对此，我只是有一些同情林纾。

2　第二章——林纾的性格及翻译方法

我先前说过，因为郑振铎“林琴南先生”是在林纾身后所写，多少含有追悼的意味。所以，在第二章中，首先简单记述了林纾的生年、原籍、家庭等情况。

郑振铎称林纾性格是：“他的性质之刚强善怒。”很多人因此离开了他。可是，另一方面，他也是一个热情的人，为了帮助有困难的人而不辞辛苦，东奔西走。从很多文章中都可以看出林纾是一个热心的爱国人士，这个热情甚至在七十多岁的高龄也不曾有所减弱。“他之攻击新思潮新文学也是出之于他的这种热情。”（第3页）

第二章的最后部分说明了林纾的性格。我想把顺序换一下，先介绍这个部分。

叙述了林纾晚年埋头于绘画，每天站立在画桌前六七个小时，不停不息地作画。然后写道。

> 他（樽本注：林纾）却绝不去做什么不劳而获的事或去取什
> 343 么不必做事而可得的金钱。在这一点上，他实在是最可令人
> 佩服的清介之学者。这种人现在是极不容易见到的。（第3
> 页）

如果用一句话来概括林纾的性格，那么就是固执己见、清介的热心人吧。确实，将这种人树立为敌人是很可怕的。在当时的中国文学界，他是以绝对性翻译数量傲视的林纾。文学革命派将林

纾选为旧文人的代表,的确很有眼光。但是,既然打算对他进行攻击,就必须作好能够战胜的准备,事先要看准他的弱点。不过,如果只是说林纾的思想陈旧,就算有一点效果,却没有决定性的说服力。在他的生活态度中,也找不到能够成为攻击目标的要素。这从郑振铎称之为“清介之学者”就可以看出。推动文学革命的“知识阶级”对林纾的这些情况早已了解。所以,他们就把目标定在林纾的翻译上了。

关于林纾与外语的关系、他的翻译方法,郑振铎作了如下说明。

> 他不懂得任何的外国语,他的译书,乃由一个懂得原文的译者,口译给他听,他便依据了口译者的话写成了中文。他写得非常的快,他自己说,他每天工作四小时,每小时可译千五百言,往往口译者尚未说完,他的译文已写完毕。他的译文谬误,常所不免。(第3页)

这就是著名的“不懂外语的翻译家”的最初的来源。后来的很长时期内,都延续了这一说法。其中大多含有深刻的意味:林纾的翻译是不能信任的。意思是,不懂外语,怎么能够翻译呢?林纾并没有隐瞒这一点,反而是积极公开的。

正如林纾与魏易译《西利亚郡主别传》(1908年)的附记中林纾自己陈述的那般:“鄙人不审西文。”另外,他还说每天翻译6000
词。林纾与魏易译《孝女耐儿传》(1908年)的序中也同样清楚地写 344
明,不懂外语(“不审西文”),听着口译者的说话做笔记(“耳受而手追之”),口译者的声音停了则笔也停下(“声已笔止”),笔记四小时得六千语。

郑振铎说林纾不懂外语，笔记却比口译者的速度还快。这简直是魔术般的超技能啊。

> 他不懂原文，这是他最吃亏的地方；大约他译文的大部分的错误，都要归咎到口译者的身上。（第3页）

郑振铎的写法好像是在为林纾辩护。错误的不是林纾，而是他的合译者。

就原文的一词一句的细节而言，可能有误译。但是，只要把握了文章的脉络，那么就不会有很大的偏差吧。省略原文或节译，都被视为林纾自己的判断。对于当时的中国读者比较难解的部分，很可能成为省略的对象。这是一种翻译方法。在那些认为翻译必须逐字逐句译出的人来看，林纾的做法是不可以的。但是，如果他们认为，一字一句地对外国原作进行忠实地翻译是不可能的话，那么只要将原作的主要情节翻译成汉语就可以了。这是程度的问题吧。这也是一直以来存在的论争焦点。

郑振铎将误译的责任推给了口译者，也就是合作者。这个怎样理解呢？我首先要说明的是，当时攻击的目标只是林纾，不是合译者。

不懂外语这个问题，后来成为林译的伏笔。

3 第三章——创作小说、戏曲及林纾的“变化”

林纾创作了很多小说。郑振铎并不认可这些都是成功的作品。但是,归纳了两个成果。

第一、中国传统的体裁“章回小说”,由他第一次打破。 345

第二、描写时事的价值。

然后谈到了他的传奇(戏曲)及其他作品。这些作品的内容具有当时先进的维新党的倾向,但后来他的思想却停滞了。

> 到了最近四五年间,他反成了一个守旧党的领袖了。这大约与他的环境很有关系,戊戌之前,他是常与当时的新派的友人同在一起,所以思想上不知不觉的受了他们的熏染;后来清庭亡了,共和以来,人民也不能有自由的幸福,于是他便愤慨无已,渐渐的变成了顽固的守旧者了。(第7页)

郑振铎从哪里追寻林纾成为“守旧党的领袖”的原因呢?那就是围绕于林纾的环境。在他与进步派往来的时期,受了熏染,所以思想上也是进步的。但是从清朝变成中华民国,环境发生了变化。于是他就变成了顽固的守旧派。

郑振铎解释说,林纾之所以成为“守旧党的领袖”大概是出于他个人的必然性。郑振铎看似是做了公正的评价。但是,令人吃惊的正是这件事。我称之为偷换概念。因为,“最近四五年”指的就是1918年以后的事,其契机是众所周知的钱玄同与刘半农共同实施的“双簧信”,也就是捏造论文。

《新青年》第4卷第3号(1918年3月15日)上的“文学革命之反响”栏中刊登了署名王敬轩(钱玄同)的捏造论文及回应的刘半农的文章。王敬轩称赞林纾,刘半农逐一进行反驳,斥骂林纾。二人事先商议写好文章,所以我称之为捏造信、捏造论文。由此,勉勉强强将林纾制作成“守旧党的领袖”。这原本就是文学革命派的策略。对此不做一句说明,仿佛林纾是随着时代的推移自然而然地变成了保守者的,这不公平。不仅如此,这也是不亚于钱玄同与刘半农等人行为的近乎捏造的行为。

346 看到这个地方,我不得不这么说,林纾的敌人郑振铎,无论表面上表现得多么公正,但在深处不可能做到公正。

4 第四章——关于翻译小说的讨论

第四章中准备对林纾的翻译小说作评价。这是郑振铎论文的主要部分。在量上,也占了相当的篇幅。

他详细地计数了林纾的翻译作品。从《巴黎茶花女遗事》(小仲马《茶花女》)起,一共有 156 种单行本。现在根据马泰来的探求,作品的数量已分明超过了这个数字。但是,在 1924 年这个时间点,具体列举翻译作品的数字,应该说是非常罕见的。另外,非常详细地用英语标记了原作者、原作名。从他花费一页多的篇幅来列举作者名与作品来看,读者理应为其丰富的资料所折服。我很容易地想到,郑振铎当时在商务印书馆工作,所以能够列举作品及作者。林译小说几乎都是由上海的商务印书馆出版的。最初是单行本,接着收入“说部丛书”。从中又单独挑出林译小说,作为“林译小说丛书”再次出版,可见人气旺盛。

文章从“我们见了这个统计之后(樽本注:罗列了林译的原作者、原作名、翻译名),一方面自然是非常的感谢林琴南先生,因为他介绍了这许多重要的世界名著给我们”开始。

可是,其后就开始大声数落林译小说的不足。这些后来被持续引用，并成为定论。以下归纳大要。

1. 他大部分的劳力都是白费的。在他翻译的156种作品之中，只有60、70种是著名的(其中还混入了哈葛德、柯南道尔二者的二流小说27种。所以156种中，重要的作品不足1/3)，其他的书都是二、三流的作品，没有翻译的必要。

2. 林纾什么外语都不懂。选择原本的权利在口译者的手中， 347
所以选择了二三流无价值的作品。

3. 林译小说中不但混入了大量的无价值的作家的作品，还有很多儿童用的故事书。

4. 林氏将很多非常优秀的剧本翻译成小说——增加了很多叙述，删除了很多对话，变成了与原作完全不同的书。例如将莎士比亚的剧本《亨利第四》(原文如此)、《雷差得纪》、《亨利第六》(原文如此)、《凯彻遗事》以及易卜生的《群鬼(梅孽)》等，都被他改译成其他的作品——完全消除了原文的美丽与风格，以及重要的对话。(以上第9页)

5. 随意省略原文。例如，林氏将法国雨果的《九三年》(*Ninety-three*)翻译成《双雄义死录》，做了大幅删减。

6. 误译很多。到处都有字句的省略及小错误。另外，将易卜生的国籍挪威搞错为德国。

7. 口译者错误地选取了改编供儿童使用的删节本，翻译给林纾听。(以上第10页)

内容中有所重复。众所周知，后来进行了一些整理，列举为林译小说的缺点。在很多研究论文中，关于林译的缺点都好似仪式一般地提到了。可知，郑振铎的指摘成为追随者的范本与原点。

关于郑振铎的批判,我简单地陈述下我的观点:

在中国,一直反复引用了这样的记述:包括哈葛德、柯南道尔的“二流”在内,翻译了无用的二三流作品。好像非常喜欢“世界标准”。他们认为,在小说的世界里有着自己不知道的“世界标准”或者一流的标准吧。但是对于小说的标准,世界各国都不同。如果在英国是被人遗忘的作品,但在中国受欢迎的话,那么按照中国的标准来说就是重要的小说。如果不能理解这一点的话,那只能说
348 是不幸。就算不懂外语,合译也可以作为翻译方法之一。判断为无价值的作家作品的根据并不明确。这难道不是蔑视儿童故事书么?这真不像是儿童文学造诣深刻的郑振铎说的话。莎士比亚与易卜生的戏剧被林纾擅自改写成小说,并不是事实,郑振铎让林纾受了冤枉。关于原义的大幅删减,也是论据不明。举出雨果的例子,却没有写上一句林纾所使用的底本。如果原本是节本的话,那么林译也可能是省略的形式。误译是翻译的副产品。将原作者的国籍搞错的并不仅限于林纾,鲁迅也有过这样的情况。

稍微考虑一下的话,就只能说郑振铎的论据中存在着很多可疑之处。这为什么会在中国成为定论?后来的研究者都没有提出过质疑或反驳,让我觉得不可理解。

以上列举的林译的缺点,在郑振铎看来,不是林纾的责任,而是协助的口译者不好。

> 这两个大错误,大约都是由于那一二位的口译者不读“文学史”及没有文学的常识所致的,他们仅知道以译“闲书”的态度去译文学作品,于是文学种类的同不同,不去管他,作者及作品确有不朽的价值与否,足以介绍与否,他们也不去管他;

> 他们只知道随意取得了一本书，读了一下，觉得“此书情节很好”，于是便拿起来口说了一遍给林先生听，于是林先生便写了下来了。他之所以会虚耗了三分之二的功力去译无价值的作品，且会把戏剧译成了小说者，完全是这个原因。（第10页）

郑振铎在“闲书”上打了引号，具有特别的意思。也即是说，在他之前有人将翻译闲书作为林译小说批判的根据。那正是在“双簧信”中刘半农的指摘。郑振铎仿效了刘半农，共享了林译小说批 349
判的根据。

所谓虚耗了“三分之二”的功力，是基于在全部翻译的作品中重要的作品仅占三分之一的判断。

郑振铎写到了这个地步，那么客观来看，林译小说的价值自然大幅下降。更致命的是，被断定将莎士比亚及易卜生的戏剧改写成小说。将原作与林译进行对照后，谁都能看清。原作是剧本，林译是小说。当林纾被指摘不能区分戏剧与小说时，读者大多都会反应：林译是胡乱翻译的。此外，再累加大幅删减、误译、选择了没有翻译价值的作品等缺点。如果有人说林译没有一点优点的话，也是不足为奇的。

该论文的最后部分列举了林译小说的功绩。可是，因为一开头就指出了缺点，所以已经烙下了恶劣的印象。这个记述的顺序，也是郑振铎事先就制定好的吧。可以说，他瞄准的就是这个效果。事实上，由郑振铎提出的林译的缺点，直到现在都未曾间断地为人所指摘。完全没有出现一点异议，反而让人觉得怪异。我反复地说过，林译的缺点是自郑振铎以来的定论。

可是，我认为，林译小说中著名的重要的作品，即使按照郑振铎的计算，大约也有 40 至 50 种。这如何能够说是少数呢？只是与 156 种的总数相比显得少而已。如果是重要的作品，而且是优秀的翻译的话，即使只有一二种，难道不是值得称赞的有价值的工作吗？翻译是一种相当费心血的工作。林译之中，如果说有 40、50 种作品是重要的话，那么应该毫不犹豫地称之为无与伦比的甚至是惊人的丰富。尽管如此，只因为是林译，就成为攻击的理由，这是不合理的。这个问题很重要，所以我反复地说明。以林纾的名字出版了 40、50 种重要的翻译作品，这是超常的杰出。这究竟哪里不好了？我怀疑所有的研究者都被郑振铎所提示的数字魔术所迷惑了。

郑振铎将林译的各种错误都归结于口译者。他的意图是想公止地评价说林纾没有责任么？

350 对于这一点，我也认为是偷换了问题。为什么这么说呢？因为文学革命派攻击的正是翻译的缺点。这个缺点，不是对别人，正是以林纾为全部责任者而持续不断地批判。当时，没有一个批判者对口译者说过一句话。那么，林纾岂不是努力地翻译着没有翻译价值的闲书，而且缺点累累么。他们对做着这种翻译工作的林纾进行斥骂与批判。即使在林纾身后，说什么他没有责任云云，都不过是遮人耳目的话。

郑振铎最后列举了林译小说值得表扬的几点。

> 然而无论如何，我们统计林先生的翻译，其可以称得较为完美者已有四十余种。在中国，恐怕译了四十余种的世界名著的人，除了林先生外，到现在还不曾有过一个人呀。所以我们对于林先生这种劳苦的工作是应该十二分的感谢的。（第

10 页）

为什么生前不对林纾说这样的话呢？这么想的话，那就错了。如果被别人说，你（郑振铎）怎么可以表扬敌人，那就完了。

> 在那些可以称得较完美的四十余种翻译中，如西万提司的《魔侠传》，狄更司的《贼史》，《孝女耐儿传》等，史格得之《撒克逊劫后英雄略》等，都可以算得很好的译本。（第 10 页）

诚然，这些好像都是郑振铎认为一流的作品。请记住，《堂吉诃德》也就是林译《魔侠传》是他所认为的很好的译本中的一种。

现在在中国，《魔侠传》被批评为将原作进行大幅删减的作品
之一。在时间的流逝中，评价歪曲了。被郑振铎以外的人否定，并 351
成为定论。否定的评价好像适用于全部的林译。林纾翻译的作品被判定为没有价值的次品。无视当时受到读者热烈欢迎的事实。没有注意到，这是对欢迎林译的读者的侮辱。

郑振铎论述了林译优秀的理由，请看下文。

> 我们虽然不能把他的译文与原文一个字一个字的对读而觉得一字不差，然而，如果一口气读了原文，再去读译文，则作者情调却可觉得丝毫未易；且有时连最难表达于译文的“幽默”，在林先生的译文中也能表达出，有时，他对于原文中很巧妙的用字也能照样的译出。（第 11 页）

郑振铎先前列举了林译的缺点，所谓误译多，所谓进行了大幅

删减。这样的指摘，让人觉得与上文引用的林译的优点自相矛盾。他的意思是有的翻译很糟糕，有的翻译良好地表现了原文么？

> 中国数年之前的大部分译者，都不甚信实，尤其是所谓上海的翻译家；他们翻译一部作品，连作者的姓名都不注出，有时且任意改换原文中的人名地名，而变为他们所自著的；有的人虽然知道注明作者，然其删改原文之处，实较林先生大胆万倍。林先生处在这种风气之中，却毫不沾染他们的恶习；即译一极无名的作品，也要把作家之名列出，且对于书中的人名地名也决不改动一音。这种忠实的译者，是当时极不易寻见的。（第 11 页）

352 作为外国小说的翻译者，林纾是值得信任的人物。此处，郑振铎几乎对其赞不绝口。

该论文以当时林译的影响与功绩结尾。我分条记录。

1. 打开了中国人看世界的视野。

知识阶级通过阅读林译小说，认识到中国与外国之间的差异并不是那么大。

2. 使得中国人知道外国也有与司马迁比肩的作家。

中国人为欧美人所战败者认识到必须实行科技与政治组织的改革。但是，中国文学是世界最高水平的认识并没有改变。通过林译小说，知道了司各特等文学家并不在司马迁之下。

3. 提高了小说的地位。

中国的文人将小说视为“小道”。通过林译小说，知道了并非如此。

最后的结尾部分。

> 所以不管我们对于林先生的翻译如何的不满意，而林先生的这些功绩却是我们所永不能忘记的，编述中国近代文学史者对于林先生也绝不能不有一段的记载。（第 12 页）

如上，郑振铎认可了林译翻译的功绩。

郑振铎所谓的公正的评价，可以认为是列举林译的缺点与短处，同时记录值得评价的地方与优点的意思吧。

问题在于，林译的缺点。缺点就是缺点，不能否定事实。为了给人留下这样的印象，而写成了文章。而且，每一个缺点都非常的鲜明。

林纾不懂外语。翻译了大量的无价值的作品。将剧本改写成 353
小说。大幅删减原作。误译很多。将原作者的国籍搞错。

乍一看，这些都是不能否定的事实。对此，我之前已经简单地进行了反驳，但是中国不同。毕竟在漫长的年月中，视之为事实，并持续引用着。是判断为事实之后引用的，还是因为先行论文中有所引用而以为是不会错误的事实？就连这个也含混不清，成为习惯的熟悉的言辞。

5 结论——盖棺谬论定

总结一下，可知郑振铎的论文“林琴南先生”是后来林译小说评价的原型。

也就是，郑振铎所指摘的林译小说的缺点，作为不可否定的事实扎根于论据的根底。以缺点为前提，最终评价有正面的也有负面的：因为有缺点，所以不能评价林译小说好；不，虽然有缺点，但对中国文学界产生了重大影响，所以应当高度评价。分为这样两种类型。

从最早提出这种评价模式的意义上来说，这是一篇划时代的论文。

郑振铎所指摘的林译缺点中，有很多让我难以接受的地方。不仅如此，被视为最大的缺点，即将莎士比亚及易卜生的戏剧改写成小说的批判，是出于郑振铎的误解。这一事实带来了重大意味。很抱歉我又重申这一点：所有人都认定的林译最大的缺点，是不存在的。

郑振铎在写“林琴南先生”的时候，写下了“盖棺论定”四字。要我说，郑振铎对林纾所写的文章是：“盖棺谬论定”。

现在，得到新发现的我，就此作结论。

郑振铎“林琴南先生”标榜了公正评价，但根本不是公正的。这篇论文成为林译小说冤案的原点。

注释

354 1 标记了发行延期（“衍期出版”）。陈福康编著：《郑振铎年谱》，北京：书目文献出版社 1988 年 3 月版，第 99 页。

2 高君箴：“郑振铎与《小说月报》的变迁”，《郑振铎选集》下册，福州：福建人民出版社 1984 年 1 月版，第 1305 页。陈福康：《郑振铎年谱》，第 81 页、第 137 页。

3 “左翼作家联盟”(简称左联)成立于1930年。郑振铎没有参加左联。但是,等同于成员。其子郑尔康如下说明了他从母亲那里听到的事情。“所问之事(樽本注:指吴泰昌问郑振铎加入左联一事),据家母回忆,确曾听先父谈起过。当时的‘左联’,无论名称,还是其成员,都是赤红色的,为了团结更多处于中间或偏右的作家,根据党的统战政策,需要一些象先父那样进步的有一定影响的但表面看起来颜色又不是十分红的作家,不以‘左联’的身份进行活动,这样更便于把绝大多数作家团结到革命阵营周围来。”“是大局的需要,是党的一种策略考虑。”(吴泰昌:“从郑振铎、叶圣陶没有参加‘左联’谈起”,《艺文轶话》,合肥:安徽人民出版社1981年5月版,第62—63页)。也许,1924年时看起来好像没有关系,但是人的想法并不是突然改变的。

4 例如,此外还收入了以下这些书籍。都省略了。

钱锺书等著:《林纾的翻译》,北京:商务印书馆1981年11月版。

薛绥之、张俊才编:《林纾研究资料》,福州:福建人民出版社1983年6月版。

王俊年编:《中国近代文学论文集》(1919—1949)小说卷,北京:中国社会科学出版社1988年5月版。

郑振铎:《中国文学研究》下册,北京:人民文学出版社2000年1月版。

尤其是最后一项,仅标记了首次刊载的杂志。没有写上是重新编录的作家出版社1957年版。很可能会造成这是最初的文章的误解,消除了改写的事实。

鲁迅制造的林纾冤案

——关于“引车卖浆者流”

刊载于《来自清末小说》第87号(2007年10月1日)。当年,杂志《海》1975年9月号发售时,我觉得很有意思就购买了一本。后来搬了好几次家也没有丢失,而且还放在马上就能拿得到的地方,连我自己都觉得不可思议。这是相对于有时候东西混在书架的背后,经常找不到,只得去图书馆索取复印而言。它现在发挥了作用。扔掉一些东西进行整理的有效性,我的大脑是理解的,但实际上做不到。这是因为我不知道什么时候会出现需求。尽管如此,当我阅读了中国与日本的相关论文后,我再一次理解了鲁迅巨大的权威性。换个说法就是,在林纾评价上,很多研究者都受到了鲁迅咒语的束缚。

鲁迅给山上正义写过一封日语信(日期是1931年3月3日)。是鲁迅自己为《阿Q正传》作的注释。这是非常珍贵的信,而且最重要的是,注释非常详细。发现这份资料的丸山昇做了解说,在日本发表的时候引起了很大的反响。即,鲁迅著,丸山昇解说“《未发表书简》:关于《阿Q正传》的日语翻译”(“《未発表書簡》『阿Q正伝』日本語訳について”)(《海》1975年9月号,1975年9月1日)。

现在,我取出这份杂志来看,发行日尚处于中国“文化大革命”期间。杂志的边角怎么都出现了黄斑与陈年的旧色啊,我吃惊地发现竟已过去了30多年。

研究者以往并不知道鲁迅自己对“引车卖浆者流”做了说明。

356

《海》1975 年 9 月号

我现在记得还很清楚，在谈论这封信的时候，有一个人发言说，就算是批判也不能拿父亲的职业作为对象，林纾真是厚颜无耻。包括我在内，大家都赞同这个说法。

鲁迅自注里有两个地方与林纾有关。在《阿 Q 正传》的开头部分。

1　《博徒别传》的误解

杂志上有鲁迅的信（日语）的原文，下面是丸山的解说。引用如下。

3.（林琴南氏以前翻译过柯南道尔的小说，题名《博徒别传》，此处对那件事做了讽刺。将著者以为是狄更司，这是作者的误解。）[1]

丸山写道：“此处存疑。”“柯南道尔的《博徒别传》（*Rodney Stone*）是商务印书馆出版的‘说部丛书’中的一册，称陈大镫译。鲁迅称林琴南翻译了《博徒别传》，不知道根据是什么。”[2]

357

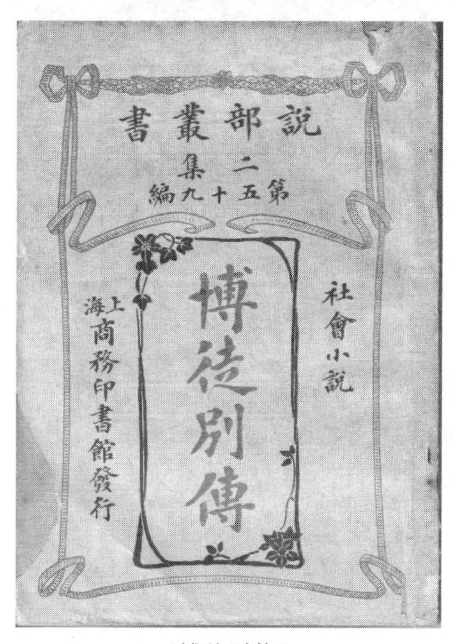

《博徒别传》

自然，丸山会产生疑问。

《（社会小说）博徒别传》卷上下，全 21 章，一册，标记着〔英〕柯南达利原著，陈大灯、陈家麟同译。同时还记载着，上海商务印书馆（戊申九月十四日（1908 年 10 月 8 日），1915 年 10 月 18 日再版）出版的“说部丛书”二集第 59 编。并非林纾的翻译。

丸山解释说:“可能是鲁迅搞错了。如果是这样的话,可能是鲁迅对林琴南的心情使然。”

1924年林纾逝世。鲁迅写给山上的信是在七年后。《博徒别传》发行于1908年,从这个时间算起则过去的更久。所以才搞错的么?或者,过去的那么多年什么也算不上,鲁迅对林纾一直持有讽刺的想法吗?大概就是这两种原因吧。我想这就是丸山所说的“可能是鲁迅对林琴南的心情使然”。简而言之,鲁迅是批判性地看待林纾的。这个看法持续了很长的时期。

358

鲁迅著、林守仁译《支那小说集阿Q正传》

可是，这本书并不是林纾翻译的，也不是狄更斯的著作。不论多么厌恶林纾，双重误解是不能成为讽刺的。鲁迅承认了他的误解，但请注意，只是狄更斯的部分。他一直以为是林纾的翻译，没有想过要订正。

从鲁迅那里得知的山上正义，对相关部分作了如下翻译。我把注释也一并附上。

> 柯南道尔也写过《博徒别传》[注一]一书。[3]
>
> 注一　这篇小说发表当时，是讽刺了林琴南氏将柯南道尔的某部侦探小说翻译成《博徒列传》。原著以为是狄更斯，这是作者的误解，后来做了订正。[4]

359 因为是著者直接写的注释，所以山上自己并没有做调查。所以，标记为林纾翻译，并将书名误记为《博徒列传》。不过，在正文中书名的记述却是正确的，所以这可能只是单纯的印刷错误。另外，“柯南道尔的某部侦探小说”也是错误的。虽然一说到柯南道尔，很自然地就会联想起夏洛克·福尔摩斯。

不管怎样，原本不是林纾的翻译，所以这里的注释不成立。了解情况的人看到这个，一定会奇怪这哪里讽刺林纾了。

其次，是关于“引车卖浆者流”的意味深长的注释。

2　鲁迅对“引车卖浆者流”的注释

在小说《阿Q正传》中，著者说明了撰写阿Q传记的经过。对于自己的文章，他这么记述道。

> 但从我的文章着想，因为文体卑下，是“引车卖浆者流”所用的话。
>
> 然し私の文章から見れば、文体が下等で「引車売漿者流（いんしやばいしようしやりう）」の使用する言葉である。[5]

上文的日语是增田涉翻译的。我特意引用增田涉，是因为众所周知的，他直接受到了鲁迅的教诲。不过，关键的“引车卖浆者流”却使用了原文，连注释也没有。可能最初的时候，他不理解原文的意思。他在后来的翻译中进行了补充。

> しかし私の文章から考えて、文体が下品で「車を引っぱって味噌を売り歩く手あい」の使用する言葉（行间小注：当时，恶骂白话文章、以文言文章为上等的一派如是说）であるから[6]

将汉语的“浆”意译成“味噌”，这是考虑到日本人不熟悉豆浆的缘故吧。或者，可能误以为是同音的“酱”*。增田只注释“一派”，并没有举出林纾的名字。我不知道，这是否是因为他考虑到这是面向一般读者的书籍，所以不需要写出来。 360

顺便看一下 1937 年的日语翻译及注释。

> しかし、私の文章から見ると、文章が下卑てゐて、ボテ[注二]売などの使ひさうな言葉だから

---

* 日语的“味噌”是黄豆制作的大酱。——译者

注二 原文“引车卖浆者流”是古文大家林琴南于民国八年三月写给北京大学校长蔡元培的反对白话文的信中所使用的句子。[7]

“ボテ壳”这个词语现在已成为废词。查看字典,“ぼて振り[棒手振]”解释为挑着扁担,一路兜售的人。可知“ボテ壳”出自这里。卖什么不是问题,意思是没有能力开店铺的零售小贩。注释中说明了这是在林纾写给蔡元培的信中使用的句子,这个解释在这个时间点是很新颖的。为了表现这个,原文使用了引号。

以往,一般的说明都是鲁迅反利用了林纾所写的句子,加以讽刺。并没有想过其中还包含了其他意思。更不要说出人“意表之外”的是,它居然与蔡元培的父亲有关。因此,1975 年出现的鲁迅的注释引起了研究者的关注。

以下同时引用丸山的注释。

4.(这是林琴南氏攻击白话文时所写的文章中的话。)(所谓“引车卖浆”,指的是拉着车卖豆浆的事情,指蔡元培氏的父亲。那时,蔡氏为北京大学校长,也是主张白话文的一人,所以受到了攻击。)

4. 在山上的家中,我第一次看到这个“注释”的时候,吃了一惊的正是这条。这句话,正如此处写的一般,是文学革命时写给蔡元培的信中的话。鲁迅反手利用了这句话,这是众
361 所周知的事情。可是,林琴南说这句话的时候,并不仅仅是蔑视一般庶民所使用的白话,还影射“蔡元培氏之父”,至少鲁迅是这么认为的,这完全是新发现的事实。可是,我想,身为进

> 士且进入翰林院的蔡元培的父亲，不可能是“引车卖浆”者，就进行了调查。其父是钱庄（从前的金融机构）的经理，二叔也是绸缎庄的经理，四叔、五叔、七叔也是一样，整个家族几乎都从事商业。六叔是第一个考中科举的人，在他之前，家族中没有出现过中举之人。称林琴南对这样一种蔡元培的“家世”进行了讽刺。互相之间知根知底，有意识地进行论争，这就是当时中国文化界的氛围，只能说是非常骇人。（后略）

我想这段文章表达了丸山的吃惊。读了鲁迅说明的人应该也会认为，使用“引车卖浆”这句话来影射蔡元培父亲的林纾心地很坏。有的中国研究者认为这是人身攻击[8]。

另一方面，从鲁迅手中获得注释的山上，他是怎样翻译的呢？“就我的文章而言，文体卑俗，简直就像蔬菜店里的小伙计或者酒馆里的跑腿伙计使用的语言”（第 12 页）。没有注释，更没有出现林纾与蔡元培。不知怎的，我有点落空的感觉。

于是，在丸山发表了这封信之后，鲁迅的自注就成为“引车卖浆者流”的固定解释。也就是，“引车卖浆者流”是林纾为了隐射、讽刺蔡元培的父亲而使用的语句。这会让人觉得，怎么可以这样想当然地说明呢？但是，这个看似不起眼的地方正是理解的关键。也就是，鲁迅的理解就是林纾的意图么？这是非常自然的疑问。

丸山在他自己的翻译中，将《阿 Q 正传》的相关部分翻译成：“从我的文章来看，文体卑下，因为是‘引车卖浆者流*’所使用的语言。”并作了下面的注释。

> 关于原文“引车卖浆者流”，鲁迅在“信”（参考解说）中这么 362

写道:“这是林琴南氏攻击白话文时所写的文章中的话。所谓‘引车卖浆’,指的是拉着车卖豆浆的事情,指蔡元培氏的父亲。那时,蔡氏为北京大学校长,也是主张白话文的一人,所以受到了攻击。”正如他所叙述的一般,这句话出自文学革命时守旧派文人林琴南写给蔡元培的问责信。虽然,这件事以往就众所周知,但林琴南的话隐射蔡元培的父亲,这却是通过鲁迅的《信》才第一次被知晓的。蔡元培的父亲是钱庄(从前的金融业)的经理,家族中很多人都从事商业。所以林琴南讽刺蔡元培作为学者的“家世”不好。[9]

丸山反复说明了:“林琴南讽刺蔡元培作为学者的‘家世’不好。”“家世”的前面新加上了“作为学者”,这是有原因的(后述)。他依旧以鲁迅的注释为线索对文章进行解读。不过,省略了“至少鲁迅是这么认为的”。丸山的这个说明表现了他的慎重,但也许是因为他觉得这个解释是不需要的。可是,这正是与之前我所讨论的问题相关的重要部分。

至于后来的注释,若一一列举将不胜繁琐。此处仅以竹内好与1982年版《鲁迅全集》二者为范例。

3 两种注释

首先从竹内好看起。我只引用与注释有关的部分。

(4)原文“引车卖浆者流”中含有一九一九年,反对文学革命的林纾对蔡元培写了一封质问信、蔡对此作了回复的一幕。

> 那时，林纾将白话文嘲弄为“引车卖浆之徒”所使用的语言。鲁迅回答林守仁（山上正义）说，这个意思是拉着车卖豆浆（以前 363
> 误译成车夫或行脚商）的小商人，隐射蔡元培的家世是商人。（后略）[10]

竹内的注释明确表示依据了鲁迅写给山上正义的信。所以，竹内在此订正了自己以前的翻译。因为是鲁迅本人的说明，所以不能忽视。可以看出，“蔡元培的家世是商人”的部分采用了丸山昇的说明。在这样的背景下做出了上面的注释。

中国1982年版《鲁迅全集》中的注释如下。*

> ［8］“引车卖浆者流”　这是当时林琴南攻击白话文的用语。参看本卷第190页注［27］。一九三一年三月三日作者给日本山上正义的校释中说：“‘引车卖浆’，即拉车卖豆腐浆之谓，系指蔡元培氏之父。那时蔡元培氏为北京大学校长，亦系主张白话者之一，故亦受到攻击之矢。”[11]

于是参看第190页注［27］。“论照相之类”（1925年发表）中也出现了同样的语句。

> ［27］“引车卖浆者流”的文字　林琴南在一九一九年三月给蔡元培的信中攻击白话文说：“若尽废古书，行用土语为文

---

* 原文有日文翻译，并注：“除了有译者名字之外，都是樽本翻译”。此处省略日语，直接引用中文。——译者

字，则都下引车卖浆之徒所操之语，按之皆有文法，……据此，则凡京津之稗贩均可用为教授矣。”[12]

此处没有出现蔡元培的父亲。但是，只要看全集的注释，就知道二者是一致的。

看了鲁迅写给山上的自注及之后的注释，可以明白：林纾确实将蔡元培的父亲引以为例，对蔡进行批判、讽刺与隐射。现在也是这样被理解的。

364 4 鲁迅眼中的林纾

尽管《博徒别传》不是林纾的翻译，而且还搞错了原著者，但鲁迅依旧特意举例，说明这是用以讽刺林纾的意图。这明显是鲁迅的误解。对于林纾来说，这不是自己的翻译，所以是突如其来的讹赖。

从林纾写给蔡元培的信中抽出“引车卖浆”，鲁迅注释称林纾指向的是蔡元培的父亲。在鲁迅的学生时代，一看到出版就会买回来阅读的林译小说的著者林纾的影子，在此荡然无存。当然，如果说译本与译者没有直接的关联，确实如此。作为文学革命的反对者出现的林纾，鲁迅是批判性地看待他的吧。

即便是那样的林译小说，鲁迅后来回忆的时候评价也不高。

鲁迅写给增田涉的信（日期是1932年1月16日）

……《域外小说集》发行的1907年或1908年，正是我与周作人在日本东京的时候。那时，支那很流行林琴南氏用文

> 言翻译的外国小说。文章诚然很好，但误译非常多，所以我们对于这点感到非常不满意，想要纠正，就做了这本书的翻译。但是，完全失败了。第一集（印刷了千册）开始销售后，过了半年才卖出20册。第二册（集）印刷的时候，印得少了一点，只印了500册，但这最终也只卖出了20册。所以，结果是从那一年（1907或1908）开始到那一年结束，只有薄薄的二册。剩下的——几乎全部剩下了——都在上海，与书店一同烧毁了。所以，现在留下的就是珍本，虽然谁也不稀罕。就内容而言，都是短篇，美国的爱伦·坡、俄国的伽尔洵、安德烈耶夫、波兰的显克微支（Henrik Sienkiewicz）、法国的莫泊桑、英国的王尔德等人的作品，译文非常晦涩。[13]

因为是鲁迅的日语信，所以增田用括号做了一些补充*。周 365
氏兄弟出版的译著完全没有销路，这也是非常有名的事。此处，清楚地表现了鲁迅对林译小说的不满。

日期为1919年3月26日的《孔乙己》附记中，也有一些与林纾相关的地方。

> 这是一篇很拙的小说，还是在去年冬天做成的。那时的意思，单在描写社会上的或一种生活，请读者看看，并没有别的深意。但用活字排印发表，却已在这时候，——便是忽然有人用了小说盛行人身攻击的时候。大抵著者走入暗路，每每能引读者的思想跟他堕落。以为小说是一种泼秽水的器具，

---

* 增田给鲁迅补充了日语单词中的假名及一些说明、订正。——译者

> 里面糟蹋的是谁。这实在是件极可叹可怜的事。所以我在此声明,免得发生猜度,害了读者的人格。1919 年 3 月 26 日记。[14]

将 3 月 26 日这个附记的日期,与林纾“荆生”(《新申报》,1919 年 2 月 17—18 日)及“妖梦”(《新申报》,3 月 19—23 日。另有说法是 3 月 18—22 日,这是错误的)的刊载日期进行对照的话,确实如此。“有人”指的是林纾吧。后来的研究者称林纾的小说是“人身攻击”,是基于鲁迅的这段记述。

通过附记可以知道,鲁迅拉起了一根预防线,以免《孔乙己》被猜疑为林纾之辈的小说。

推崇文言、攻击白话文的人有之。对于主张白话文的文学革命派,旧文人有所抵抗。“明明是现代人,吸着现在的空气,却偏要勒派腐朽的名教,僵死的语言,侮辱尽现在,这都是‘现在的屠杀者’。杀了‘现在’,也便杀了‘将来’”[15]。

鲁迅站在白话文的一方。此处所说的“现在的屠杀者”虽然没有指名,但一般都认为指向林纾。“(《新青年》中)后来逐渐增加了
366 白话文的试作,大约从 1918 年起全部变成白话文。与此同时,也受到了更多的外部的攻击。其代表者是林纾,此处我想主要也是指林纾”[16],正如竹内好这般解释一样。

同样,不公开姓名对林纾进行批判的还有以唐俟名义发表的“我们现在怎样做父亲?”(《新青年》第 6 卷第 6 号,1919 年 11 月 1 日)。文中数次使用了带着引号的“圣人之徒”这个词语。不言而喻,鲁迅对于本文讨论的林纾“引车卖浆之徒”具有强烈的意识。

鲁迅在一些文章中也举出了林纾的名字加以揶揄。正是先前

全集的注释中提及的“论照相之类”(《语丝》第9期,1925年1月2日)。关于照相的迷信,流行利用双重复印饰演“两个自己”*,看到梅兰芳、托尔斯泰等外国名士的悲哀与苦恼的表情。我想介绍一下有关林纾的部分。

> 林琴南翁负了那么大的文名,而天下也似乎不甚有热心于“识荆”的人,我虽然曾在一个药房的仿单上见过他的玉照,但那是代表了他的“如夫人”函谢丸药的功效,所以印上的,并不因为他的文章。更就用了“引车卖浆者流”的文字来做文章的诸君而言,南亭亭长我佛山人往矣,且从略。

鲁迅以为林纾有如夫人(妾)。不知道是不是真的[17]。1869年林纾与刘琼姿结婚,1897年夫人去世。翌年,娶妻杨郁。生了七个儿子,68岁时生了第五个女儿,这是事实。

尽管如此,鲁迅描写的林纾样子十分难看。他的文章写于1924年11月11日,而林纾是同年10月5日去世的,这会让人产生某种联想吧。他甚至引用了林纾从前写的“引车卖浆者流”,说 367
明这句话给鲁迅留下了深刻的印象。

以下按照发表的顺序,再介绍一些鲁迅提到林纾的文章[18]。

日期为1928年4月20日的“我的态度气量和年纪”,是鲁迅受了青年的批判后写的反驳文章。鲁迅首先引用了批判他的青年的文章。其中写道:“我们不禁想起了五四时的林琴南先生了!”[19]。鲁迅批判的是老年林纾,是守旧派的代表,阻挡于文学革

---

* 即先将自己照下两张,然后合照为一张,体现主从、宾主的“二我图”。——译者

命阵营前面的人物。但是，现在从青年的角度来看，鲁迅与五四时期的林纾处于同样的位置，做着与林纾一样的事情。就是这样的批判。

鲁迅对此做了如下论述。

> 少年尚且老成，老年当然成老。林琴南先生是确乎应该想起来的，他后来真是暮年景象，因为反对白话，不能论战，便从横道儿来做一篇影射小说，使一个武人痛打改革者，——说得“美丽”一点，就是神往于“武器的文艺”了。旧的和新的，往往有极其相同之点——如：个人主义者和社会主义者往往都反对资产阶级，保守者和改革者往往都主张为人生的艺术，都讳言黑暗，棒喝主义者和共产主义者都厌恶人道主义等——林琴南先生的事也正是一个证明。至于所以不行之故，其关键就全在他生得更早，不知道这一阶级将被“奥服赫变”，及早变计，于是归根结蒂，分明现出 Fascist 本相了。但我以为“老头子”如此，是不足虑的，他总比青年先死。林琴南先生就早已死去了。可怕的是将为将来柱石的青年，还象他的东拉西扯。[20]

所谓林纾发表的“影射小说”，显然是指前文所述 1919 年 2 月
368 的“荆生”、3 月的“妖梦”。

被鲁迅认定、批判为“法西斯”的林纾，已经不能生存于现代中国。因为林纾偏偏是“法西斯”。必须说，鲁迅对林纾的看法在 1928 年的时候已经达到了极点。

这样的鲁迅在 1932 年撰写的“辱骂和恐吓决不是战斗”[21]中

评论了一首诗，他说："有辱骂，有恐吓，还有无聊的攻击：其实是大可以不必作的。"(第 451 页)对于自己辱骂林纾的事情，鲁迅好像没有算入辱骂的范围之内。

日期为 1933 年 8 月 10 日，以旅隼的名义在"中国文坛的悲哀"中写道："我们试想一想，林琴南攻击文学革命的小说，为时并不久，现在那里去了？"[22]。与将林纾称为"法西斯"相比，这个发言看来比较普通而冷静。

1935 年 6 月 10 日"'题未定'草(1—3)"中说道："绍介'已经闻名'的司各德，迭更斯，狄福，斯惠夫德……的，竟是只知汉文的林纾，连绍介最大的'已经闻名'的莎士比亚的几篇剧本的，也有待于并不专攻英文的田汉。"[23]林纾很早就翻译了莎士比亚相关作品，但鲁迅忽视了。

由此可见，以五四时期为分界线，鲁迅对林纾做出了严酷的评价。在这个脉络中，他给山上正义写了《阿 Q 正传》自注，明显地体现出鲁迅反对林纾的姿态。

另一方面，林纾写信的对象蔡元培，对于鲁迅而言是什么样的人物呢？

5　鲁迅与蔡元培

蔡元培，1868 年出生于浙江绍兴。鲁迅，1881 年同样出生于
绍兴。那时，蔡元培正在私塾里上学。与鲁迅是同乡。这样的鲁 369
迅不会不了解蔡元培的家世。

1912 年，南京临时政府教育部成立，蔡元培担任教育总长。经鲁迅的友人许寿裳向蔡元培推荐，鲁迅从绍兴来到南京临时政

府教育部就职。

在南京发生了这样的事。许寿裳这么写道。

> 后来蔡先生被命北上，迎接袁世凯去了，次长（樽本注：现在的副部长）景耀月来代理部（樽本注：教育部）务。此人好大喜功，只知扩充自己势力，引用私人，忽然开会议要办杂志了，鲁迅不很睬他，他也太不识人，据说暗中开了一大张名单，送请大总统府任命，竟把周树人的姓名无端除去。幸而蔡先生就回来了，赶快把这件事撤销，否则闹成大笑话了。[24]

许寿裳描绘的景耀月是恶人。此处介绍的，就像所写的“否则闹成大笑话了”那样，怎么看都是轻松的事情吧。尽管如此，创刊杂志、名单中没有名字等事情不清不楚，终究是不明确的内容。首先，迎接袁世凯是什么意思？因为没有说明，所以不明白这里是什么意思。忽略细节，只要理解蔡元培发挥了指导力，使得鲁迅保全了职位就可以了吧。可是，这个前提得是鲁迅满足于在教育部的工作。

以下根据高平叔《蔡元培年谱长编》上册（北京：人民教育出版社 1996 年 3 月版，第 407—425 页）进行归纳，对当时的情况做一说明。

南京临时政府教育部里只有 30 余人。很多人与蔡元培多少都有一些关系。与蔡一同在中国教育会、爱国学社、爱国女学活动的钟观光、蒋维乔、王小徐等。在德国一起留学的俞大纯、钱方度
370 等。在教育与文学上取得成绩的留日学生许寿裳、鲁迅等。以及拥有教育热情的王云五、谢冰等。高平叔称蔡元培的态度是唯才是用。他对于人事的态度，在他担任北京大学校长的时候已经呈

现了出来吧。

蔡元培一行北上迎接袁世凯，出发的日子是1912年2月18日。可是，为什么一定要将袁世凯叫到南京来呢？

要瓦解清朝，就必须借助袁世凯的力量。所以，孙文声明，如果袁推倒清朝，孙就让位，推荐袁为总统唯一候选人。据说这个提议人是蔡元培，也按此执行了。不过，以临时政府设置于南京、袁世凯在南京接受任命、袁必须遵守法律为条件。坚持南京是有原因的，必须显示出这毕竟是革命政府的体系。为了不造成清朝禅让于袁世凯的印象，就必须是南京。所以，才派遣蔡元培一行的。

2月19日，景耀月来到南京，跟蒋维乔商讨了结束教育部的工作。这关系到名单问题。因为从孙文更换为袁世凯，教育部的工作与组织也必须进行调整，为此必须进行人选。（第409页）

在北京，蔡元培一行的任务最终失败了。3月21日，回到南京的蔡元培与蒋维乔商量结束教育部的方法。次日（22日），集合全体成员，宣布了新临时政府或将在北京成立，南京教育部不久将要解散的大意。于是，出现了人选问题。景耀月希望排除成员中的文学家与非教育家，但是蔡元培反对。

教育部迁移至北京，鲁迅也随之来到北京。鲁迅与蔡元培交往的情形，在《鲁迅日记》中有所记录。寄信、收信、见面等简单的记述。虽然没有记录内容，但可以知道他们有着长期的交流。

简而言之，对于鲁迅来说，蔡元培是同乡也是熟人。可是，与福建的林纾完全没有共同点。如果鲁迅想在北京与林纾见面的
话，并非没有一点可能。只是没有做而已。鲁迅虽然看林译小说， 371
却不认识翻译者林纾。

通过钱玄同与刘半农的“双簧信”硬被树立为旧文人代表的林

纾，自从发表了“影射小说”之后，所有人都认为他是守旧派的领袖。胡适反对“双簧信”。他认为，用假名写作那样的文章不是正派人的行为，他要自己一个人做《新青年》的编辑。于是，鲁迅与周作人一起对胡适提出抗议，说如果那样的话就不投稿了。[25]

可见，鲁迅认为，用假名论文向林纾进行攻击是理所当然的。他厌恶林纾到了这个地步。

这样的林纾对鲁迅亲近的蔡元培写了信并公开发表，信中使用了“引车卖浆者流”的语句。

根据上述人际关系可以看出，鲁迅对林纾书信的态度从一开始就决定了。

6　鲁迅对“引车卖浆者流”的理解与林纾的意图

重申下我的疑问。鲁迅的理解是否就是林纾的意思？

对于“引车卖浆者流”需要区别考虑。区别什么呢？鲁迅的理解与林纾的意图。丸山昇曾谨慎地说过：“至少鲁迅是那么理解的。”

可是，很多人认为鲁迅理解的意思就是林纾的想法。我说这是混淆或者武断的想法。另外，丸山最终也将二者视为同一。

鲁迅认为“引车卖浆者流”指代蔡元培的父亲。这是他在写给山上正义的信中自己说的，不会有错。鲁迅是这样把握的。这没关系。我想说的是，林纾自己的想法是怎样的？是否像鲁迅所说的那样，林纾一开始就意图写“引车卖浆者流”来指向蔡元培的父亲么？这是真的么？我想说的是这个。

鲁迅解说:“指蔡元培氏之父。”丸山昇对这个地方做出了敏锐 372
的反应。对蔡元培的父亲是否真的是“引车卖浆之徒”,他做了调查。结果辨明:“父亲是钱庄(从前的金融机构)的经理。”我非常佩服丸山。没有敷衍了事。但是,因为“家族中几乎都从事商业”,所以他认为是“引车卖浆者流”。

看到这里,我认为,丸山被以往固有的林纾批判给拽过去了。换言之,以鲁迅为中心来看待林纾。

这是臭名昭著的林纾,所以能够泰然地将蔡元培的家世都举出来进行攻击的吧。就算这么想,也完全不过分。

丸山以鲁迅的记述为基础,解释了周围的情况。哪怕是将评价的标准从鲁迅身上移开,向林纾那边移动一点的话,看法不就会发生变化么?我并不是在批评他。我只是认为,这证明了林纾批判甚至都渗透到日本的研究者。

蔡元培的父亲宝煜,如丸山调查的一样,是钱庄的经理。1877年去世时只有四十岁。钱庄的经理怎么能说是“引车卖浆者流”呢?后文中我将会显示,林纾还说了其他的话:“稗贩。”可是,钱庄的经理与挑着扁担兜售的小贩根本是两码事。

钱庄的经理与拉着车卖豆浆的小贩,如果以学问的标准来看,完全不同。要消除这个差异、理解成鲁迅注释的那般,除了用“商业”这个词语总结之外,别无他法。如果不这样的话,丸山无法理解鲁迅的注释吧。

这成为后来补充“作为学者的家世不好”一句的理由。可以明白,为了体现与“商业”的对比,必须要加上“学者”。在这一点来说,可谓考虑周到。

可是,会不会读书写字,而且会不会做文言,这是关键,二者区别迥然。对于林纾来说，这是不需要说明的事情。当时的中国人也都是这么理解的吧，没有人将钱庄的经理与小贩视为同等级别。无论怎样说，因为这是鲁迅写的所以不会有错，但是将蔡元培的父
373 亲视为“引车卖浆者流”或小贩是错误的。

以下引用林纾写给蔡元培信中的相关部分。

> 若尽废古书，行用土语为文字，则都下引车卖浆之徒，所操之语，按之皆有文法，不类闽广人为无文法之啁啾，据此则凡京津之稗贩，均可用为教授矣。[26]*

芳者中將故交也鍼之數次濟以滌煩溴毒之藥徵蘇願家人曰我心煩懣頭岑岑也趣以鎗
死我又操英語謂身造帝居以速死爲幸遂漸惛罔中夜頻索槊檗吐唾皆血液越日死自草
遺書以不及終事其姑爲憾劃其餘積供甘旨餘則畀其子女爲教養之費享年二十有八歲
林紓曰烈婦死事之烈古亦有之余尙爲烈婦慰者慰其有子文修耳文修年五歲吐屬如成
人父死母隨外大父南下文修獨坐廊隅泪眼向日而悲謂父不我留而阿母又南行誰顧我
我今孑孑何恃者烈婦侍兒某泣而撫之文修曰母存而妹汝我今姨汝矣唯汝言是聽嗚呼
古來節母恆有佳兒烈婦之孝烈文修後日之有成余拭目俟之矣

答大學堂校長蔡鶴卿太史書

鶴卿先生太史足下與公別十餘年壬子始一把晤匆匆八年未通音問至以爲歉屬辱賜書
以遺民劉應秋先生遺著囑爲題詞書未梓行無從拜讀能否乞趙君作一短簡事略見示當
謹譔跋尾歸之嗚呼明室敦氣節故亡國時殉烈者衆而夏峯梨洲亭林楊園二曲諸老均脫
身斧鉞其不死幸也我公崇尙新學乃亦垂念逋播之臣足見名教之孤懸不絕如縷實望我

畏廬三集　二十六

林纾“答大学堂校长蔡鹤卿太史书”

---

* 此处有樽本日语译文，省略。——译者

我先写一点类似结论的话。信的题目是“答大学堂校长蔡鹤卿太史书”。既然是信,本来是没有题目的。为什么会有题目呢?这是林纾在收入自己的专著时加的题目。必须重视这个题目。使用了“太史”这个官名。正是因为蔡元培曾经是清朝的进士、翰林 374
院编修。从年龄上来说,虽然林纾年长许多,但他只是个举人。所以使用太史一词表示敬意。如果认为这封信中有辱骂蔡元培的字句,根本上就很奇怪。

林纾所讨论的问题是一般意义上的能否用口语写文章这件事。用口语写文章是很重要的事情。而且,就算都是口语,福建、广州(没有语法,这个说法虽然有点过分)就不行。所以只限于北京、天津。只要是北京人、天津人,都可以成为教授。

请想一下林纾是福建人。在林纾的文章中,福建人与广州人排除在外。可是,福建人的林纾怎么能够成为京师大学堂(后来的北京大学)的教员呢[27]?不用说,正是因为他拥有使用文言的能力。林纾说明的就是这件事。

如果把口语推在前面、强烈主张的话,那么对于不识字的小贩来说,只要是北京天津人,就有当教授的可能性啊。他只是稍微带有一点讽刺、进行了指摘罢了。林纾是这样看待白话文的,所以,他认为当时提倡使用白话文是过于简单的想法,对此提出了质疑而已。此处,不可能存在对蔡元培家世的讥讽。因为林纾根本就没有想过蔡元培的家世或者他父亲的事情。

林纾原本出身贫寒,父亲是做生意的“家世”。这样的林纾,就算举出做生意的蔡元培的父亲作为参照,“讽刺蔡元培作为学者的‘家世’不好”,也是矛盾的。如果蔡元培的“家世”不好,那么林纾自己也同样“家世”不好。怎么会写出批评别人、同时也伤害自己的事情呢？不得不说这是很诡异的。

不管怎样，比起林纾，丸山更重视鲁迅的理解。“至少鲁迅是这么理解的”，似乎是缜密地思考过了，却没有对林纾进行调查。结果，鲁迅的理解就原封不动地成为林纾的想法，这个观点普及开来。

但是，鲁迅是鲁迅，林纾是林纾。二者都是另外一个人。

鲁迅从林纾文章中读取的意思，与林纾没有直接的关系。与
375 林纾的意图不同，鲁迅擅自进行了解释。

只能认为问题出在鲁迅身上吧。

鲁迅与蔡元培是同乡。鲁迅没有理由不知道蔡元培的父亲是钱庄的经理[28]。知道，才特意写上“指蔡元培氏之父”。将“引车卖浆者流”与蔡元培的父亲相联系，鲁迅冤枉了林纾。林纾是鲁迅口中的“法西斯”。对于“法西斯”，无论做什么说什么都可以。不用顾虑。所谓冤枉的意识，鲁迅是没有的吧。

7　2005 年版《鲁迅全集》中的注释

上面我介绍了 1982 年版《鲁迅全集》的注释。为了慎重起见，我又查看了 2005 年版《鲁迅全集》的注释，这让我稍微吃了一惊。因为对“引车卖浆者流”增加了说明。

一直到引用鲁迅写给山上正义的信的部分为止都是一样的。以下是新的内容。

> 按蔡元培的父亲曾做过钱店经理，并非“以卖浆为业”。

此谣言出自思孟的《息邪》(一名《北京大学铸鼎录》)一文中的《蔡元培传》(载1919年8月7日、8日《公言报》),文中说,蔡元培"父某,以卖浆为业。数见侮,谓其子曰:'吾以贱业见轻,汝不勤学雪耻者非吾子也'。"鲁迅当时写的《寸铁》(《集外集拾遗补编》)中,就曾予以抨击,说这只是"做些鬼祟的事"的"小邪","造谣说谎诬陷中伤也都是中国的大宗国粹"。[29]

这个注释介绍了《公言报》上刊登了思孟"蔡元培传",这个地方与以前不同。而且,还指出了鲁迅看过思孟的文章。这一点非常重要。[30]

思孟的文章是批判文学革命阵营中的人的。《公言报》上连载 376
的日期是1919年8月6日至13日。内容据说是序言、蔡元培传、沈尹默传、陈独秀传、胡适传、钱玄同传、徐宝璜刘复合传。

当时,看到这篇文章的胡适,在《每周评论》第33号(1919年8月3日)[31]上,以笔名"天风"发表了"辟谬与息邪"。这篇文章与蔡元培有关,介绍如下。

北京大学辞退的教员宜兴徐某前几个月做了一本"辟谬",痛骂蔡孑民。近来又做了一本"息邪",丑诋蔡孑民、陈独秀、胡适之、沈尹默等。这书里说蔡氏"居德五年竟识字百余,逋法三载,又识字十余"。又嘲笑陈沈诸人不通外国文,又说胡适"英文颇近精通,然识字不多"。我们初看了,以为这位徐先生一定是精通西文的了。不料翻开第一页,就见他把Marx拼成了Marks。这种"谬"也是该"辟"的了。

思孟是北京大学的徐某，不过好像已经退休了。对于徐某的情况，具体不清楚。这让人猜测北京大学内复杂的对立关系。蔡元培担任北京大学校长时，聘请了很多新露头角的教授。这也意味着有的教授因此被解除职务。那么，即使有人对蔡校长心怀恨意，也是不奇怪的。8月正是“五四事件”刚刚发生之后，还处于混乱的状态吧。

重要的是，鲁迅看过思孟“蔡元培传”。思孟写到蔡元培的父亲卖豆浆。可是，现在无需重复，对于蔡元培的同乡鲁迅来说，瞬间就看出了这是中伤诽谤吧。

那么，这个中伤与林纾有什么关系？为便于理解，在此按发表时间的顺序整理文章。（我认为重要的文献上标记★）

377 1919 ……………………………

2月17—18日	林纾：“荆生”，《新申报》
★3月18日	林纾：“林琴南致蔡鹤卿书”，《公言报》——引车卖浆之徒
3月19—23日	林纾：“妖梦”，《新申报》（《林纾研究资料》第85页记：载一九一九年三月十八——二十二日上海《新申报》（“蠡叟丛谈（四十四——四十六）”），这是错误的。）
3月21日	蔡元培：“答林君琴南函”（日期是3月18日），《北京大学日刊》——收录林纾书信，引车卖浆之徒
3月24日	林纾：“林琴南再答蔡孑民书”，《公言报》
3月26日	林纾：“林琴南再答蔡孑民书”，《新申报》、《时报》
3月26日	鲁迅：“孔乙己”附记，《新青年》第6卷第4号，1919年4月15日
4月	林纾：“论古文白话之相消长”，《文艺丛报》第1期

5 月 4 日	北京学生之示威运动…………………………
★8 月 7—8 日	思孟:“蔡元培传”,“息邪”栏、《公言报》——父某,以卖浆为业。
8 月 12 日	黄棘:(鲁迅)“寸铁”,《国民公报》(原无标题)——批评思孟
8 月 12 日?	天风:(胡适)“辟谬与息邪”,《每周评论》第 33 号(标记为 8 月 3 日)——批评思孟

从二月到三月,围绕林纾发表的小说以及写给蔡元培的信出现了论争。好像与此相呼应一般,有关北京大学遭到思想镇压的流言蜚语相继报道。因为是流言蜚语,所以不一定是事实。文学革命派引起大骚动,正好就在这个时候。5 月 4 日,北京发生了学生示威游行及受伤事件。话题就转到了这个方面。

大约在三个月后,蔡元培再一次成为话题。

解决问题的关键是八月发表的思孟“蔡元培传”,这篇中伤的文章。思孟在这篇文章里说了假话:“父某,以卖浆为业”。这是在林纾写给蔡元培信的大约四个半月后。反言之,林纾写给蔡元培的信与中伤无关,而且是很早以前就写的。

这意味着什么?很简单。表示林纾信中所写的“引车卖浆之徒”与蔡元培的父亲无关。

称蔡元培的父亲是“引车卖浆之徒”,原本是中伤。而且,散布 378
这个中伤的不是林纾,而是原北京大学教授徐某(笔名思孟)的所为。我重申,这与林纾无关。

蔡元培的学生,后来被邀请出任北京大学教授(后来成为北京大学校长)的蒋梦麟,在追悼蔡的时候写了这样的文章。

> 先生日常性情温和，如冬日之可爱，无疾言厉色。处事接物，恬淡从容，无论遇达官贵人或引车卖浆之流，态度如一。但一遇大事，则刚强之性立见，发言作文不肯苟同。[32]

为了表彰蔡元培，蒋梦麟写了这篇文章。如果“引车卖浆之流”是中伤蔡元培父亲的话，那是不能成为追悼文的吧，蒋也不可能在这篇文章中使用。原本没有中伤的意味。可知，当时这是一般的看法。

鲁迅显然知道这个情况。这也是与林纾无关的事情。尽管如此，鲁迅对什么都不了解的日本人山上正义灌输了概念，好像这是林纾写出来的中伤。就算有人维护说，传达中伤的信息是鲁迅的误解，是不当心，也不能否定他写信的事实。

这正是鲁迅制造的林纾冤案。

注释

1　鲁迅著，丸山昇解说：“关于《阿 Q 正传》的日语翻译”（“『阿 Q 正伝』日本語訳について”），《海》1975 年 9 月号，1975 年 9 月 1 日，第 249 页。

2　1982 年版《鲁迅全集》第一卷（北京：人民文学出版社 1981 年版；1982 年版。1981 年是初版，但我手里的是 82 年再版，所以记 1982 年版）的注释写的是“陈大澄等译”，这是错误的。另外，没有指出这不是林纾的翻译。第 528 页。2005 年版《鲁迅全集》亦如此。

3　鲁迅著，林守仁译：《支那小说集阿 Q 正传》（《支那小説集阿 Q 正
379 伝》），东京：四六书院 1931 年 10 月 5 日版，国际普罗文学选集，第 12 页。

4　鲁迅著，林守仁译：《支那小说集阿 Q 正传》。

5　佐藤春夫、增田涉译：《鲁迅选集》（《魯迅選集》），东京：岩波文库 1935 年 6 月 15 日版；1937 年 6 月 10 日第五次印刷，第 47 页。以下这个文

献亦同文。增田译:《鲁迅作品集 1　阿 Q 正传》(《魯迅作品集 1　阿 Q 正伝》),大阪:东西出版社 1946 年 10 月 30 日版,第 15 页。

6　鲁迅著,增田涉译:《阿 Q 正传》(阿 Q 正伝》),东京:角川文库 1961 年 4 月 5 日版;1971 年 1 月 30 日第二十八版,第 49 页。

7　井上红梅、松枝茂夫、山上正义、增田涉、佐藤春夫译:《大鲁迅全集》第一卷,东京:改造社 1937 年 2 月 14 日版,第 130 页、135 页。

8　房向东:"'国粹':'额上肿出一颗疮'——鲁迅与林琴南",《鲁迅与他"骂"过的人》,上海:上海书店出版社 1996 年 12 月版,第 295 页。"人身攻击"一词,在姜德明"鲁迅与钱玄同"(《书叶集》,广州:花城出版社 1981 年 5 月版,第 145 页)中也用于批判林纾的"影射小说"。

9　鲁迅著,丸山昇译:《阿 Q 正传》(《阿 Q 正伝》),东京:新日本出版社 1975 年 11 月 20 日版,第 169 页。

10　竹内好译:《鲁迅文集》第一卷,东京:筑摩书房 1976 年 10 月 8 日版,第 414 页。

11　《鲁迅全集》第一卷,第 528 页。

12　《鲁迅全集》第一卷,第 190 页。

13　增田涉:《鲁迅的印象》(《魯迅の印象》),东京:角川书店 1970 年 12 月 20 日版,第 147—148 页。

14　这篇附记后来被鲁迅删掉了。《新青年》第 6 卷第 4 号,1919 年 4 月 15 日,扉页上如此标记。影印本的底页标记为 1919 年 9 月 1 日。

15　"随感录(57)现在的屠杀者"、《新青年》第 6 卷第 5 号,1919 年 5 月。

16　竹内:《鲁迅文集》第三卷,东京:筑摩书房 1977 年 3 月 15 日版,第 370 页。

17　与林纾见过面的今关天彭介绍了下面的事情。"林琴南也是这一派(注:北京的风流人士),住所离琉璃厂很近。虽然是进士[举人],但没有做官,没有钱,所以做了翻译。特别是不会英语。请别人读给他听,了解意思。其貌不扬,到陈(衡恪)那里去,也只是杵在楼道里。不过他是桐城派的大家,在当时被称为支那第一。写作确实很快。有时我去陈那里，林琴南也来了。说作诗吧。他说手抖，就让带来的二太太——这又是一个邋遢的老婆婆——书写，自己摇头晃脑地说着，三[二]小时多点的时间里就作了三十余首诗。不过，诗不能说很好。陈石遗——晚清著名的诗论家、《石遗室诗话》的作者，据说也指导过郑孝胥——这个人，一说林的诗不怎么样，先生就显得非常生
380 气。绘画也很擅长。当时不觉得很了不起，不过现在价值很高。”今关天彭：“民国初年的文人们”，《中国文学》第 70 号，1941 年 3 月 1 日版(影印本)。后来收入《中国文化入门》(《中国文化入門》)(东京：元元社 1955 年 12 月 1 日版，第 98—99 页)。字句有些改动。以[ ]标记。

18 姜德明：“鲁迅与林琴南”(《活的鲁迅》，上海：上海文艺出版社 1986 年 8 月版)。

19 《语丝》第 4 卷第 19 期，1928 年 5 月 7 日。1982 年版《鲁迅全集》第 4 卷，第 108—109 页。

20 《语丝》第 4 卷第 19 期，1928 年 5 月 7 日。第 31 页。首次刊载的时候，误记为棒喝主义者、Facistist。二者都是法西斯的意思。1982 年版《鲁迅全集》第四卷，第 111—112 页。

21 收入 1982 年版《鲁迅全集》第四卷。

22 1982 年版《鲁迅全集》第五卷，第 248 页。

23 1982 年版《鲁迅全集》第六卷，第 357 页。

24 许寿裳：“10 入京和北上”，《亡友鲁迅印象记》，北京：人民文学出版社 1953 年 6 月版；1955 年 9 月北京第三次印刷，影印本，第 35 页。

25 沈尹默：“我和北大”，陈平原、夏晓虹编：《北大旧事》，北京：生活·读书·新知三联书店 1998 年 1 月版；2003 年 8 月北京第 2 次印刷，第 173 页。

26 林纾：“答大学堂校长蔡鹤卿太史书”，林薇选注：《林纾选集》文诗词卷，成都：四川人民出版社，第 166 页。林纾：《畏庐三集》，上海：商务印书馆 1924 年 7 月版，26a—28b。林纾在收入自己的专著时，加上了题目“答大学

堂校长蔡鹤卿太史书”。《公言报》(首次刊载未见)上题为“林琴南致蔡鹤卿书”,后来收入《新潮》时亦如此。原本是信,所以这只是为了方便才加上了标题。

27　1903年起在京师大学堂译书局工作。1906年任该校预科及师范馆的经学教员,1910年教授大学经文科。1913年辞职。

28　本稿撰写后我才知道日本的论文中也有同样的看法。“实际上蔡元培的父亲是钱庄的经理,所谓卖豆浆之类的话不是事实。这件事,对于与蔡元培亲近又是同乡的鲁迅来说,不可能不知道。这是要揭露写‘引车卖浆者流’贬低蔡元培父亲的林纾的意图吧”。吉川荣一:“林纾与‘文学革命’”(“林紓と「文学革命」”),熊本大学文学会《文学部论丛》第67号,2000年3月20日,第85页。省略注释编号。只有鲁迅“不可能不知道”这句话相似而已。本稿中我的观点,不言而喻,与该论文不同。

29　《鲁迅全集》第一卷,北京:人民文学出版社2005年11月版,第554页。

30　有论文介绍了思孟的文章。王永昌:“‘引车卖浆者流’指的是谁?”
《鲁迅研究百题》,长沙:湖南人民出版社1981年11月版,第117—120页。 381
该文称发现《公言报》上的文章的人是孙玉石。第119页。

31　可知,《每周评论》第33号的发行比日期要晚。因为是针对“蔡元培传”(刊载日大约是8月11日)而写的文章,所以《每周评论》第33号的发行日是8月12日以后。

32　蒋梦麟:“试为蔡先生写一笔简照”,蔡建国编:《蔡元培先生纪念集》,北京:中华书局1984年7月版,第76页。首次刊载记重庆《中央日报》1940年3月24日。

鲁迅“出乎意表之外”的意外

《来自清末小说》第 84 号(2007 年 1 月 1 日)刊载。本文内容涉及林纾批判,故收入本书。

古文大家林纾的误用被鲁迅讥讽地利用了。注释中都是这么写的。我一直以为是那样的。这就是标题中所示“出乎意表之外”的意思。

“出乎意表之外”。乍一眼,很难看出哪里有什么不对。感觉日语也是通用的。但是,所有的注释都说明这是误用。一定是我对汉语词的感觉很差。

出人意表,出乎意表,是指没有想到的事情。汉语词中一般表示为“出人意表”。同样意思的还有“出人意料之外”。我觉得“意料”也可以换成“意表”。但是,不能。其道理是:“意表”的“表”是“外”的意思,仅此就是“意料之外”。再加上“之外”的话,就更在外面了。

(日本的)汉语词辞典里,与“出乎意表”“出乎意料”相并列的还有“出乎意外”。这些全都是“出于意料之外”的意思。同以往解释的一般。

(汉语词辞典的)日语说明中也是“意表”等于“意外”。可是,同时还收入了“意表外”一词,那不就是“意外外”么? 外之外,就是内。

中日大辞典当然也收入了“出人意表”。而且，还收入了“出乎意表之外”。解释都是“出乎意表之外、预想之外的事情”。此处， 383
当然不是误用。

就以上情况来看，我想大概是因为误用的多了就变成了常识。所以才收入进去的吧。

原本是误用的，是这个意思吧。可是，解释说鲁迅讥讽了林纾的误用，到现在我还不能认同。因为我有别的想法。

1　鲁迅的文章

问题出在鲁迅“说胡须”(《语丝》第5期，1924年12月15日影印本。后收入《坟》)。

我只说明相关的部分。

鲁迅在旅行地西安见到了历代皇帝画像的印刷品。有人断定，其中的一张是日本人假造的肖像。其理由是：日本人在假造中国皇帝画像时，以自己长着的胡须为模本而画，所以虽然是中国皇帝，胡子却是向上翘起的。日本人的这一方式及其想法非常突兀，所以称之为“出乎意表之外”。原文写道：“真可谓‘出乎意表之外’了”，用引号括了起来。请了解这完全是开玩笑的话。

鲁迅后来又发表了一篇题为“‘意表之外’”(“随感录”69，《语丝》第154期，1927年10月22日影印本。《而已集》，北京：北新书局，1928年10月影印本)的文章。按照以往的说法是，他对林纾的误用非常不满(反之，也可以说是非常中意)，或者说不得不对其进行讽刺。

因为用引号括了起来，所以大家都认为鲁迅别有意图。自然，调查其出典就是研究者的工作之一。

以下,将至今为止的记述进行整理,标上序号,包括一项没有进行说明的文献。这样可以看出随着时间的推移发生了什么样的变化。

2 “林纾误用说”的产生

我手里的文献是鹿地亘翻译的。

384 1. 鹿地亘译,胡风选:《说胡须》(“鬚を語る”),《大鲁迅全集》第3卷,东京:改造社1937年3月20日版。

> 其手段及思想之奇怪,简直可以说是“出乎意表之外”。(第78页)

别处也许还有日语翻译。不过就此处来看,没有注释。

注释是1950年代之后才增加的。

2. 松枝茂夫译:《说胡须》(“鬚の話”),《鲁迅选集》第5卷,东京:岩波书店1956年5月22日版。

> 其手段及思想异想天开,应该说是确实“出乎意表之外”(行间注:这本来可以说“出乎意表”或“出乎意外”,故意这么说是沿袭林琴南的误用而加以讽刺)。(第148页)

此处第一次出现了林纾的名字。说明了这是林纾的误用,而且鲁迅是讽刺地使用的。

按照年代顺序,下面是中国出版的全集。

3.《鲁迅全集》第 1 卷，北京：人民文学出版社 1958 年 10 月版；1961 年 8 月北京第 3 次印刷。

> 5“出乎意表之外”，这是模仿林琴南文章中的错误辞句，原作“出人意表之外”。当时林琴南和别的一些反对白话文的人，常说新文学者所以提倡白话是因为自己写不通古文的缘故，因而当时主张白话的人也常引用他们写的不通的古文句子，以讽刺他们的提倡古文。——283 页。（第 537 页）

“5”是注释的编号。说明了这是林纾写错的句子，鲁迅模仿了。林纾等人反对白话文，说他们因为不懂古文所以才提倡白话。所以，白话文的提倡者引用了他们不通的古文加以讽刺。

著名的古文大家林纾使用错误。这种程度的大家——可以认为其中含有轻蔑的态度。

4. 竹内好译：《说胡须》（“ひげの話”），《鲁迅文集》第 3 卷，东京：筑摩书房 1977 年 3 月 15 日版。

> 方法及想法都异想天开，这不正是“出乎意表之外(3)”么。（第 102 页）
>
> (3)表示意外的意思可以说“出人意表”，但不能说“出乎意表之外”。反对白话的急先锋林纾偶尔用错了这个词语。正好被古文反对者反利用了。（第 379 页）

“古文反对者”中当然包括了鲁迅。 385

5.《鲁迅全集》第 1 卷，北京：人民文学出版社 1981 年版；1982

年北京第1次印刷。

下一条是北冈正子的译文，所以此处省略。

6. 北冈正子译：《说胡须》（“ひげの話”），《鲁迅全集》1，东京：学习研究社1984年11月22日版。

> 其手段、想法之奇异，简直可以说是“出乎意表之外”。（第239页）
>
> [6]“出乎意表之外”。这是林琴南文章中意思不通的语句。当时林琴南等人攻击新文学的作者之所以提倡白话文是因为他们自己不懂古文的缘故。于是，主张白话文的人很好地引用了他们这种意思不通的古文（将“出人意表”写错），将之作为讽刺的材料。（第244页）

对于这个部分，译者没有注释。我想，这是因为她认为人民文学出版社的解释是对的。

为慎重起见，我又参照了2005年版《鲁迅全集》第1卷（北京：人民文学出版社2005年11月版），注释与以前相同。

以上可见，研究鲁迅的专家都认定这是鲁迅用来讽刺林纾的。无一例外。

可是，不觉得奇怪么？

3　关于注释的疑问

林纾使用错误。专家都这么指摘。

我的疑问正是这个。

如果研究者在注释中这么写，那么应该具体说明林纾在什么文章中使用的吧。可是，没有说明。只有简单的认定林纾误用。只是如鹦鹉学舌般引用之前的注释。这是继承林纾批判、并参与其中的结果。

很奇妙。批评别人的文章而不出示证据，这是不公平的。还是说，林纾的误用已经非常明确，不需要出示证据呢？我明白，对于鲁迅同时代的人来说，不需要特意说明。但是，后来的研究者至 386
少有责任要写清具体出处，林纾在哪部翻译作品或者哪篇文章中使用错误了。如果说是古文大家林纾的误用，希望能作相应的说明。这是很自然的疑问。但是，鲁迅研究者中没有人想要说明。只是辱骂，佯装不知。

在此，我提出钱玄同的文章。并不是什么特别珍贵的资料。

4　钱玄同的情况

这是钱玄同“‘出人意表之外’的事”（《晨报副刊》，1923 年 1 月 5 日[1]）。

商务印书馆不仅发行《小说月报》，还新出了《小说世界》。钱发现了这个刊物，制造了话题。他列举了《小说世界》的作者的名字，有包天笑、李涵秋、何海鸣、胡寄尘、徐卓呆、赵苕狂及林琴南。在林纾（琴南）的部分中写道：“……林琴南（就是做‘出人意表之外’这句妙文的人）等辈”。这里，指出了“出人意表之外”这句妙文是林纾写的。可以推测，松枝茂夫等人及中国的研究者都是依据了钱的文章做的注释。

那么，后来的注释者为什么不记载这是依据了钱玄同的文章呢？

钱玄同在这篇文章中论述“出人意表之外”之事，是因为在《小说世界》里发现了沈雁冰（茅盾）与王统照的名字。

根据杂志的目录，《小说世界》第1卷第1期（1923年1月10日）中刊登了王统照“夜谈”与〔匈〕斐[裴]都菲著、沈雁冰重译的“私奔”。杂志的发行日期好像与实际不符。在中国，这份《小说世界》被认定为应当唾弃的“鸳鸯蝴蝶派”文人的巢穴。

茅盾与王统照在敌对阵营的刊物上发表作品，这不外乎背叛。因此，钱希望二人“爱惜羽毛”。还引用了鲁迅的诗“他们的花园”，对出版商商务印书馆也进言忠告。

也就是，无须重复，钱玄同批评了茅盾与王统照。

387 在《鲁迅全集》的注释中没有记载钱玄同的文章就是根据，其原因就在于它是批评茅盾的文章吧。

钱玄同文章发表之后，看到这篇文章的王统照给茅盾写了一封询问信。茅盾不得不撰写了“我的说明”，说明了译文“私奔”在《小说世界》上发表的经过。这篇文章发表于《时事新报·学灯》上[2]。

茅盾在“我的说明”中做了如下澄清。

王统照与茅盾向新杂志投了稿。但是，他们不知道这是收入“礼拜六派”也就是鸳鸯蝴蝶派作品的杂志[3]。

这是一个必须特意说明的重要问题。因为是观点迥异的两个阵营。

意味深长的是，鲁迅在读了钱玄同这篇文章后也发表了文章“关于《小说世界》”[4]。

我想先确认的是，钱玄同的“‘出人意表之外’的事”在当时已经进入了鲁迅的眼帘。不过，此时，并没有原样引用语句。

我明白了，是钱玄同指摘了林纾的误用。但是，钱玄同也没有说明林纾在哪部作品中使用错误了。这个疑问还是没有解决。

引用钱玄同“‘出人意表之外’的事”的，从时间上来看，周作人早于鲁迅“说胡须”。

周作人在记为1924年7月17日的文章“苦雨”中使用了加了引号的，“意表之外”(周作人：《晨报副镌》，1924年7月22日，首次刊载未见。《雨天的书》，北京：北新书局1925年12月版，影印本，第6页)[5]。

显然，这个引号是有意义的。

我提出的问题并不在于林纾误用木身。

如果认为这是鲁迅为了讽刺林纾的话，前后却没有任何文脉。为什么突然出现了讽刺林纾的话呢？如果说，讽刺却没有文脉关系，那就过于露骨了。关键在于怎么读解的问题。

鲁迅引用钱玄同的“‘出人意表之外’的事”，在自己的文章中 388
写道“出乎意表之外”，从时间上来看，确实是这样的。其意图在哪里呢？我认为，鲁迅使用这个的主要目的并不在于批判林纾或讽刺林纾。

5　并非讽刺林纾，而是针对钱玄同

必须注意鲁迅文章的结构。是结构，不是什么夸大的问题。我指的是文脉。

“出乎意表之外”出现于论述日本人假造肖像的那部分。请注意，日本人以自己的胡子为范本，伪造了中国皇帝肖像的这个文脉。“出乎意表之外”，是就“其手段和思想之离奇”而说的。

日本人假造了肖像，在这样的文章中插入林纾的误用，难道不觉得过于唐突，怎么能讽刺林纾呢？因为看不出林纾与伪造之间的关系。我单纯地认为，这样的理解太浅。

此处，必须考虑鲁迅在钱玄同的文章"'出人意表之外'的事"的基础上，言外还有什么意味。

以前，钱玄同伪造了一个预先宣扬成从日本留学归国的王敬轩，捏造了一封拥护林纾的信。以王的名义拥护林纾，与刘半农组合，精心制作了一个批判林纾的策略。这件事实在太有名了。

这是文学革命派策划的捏造论文事件。因为敌人没有表露姿态，所以捏造了信，引诱林纾出面。文学革命派赢得了胜利，直到现在谁也没有怀疑过它的正当性。但是，按照一般的想法，这对文学革命派来说是没什么可夸耀的、愚蠢的策略。请仔细考虑下，本质是捏造论文，捏造难道是可值得夸耀的事情么?[6] 按照一般思维，这是难以理解的行为。当然，如果说因为这是革命所以什么事都可以做的话，那我同意。

389 从日本人假造中国皇帝的肖像的话题，联想到在日本留学的旧友钱玄同以王敬轩的名义捏造了论文这件事。虽不能确定是否真的是肖像假造，但这与事实上存在的捏造论文，从假造与捏造的词语而言，是一致的。做了那件捏造事情的人，发表了题为"'出人意表之外'的事"的文章。借此，鲁迅才在自己的文章中引用了"出乎意表之外"。了解捏造论文的鲁迅开了只有钱玄同本人才能明白的、局外人不懂的玩笑。

鲁迅或许是忘记了，王敬轩即钱玄同在那篇捏造论文中使用了一句"真出人意外"(《新青年》第 4 卷第 3 号，1918 年 3 月 15 日，第 308 页)。当然，这才是原本正确的用例。

我认为，这不是以往注释中说明的讽刺林纾，而是鲁迅面向钱玄同一个人的信号。鲁迅“其手段和思想之离奇，真可谓‘出乎意表之外’了”。

注释

1 钱玄同：“‘出人意表之外’的事”，首次刊载未见。沈永宝编：《钱玄同五四时期言论集》，上海：东方出版中心 1998 年 10 月版，第 271 页；《钱玄同文集》第 2 卷随感录及其他，北京：中国人民大学出版社 1999 年 4 月版，第 47 页。

2 以上说明见于“茅盾牛平著译年表”（《茅盾全集》附集，北京：人民文学出版社 2001 年版，第 45 页）。不过，没有记载《时事新报·学灯》的发行日期。

3 茅盾：“我的说明”，《时事新报·学灯》，1923 年 1 月 15 日，首次刊载未见。《茅盾全集》第 18 卷，北京：人民文学出版社 1989 年版，第 340—341 页。“王统照给沈雁冰的信”也收入其中。

4 刊载于 1923 年 1 月 15 日《晨报·副刊》通信栏，首次刊载未见。现依据 2005 年版《鲁迅全集》第 8 卷（北京：人民文学出版社 2005 年 11 月版，第 137—140 页）。因此，按照全集的记述，使用《 》。

5 顺便提及的是，该书第 215 页上的“山中杂信”6 中也使用了带引号的“出于意表之外”。但是，这篇文章的日期是 1921 年 9 月 3 日（刊载于《晨报·副刊》，1921 年 9 月 6 日）。也就是说，早于钱玄同的文章。这就说明了一种可能性。最初，周作人以用法错误的意味使用了“出于意表之外”。在这个阶段上，与林纾无关。看到这篇文章的钱玄同引用了，并记成林纾的误用。 390
然后，鲁迅又做了引用，是这样一种经过。此外，周作人（仲密）“前门遇马队记”（《每周评论》第 25 期，1919 年 6 月 8 日）中出现了引号的“出人意表之外”。按照时间的顺序，是周作人（1919 年、1921 年）；钱玄同（1923 年）；周作人(1924年);鲁迅(1924年)。

6 另外撰文。樽本"谩骂林纾的快乐(2)"(林纾在罵る快樂(2)),《清末小说》第29号,2006年12月1日。

最近的林译小说评价

——某种不安的新趋势

刊载于《来自清末小说》第85号(2007年4月1日)。特别是对中国近代翻译文学研究做出了贡献的郭延礼先生。众所周知,他取得了显著的成就。但是,我对一个地方有所疑问,于是写了这样一篇文章。我绝对不是怀疑先生的学识,请首先了解这一点。

如何评价林纾发表的诸多外国小说翻译?在研究界,评价方式中一直存在着一个结构,也可以说是框架。

1 林译小说评价的结构

评价的结论,只有简单的两种。即,林译有缺陷,所以很差,做出负面的评价。还有一种:虽然有缺陷,但对当时的文艺界产生了不小的作用,所以很好,做出正面的评价。

所谓林译小说的缺陷,是什么呢?

林纾不懂外语,他是一边听着合译者的口译,一边用古文做笔记的。这就是林纾的翻译方法。结果怎样呢?

因为林纾将原著的选择交给了别人,所以翻译了很多二三流的作品,浪费了宝贵的时间。其译文中存在着很多删减、误译、添加等问题。有时候,将原本优秀的剧本改写成小说。著名的例子就是将莎士比亚及易卜生的戏曲改成了小说。

这就是所有的研究者都认定的林译的缺陷。

392 其评价，无论最终是正面的还是负面的，都是以承认上述林译的缺陷为前提的。反言之，在把握了缺陷的事实基础上，再决定或正或负的评价。这就是林译评价的基本结构。

林译小说存在缺陷的问题，在1910年代经刘半农指摘后，胡适加以追认。这是林纾批判之一，在他在世的时候。1920年代，林纾去世后，郑振铎确认了其缺陷，并将之变成定论。

其后，林译评价的结构(框架)，无一例外地持续至今。

现在，在林译评价的框架维系不变的情况下，出现了将评价朝着正面方向积极推进的论文，郭延礼提出了林译小说评价的新视角。本文对他的论文进行介绍。

2 郭延礼的提议

对于林译小说，郭延礼一直以来都是以正面为主，高度评价的。即使林译有缺陷，最后都认可是有价值的翻译。

例如，"'林译小说'的总体评价及其影响"(《社会科学战线》1991年第3期(总第55期)，1991年7月25日。后收入《中西文化碰撞与近代文学》，济南：山东教育出版社1999年4月版)、《中国近代文学发展史》第2卷(济南：山东教育出版社1991年2月版；北京：高等教育出版社2001年7月版)。还有翻译研究的专著《中国近代翻译文学概论》(汉口：湖北教育出版社1998年3月版；修订本，武汉：湖北教育出版社2005年7月第2版第3次印刷)等。

大部头的著作不断问世，对林译小说所发挥的作用，从未动摇地给予高度评价,绝对是值得注目的。

然而,郭延礼似乎感到这些还不够。他竭力朝着正面的方向推进评价,出版了《20世纪中国近代文学研究学术史》(南昌:江西高校出版社2004年12月版)。同样的文章还原封不动地载于《中国前现代文学的转型》(济南:山东大学出版社2005年10月版)。我理解他非常想强调这件事。本文以后者为例展开论述。

在该书“第十一章 福建人文与中西文化交流”中,郭例举了翻 393
译界的两个巨星,严复与林纾。二者都是福建人。关于其中之一的林译小说,他做了如下说明。

> 对于林纾翻译的评价,过去我们多拘泥于与原文对照,即忠实于原文的程度。人们往往以林纾的翻译有误讹和删节,作为其主要缺点,甚至有人据此轻率地否定林纾的翻译。(第188页)

郭延礼说,以往评价林纾的时候,过于拘泥于与原文的对照。同以往的研究一样,他承认林译中存在误译、删减等问题。不过,这次他提出要改变想法。这是新的提议。

> 其实关于林纾的翻译,我们不妨换一个视角,即应当破除“原著中心论”的束缚。所谓“原著中心论”,就是把翻译视为原著的复制品,把它视为被动的、次要的、没有创造性的书写活动。所以过去人们往往斤斤计较于原著中某句话,甚至某个词、某个字译错了,并以此来论定翻译的好坏。这是一种非常陈旧的观点。整个20世纪对林纾翻译的批评基本上就是

> 从这种观点出发来运作的。/今天我们要换一个新视角，引入一个新的翻译批判标准，这就是“以译文为中心”的翻译观。所谓“以译文为中心”，就是要把翻译视为一种主动的、独立的、创造性的工作。（第 189 页）
>
> 林纾的翻译是一种对原著的再创造。（同页）
>
> 我们承认林纾的译作确有删节、增改，但必须说明，林纾的删节、增改并不是随便胡乱为之，他的删节原文是有目的的，即是为了符合清末传统的欣赏习惯，让更多的中国读者易于接受。（第 190 页）

394　郭延礼提出的是翻译等于再创造这一新视角。举出本杰明(W. Benjamin)、德里达(Derrida)的名字，表示从他们的著作中获得了启示。

郭只提出了林纾的名字。但并不止于林纾，而是观照了翻译研究的整体情况。

我认为这应是翻译者使命的课题吧。原作与译文的关系不能看作原件与复印件的关系，到这个内容为止，我都明白。郭延礼所说的下面的部分出现了问题，即：“以译文为中心”，将翻译从原作中分离。这样果真妥当么？这个部分他没有做解释，所以我很难理解。

在上述引用之外，郭延礼并没有做详细说明。他介绍了一些优秀的翻译事例，以作为根据。比如，钱锺书说林译比哈葛德的英文更出色；介绍了谢冰心的文章，她说林译比狄更斯的原文更好。还有，岛田建次[谨二]说，森欧[鸥]外在翻译安徒生的《即兴诗人》(Andersen：*Improvisatoren*)时，对原文做了修改（我不明白，为什么专有名词会写错？可能仅仅是错字，不过，我有点担心）。仅此而已。

说实话，我非常吃惊。同时也感到不舒服，一种不安。因为郭延礼希望从正面方向，以超过以往的强度去评价林译，让我觉得他似乎否定了以往的翻译研究。

3 “再创造”的问题

郭延礼写道，翻译是再创造。试图从再创造的视角对林译小说进行评价。

我的不舒服，要追究根源的话，就是从“再创造”这个词语发生的。对于那部著名的《电术奇谈》，现在依旧有研究者使用“再创造”这个词语。因为联想到这个，所以我就生出了一种警惕。

菊池幽芳氏原著，方庆周译述，我佛山人（吴趼人）衍义，知新主人（周桂笙）评点《电术奇谈》24 回。《新小说》第 8 号—第 2 年第 6 号（第 18 号）（光绪二十九年八月十五日，刊行年份未记[光绪三十一年六月]（1903 年 10 月 5 日[1905 年 7 月]）连载。这是有侦探内容的言情小
说。发表之后，在中国获得了很大的好评。不仅出了好儿版单行 395
本，还拍成了电影。

标记了菊池幽芳原作。但是，在很长时间内，中国都没有确定原作品。因为是日本人的原作，所以没有办法进行调查吧。结果，中国的研究者说起什么来了呢？难道不是吴趼人的“再创作”么？是啊，确实如此。结论是，其实是吴趼人再创作的作品。因为不知道原作，所以想象就膨胀了。

1985 年，我在报刊上搜寻到菊池幽芳 75 回的《新闻卖子》（《新聞壳子》）。将日语文本与汉译进行对比之后，辨明这部作品虽然有

少量的内容增加，但大体忠实于原作的主要情节。可是，中国现在还有人解释说这是吴趼人的再创作。竟然发表文献说："实际上是创作，不能视为翻译。"那么，是否有论文对再创作的内容进行考察呢，却也没有。省略了论证，只下结论。

在中国对在日本发表的原作进行调查，也许很困难。但是，应该做这样的努力[1]。具体情况虽不知道，没有收获却是事实。结果非常简单地断定为"再创作"，至今也没有改变。这不正是与原作分离的、"以译文为中心"的评价方法的先例么？

我的不安，是担心对待林译小说是否也会变成同样的情况。可能变成不讨论与原作之间的关系，只以翻译作品为中心的研究。这真的可以称为翻译研究么？

4　结论

郭延礼认为翻译是再创造，这不要紧。但是，我重申一下，我怀疑那样会割裂翻译与原作之间的关系。这将成为一个研究问题。

郭延礼是否将翻译与研究二者同等看待呢，我很担心。毕竟，在他的文章中没有写到研究者的使命。

称翻译是再创造、再创作。通过强调"以译文为中心"，使得与
396 原来所依据的原著之间的关系变得极为淡薄。也可以想象，原著可能只是作为一种给与提示的存在。继续推进对原作的调查就变得没有必要。或者，对于原作不明的翻译，进行原作调查是不重要的、不必要的，我担心会变成这种武断的想法。这就是我对将来的中国翻译研究感到不安的地方。

假设，在翻译的时候，确定所使用的底本是无意义的、无价值的、没有必要的事情。那么，对原作的外语讨论也就失去了理由。既然是再创造，那么只要研究眼前的作品就可以了。这等于是提议，对于以往的翻译研究中缠绕的外语这个巨大的障碍是可以忽视的，只要读汉语就行了。要我来说，这根本不是翻译研究。

林译小说还算好。在清末民初出现的庞大的翻译作品中，很多都没有标记原作名、原作者名。虽然我不认为是这样，但难道郭延礼因为探求每一部作品的原作而疲惫了么？还是说，他一开始就没有那种兴趣么？所以才飞越至外国的理论么？他认为这可以直接套用于中国的近代翻译小说研究么？我想，这完全不像是执笔《中国近代翻译文学概论》这种大著的人提出的极其不妥的建议。并且，我想至少应该对研究者的职责做出详细的说明才是。

注释

1　关于《电术奇谈》的原著《新闻卖子》，如果显示向我直接咨询的人数，那么可以明白几乎没有人关心这个。也就是说，在迄今大约二十年里，向我索取复印本的研究者，韩国中国各一，合计只有两名。这可能是因为日语书的缘故。可见翻译研究之难。

索　引

（林纾不采为条目。

以现代汉语拼音为序，日语亦按照汉语读音。）

E

F

G

H

I

J

K

L

M

N

O

P

Q

R

T

V

W

Z

后　　记

这岂不是林纾对研究界安置的一颗“炸弹”?

炸弹与林译莎士比亚、林译易卜生等翻译作品直接挂钩。攻击的对象，是林译小说的批判者们。与往常不同的是，一部分林译小说称赞者也包含于被攻击的对象之中。记述林纾将原来的戏剧改成小说的研究者，即便对林译小说最终给与正面的评价，也是不能宽恕的。起爆装置就埋在林译小说之中。但是，对于没有注意到那是起爆装置的人来说，也认识不到炸弹的存在。看不见的炸弹。那些关于林译小说的评论，就这样在发表方的研究界里悄悄地安下了装置。不过，这并非林纾自己有意而为，是结果使然。

在我追查一连串的林纾冤案时，经常想到上面这些事情。

钱玄同、刘半农等人为了开展文学革命，就必须有一个敌对者。他们硬挑选出来的，是著名的使用古文翻译的林纾。文学革命派开始了林译小说批判。批判的根据之一，是将戏剧原作改写成小说。对于这个批判，林氏没有反驳一句，也没有争论。这让我觉得不可思议。

如果林纾反驳的话，那会怎样呢？也可能就不会发生冤案了。但是，最终林纾没有辩解。他似乎就是那样的性格。话虽如此，对于林纾而言，文学革命派是不讲道理的人，所以故意无视他们。不做说明，也就不会产生争论，文学革命派只能单方面地批判他。而且，在林纾去世之后，郑振铎好似叮嘱一般地批判了林纾。林纾没法开口。冤案,可以说,是为了发生而会发生的。

林纾没有进行反驳。没有一个研究者怀疑过林译小说中存在 398
着重大缺陷,大家都认为批判是正确的。所以,大多数研究者都紧随其后。对此,我必须要加上一句,他们都没有经过自己的检验。

事实上,1908 年林纾等人在翻译斯宾塞的寓言诗时,提出了底本作者麦里郝斯的名字。如果他们在翻译莎士比亚历史剧或者易卜生的作品时,也同样提出底本作者的名字就好了。可是,林纾没有这么做,没有标记作为底本的小说版的情况。

至于刘半农、郑振铎,现在才知道,当时他们并没有对林译进行详细的调查。在不知道还另有底本的情况下,对林纾进行了攻击。甚至都没有想到过底本问题,就单方面地断定林纾将戏剧擅自改成小说,并开始了批判。其结果是,我用一个不好的词语来说,陷入林纾没有预谋的策略之中。

很多研究者都追随郑振铎,展开相同的批判。在林译小说批判这面旗帜下,包括国内外著名研究者在内,能够汇集到的人全体集合。他们是研究界里优秀的研究者,可是,可以说他们不知道去怀疑由郑振铎建立起来的定论。经过了很长的一段时期,都不知道究竟有多少研究者加入了其中。于是,冠名“冤案”的特大炸弹爆裂了。出现了悲惨景况:不仅是批判林译小说的研究者,就连林纾的支持者,只要是认定戏剧小说化的人,全部被炸飞了。正如您所看到的那般。

2007 年,引爆这一装置的就是身为日本人的我。

自 1916 年发表没有标记以奎勒·库奇小说版为底本进行汉译的莎士比亚历史剧,已经 91 年了。在那么长的时期内,一直等待着起爆的炸弹啊。无论读没读过林译小说(指有一些没有阅读过林译小说而进行批判的人），记述了将戏剧改写成小说的研究者全体受伤。这个意思是说，对林纾持续施加莫须有罪名的人要负起相应的责任。事实上，不得不说，中国文学研究界受到了重创。

399 很久以前我将林译小说与原作进行了对照，虽然只是其中的几个作品。林译并不是逐字逐句翻译的，这很自然，因为林纾不懂外语，他是听着口译者的翻译用古文进行笔记的。但是，我认为基本上是按照原文进行了翻译。

根据这个经验，我很难想象，林纾在翻译莎士比亚或易卜生的戏剧时，改成体裁不同的小说。这就是出发点。的确，有的作品对原作进行了删减，也不可避免存在着误译。但是，戏剧小说化与其他问题相比，基本上、本质上是不同的行为。

另一方面，研究界一贯认定林纾将戏剧改写成小说，一直重复着林译小说批判。这是怎么一回事？林纾竟然会将一些作品改动得如此巨大么？我很怀疑。

在不确定原作的情况下，以中国的学术界以往的事例来看，会被怀疑为伪装成翻译的创作。吴趼人《电术奇谈》、鲁迅《造人术》等就是范例。对于前者，至今还有研究者认为是再创作。尽管我已经辨明了原作。

然而，对于原作与翻译完全不同的林译莎士比亚、林译易卜生，为什么没有怀疑是创作、再创作呢？只作为批判的理由。

重新追查林纾批判过程的论文，是《谩骂林纾的快乐》。

看到这个题目，也许有人会觉得不可思议吧。但是，对我来说，这是阅读了有关林纾研究的大量论文后得到的必然结果。换言之，是我得到的直率的印象。

很多研究者，看起来就像是题目所写那般，全身沉浸在“谩骂林纾的快乐”之中。林纾去世后，鲁迅骂他是“法西斯”。既然是鲁迅说的，那么就可以安心地对林纾进行责难。事实上，在研究界，多年来很多研究者都加入其中，持续地谩骂林纾。大约经过了九十年，时间之长，超出了我的想象。

林纾是文学革命的反对者。在这个意识之下，我从他遭受批判的前一阶段开始重新调查。于是，奇妙的事实显露出来。

钱玄同与刘半农自导自演的林纾批判，是很有名的事情。当 400
时，刘半农批判林译小说所举出的根据是《吟边燕语》。刘责备林纾将原本的戏剧改成了小说。

现在已经世人皆知了，《吟边燕语》是兰姆姐弟的作品。以小说体裁的《莎士比亚故事集》作为翻译的底本的话，翻译出来的作品（《吟边燕语》）自然是散文体。刘半农的林纾批判，从一开始就没有成立的可能性。

这一说明，是任何一个研究者都必须做的。可是，据我所知，谁都佯装不知。（如果指出了事实，是否会被视为拥护林纾呢？拥护“法西斯”林纾的研究者，是否也会被批判为“法西斯”呢？在日本看着中国的“文化大革命”的我，曾经这么想过。）

郑振铎的论文“林琴南先生”，从中巧妙地混过。作为林译小说缺陷的理由，他举出了戏剧小说化问题，与刘半农一样。但巧妙的在于，他将《吟边燕语》从批评的根据中，不动声色地撤出了。郑振铎知道原作是兰姆姐弟的作品，明明知道，却默不作声地拥护刘半农。反之，郑揭示了莎士比亚的历史剧，原本的戏剧被改写成小说。这在谁看来，都是明白的事实。在此之后，这被作为林译小说批判的根据，开始了批判大合唱。因此，我称郑振铎论文为“林译小说冤案的原点”。

但是，一般来说，将戏剧改写成小说并不是简单的事情。看了林译实物之后，我想这是一目了然的。为了特意改写成小说，需要与创作相匹配的时间与劳力吧。责骂搞不清戏剧与小说的区别，听上去只是恶劣的玩笑。我对郑振铎的看法是，就算折辱本国的文人，也应该有个度吧。我没有怨恨郑的理由，我与他时空相隔，是没有任何关系的日本人。只是说了追查林纾批判的过程，阅读论文后的感想而已。但是，中国、日本及其他国家的研究界全体的评价，一致都传承着林纾将戏剧改写成小说的说法，没有例外。

401 如果将兰姆姐弟著《莎士比亚故事集》翻译成《吟边燕语》的话，那么，在莎士比亚的历史剧上，也有可能发生同样的情况吧。这是探索的出发点。结果，正如推测一般。

问题是，不仅限于莎士比亚。调查之后发现，在易卜生的翻译中也有同样的情况。令人吃惊的是，有一段时期，林译斯宾塞也是冤案。

对于林纾使用的语句，也将责任全部推到林纾的身上。这一次，我再次确认了。

本书对林译小说或有关林纾本人的几桩冤案进行了说明。辨明了具体情况，我们应该明白问题并不在于林纾及其合译者。

林纾等人在翻译的时候没有正确地标记出所使用的底本。可是，不能因此就责备他们。这在当时的翻译界是普遍现象，责任并不在翻译者身上。

以郑振铎为代表的后来的研究者，没有对翻译底本进行探求与检验，就下了错误的判断。我想，补充记述的不足不正是研究者的工作么？但结果是，在错误判断的基础上对林译小说进行了批判，也就是研究者自己制造了冤案。

肯定有很多研究者没有认识到这是冤枉。所以说，这是冤案，是所以称之为中国文学研究史上、中国翻译研究史上罕见的冤案的理由。无论重申多少次也不为过。

然而，林译小说冤案只是有关林纾的一部分问题。

在我亲自确认了林译小说的定论瓦解之后，我重新慎重地调查了林纾在“五四”运动之前被批判的情况。对于以往被认定的事情，一件一件地与事实进行对照与确认，持续做了很多工作。这也是为了继续撰写《谩骂林纾的快乐》一文必须的过程。随着事实的追查，遭遇了横亘于深处的不明真相的东西。

在林纾所采取的行动中有一件引人注目的事情。概要地说，
就是写信给当时的北京大学校长蔡元培，然后发表了“影射小说”。这 402
激怒了文学革命派，宣传说林纾批判北京大学校长蔡元培、中伤教授们。不仅如此，还称林纾依靠武力，敦促对北京大学的打压。作为旧派的代表，林纾是阻挡于改革派面前的巨大障碍。可是，林纾提出的主要文件，所见的只有一封信和两篇短篇小说。宣扬林纾对文学革命进行激烈反抗，却仅仅只有这些。总感到哪里有些不对。

林纾批判起源于钱玄同（假名王敬轩）与刘半农的捏造文书，也就是“双簧信”。林纾硬被指名为旧派的代表。这样的他，怎么突然作为文学革命派的敌对者，不顾身份地做出粗野的举动呢？对于我来说，自然会产生这样的疑问。

所以，这不是翻译问题能够解决的。经过调查，“五四”以前围绕林纾的流言，也都是没有根据地将责任推在林纾的身上。与事实相对照，这也是冤案。可以形容为更大的冤案。

为了让林纾成为文学革命派的强有力的敌对者，进行诱导并大肆宣扬的是文学革命派。将林纾制造成旧文人代表的计划，获

得了圆满的成功。在这样的大运动的背景之下，林译小说批判根深蒂固地、长期地持续至今。这就是林纾批判的基本结构。

这意味着，林纾必须是极力反对文学革命的守旧派的大人物。只不过是将实像膨胀了数倍之后的虚像而已。从文学革命派实行的林纾批判的结构来说，只能变成这样。

在到达这个事实时，我不禁哑然。

虽然只是少数，但也有人提议对林纾进行重新评价。并不是没有反省的声音：只是单方面的批判合适吗？可是，这些声音只停留于提议。举出具体事例作为证据，论述重写文学史的必要性的论文，只能遗憾地说还没有出现。本书若能成为重新评价林纾的契机，将不胜荣幸。

403 在每篇论文中，我重复写了同样的事情。这篇“后记”也是如此，正如您所见。一想到长年以来持续受到众多批判、责难与中伤的林纾，我的反复陈述也就不那么严重了。所以，此处又啰嗦地记录了一遍。

本书所收的论文中，有一些已经发表在日本发行量很少的专业研究杂志上。也许没有引起研究者的注意吧。不过，这不是我所了解的。

最后的一句话，希望不要引起误解。我引用了很多前人的研究，我对他们并不是批评，只是客观地看到有这样的事实存在罢了。

樽本照雄

2007 年 5 月 1 日

（注：原书系 2006 年度、2007 年度大阪经济大学特别研究费资助项目研究成果。）

图书在版编目(CIP)数据

林纾冤案事件簿/(日)樽本照雄著;李艳丽译. —北京:商务印书馆,2018
(商务印书馆海外汉学书系)
ISBN 978-7-100-15878-7

Ⅰ.①林… Ⅱ.①樽… ②李… Ⅲ.①林纾(1852—1924)—文学翻译—研究 Ⅳ.①I206.5

中国版本图书馆 CIP 数据核字(2018)第 036024 号

商务印书馆海外汉学书系
林纾冤案事件簿
〔日〕樽本照雄 著
李艳丽 译

商 务 印 书 馆 出 版
(北京王府井大街 36 号 邮政编码 100710)
商 务 印 书 馆 发 行
北京市艺辉印刷有限公司印刷
ISBN 978-7-100-15878-7

2018 年 7 月第 1 版 开本 880×1230 1/32
2018 年 7 月北京第 1 次印刷 印张 15 插页 1
定价:52.00 元